Viktoria Klein

D.R.O.P.

Bibliografische Information der Deutschen Nationalbibliothek:
Die Deutsche Nationalbibliothek verzeichnet diese Publikation in der
Deutschen Nationalbibliografie; detaillierte bibliografische Daten sind im
Internet über
http://dnb.dnb.de abrufbar.

© 2007 Viktoria Klein

1.Auflage 2016

Alle Rechte vorbehalten. All rights reserved.

Covergestaltung: Benjamin Witte, Xenoduct

Herstellung und Verlag: BoD Books on Demand

Norderstedt

ISBN 9 783743102187

Viktoria Klein

D.R.O.P.

Die Geschichte ist frei erfunden. Alle Ähnlichkeiten mit lebenden oder verstorbenen Personen und/oder realen Handlungen sind rein zufällig und nicht beabsichtigt.

Historische Recherchen und Zitate: bpb Bundeszentrale für politische Bildung; bstu.bund.de; Wikipedia

Vorwort

Die Autorin zu D.R.O.P.:

Aus Öffentlichen Artikeln:

US-Forscher: Medikamente teilweise noch nach 40 Jahren wirksam.
In der Tat sind abgelaufene Medikamente nicht unbedingt wirkungslos oder schädlich. Manche Zubereitungen von Wirkstoffen halten sich sogar jahrzehntelang.

Im vergangenen Oktober veröffentlichten US-Forscher in der Fachzeitschrift Archives of Internal Medicine entsprechende Ergebnisse: Sie stellten fest, dass die Substanzen in acht Medikamenten, die bereits vor 28 bis 40 Jahre abgelaufen waren, meist noch fast vollständig wirksam waren: Zwölf von 14 Wirkstoffen waren in einer Konzentration von mindestens 90 Prozent erhalten.

Umfassendere Daten lieferte eine Langzeitstudie der amerikanischen "Food and Drug Administration" im Auftrag des US-Verteidigungsministeriums. Dabei wurde geprüft, ob abgelaufene Arzneivorräte der Armee noch verwendbar wären. Es zeigte sich, dass 88 Prozent der Mittel noch Jahre nach Ablauf der Haltbarkeit brauchbar waren.

······

Medikamente, die seit 40 Jahren ihr Verfallsdatum überschritten haben, würden wir möglicherweise in Schutzbekleidung entsorgen. In den USA haben Forscher vor zwei Jahren solche Medikamente entdeckt – in einer Apotheke, die in den letzten Jahrzehnten nicht so gut aufgeräumt worden war.

„Shelf-Life Extension Program" heißt die Initiative, man könnte das in etwa mit „Programm für ein längeres Leben im Medikamentenschrank" übersetzen.

Für dieses Programm war der Apothekenfund ein Glück. Dort lagen Medikamente herum, die vor 28 bis 40 Jahren abgelaufen waren. Die Verpackungen hatte nie jemand geöffnet. In den Tabletten oder Kapseln waren das Schmerzmittel Acetylsalicylsäure, das Narkosemittel Phenobarbital, das Opiat Codein oder Amphetamin, insgesamt fanden Pharmakologen 15 aktive Wirkstoffe. Zwölf dieser Stoffe waren noch genauso wirksam wie bei ihrer Herstellung, stellten die Forscher im Labor fest.

Viktoria: Warnung: Fragen Sie lieber Ihren Arzt oder Apotheker

1
2005

Mit einer schnellen Bewegung zog Vera ihre Mantelkapuze über den Kopf, um sich vor dem einsetzenden Nieselregen und den stärker werdenden Windböen zu schützen. Ungeduldig wartete sie darauf, dass die kleine Fähre ihr Anlegemanöver beendete, damit sie an Bord eilen konnte. Wie in den vergangenen Monaten war sie um diese mitternächtliche Zeit die einzige Fußgängerin, die hinüber auf die andere Flussseite wollte. Nur zwei Autos starteten noch ihre Motoren, als der Schlagbaum sich hob. Vera setzte vorsichtig einen Fuß vor den anderen, um auf den glitschigen Metallplanken, die den Übergang zur Fähre bildeten, nicht auszurutschen. Sie stellte sich am Bug ganz vorne an die brusthohe Absperrung und blickte auf das dunkle Wasser hinaus. Der Mann, der abkassierte, beachtete sie kaum, als er ihren genau abgezählten Betrag entgegen nahm, schon weil sie sich nach knapper Geste der Geldübergabe abwandte.

Automatisch nahm Vera einen breitbeinigen, festen Stand ein, als die Fähre ablegte. Der starke Wind blies ihr die Kapuze vom Kopf und die halblangen Haare in alle Richtungen, was sie jetzt kaum wahrnahm. Ihre Gedanken kreisten nur um einen Punkt: auch heute ungesehen an ihr Ziel zu gelangen. Sofort verschärfte sie Ihre Beobachtung und blickte verstohlen um sich. Zwei

Pärchen, die in ihren Autos sitzen geblieben waren, sahen zu ihr herüber, aber eher mitleidig als neugierig. In einer anderen stürmischen Nacht hatte sich jemand aufgerafft und sie gebeten, in seinem Wagen Platz zu nehmen. Sie hatte höflich, aber bestimmt abgelehnt. Der Mann hatte mit den Schultern gezuckt und sich wieder in die Geborgenheit seines Autos verkrochen. Vera wollte nicht belästigt werden. Deshalb wandte sie auch jetzt wieder abweisend den Blick nach vorne. Das Ufer näherte sich bereits. Das diffuse Licht der spärlich beleuchteten Anlegestelle vermittelte keine tröstlichen Heimatgefühle. Das nächste Dorf war noch einige Kilometer entfernt. Eine schmale, unbeleuchtete Pflasterstraße, gerahmt von tiefen Gräben und knorrigen Weiden schlängelte sich durch die flache Ebene des Marschlandes.

Als die Fähre anlegte und der Schlagbaum sich hob, eilte Vera als Erste von Bord. Bereits nach wenigen Metern hielt eines der beiden Autos von der Fähre neben ihr.

»Können wir Sie mitnehmen?«, wurde sie gefragt.

Vera schüttelte verneinend den Kopf.

»Sie wollen bis Köhlerdorf laufen? Das ist noch ein ziemliches Stück.«

»Danke. Ich weiß.«

Vera schritt energisch und abweisend voran.

»Lass' doch, Heinz. Wenn sie nicht will«, ertönte die Stimme der Beifahrerin. Der Fahrer kurbelte schulterzuckend sein Autofenster hoch und gab Gas.

Vera warf einen forschenden Blick zurück, als der zweite Wagen sie überholte. Die Fähre legte ab. Weit und breit war niemand zu sehen. Sie kramte ihre Taschenlampe heraus und beleuchtete die Gegend. Nach zirka einem Kilometer entdeckte sie links den Feldweg. Vera blickte sich erneut um, lehnte sich an eine Weide, wechselte ihre Schuhe gegen Gummistiefel aus einer Tüte und stapfte im Schein ihrer Lampe vorwärts. Ein großer Schwarm Krähen flatterte schimpfend aus den Baumwipfeln auf, als der Kegel der Lampe sie aufschreckte.

Der Weg war manchmal kaum noch sichtbar. Brombeerranken hatten sich breit gemacht. Vera fegte mit Arm und Taschenlampe die herabhängenden, jetzt kahlen Zweige des Gestrüpps zur Seite und stolperte vorwärts. Ihr Orientierungssinn enttäuschte sie nicht, als sie vor sich die kleine Lichtung mehr erahnte, als das sie sie sah. Ein Rudel Rehe, das dort äste, stob auseinander. Vera eilte auf einen ganz bestimmten Punkt zu, als sie die Wiese überquerte. Ungelenk sprang sie über einen tiefen, aber schmalen, für Ungeübte kaum sichtbaren Graben und atmete auf, als sie vor sich die alte, verfallene Scheune entdeckte.

Vera schaltete die Taschenlampe aus und witterte wie ein Tier nach allen Seiten. Stille umgab sie, die nur von den natürlichen Geräuschen der sich im Wind wiegenden Baumwipfel, die knarrten, wenn sie aneinander stießen, unterbrochen wurde. In nun völliger Dunkelheit näherte sie sich der Scheune. Vera zog einen Dietrich aus ihrer

Manteltasche, öffnete geschickt das Schloss, das eine schwere, rostige Kette umspannte und trat ein. Die hohe Holztür quietschte kaum in ihren Angeln. Vera hatte beim letzten Besuch für Ölung gesorgt. Im Schein ihrer Taschenlampe huschten einige Mäuse furchtsam vor ihr davon. Spinnweben hingen in langen, jahrelang gewebten Schleiern von der hohen Decke herunter.

Das, was Vera suchte, stand unversehrt in der Mitte der Scheune: Ein gammeliger 10- Fuß- Container. Vera musste all ihre Kraft aufbieten, um den schweren Riegel aufzuhebeln und die Containertür zu öffnen. Etwa zehn bis zwölf Europaletten hochbepackt mit eingeschweißten Kartons türmten sich im Inneren vor ihr auf. Zwei Kartons waren bereits angebrochen.

Vera hangelte sich etwas steif hinein, entnahm ihrer Handtasche zwei zusammengeknüllte Aldi-Tüten und füllte sie mit dem Inhalt aus den Kartons. Die beiden nun leeren Kartons warf sie hinter sich, sprang aus dem Container, verriegelte die Tür und setzte sich in der Scheune auf einen vermoderten Heuballen, um zu verschnaufen. Nach kurzem Zögern entnahm sie einer ihrer Aldi-Tüte eine kleine, längliche Packung und betrachtete sie: D.R.O.P.

Ein trockenes Stöhnen entrann ihrer Kehle. Wie immer in den vergangenen Monaten kamen Erinnerungen in ihr hoch, die sie eigentlich vergessen wollte. Jahrelang auch vergessen hatte – oder eher verdrängt. Bis sie vor einigen Monaten an diesen Ort zurück gekehrt war und nach den verbotenen Pillen gegriffen hatte.

Zitternd vor Kälte und Angst erhob sich Vera. Sie musste völlig verrückt geworden sein, hierher zu kommen und diese Gehirnpillen an sich zu nehmen. Aber – niemand hatte sich in den letzten Jahren besonders für sie oder diese Pillen interessiert. Niemand hatte sie befragt, niemand sie belästigt.

Sie beleuchtete ihre Armbanduhr. Sie konnte sich wieder auf den Weg machen. In gut einer Stunde würde die Fähre wieder ihre erste Tour fahren. Mit ihr würde sie zurückkehren. Als Fußgänger war man so schön anonym. Kein Auto, das vielleicht auffiel und dessen Kennzeichen man verfolgen konnte. Vorsicht war die Mutter der Porzellankiste.

Vera verriegelte das Scheunentor und schlich in aller Bedachtsamkeit den Weg zurück. Kurz vor der Pflasterstraße wechselte sie erneut ihre Schuhe. Die schlammverkrusteten Gummistiefel stopfte sie in eine Tüte. Niemand sah ihr an, dass sie einen nächtlichen Geländetrip hinter sich hatte. Kurz darauf stand sie an der Anlegestelle der Fähre, die bereits in Sicht war. Dieses Mal fuhren fünf Autos mit hinauf. Der Berufsverkehr aus Köhlerdorf hatte eingesetzt. Vera eilte nach vorne an die Barriere und starrte auf das nebelverhangene Wasser. Der Tag brach nur langsam an und kämpfte noch mit der Dunkelheit. Niemand belästigte sie.

2

Maximilian Grün, Bürgermeister und einziger Bankdirektor von Köhlerdorf, hörte sich in seiner Amtsstube gelangweilt die Klagen seiner Gemeindebewohner an. Frau Neumann beschwerte sich gerade über die Hundehaufen, die sich auf dem Bürgersteig vor ihrem Grundstück häuften und die sie nicht mehr gewillt sei, so ohne weiteres hinzunehmen.

»Jeden Morgen muss ich mich mit einer Schaufel bewaffnen, um die Dinger zu entfernen. Dabei ist der Bürgersteig öffentliches Eigentum und nicht mein Problem. Aber jeder Kunde latscht da rein und ich habe dann den Dreck in meinem Salon. Ich erwarte, dass Sie gegen die Hundebesitzer vorgehen. Ich verlange, dass Sie mein Stück Bürgersteig für Hunde sperren.«

Frau Neumann baute sich resolut vor dem Bürgermeister auf und schnaufte.

Der sah besorgt und teilnahmsvoll drein und ließ sich nicht anmerken, dass ihm die Frau auf die Nerven ging, denn auch bei der nächsten Wahl wollte er ihre Stimme haben.

»Sie haben ja so recht. Das ist für Sie und Ihre Kunden eine unzumutbare Härte. Aber ich kann Ihren Teil des Bürgersteiges nicht einfach sperren. Das liegt nicht in meiner Macht. So eine Anordnung verlangt die

Zustimmung des Rates. Der Bäcker und der Schlachter werden niemals zustimmen. Die haben Hunde und sind Steuerzahler. Das müssen wir diplomatisch regeln. Wie wäre es mit so einem Hundescheißverbotsschild?«

»Das habe ich schon längst aufgestellt. Und wissen Sie, was Herr Fülster gesagt hat, als sein Hund dort seinen Haufen hinterließ? ›Mein Hund kann nicht lesen.‹ Als ich ihn daraufhin mit meiner Schaufel bedrohte, hetzte er seinen Hund auf mich und rief: ›Fass!‹ Stellen Sie sich das vor.«

Frau Neumann, die Inhaberin des einzigen Friseurladens des Dorfes, war erbost.

Maximilian Grün bewegte bedächtig seinen Kopf auf und ab.

»Ich werde mich um die Sache kümmern. So geht es wirklich nicht.«

Freundlich bugsierte er Frau Neumann aus seiner Amtsstube, während er ihr seine Unterstützung zusagte.

Er sah genervt auf die alte Pendeluhr im Vorzimmer. Noch dreißig Minuten Sprechstunde.

Joachim Süttler, ein Jungbauer, der einen Reitstall auf seinem Erbhof errichtet hatte, stand auf und reichte dem Bürgermeister die Hand.

»Maximilian. Auf ein paar Worte.«

Bürgermeister Grün ließ ihm den Vortritt.

»Es geht noch einmal um die Wiesen unten am Fluss. Ich brauche einfach mehr Weidefläche. Und das Gelände wäre für mich ideal. Es grenzt direkt an meine Ländereien. Wie komme ich da ran?«

»Joachim, bei aller Freundschaft, auch für deinen Vater, mir sind da die Hände gebunden. Du weißt, dass das Gelände dem alten Fuhrmann gehörte, der tot ist. Es sind keine Erben da. Wer soll dir das Gelände verpachten? Es ist Niemandsland.«

»Aber der Supermarkt steht doch auch auf einem Grundstück von dem Fuhrmann. Wie ging das denn?«

»Das war ein Dorfgrundstück, das an die Gemeinde fiel. Der Fuhrmann hatte das lediglich auf Lebenszeit gepachtet. So konnten wir nach seinem Tode darüber verfügen. Die Wiesen aber waren sein Eigentum. Das ist verbrieft und versiegelt.«

»Kann ich sie nicht einfach hegen und pflegen und meine Gäule dort grasen lassen? Das stört doch niemanden.«

»Das geht nicht. Dann will Petersen dort seine Schafe hinstellen, der Kirchenchor seinen Grillplatz aufbauen, der Hundeverein sich dort etablieren und der Kindergarten dort Naturforschung betreiben. Ganz zu schweigen von den Jägern und den Anglern. Ich kann nicht einem etwas gewähren, was ich anderen abschlagen muss.«

»Ich will doch auch dafür bezahlen. In die Gemeindekasse.«

»Das wollen die anderen auch.«

Maximilian Grün erhob sich. »Tut mir leid, Joachim. Aber du bist mit deinem Anliegen bei mir an der falschen Adresse. Frag' doch Notar Heinrich Semmelmann. Vielleicht hat der eine Idee.«

Joachim Süttler verabschiedete sich unwillig. Die saftigen Weiden für seine geliebten Vierbeiner vor Augen, machte er sich umgehend auf den Weg zu Notar Semmelmann. Obwohl er eigentlich tagsüber für so etwas keine Zeit hatte, denn einen Reitstall zu bewirtschaften war harte Arbeit. Seit er die große Reithalle mit weiteren zwölf Boxen gebaut hatte, reichten seine Weiden für die Sommersaison nicht mehr aus. Und von seinen Stroh-, Heu- und Maisfeldern wollte er nichts fürs Wiesengras abrücken. Die brauchte er, um seinen Hof wirtschaftlich zu halten. Das Winterfutter für die Tiere durfte nicht zugekauft werden. Dann machte er Verlust.

Mit gesenktem Haupt kämpfte er gegen den Wind und den Regen an und betrat das gepflegte Stadthaus des Notars. Frau Sabine Beck, die Joachim nur vom Sehen kannte, grüßte ihn höflich und bat ihn zu warten. Joachim zog es vor, seine Wachsjacke und seinen Südwester auf den Kleiderständer zu hängen, denn die Sachen trieften den Teppich bei den bequemen Wartesesseln voll. Er griff nach dem ›Bauernblatt‹ und blätterte unkonzentriert darin herum. Es wollte ihm nicht in den Kopf, warum er Weiden, die niemandem gehörten, nicht nutzen durfte.

Sabine Beck erschien und bat ihn, ihr zu folgen. Notar Heinrich Semmelmann begrüßte seinen Klienten mit einer tiefen Verbeugung.

Die beiden Männer kannten sich vom Stammtisch, wenn auch nicht besonders gut, denn aus irgendeinem Grunde, den Joachim nicht definieren konnte, war ihm der Notar unsympathisch. Die übertriebene Höflichkeit, für die der Notar im Dorf bekannt war, kam Joachim gekünstelt vor.

Notar Heinrich Semmelmann, dickbäuchig und kahlköpfig, bat den Besucher beinahe unterwürfig Platz zu nehmen. Heinrich Semmelmann war erst 1990, nach dem Mauerfall, in sein Heimatdorf zurückgekehrt und hatte die Kanzlei seines Vaters Karl übernommen. Der hatte sich zeitlebens gegrämt, seinen Sohn 1958 nach Berlin zum Studieren geschickt zu haben, denn sein Sohn kam nicht mehr aus der Zone heraus.

Der alte Karl Semmelmann, der die juristische Fakultät in Berlin für das Maß aller Dinge gehalten hatte, weil er selbst dort studiert hatte, ließ sich von dieser Anziehungskraft blenden und verkannte, wie viele andere auch, den prekären rechtlichen und politischen Status dieser Stadt nach dem Krieg. Karl Semmelmann setzte all seine Hoffnungen auf den von den Amerikanern finanzierten und gesteuerten ›Untersuchungsausschuss freiheitlicher Juristen‹, der seit seiner Gründung 1949 Mitteilungen über Unrechtshandlungen in der DDR sammelte, Anklageschriften und Gutachten verfasste,

Flugblätter in der DDR mit der Aufforderung zum gewaltlosen Widerstand verschickte und im Westen intensive Öffentlichkeitsarbeit betrieb. Er hoffte auf eine demokratische Lösung der deutschen Staatsgrenze. Unerschütterlich hielt er an der Meinung fest, dass bald wieder alles so sein würde wie vor Hitler.

Der Bau der Mauer war für ihn der größte Schock seines Lebens und für den Rest seines Daseins redete er sich ein, seinen eigenen Sohn, der durch widrige Umstände ›drüben‹ bleiben musste, aufs Schafott geschickt zu haben. Als Karl Semmelmann seinen Sohn nach dem Mauerfall, nach zweiunddreißig Jahren, wiedersah, verkraftete der alte Mann die Freude nicht. Er starb zwei Wochen später. Dennoch verschied er überglücklich, denn er wusste seinen Sohn endlich in Freiheit und seine Kanzlei in guten Händen.

Heinrichs Mutter war schon Jahre zuvor an Krebs gestorben. Heinrich konnte damals nicht zu ihrer Beerdigung nach Köhlerdorf ausreisen. Sein Hass auf das ehemalige SED-Regime war daher grenzenlos.

Dass es ihm gelungen war, diesen Hass unter dem Deckmantel ausgesuchter Höflichkeit zu verbergen und ihn trotzdem zu einem geachteten Bürger von Leipzig werden ließ, amüsierte ihn noch heute. Doch die Jahre in der DDR, die ihn mit gespaltener Zunge reden und handeln ließen, hatten ihre Spuren hinterlassen. Auch heute noch, fünfzehn Jahre nach dem Mauerfall, durchdrang diese vorgetäuschte, unreale Höflichkeit sein Wesen. Heinrich Semmelmann wusste, dass dieser eingefressene Charakterzug, der ihn ›drüben‹ jahrelang gerettet hatte, bei den Bürgern von Köhlerdorf auf Argwohn stieß. So viel Höflichkeit säte Misstrauen. Heinrich arbeitete krampfhaft daran und gab sich daher manchmal absichtlich unhöflich. Doch das war noch schlimmer. Sofort ging man ihm aus dem Wege. Man konnte es eben niemandem recht machen.

Joachim Süttler begann sofort mit seinem Anliegen. Der Notar lauschte ihm schweigend, seine Augen ließen keine Sekunde von Joachim ab.

»Die Angelegenheit muss ich prüfen. Aus dem Stegreif kann ich mich nicht dazu äußern. Ich muss die Grundbücher und Verfügungen einsehen. Stehen Sie in irgendeinem ... ähm ... Verhältnis ... zu dem verstorbenen Fuhrmann?«

Joachim schüttelte verneinend den Kopf.

»Gibt es vielleicht ... Sondervereinbarungen?« Der Notar sah Joachim scharf und aufmunternd an - »wenn auch nur ... mündlich?« Das letzte Wort kam gedehnt, als wollte er es Joachim in den Mund legen.

Dieser schaute verdutzt und fragend.

»Vielleicht zwischen ... Ihrem Herrn Vater und dem Fuhrmann Nickel?«, legte der Notar schnell nach, als hätte er bereits zu viel gesagt. »Überlegen Sie in Ruhe. Kommen Sie in einer Woche wieder. Dann bin ich über die rechtlichen Dinge im Bilde.«

Der Notar erhob sich, schnippte mit seinen Fingern zur Tür hin, murmelte »tztztztzt« und »ich empfehle mich« und ehe Joachim sich versah, war er draußen.

Auf seinem Weg nach Hause dachte Joachim verwundert über die Worte des Notars nach. Hatte der Notar ihm nahe gelegt, sich eine mündliche Vereinbarung zwischen seinem Vater und dem Fuhrmann Nickel aus den Fingern zu saugen? War das denn rechtens? Obwohl – möglich wäre es sogar. Sein Vater und der tote Fuhrmann mussten sich lange gekannt haben. Beide waren ungefähr im gleichen Alter. Stammten aus dem gleichen Dorf. Hatten sie vielleicht sogar als Kinder zusammen gespielt? Ganz gespannt eilte Joachim nach Hause und gleich in die Küche, wo sein Vater am Küchentisch saß und versuchte, ein Puzzle zusammen zu setzen, das seit Jahren auf Fertigstellung wartete. Der sechsundsiebzigjährige Mann sah kaum auf, als sein Sohn zur Tür herein trat. Er litt seit Jahren an Alzheimer und erkannte oftmals nicht einmal seinen eigenen Sohn.

»Vater, geht es dir gut? Was möchtest du heute essen?«, fragte Joachim unbeschwert.

Er liebte seinen Vater, und auch wenn es ihn hart ankam, dass sein eigener Vater ihn oftmals wie einen Fremden behandelte, ließ er es sich nicht nehmen, für ihn zu sorgen. Es wäre ihm nie in den Sinn gekommen, seinen Vater in ein Pflegeheim zu geben und ihn wildfremden Leuten zu überlassen. Joachim sah verschämt und betrübt zur Seite, als die Fußkette, die bei einer Bewegung des alten

Mannes klirrte, sichtbar wurde. Joachim hasste sich dafür, seinen eigenen Vater wie einen Hund an die Kette zu legen, aber er konnte den alten Mann unmöglich alleine herum laufen lassen. Sein Vater würde sich unweigerlich verirren und ihm könnte sonst was zustoßen. Zu Beginn der Krankheit hatte er seinen Vater einmal erst nach stundenlanger Suche bei einer verfallenen Scheune im Wald gefunden. Auf dem Gelände, das dem Fuhrmann Nickel gehörte und das Joachim so gerne pachten wollte. Erst damals war er eigentlich auf die Idee gekommen, die Weiden für sich zu nutzen, als sein Vater auf dem Nachhauseweg eine für Joachim unbekannte Abkürzung über eine Lichtung eingeschlagen hatte, die direkt an ein Weidentor zu Joachims Wiese überging.

Joachim wärmte die Gemüsesuppe von gestern auf, setzte sich zu seinem Vater, band dem Mann ein Tuch um den Hals und forderte ihn auf, zu essen. Er füllte sich ebenfalls einen Teller voll und setzte sich dazu.

Sein Vater war eigentlich noch ganz rüstig und gesund, wie auch der Hausarzt bestätigte, wenn diese Gehirnschwäche nicht wäre, die auch die verschiedenen Pillen und Wässerchen nicht aufhielten. Es gab durchaus lichte Momente, mit denen Joachim aber meistens nicht viel anfangen konnte.

»Vater, erinnerst du dich an Kurt Nickel?«, fragte Joachim schließlich.

Der alte Mann sah auf, schaute Joachim durchaus

nachdenklich an und kicherte.

»Die Nickel waren in der Dose mit dem Schlitz. Wir haben sie im Wald vergraben. Als Vater in den Krieg zog.«

Joachim nickte seinem Vater freundlich zu.

»Ich meine nicht dein Erspartes. Ich meine Kurt Nickel. Der Sohn vorm Fuhrmann. War Kurt Nickel dein Freund? Bist du mit ihm zur Schule gegangen? Kurt Nickel, Vater?«, bohrte Joachim eindringlich weiter.

Der alte Mann grübelte und sah Joachim aufmerksam an. Seine Wangen röteten sich. »Kurt? Kurt hat den Schlitten angespannt. Hinter das Pony. Elise … «

»… was war mit Elise?«, forschte Joachim.

»Elise ist heruntergefallen.« Der Blick des alten Mannes schwirrte unstet umher, als suche er etwas. Seine Finger zupften plötzlich fahrig an der Tischdecke herum.

Joachim hatte eine Idee. Er sprang auf, rannte in sein Arbeitszimmer und kramte aus der untersten Schublade einer Kommode ein altes Fotoalbum hervor, das er vor seinem Vater auf den Tisch legte.

Er deutete auf ein vergilbtes Foto, das einige Jugendliche beim Schwimmen im Baggersee zeigte.

»Vater, wer ist Kurt? Kurt Nickel?«

Joachim merkte, wie schwer es seinem Vater fiel, sich auf das Bild zu konzentrieren.

»Elise«, stöhnte der alte Mann und deutete mit seinem

Finger auf ein Mädchen mit Zöpfen.

»Ja, ich weiß, Vater. Die Apothekertochter. Deine große Liebe. Aber, wo ist Kurt? Kurt Nickel?«

Der alte Mann sah seinen Sohn besorgt an und ballte die Fäuste.

»Kurt hat Elise ein Kind gemacht.«

Joachim sah seinen Vater mitleidig an. »Vater, du bringst da was durcheinander. Du hast doch Elise geheiratet. Gott hab' sie selig. Ein Kind hast du ihr gemacht. Nämlich mich. Aber Kurt, Kurt Nickel? War er ein Freund von dir?«

Der alte Mann hob abwehrend die Hände und wurde aschfahl. Plötzlich schrie er: »Wer bist du? Was willst du?«

Joachim sprang auf die Füße, nahm seinen Vater in die Arme und sprach beruhigend auf ihn ein. Er war zu weit gegangen.

»Alles gut, Vater. Es war unrecht von mir, dich zu belästigen und zu quälen. Ich bin es, dein Sohn, Joachim.« Und - um Ablenkung bemüht: »Sieh her, dieses Puzzleteil passt genau in diese Lücke. Ist das nicht schön?«

Der alte Mann starrte auf das Puzzleteil, nahm es behutsam in die Hand und legte es wieder an die Stelle, in die Joachim es eingefügt hatte. Das tat er mehrere Male hintereinander.

Joachim räumte das Fotoalbum fort und wusch die

Teller ab. Bevor er nach draußen ging, um die Ställe auszumisten, warf er einen Blick zurück.

Sein Vater betrachtete immer noch versonnen das Puzzle.

»Ich bin ein dreimal dämlicher Idiot«, flüsterte Joachim und schloss die Tür.

Er ging auf den Hof, entriegelte die Seitenwände der Pferdeboxen, öffnete das große Außentor, schwang sich auf seinen Traktor und begann, die Ställe auszumisten.

Er wollte sich beeilen, um vor der Fütterung der Tiere mit seinem Vater noch an die Luft zu gehen. Bei schönem Wetter setzte er seinen Vater meistens in den Garten, den Joachim vorsorglich eingezäunt hatte. Zahlreiche Nachbarn kamen häufig vorbei und hielten ein Pläuschchen mit dem alten Mann, der ohne Widersprüche zuhörte, und der von den Leuten als Abladeplatz für ihre Sorgen und Nöte benutzt wurde. Da er nie etwas ausplauderte, ganz einfach, weil er sich nichts merken konnte, war er für die Dorfbewohner ihr Seelenklempner. Er konnte stundenlang zuhören, nickte freundlich und zustimmend und wenn er etwas sagte, was selten vorkam, resultierten seine Sätze aus Erlebnissen seiner Vergangenheit; Kommentare, die die Leute dann so klug fanden, dass sie manchmal verwundert und nachdenklich davon trotteten, um später überrascht festzustellen, dass der Alte den Nagel wieder mal auf den Kopf getroffen hatte.

»Geh' zum alten Süttler. Der versteht alles, der wird dir

raten«, war die häufigste Redewendung der Dorfbewohner. Jeder kannte ihn, jeder mochte ihn, jeder wusste, dass man ihn entweder im Garten unter der alten Eiche oder in der Küche fand. Man brachte ihm selbstgekochte Suppen, selbstgebackene Kuchen, erlegte Wildstücke, selbstgezogenes Gemüse und sogar Blumen aus dem eigenen Garten mit, auf die man besonders stolz war und die der alte Süttler begutachten sollte. Wenn er dann von seinem Puzzle aufsah und nickte, galt das als höchstes Lob.

Sagte er gar womöglich noch etwas, machte das im Dorf die Runde. Die Mutter von Frau Neumann wurde lange neidisch angesehen, als Arthur Süttler ihr mitgebrachtes, noch ofenwarmes Brot lange angesehen, ein kleines Stück abgebrochen und probiert hatte und ein weiteres Stück mit dem Kommentar ›für Elise zum Geburtstag‹ in die Hosentasche steckte. Jeder im Dorf wusste, dass seine verstorbene Elise das beste Brot in der Gemeinde gebacken hatte.

Hingegen hatte er die Frau Bürgermeisterin Magda Grün mit seinem Rohrstock vom Grundstück verjagt, als sie ihm einen Korb Vergissmeinnicht zum Namenstag überreicht hatte. Man war der Frau einige Zeit mit Misstrauen begegnet, denn, was hatte das zu bedeuten?

Joachim freute sich einerseits über den Zustrom der Leute, die seinem Vater ein gewisses gesellschaftliches Leben vorgaukelten, machte sich aber auch manchmal Sorgen, ob es dem alten Mann nicht zu viel würde. Deshalb hatte er eine strikte Mittagsruhe von zwölf Uhr bis fünfzehn Uhr angeordnet, was die Leute Gott sei Dank respektierten.

Von seinem Traktor aus bemerkte er, dass der alte Kohlenhändler Dieter Matthiesen die Tür zur Küche öffnete. Nun war sein Vater unter Aufsicht. Da konnte er noch schnell auf den Heuboden und Ballen für die nächsten Tage abwerfen. Das Wetter war heute so schlecht, dass er die Nässe seinem Vater kaum zumuten konnte. Da fiel der Spaziergang buchstäblich ins Wasser. Aber nun war ja Gesellschaft da. Hoffentlich leerten die beiden Alten nicht wieder eine Flasche Kräuterlikör, wie beim letzten Mal. Da musste Joachim den jungen Tobias Matthiesen, auch schon weit über vierzig, informieren, seinen Herrn Vater doch bitte abzuholen.

Es war schon fast zwanzig Uhr, als Joachim endlich in die Küche trat. Er musste grinsen, als er zwei Likörgläser in der Spüle entdeckte. Besorgt sah er seinen Vater an, der, den Kopf in den Nacken gelegt, mit offenem Mund ein Schläfchen hielt und schnarchte. Er sah aber ganz wohl aus. Joachim holte Brot, Butter, Speck und Käse aus der Vorratskammer und deckte den Tisch. Er schmierte seinem Vater zwei Scheiben und schnitt sie in kleine Häppchen. Dann rüttelte er ihn leicht an der Schulter.

»Vater, aufwachen. Abendbrot.«

Arthur Süttler kehrte nur mühsam in die Gegenwart zurück und starrte seinen Sohn an. »Was willst du hier?«

»Essen, Vater. Ich bin es, Joachim.«

»Wo ist Elise?«

»Elise ist beim Friseur«, antwortete Joachim, wie so häufig.

Der Alte griff befriedigt nach seinem Brot. »Elise hat sich immer so mit ihren Haaren.«

»Ja, Vater. Was hat Dieter Matthiesen denn so erzählt?«

»Matthiesen hat Elise eine neue Kohlenschaufel geschenkt. Eine rote. Sie wollte immer eine rote haben.«

»Ich weiß. Zu eurem fünften Hochzeitstag, nicht wahr?«

Joachim erhielt keine Antwort. Immer, wenn der Kohlenhändler Dieter Matthiesen da gewesen war, fand dieses Gespräch statt und endete hier. Joachim widmete sich seinem Mahl und schwieg. Er wusste aus Erfahrung, dass er jetzt nicht weiter fragen brauchte. Vor Jahren hatte er seinen Vater mit seinen Fragen, die zu nichts führten, schrecklich verwirrt; heute hielt er den Mund. Er wusste nicht, ob sein Vater während des Kauens irgendetwas dachte oder nicht. Er grübelte nicht weiter darüber nach. Umso überraschter blickte er auf, als der Alte plötzlich murmelte: »Matthiesen redet nicht mehr mit Nickel. Ich auch nicht.«

Diese Worte verschlugen Joachim den Atem. Seit Jahren hatte sein Vater nach seiner Äußerung mit der Kohlenschaufel nichts mehr gesagt.

Joachim überlegte gerade, ob er dazu etwas sagen sollte,

als ihn der nächste Satz verblüffte: »Kurt geht fort. In die Stadt, zu seinem Patenonkel. Für immer.«

»Kurt Nickel, Vater?«

Der alte Mann nickte bedächtig. Joachim überlegte gezielt.

»Er lässt seine Familie, sein Hab und Gut, sein Erbe – seine Weiden - im Stich?«

»Matthiesen sagt, sein Vater schmeißt ihn raus. Es musste so kommen. Ich muss mich um Elise kümmern. Wo ist sie?« Die letzten Worte klangen erregt.

Joachim schluckte.

»Elise ist beim Friseur, Vater.«

»Das ist gut. Sie hat sich immer so mit ihren Haaren. Matthiesen hat ihr eine neue Kohlenschaufel geschenkt. Eine rote. Sie wollte immer eine rote haben.«

»Ja, Vater.«

Das Gespräch erstarb. Joachim räumte den Tisch ab, öffnete die Fußfesseln seines Vaters und brachte ihn zu Bett. Er machte noch einmal einen Rundgang über den Hof, bereitete die Futterschüsseln der Pferde für den nächsten Morgen vor, verschloss die Tore und schaltete im Wohnzimmer den Fernsehapparat ein. Nach den Nachrichten fielen ihm die Augen zu.

3

Als Vera Diedrichs an diesem Morgen ihren Dienst im Altenheim antrat, spürte sie doch in allen Knochen, dass sie letzte Nacht kein Auge zugemacht hatte. Sie dankte insgeheim ihrer Kollegin, die Nachtdienst gehabt hatte, denn diese hatte bereits vorgearbeitet und einige alte Leute gewaschen, gewickelt und angezogen. Ihr Job war anstrengend und kräfteraubend, aber sie liebte ihn. Nach Dienstschluss ging sie meistens ausgelaugt, aber innerlich im Einklang mit sich selbst nach Hause, weil sie immer das Gefühl hatte, etwas Barmherziges getan zu haben. Sie war nun mal von einem samariterhaften Wesen durchdrungen, was wohl daran lag, dass Vera in einer Familie mit neun Geschwistern aufgewachsen war.

Sie war die Älteste gewesen, was sie früh gelehrt hatte, sich zu kümmern. Robert Schinckel, ihr einstiger Lebensgefährte, hatte sie oft als seinen privaten Engel bezeichnet und sie in der Schule Mutter Vera genannt. Aber er hatte sie damit nicht geärgert oder gehänselt, wie die anderen, er hatte sie bewundert. Das hatte ihr Selbstbewusstsein gestärkt und deshalb war sie so geblieben wie sie war. Hilfsbereit, zuvorkommend, jedem dienlich, oftmals bis an die Grenze des Ausnutzens. Immer wieder hatte Robert ihr die Grenzen zwischen ›jemandem einen Gefallen tun‹ und ›ausnutzender Aufopferung‹ klar zu machen versucht – vergeblich. Er war der Meinung gewesen, es ginge zu weit, ihre gemeinsame Wohnung unentwegt mit jammernden, lebensuntüchtigen, gestrauchelten Wesen zu bevölkern, an denen der Pleite- und Seelengeier nagte. Vera war nicht dieser Ansicht. Die armen Kreaturen brauchten Mitgefühl, Trost, etwas Heißes im Magen und ein Dach über dem Kopf. Robert hatte daraufhin seine Zimmertür verriegelt. Ein von ihr Aufgelesener hatte einmal gesagt: »Robert ist eifersüchtig. Er will, dass du nur ihm zur Verfügung stehst.« Vera hatte das mit ihrem lieben, sanften Lächeln entrüstet verneint.

Ach, ja, Robert. Er war ihr ein und alles gewesen. Spätnachts, wenn sie ihn von seinen journalistischen Recherchen nach Hause kommen hörte, war sie mit einem heißen Tee zu ihm geeilt und hatte ihm zugehört, wenn er ihr hitzig von seinen Erlebnissen im kriminellen Sumpf der Stadt erzählte. Ihre Wärme, ihre Liebe, hatte ihn eingehüllt und seine Gedanken in andere Bahnen gelenkt. Bis er in ihren Armen eingeschlafen war und sie über ihn wachte. Sein jungenhaftes, stoppelbärtiges Gesicht zu betrachten, das er morgens früh, wenn er erwachte, vergessen würde zu waschen, weil sein Gehirn sofort auf Hochtouren lief und er davon eilte, ohne Frühstück, ohne Zähneputzen, in der gleichen Kleidung wie gestern, um eine Spur zu verfolgen, die ihm gerade eingefallen war, hatte ihr tiefen inneren Frieden gegeben.

Vera lächelte still und versunken vor sich hin, als sie die Tür zu Frau Bergers Zimmer öffnete, um ihr das Frühstück zu bringen.

»Ach, die Sonne geht auf«, rief die alte Dame, die in

einem Sessel vor dem Fenster saß und häkelte.

Vera stellte das Tablett auf den Tisch und bewunderte die schöne Arbeit in den Händen der Frau.

»Das wird ein Taufkleid für meine Urenkelin. Ob es ihr gefallen wird?«

»Es ist wunderschön. So ein Spitzenmuster könnte ich niemals zustande bringen«, rief Vera und ließ das zarte Gebilde durch ihre Finger rinnen. »Die Kleine ... wie heißt sie denn? wird sich darin wohlfühlen.«

»Sie heißt ... sie heißt ... sie heißt ...« Frau Bergers Stimme erstarb.

Tränen traten in ihre Augen.

»Sie haben es vergessen? Aber das macht nichts. Wir geben ihr einen Namen, was meinen Sie? Welchen Namen haben Sie gerne?«

Vera lächelte gütig und aufmunternd, schenkte der alten Dame eine Tasse Tee ein und reichte sie ihr gleichzeitig mit einer kleinen Pille, die sie aus ihrer Kitteltasche zog.

Willenlos schluckte Frau Berger die dargereichten Dinge, lehnte sich zurück und schloss die Augen.

Vera räumte einige Sachen auf und schwieg. Sie wusste, was gleich kommen würde. Die alte Dame würde die Augen aufschlagen und plappern wie ein Wasserfall. Glücklich würde sie Vera ihre ganze Lebensgeschichte erzählen, frohgemut den Tag verbringen, im Garten spazieren gehen, mit den Heimbewohnern lachen, lesen und Briefe an ihre Verwandten schreiben.

Dank D.R.O.P.

Denn eine der Pillen, die Vera in der letzten Nacht aus dem Container geholt hatte, hatte sie der alten Dame gerade zu schlucken gegeben.

Die Wunderpille, die der liebe Robert entdeckt hatte, derentwegen er wahrscheinlich hatte sterben müssen und die den alten Menschen nun zu neuem Lebensinhalt und Mut verhalf. Eine Pille, die aus den hilflosen, geistig trägen und dahin vegetierenden Menschen aktive, kluge, geistreiche Wesen machte. Auch wenn ihre altersbedingten Körpergebrechen sich nicht unbedingt verbesserten – was machte das schon, wenn man klar im Kopf war, sich an kleinste Begebenheiten in der Vergangenheit erinnern konnte, Spaß hatte und mit alten Freunden telefonieren, sprechen, sich austauschen konnte.

Erst neulich hatte der greise Herr Rademacher, der bis vor kurzem noch nicht einmal das Personal erkannte, einen Vortrag über die Planeten gehalten. Dem die Bewohner interessiert gefolgt und sogar überaus kluge Fragen gestellt hatten.

Die Inhaberin des Altersheimes hatte die Hände über den Kopf zusammen geschlagen. »Was für eine Veränderung! Da komme ich nicht mehr mit. Das ist mir geistig zu hoch.«

Vera hatte gelächelt und sich nur gefreut. Roberts Vermächtnis tat Gutes. Sein Tod sollte nicht umsonst gewesen sein.

Dabei war ihr vor wenigen Monaten recht mulmig gewesen, als sie das erste Mal eine einzige Pillenpackung geholt hatte.

Die kleine Packung mit den großen, roten D.R.O.P. - Lettern enthielt keine Packungshinweise, keine Beilage, keinerlei Informationen, kein Herstellungs- oder Verfallsdatum. Fast eine Woche lang hatte Vera sie zu Hause in der Lade des alten Küchentisches verwahrt, ohne sie anzurühren. Dann hatte sie all ihren Mut zusammen genommen, eine Videokamera aufgestellt, Schreibzeug zurecht gelegt, ihr Telefon in Reichweite platziert und selbst eine Pille geschluckt. Dann hatte sie gewartet und aufgeschrieben, wie sie sich fühlte und was sie dachte. Die Kamera beobachtete sie und zeichnete alles auf, weil Vera nicht wusste, was mit ihr passieren würde. Würde sie stundenlang ohnmächtig werden? Merkwürdige Dinge tun? Es konnte sogar sein, dass sie sterben würde.

Vera hatte diesen Selbstversuch trotzdem in Angriff genommen, nachdem sie mitangesehen hatte, wie sich ein Heimbewohner den Kopf an der Wand blutig schlug, weil sein Gehirn versagte und sein vergangenes Leben ausgelöscht war. Ein Mann, der, wie Vera wusste, ein berühmter Mathematikprofessor gewesen war und der jetzt nicht einmal wusste, wie viel eins und eins war. Würgendes Mitleid hatte Vera gepackt. Ihre Machtlosigkeit, ihm nicht helfen zu können, hatte sie zermürbt.

Bis ihr einfiel, was Robert damals über diese Pillen erzählt hatte. Er, der bei seinen Schnüffeleien in einem Keller einer Fertighausherstellerfirma in Lübeck auf die Akte D.R.O.P. gestoßen war. »Eine Teufelsarznei, die dir das Gehirn aufweicht und die deine Erinnerungen bis ins Kleinkindalter wahrheitsgetreu herausquetscht, auch wenn du es nicht willst. Eine Pille, die das menschliche Gehirn zu Höchstleistungen animiert und Dinge ans Licht bringt, über die Probanden bestimmt lieber geschwiegen hätten. Die Wahrheit aus armen, geschundenen, meist unschuldigen Kreaturen heraus zu foltern, ist nicht mehr notwendig. D.R.O.P. erledigt das ohne Ängste, ganz freiwillig und – freudig. Denn die Menschen erinnern sich an Dinge bis ins Kindesalter zurück, so realitätsnah, dass manche sich hinterher richtig glücklich fühlen.«

Vera hatte sich die Hände vor das Gesicht geschlagen. Wie arglos und begeistert hatte Robert ihr von seinem Fund erzählt. Er wollte den Schatz bergen, wie er sich ausgedrückt hatte und eine Sensationsstory veröffentlichen, die seinesgleichen suchte. Er war sich sicher, auf ein ganz großes Ding gestoßen zu sein. Zwei Tage später war er tot. Autounfall. Auf dem Weg zu einer Chemiefabrik, in der er das Medikament analysieren lassen wollte. Das Medikament war bei ihm nicht gefunden worden.

Ein Arbeitskollege von Robert überbrachte Vera die Hiobsbotschaft erst, als Robert bereits unter der Erde ruhte.

In seiner Redaktion hatte er eine ganz andere Anschrift angegeben. Vera vermutete im Nachhinein, dass er sie schützen wollte, denn niemand wusste dort, dass er mit ihr zusammen lebte. Erst ihre wiederholten Anrufe an seinem Arbeitsplatz ließen die Leute hellhörig werden und man geruhte, sie zu informieren.

Veras Kummer über den plötzlichen Verlust dieses Mannes, den sie seit ihrer gemeinsamen Schulzeit liebte, brachte sie fast um den Verstand. Dieses jähe Ende ohne Abschied konnte sie nicht fassen. Erst nach und nach kroch die Angst in ihr hoch, als ihr zu Bewusstsein kam, dass Robert vielleicht gerade wegen seiner Pillenstory aus dem Weg geschafft worden war. Dass der Unfall vielleicht gar kein Unfall gewesen war, auch wenn die Behörden ihr immer wieder versicherten, dass Roberts abgenützte Sommerreifen auf der glatten, kurvigen Fahrbahn versagt hatten. Aber wo war die D.R.O.P.-Packung geblieben, die er ganz bestimmt bei sich gehabt hatte? Nur derentwegen er überhaupt unterwegs gewesen war?

In kopflosem Wahn hatte Vera alle Dokumente, die sie in Roberts Zimmer gefunden hatte, verbrannt. Sie hatte ihre Sachen gepackt und war fortgezogen. Das war jetzt über sieben Jahre her. Seitdem redete sie sich ein, dass Robert wirklich einfach nur bei einem Autounfall ums Leben gekommen war. Sein beinahe besessener Ehrgeiz, wenn er eine Spur verfolgte, hatte ihn die profanen Alltagsdinge häufig vergessen lassen. Er hatte sogar vergessen, zu essen - und – Reifen wechseln, wäre auch nicht sein Ding gewesen.

Sie starb bei der Einnahme der Pille nicht. Im Gegenteil. Sie fühlte sich tatsächlich prächtig. Bereits nach kurzer Zeit fingen ihre Gedanken an, sich zu überschlagen. Vera sah sich im Kindergarten an einer Weihnachtsaufführung teilnehmen, bei der sie einen kleinen Esel spielte, wobei sie auf allen Vieren in ihrem Kostüm zwischen den Zuschauern herumkroch und alle Zuschauer sie streichelten. Ihre Erinnerung war so real, dass Vera tatsächlich in ihrem Wohnzimmer herum gekrochen war, was die Aufzeichnungen der Kamera und ihre wundgescheuerten Knie ihr später vermittelten. Vera sah sich Dreirad fahren und mit ihrer besten Freundin im See schwimmen. Sie erlebte ein Schulfest, bei dem sie einen Blumenbogen in beiden Händen trug und sie sah sich - als Hexe verkleidet - Rummelpott laufen. Hinterher konnte sie sich sogar an den Text des Liedes erinnern, das sie gesungen hatte und das ihr bis dahin völlig entfallen war.

Anhand des Weckers erkannte sie, dass sie fünf Stunden lang Kind gewesen war. Ein wundervolles Erlebnis, das sie nicht missen wollte. Und – ihr war weder schlecht noch hatte sie irgendwelchen Ausschlag. Die Wunderdroge schien also alles andere als schädlich und gefährlich zu sein. Sie war einfach nur phantastisch.

Als sie dem ehemaligen Mathematikprofessor zum ersten Mal die Pille verabreicht hatte, war sie schon etwas zittrig gewesen. Doch was sich dann abspielte, überstieg alle ihre Vorstellungen. Der Mann griff nach einem Stift und kritzelte seine Zimmerwand mit mathematischen Formeln voll, die kein Ende zu nehmen schienen.

Er entwickelte eine ungeheure geistige Aktivität, die bei dem Mann aber nur anderthalb Stunden anhielt. Dann versank er erneut in verblödete Resignation und starrte die Wand an. Sein Schaffensdrang war einer monotonen Lethargie gewichen. Fortan benutzte Vera den Mann als Versuchskaninchen.

Sie kam dahinter, dass bei schwerster Vergesslichkeit drei Pillen vonnöten waren, um den Menschen dann für ungefähr fünf Stunden anzutreiben. Somit erhielt Herr Rademacher sechs Pillen am Tag, denn nachts sollte er schlafen und nicht denken. Bei leichter Gehirnschwäche, wie bei Frau Berger, reichte eine Pille alle drei Stunden. Vera versorgte acht Patienten mit den Pillen, womit sie pro Tag dreiunddreißig Pillen verbrauchte. Eine Packung enthielt zehn Stück. Somit lag ihr Bedarf bei fast einhundert Packungen im Monat. Vera wusste nicht genau, wie viele Packungen in dem Container vorhanden waren. Die Menge kam ihr aber endlos vor, denn die Ration eines Monats konnte sie in zwei Aldi-Tüten unterbringen.

»Meine Urenkelin heißt Sabrina«, hörte sie die alte Frau Berger plötzlich erzählen. »Sie ist gerade mal zwei Wochen alt. Meine Tochter schickt mir demnächst einige Fotos. Ich bin gespannt, wem sie ähnlich sieht, vielleicht … «

»… ich wette, sie sieht aus, wie Sie«, unterbrach Vera die alte Dame lächelnd.

»Hoffentlich nicht. Ich war als Kind keine Schönheit.

Ich war dünn und schlaksig. Die Hebamme soll angeblich zu meiner Mutter gesagt haben: ›Ist das ein Baby oder hole ich da eine Bohnenstange hervor.‹ Meine Mutter musste daraufhin so lachen, dass ich nur so heraus flutschte. Mein Spitzname war jahrelang Bohni. Oh, jetzt habe ich mich verhäkelt. In letzter Zeit habe ich den Eindruck, dass ich mit meiner Brille nicht mehr so gut sehe. Ich glaube, ich muss den Augenarzt aufsuchen. Hätten Sie Zeit, mich dorthin zu begleiten, meine Liebe? Das soll natürlich nicht umsonst sein. Wir hängen einen kleinen Bummel an, ich lade Sie ins Café ein und Sie suchen sich etwas Hübsches aus. Wo doch bald Weihnachten ist.«

»Das ist nicht nötig Frau Berger. Ich begleite Sie gerne, ohne Entlohnung. Wollen wir übermorgen gehen? Da habe ich nachmittags frei?«

»Wissen Sie, was ich mir kaufen möchte? Einen Badeanzug. Ich möchte im Hallenbad hier im Ort schwimmen gehen. Als Kind war ich eine Wasserratte. Ja, das werde ich tun. Ich werde meine eingerosteten Knochen auf Vordermann bringen.«

Vera lachte und freute sich, dass es der alten Dame so gut ging. Während Frau Berger erzählte und erzählte und erzählte und sich an ihren Kindheitserinnerungen ergötzte, verabschiedete sich Vera. Auf sie warteten noch viele Patienten, die sie versorgen musste, damit die genauso gut drauf kamen, wie Frau Berger heute.

Der ehemalige Mathematikprofessor freute sich wie ein

kleines Kind, als sie herein kam und fing sofort an, ihr ein abstraktes Gebilde auf einem überdimensionalen Zeichenbrett, das er bestellt hatte, zu erklären. Er schob riesige Lineale und Zirkel spielerisch hin und her und zog akkurate Linien. Er erzählte ihr, dass er einen hochsensiblen Antrieb für Raketen berechne und entwerfe. Vera konnte nicht anders, als ihn liebevoll Professor Einstein zu nennen. Der alte Mann strahlte über das ganze Gesicht. Er hatte einen neuen Lebensinhalt gefunden.

Vera musste ihn zu seinem Glas Wasser und ihrer Pille fast gewaltsam drängen, so beschäftigt war er.

Beschwingt eilte sie zu ihren weiteren Probanden, die samt und sonders rege waren. Eine Bewohnerin studierte eine schwierige Abhandlung über alte chinesische Archäologie, eine andere hatte ihr Zimmer in ein Bonsai-Paradies verwandelt, das sie aufmerksam pflegte; ein alter Mann bastelte an einem großen, alten Modellschiff für seinen Enkel, für das er alles selbst anfertigte. Er brauchte eine riesige Lupe für die Kleinstteile, aber das störte ihn nicht im Geringsten.

Vera, zufrieden mit ihrem Tageswerk, ging in den Aufenthaltsraum und schenkte sich eine Tasse Kaffee ein.

»Ich glaube, Sie sind ein wahrer Segen für unser Heim, Vera«, sprach eine Pflegerin sie an. »Seit Sie hier sind, geht es den Leuten so wunderbar. Wie machen Sie das nur? Die Bewohner sind wie ausgewechselt. Früher war die Arbeit hier wirklich manchmal eine Plage. Die meisten Leute lagen nur stumpfsinnig in ihren Betten und starrten die Wände an. Fast alle mussten gefüttert werden. Wir wurden wie Fremde behandelt. Und plötzlich – Leben, wohin man schaut. Was den Leuten alles einfällt. Es ist nicht zu glauben. Ich bin fast nur noch damit beschäftigt, Bestellungen für irgendwelche dubiosen Dinge von ihnen auszuführen. Sie geben den Menschen ungeheuren Auftrieb. Was ist Ihre Geheimformel?«

Der Ton der Pflegerin war fast ein bisschen neidisch und argwöhnisch. Diese Vera Diedrichs mit dem engelhaften Lächeln wurde von der Heimleiterin in den höchsten Tönen gelobt. Das Gerücht machte die Runde, dass diese Frau zu ihrer Stellvertreterin ernannt werden sollte – und das erst nach fünf Monaten ihres Hierseins. Karin Duncker arbeitete schon seit fünfzehn Jahren hier und fing an, an ihrer Kompetenz zu zweifeln. Sie, die sich abgerackert und eigentlich nichts erreicht hatte, wurde untergebuttert von einer Neuen, die Wunder wirkte. Misstrauisch beäugte sie ihre Nebenbuhlerin. Die Frau, schon etliches über fünfzig, strahlte etwas aus, das Karin sich nicht erklären konnte. Die vollen, dunklen, gewellten Haare rahmten ein eher großflächiges Gesicht mit einer hohen Stirn. Dunkle, schöne Samtaugen, eine an den Enden aufgeworfene Nase und volle Lippen vermittelten ein klassisches Antlitz, dessen Ausstrahlung ein wenig an Ingrid Bergmann erinnerte, vor allem, wenn sie mit großer Sanftmut lächelte, so wie jetzt.

»Ich begegne den Menschen mit Liebe und großem

Respekt. Ich behandle sie nicht wie Kranke, nicht wie unmündige Kinder. Ich vermittele ihnen Würde, erwecke ihre Persönlichkeiten.« Etwas Anderes fiel Vera nicht ein.

»Ja, was glauben Sie denn, wie ich sie behandelt habe?«, erboste sich Karin, »wollen Sie mir unwürdige Behandlung vorwerfen?«

Vera erschrak. »O, nein, niemals. Ich bitte Sie! Ich glaube auch gar nicht, dass es an mir liegt. Nur Ihrer jahrelangen Aufmerksamkeit und sorgfältigen Pflege verdanken es die Menschen heute, dass es ihnen hier so gut geht. Das ist nicht mein Verdienst. Warum glauben Sie, dass es den Leuten erst so wohl ergeht, seit ich hier bin? Über so eine magische Wirkung verfüge ich nicht.« Veras Lachen klang ein wenig spöttisch und … gekünstelt. Das gleiche Gespräch hatte sie vor einigen Monaten mit einer Angestellten in einem anderen Altersheim gehabt. Auch dort war man ihr mit Neid und Missgunst begegnet, anstatt sich zu freuen, wenn es den alten Menschen gut ging. Ihre Anwesenheit löste feindseliges Verhalten des Personals aus, das es nicht ertrug, dass es plötzlich jemanden gab, dessen Erscheinen bei den Bewohnern Frohsinn und Tatendrang bewirkte. Man war sogar so weit gegangen, ihr hinterher zu spionieren. Zu guter Letzt hatte man sie kaum noch aus den Augen gelassen. Vera hatte gekündigt, hervorragende Zeugnisse erhalten und sich eine neue Stellung gesucht. Und jetzt ging das Ganze von vorne los. Warum freuten sich die Angestellten nicht einfach über die geistig regen Heimbewohner? Warum suchten sie dafür einen

Schuldigen? Vera schüttelte leicht ihren Kopf, während sie nachdachte, denn sie verstand diese Kuriosität nicht.

Die alten Menschen waren so gut drauf wie seit Jahren nicht. Eine lange schlummernde Lebenslust hatte sie gepackt. Warum konnte man es nicht einfach dabei belassen? Warum nur wurde sie schon wieder behandelt wie ein Schwerbrecher? Vera seufzte. Musste sie erneut weiterziehen? War das jetzt ihr Los? Im Lande herum irren, den alten Menschen kurz Freude bringen wie der Weihnachtsmann und Stumpfsinn zurück lassen? War das ihre Mission? Sie straffte sich. Ein sanftmütiges, geheimnisvolles Lächeln überzog ihre Züge. Wenn es sein musste, würde sie so lange durch das Land ziehen und Frohsinn verbreiten, bis die phantastischen Pillen zur Neige gingen. Das war sie Robert schuldig.

Karin betrachtete sie argwöhnisch. Die Frau war ihr unheimlich. Lächelte still vor sich hin, den Blick in weite Fernen gerichtet. Karin war schon zu lange Altenpflegerin, um sich vorgaukeln zu lassen, dass der plötzliche Übermut der alten Heimbewohner mit rechten Dingen vor sich ging. Diese plötzlichen, regen, geistigen Aktivitäten waren ihr nicht geheuer. Obwohl ihre Worte bei der Heimleiterin auf taube Ohren gestoßen waren. Die schwärmte von dieser Vera. Die Arbeit des Personals hatte sich beinahe halbiert, denn die Alten aßen alleine, zogen sich an, beschäftigten sich, machten viel Bewegung, was auch ihre Körperfunktionen stabilisierte. Und das alles erst, seit diese Frau hier arbeitete. Karin war so misstrauisch, dass sie recherchiert hatte. Und sie hatte heraus gefunden, dass in dem Altenheim, in dem Vera vorher gearbeitete hatte, genau das gleiche passiert war. Und seit die dort weg war, herrschte dort wieder der alte, geistlose Trott. Karin wollte und konnte nicht glauben, dass alleine die Gegenwart dieser Vera die alten Leute so veränderte. Da musste etwas anderes dahinter stecken. Die Äußerung einer Kollegin ging ihr durch den Kopf: »Es gibt Menschen mit heilenden Händen. Vielleicht ist Vera so eine Person. Freu' dich doch einfach über ihre außergewöhnlichen Fähigkeiten.«

War diese Vera vielleicht tatsächlich so eine Art Heilerin? Karin hatte sie einmal dabei ertappt, als sie einer alten Heimbewohnerin die Schläfen massierte und sich mit murmelnden Worten mit der alten Dame unterhalten hatte. Die Frau, die sich bislang kaum an den gestrigen Tag erinnern konnte, hatte Vera erzählt, dass sie als kleines Kind in den großen Ferien immer ›verschickt‹ wurde. Sechs Wochen alleine in ein Heim, wo es morgens zum Frühstück auf leeren Magen einen riesigen Löffel voller Lebertran gab, den eine Oberin in die offenen Münder der Kinder schüttete und der einfach widerlich schmeckte. Danach stürzte man sich förmlich freiwillig auf die Haferschleimsuppe. Die alte Dame hatte lächelnd und flüssig von diesen Dingen erzählt, als wären sie ihr gerade eben passiert. Karin hatte verschämt die Tür geschlossen, als sie bemerkte, dass Vera sie entdeckt hatte. Die leise Zwiesprache zwischen der alten Dame und Vera war ihr zu Herzen gegangen. Die alte Dame hatte so glücklich geklungen. Und dennoch? Durfte man einer Heilerin gestatten, die alten Menschen zu verwirren? Ihnen Erinnerungen hervor locken, die manche vielleicht sogar vergessen wollten? Karin warf Vera einen argwöhnischen Blick zu. Sie würde diese merkwürdige Frau im Auge behalten.

4

*

1945 – 1947

Wohlerzogen griff Arthur Süttler nach dem Tablett mit dem Frühstück, das seine Mutter bestückt und das er, wie jeden Morgen in den vergangenen Monaten, in die Scheune hinüber tragen würde. Ein Gang, der ihm Freude machte, weil er mit Elise reden konnte. Elise, die nun seit sechs Monaten mit ihren Eltern drüben in der Scheune wohnte. Monate, die Arthur verändert hatten, seit in der letzten Silvesternacht Herr und Frau Koppenhöh mit der halb erfrorenen, blassen Elise bei Süttlers an die Tür gepocht und um etwas zu essen gebeten hatten.

Arthurs Mutter hatte die Hände über den Kopf zusammen geschlagen, die Leute in die warme Stube gebeten und ihnen aufgetischt, was die Küche hergab, beziehungsweise, was noch da war. Und das war nicht viel. Der tägliche Kampf um eine warme Mahlzeit nahm die meiste Zeit des Lebens in Anspruch, denn kaufen konnte man fast nichts. Der lange Krieg forderte seinen Tribut. Der Hunger war nun die tägliche Bedrohung. Süttlers waren Flüchtlinge gewohnt. Schon vor Ende des Krieges nahm der Strom der armen Kreaturen, die aus dem Osten in den Westen wollten und mit den Einheiten der Wehrmacht vor der Roten Armee flohen, kein Ende. Koppenhöhs kamen aus Danzig und wollten sich im Westen eine neue Existenz aufbauen. Der Mann war Apotheker und hatte bei dem Bombardement seiner Heimatstadt und der folgenden Willkür der Russen und Polen alles verloren, was er sich aufgebaut hatte.

»Stalin breitet sich rasant aus«, hatte er würgend hervorgebracht und es hörte sich an, als würde da drüben die Pest um sich greifen. »Den Eltern meiner Frau haben sie das Haus buchstäblich unter dem Hintern weggeschossen. Alles was stehen blieb, war ihr Kachelofen. Ist das nicht eigenartig? Mitten in einem Trümmerfeld ragte ein unversehrter Kachelofen heraus.« Der Mann hatte mit seiner Frau einen verzweifelten Blick gewechselt.

»Die lieben Leute wohnten dann bei uns, in der Küche. Unser Wohn- und Schlafzimmer wurde bereits von einem Polen bewohnt. Das wurde uns von den Russen befohlen. Ein schrecklicher Mensch. Wenn meine Frau mit Elise an der Wasserstation Wasser holen ging und sie trafen ihn unterwegs, hat er ihnen den Eimer abgenommen und das Wasser ausgekippt. Sie musste dann wieder zurück. Sie sind daraufhin große Umwege gegangen, um dem Mann nicht zu begegnen. Eine Nachbarin von uns haben die Russen gewaltsam fortgezerrt. Man ... man vergewal ... «,

»Rasputin, die Kinder!«, fuhr seine Frau ihm ins Wort. Der Mann hüstelte zustimmend. »Man tat ihr Schlimmes an und ließ sie auf der Straße liegen. Als die Luft rein war, zogen wir sie ins Haus. Ihre fünfzehnjährige Tochter haben wir als Oma verkleidet in eine dunkle Ecke gesetzt und ihr befohlen, sich nicht zu rühren – nur vor Altersschwäche zittern durfte sie. Die Russen ließen sie deshalb Gott sei Dank unbeachtet, sonst wäre ihr das gleiche passiert wie ihrer Mutter. Als die Russen aus einem Mietshaus nebenan eines Nachts alle Männer rausholten und mit ihren Schnellfeuergewehren Salven in die Gegend schossen, die uns, die wir im Keller saßen, das Blut in den Adern gefrieren ließen, und in der nächsten Nacht alle Frauen und Kinder gewaltsam zum Bahnhof geschleppt wurden, nur weil die Leute sich weigerten, sich *Einpolisieren zu lassen, haben wir uns Hals über Kopf auf den Weg gemacht. Unsere Eltern sind drüben gestorben. Die haben das alles nicht verkraftet. Wir mussten sie – wir haben sie auf unserem Hinterhof begraben. Wir … wir hatten nicht einmal einen Sarg.«

Der Mann fuhr sich über die Augen.

Arthurs Mutter hatte bei der Schilderung entsetzt die Hände vor den Mund geschlagen, die kleine Elise dann resolut in eine zusätzliche Decke gewickelt, denn das Kind zitterte vor Kälte und Schwäche und Arthur befohlen, den restlichen Punsch noch einmal zu erhitzen und der Kleinen davon zu trinken zu geben. Als Arthur Elise den heißen Becher übergeben und sie ihn mit einem dankbaren Blick angesehen hatte, fühlte sich Arthur wie ihr Beschützer.

»Wie alt bist du?«, hatte er zu fragen gewagt.

---

*Das Wort konnte nicht recherchiert werden. Dieses ist ein Ausdruck meiner Tante und nicht untermauert.

»Fünfzehn«, hatte Elise zaghaft erwidert.

»Ich bin sechzehn.«

Elise hatte unendlich lieb gelächelt. Ihre braunen Samtaugen hatten einen warmen Glanz bekommen, ein Resultat des heißen Glühweins. In ihre Wangen war Farbe getreten.

»Wir können Sie nur drüben in der Scheune unterbringen«, hatte Arthurs Mutter resigniert gesagt.

»Wir haben selbst nur diese winzige Stube und die Küche. In den anderen Zimmern ist es eisigkalt und feucht. Der einzige Ofen, den wir noch auftreiben konnten, steht in der Scheune. Dort leben zurzeit noch neun andere Flüchtlinge und die brauchen alle den Ofen, um nicht zu erfrieren. Das Heu wird sie zusätzlich wärmen. Einer muss immer auf den Ofen aufpassen, wegen der Feuergefahr. Wir versuchen alle gemeinsam, etwas zu essen aufzutreiben. Jetzt im Winter wächst nichts. Mein Mann – er ist noch nicht aus dem Krieg zurück gekehrt. Wir vermuten ihn in Gefangenschaft. Mein Sohn Arthur ist so lange der Hausherr hier.«

Ein bewundernder Blick aus Elises Augen hatte Arthur getroffen und er war ganz verlegen geworden.

»Wir sind Ihnen sehr dankbar für Ihre Gastfreundschaft«, hatte Herr Koppenhöh entgegnet. »Wir werden Sie nicht länger als nötig belästigen. Nur eine kleine Verschnaufpause. Ich werde für den Unterhalt meiner

Familie arbeiten. Sagen Sie mir nur, was zu tun ist.«

»Vorrangig müsste dringend das Dach repariert werden. Drüben in der Scheune und auch hier. Es regnet überall durch. Aber als Apotheker ... ?« hatte Johanna Süttler zweifelnd gemeint.

»... kein Problem. Mein Bruder – Gott hab' ihn selig, war Zimmermann. Ich habe ihm oft geholfen. Ich bin handwerklich durchaus geschickt«, hatte Elises Vater fast flehentlich entgegnet.

»Unser Hauptproblem ist, alle Mäuler zu stopfen. Manchmal haben wir nur klebriges Maisbrot. Die Felder liegen brach. Aber wir hoffen. Immerhin ist der Krieg zu Ende.« Johanna Süttler hatte sich bekreuzigt und sich über die Augen gewischt.

»Ich fürchte, für Osteuropa ist er noch lange nicht zu Ende«, seufzte Herr Koppenhöh vernehmlich.

»Arthur, hole drei Wolldecken aus dem Dielenschrank und geleite die Leute rüber in die Scheune. Ich gehe schlafen. Der Tag war lang«, hatte Johanna sich dann entschuldigt.

Als Arthur die dünnen Wolldecken aus dem Schrank gezogen und einen Blick auf die zusammengekauerte Elise geworfen hatte, war er in die Küche geeilt und hatte von der Couch, die nachts sein Bett war, die geblümte Steppdecke herunter gezogen. Elise hatte sein Tun mit großen Augen verfolgt.

»In der Küche ist es warm und ich friere nie«, hatte Arthur gemurmelt, als er Elise die Steppdecke in die Arme gedrückt hatte.

Ihre geflüsterten Worte: »Das kann ich nicht annehmen«, hatte er mit einer Handbewegung beiseite gewischt.

Als Arthur das große Scheunentor zugezogen und Elise im Heu liegen gesehen hatte, war ihm ganz warm ums Herz geworden. Er hätte gerne seine Couch in der Küche mit dem Heubett vertauscht.

Das war vor sechs Monaten und nun war Sommer. Es war warm und Elise fror nicht mehr. In der Scheune wohnten jetzt nur noch Koppenhöhs und Frau Lach mit ihrem vierjährigen Sohn. Die anderen Flüchtlinge waren weiter gezogen. Morgen wollte sich auch Frau Lach auf den Weg zu einer Verwandten machen, deren Adresse sie über das Rote Kreuz heraus gefunden hatte. Elises Vater hatte in den letzten Monaten hart für seinen Unterhalt und den seiner Familie gearbeitet. Das Dach war notdürftig aber wetterfest repariert, ein Traktor war in Gang gebracht und ein großer Pflug geschweißt.

Auf zwei Feldern hatten Arthur und Herr Koppenhöh Kartoffeln und Kohl gepflanzt. Frau Koppenhöh hatte mit Johanna Süttler den Gemüsegarten wieder aufleben lassen und die Obstbäume und Johannisbeersträucher trugen Früchte. Es schien aufwärts zu gehen, auch wenn man für sein Geld kaum etwas kaufen konnte. Wenn die Inflation so weiter ging, waren Kartoffeln und Kohl auf dem Markt kaum an den Mann zu bringen, jedenfalls nicht für Bares, denn niemand besaß die Unsummen, die dafür vonnöten waren. Aber man würde tauschen können. Herr Koppenhöh und Arthur hatten beschlossen, die Ernte im Herbst in die fünfzehn Kilometer entfernte Kreisstadt zu bringen und gegen dringend benötigte Waren einzutauschen.

Auch heute, beim Frühstück, überlegten Arthur und Herr Koppenhöh wie sie an einen Anhänger kommen könnten, um die Waren transportieren zu können. Außerdem brauchten sie Sprit für den Traktor. Herr Koppenhöh war mittlerweile für Süttlers unentbehrlich geworden, denn wenn Arthur auch anpackte, wo es nur ging, fehlte ihm die Erfahrung eines erwachsenen Mannes. Sein Vater war nun schon sieben Jahre fort und Arthur fehlten seine Lehrjahre. Elises Vater war so etwas wie ein Ersatzvater für Arthur geworden, der Elise gerade mit bewundernden Blicken ansah, als sie herzhaft in ihr Marmeladenbrot biss. Die zierliche, kleine Elise grinste schelmisch und fuhr sich mit der Zunge über die verschmierten Lippen.

»Elise, hast du Lust, heute Nachmittag im See schwimmen zu gehen?«, fragte Arthur.

Elise nickte begeistert.

»Vorher wirst du aber im Gemüsegarten das Unkraut zupfen, Elise«, entgegnete Adelheid Koppenhöh mahnend.

Elise grinste Arthur an und zog ihrer Mutter nicht sichtbar eine kleine Grimasse.

Rasputin Koppenhöh erhob sich. »Komm, Arthur, wir gehen ins Dorf. Wir brauchen demnächst einen Transporter für unsere Ernte. Vielleicht kann Fuhrmann Nickel uns helfen. Oder Matthiesen.«

»Geh' nur, Arthur. Ich bringe das Tablett zu deiner Mutter zurück. Beeile dich. Mir ist jetzt schon heiß. Ich brauche dringend Abkühlung«, lachte Elise und hüpfte davon.

Als Arthur und Rasputin Koppenhöh durch den großen Torbogen auf den gepflasterten Hof des Fuhrmanns Nickel traten und das Kontor ansteuerten, wurden sie nur von Kurt, dem Sohn des Fuhrmanns, begrüßt.

»Mein Vater ist abwesend«, erklärte Kurt arrogant. Während Rasputin Koppenhöh freundlich und geschäftsmäßig sein Anliegen vortrug, musterte Arthur Süttler den jungen Mann feindselig. Kurt, zwei Jahre älter als Arthur, groß, schlank, blond, in einem dunklen Tuchanzug und mit städtischen Manieren, die er sich bei seinem Onkel in Lübeck angeeignet hatte, bei dem er eine kaufmännische Ausbildung machte, würdigte den Bauernlümmel Arthur keines Blickes.› Der hält sich für was Besseres‹, dachte Arthur böse. ›Ich konnte diesen geschniegelten Affen noch nie leiden‹.

Arthur hatte Kurt in den letzten Jahren nicht oft zu Gesicht bekommen, da dieser mehr bei seinem Onkel in der

Stadt Lübeck gelebt hatte, als hier bei seinen Eltern in Köhlerdorf. Es ging sogar das Gerücht herum, dass er bei der Hitlerjugend begeistert mitgemacht haben sollte, was Arthurs Mutter bei Arthur geschickt verhindert hatte. Arthur war damals nicht ganz zehn Jahre alt, zu jung für den Eintritt in das Deutsche Jungvolk, den Pimpfen. Erst 1942 gab es auch für Arthur kein Entrinnen mehr. Er war Jugendschaftsführer im Deutschen Jungvolk mit weiß-roten Führerschnüren über der Brust. Er marschierte mit einer Sammelbüchse durch Köhlerdorf und verkaufte Anstecknadeln mit Parolen und Hitlerabzeichen. Und er musste Pflastersteine für die Ausbesserung der Dorfstraße zu den Arbeitern transportieren. Das war's aber auch schon. Die wirklichen Gräuel des Krieges verschonten Köhlerdorf. Es war zu unbedeutend, wenn auch kurze Zeit einige SS-Männer in langen Ledermänteln im Rathaus gehaust, Flaggen mit dem Hitlerkreuz die Fenster geschmückt und Arthurs Mutter ihrem Sohn unbedingten Gehorsam gegenüber diesen Leuten eingeimpft hatte, um jedes Aufsehen zu vermeiden.

In Gegenwart ihres Sohnes verbiss sie sich jegliche negative Äußerungen, um den Jungen nicht zu verunsichern. Arthur und sein bester Freund Dieter Matthiesen waren jedoch eher neugierig als ängstlich. Sie mussten jeden Morgen vor dem Rathaus exerzieren, der Fahne einen militärischen Gruß senden und durchs Gelände marschieren. Nachmittags hatten sie Leibesübungen in der Turnhalle zu absolvieren und

Schießübungen im Wald zu veranstalten. Arthur erhielt ein Leistungsbuch der Hitler-Jugend, das er stolz seiner Mutter zeigte. Die legte das Ding mit den gemurmelten Worten ›Es reicht, wenn dein Vater dem Vaterland dient‹ in eine Schublade, aber erst als Arthur den Raum verlassen hatte.

Dann waren die Männer plötzlich weggefahren und alles verlief wie vorher. Als der Krieg zu Ende war, verbrannte seine Mutter das Leistungsbuch im Ofen. Die GIs, die dann im Rathaus hausten und anfangs argwöhnisch betrachtet wurden, erwiesen sich schnell als Menschenfreunde. Arthur und seine Freunde bekamen Schokolade und Kaugummis, wenn sie den Männern ihre Schuhe blank putzten. Arthur tauschte ein altes Jagdgewehr gegen Käse, Butter und richtigen Kaffee ein, den Arthurs Mutter mit glänzenden Augen betrachtete.

Als Kurt Nickel zu Weihnachten 1943 seine Eltern beziehungsweise seinen Vater besucht hatte, war er stolz wie Oskar in seiner Uniform die Dorfstraße entlang gegangen und der alte Notar Semmelmann erkannte unwiderruflich den Dienstgrad des Gebietsführers. Der Sohn des alten Nickels hatte es also wirklich zu etwas gebracht, zu etwas, was das Dorf nicht gutheißen wollte und konnte. Ganz Köhlerdorf und Umgebung mied daraufhin die Familie und wechselte furchtsam die Straßenseite, wenn Kurt Nickel sichtbar wurde, obwohl einige kurz den ›Hitlergruß‹ andeuteten - man konnte ja nie wissen. Man war froh, als er wieder in die Stadt zurück fuhr und so mancher empfand es als wahren Segen, dass seine

Mutter, die schon vor Jahren gestorben und die eine liebe Frau gewesen war, das nicht mehr miterleben musste. Der alte Nickel selbst redete kaum mit jemandem. Wenn überhaupt, hatte er mit Arthurs Vater geschnackt, der nun schon so lange fort war und von dem weder Arthur noch seine Mutter etwas hörten. Vor drei Jahren war der letzte Brief von ihm gekommen.

Man wusste nicht, woher, denn das durfte Arthurs Vater nicht erwähnen. Arthurs Mutter versuchte krampfhaft, etwas über den Verbleib ihres Mannes heraus zu finden, bisher vergebens. Johanna vermutete ihn in russischer Gefangenschaft. Arthur hatte einmal beobachtet, wie sie spätabends das Bild seines Vaters schluchzend angesehen und es dann behutsam wieder an seinen Platz über dem Sofa aufgehängt hatte. Ihre geflüsterten Worte: »Ach, Joachim, unser gemeinsames Leben war zu kurz. Wo magst du jetzt sein? Lebst du noch, irgendwo da draußen, oder bedecken Schnee und Eis schon längst dein Grab?«

Arthur war zu seiner Mutter geeilt und lange hatten sie sich aneinander geklammert. Ganz plötzlich hatte Arthur den Krieg gehasst, der bis dahin so ohne wirklichen Schrecken an ihm vorbei gegangen war. Das Leid seiner Mutter wurde sein eigenes. Er wurde sich schmerzlich bewusst, dass er seinen Vater wohl nie wiedersehen würde. Er, der jeden Tag eigentlich gehofft hatte, sein Vater würde fröhlich wieder auftauchen und alles würde wie vorher sein, begriff plötzlich die Endgültigkeit eines Verlustes.

»Vater ... ist ... er ... tot?«, hatte er hervor gewürgt.

Seine Mutter hatte ihn mit einem Blick angesehen, den Arthur nie vergessen würde. »Ich weiß es nicht, Arthur. Wir können nur beten.«

Arthur wischte sich über die Augen und nahm erst jetzt wahr, dass Elises Vater unbeschwert mit Kurt Nickel plauderte und von ihm offensichtlich umsonst einen Lastwagen gestellt bekam, wenn es mit der Ernte so weit sein sollte.

»Wenn Sie erlauben, würde ich Sie morgen Abend gerne zum Essen einladen«, hörte Arthur Elises Vater sagen, was Kurt Nickel dankend annahm. »Natürlich auch Ihren Vater.«

»Mein Vater wird nicht kommen«, entgegnete Kurt bestimmt und wandte sich den Papieren auf seinem Schreibtisch zu, eine untrügliche Geste, dass das Gespräch für ihn beendet war. Arthur hätte ihn am liebsten über den Schreibtisch gezogen und ihm eine verpasst. Was für ein unhöflicher Kerl.

Rasputin Koppenhöh hingegen zog seinen Hut und wandte sich hinaus.

»Geschafft, Arthur. Wir haben den Transporter. Eine ganze Woche lang. Da können wir unsere Ernte in die Stadt bringen. Deine Mutter wird sich freuen. Das war leichter, als ich gedacht hatte. Ein umgänglicher Mensch, der Kurt Nickel.«

»Er ist ein arroganter Idiot. Er war Gebietsführer bei der HJ. In der Stadt. Alle hier hassen ihn. Ich möchte nicht wissen, was der und sein Onkel so alles am Stecken haben. Dreck bis zum Hals, vermute ich. Ein Hitlerfreund. Ein Kriegssympathisant.« Das Wort hatte er seiner Mutter abgelauscht.

Rasputin Koppenhöh sah Arthur überrascht an. So hatte er den jungen Mann noch nie reden hören.

»Das wusste ich nicht. Warum hast du mir vorher deine Bedenken nicht mitgeteilt?«

»Ich wusste nicht, dass er wieder hier ist. Er lebt meistens bei seinem Onkel in Lübeck.«

»Ich hoffe trotzdem, dass er sich an sein Wort hält.«

»Keine Ahnung. Eigentlich gehört seinem Vater der Betrieb.«

Rasputin Koppenhöh schwieg nachdenklich. Jetzt musste er morgen diplomatisch heraus bekommen, ob der junge Mann im Namen seines Vaters Geschäfte tätigen durfte. Eine delikate Aufgabe. Kurt Nickel machte nicht den Eindruck, dass man an seiner Tüchtigkeit und an seinem Wort zweifeln durfte. Der junge Mann schien ganz genau zu wissen, was er wollte und was er tat.

Als Arthur daheim Elise sah, die ihm mit einer Strohtasche entgegen winkte, vergaß er Kurt Nickel. Bewundernd betrachtete er Elise in ihrem geblümten Sommerkleid, ihre nackten, leicht gebräunten Arme und ihre langen, braunen, geflochtenen Zöpfe, die in der Sonne glänzten

Am See breitete Arthur die mitgebrachte Decke auf den Boden und blickte verschämt zur Seite, als Elise unumwunden ihr Kleid auszog, sich ihren türkisfarbenen Badeanzug zurecht zupfte und sich in das kühle Nass stürzte. Arthur ließ sich ihre Rufe nicht zweimal sagen und hechtete hinterher. Prustend tauchte er neben Elise auf und bespritzte sie ein bisschen. Elise lachte glockenhell und schwamm hinaus. Arthur versuchte, sie an den Füßen zu kitzeln, was Elise veranlasste, sich auf den Rücken zu legen und einen Trommelwirbel mit ihren Füßen zu veranstalten, der Arthur Wasser schlucken ließ. Unbeschwert und glücklich schwammen und planschten Arthur und Elise im Wasser herum, bis sie sich schnaufend am Ufer auf die Decke fallen und sich von der Sonne trocknen ließen. Arthur rollte sich auf die Seite, pflückte einen Grashalm und fuhr Elise damit über Arme und Gesicht. Sie schlug ihre Augen auf und sah Arthur mit ihrem so lieben Lächeln an.

»Es ist so schön hier, Arthur. So still. Ich wünschte, die Zeit bliebe stehen. Ich möchte gar nicht fort von hier, von dem Hof, von dir. Ich werde dich schrecklich vermissen.«

»Fort?« Arthur fuhr erschrocken auf. »Ihr wollt fort?«

»Ich habe gestern Abend gehört, wie mein Vater zu meiner Mutter sagte, dass es Zeit wird, euch nicht mehr länger zur Last zu fallen.«

»Aber das tut ihr doch gar nicht.«

»Mein Vater sieht das aber anders.«

Arthurs Blicke ließen Elise nicht los.

»Elise, ich möchte nicht, dass du mich verlässt. Ich ... ich würde es nicht ertragen.«

»Ach, mein lieber Arthur!«

Seite an Seite träumten Arthur und Elise mit offenen Augen in den Himmel und als ihre nackten Arme sich berührten, erröteten beide und blieben verlegen und wie erstarrt liegen.

Keiner wagte sich zu rühren. Arthur spürte mit jedem Atemzug, dass er Elise lieber hatte, als jedes andere Menschenwesen. Er wünschte, sie zu küssen und traute sich nicht. Elise wünschte mit jeder Faser ihrer erwachenden Gefühle, er würde es tun und atmete kurz und angespannt. Erwartungsvoll schloss sie die Augen, auch, um ihn ihre Angst nicht sehen zu lassen. Ihr Herz schlug ihr bis zum Halse. Gleich, gleich würde sie wissen, wie es war, geküsst zu werden. Elise zählte insgeheim bis zehn, dann bis zwanzig und ... bis fünfzig. Dann plierte sie vorsichtig. Arthur küsste sie nicht. Elise seufzte. Sie war enttäuscht. Sie hatte es so erhofft. Wie konnte sie Arthur nur dazu bringen, ohne dass er merkte, wie gerne sie es hätte? Elise stützte sich auf die Ellenbogen und wandte ihm ihr Antlitz zu. Ihre Zöpfe kitzelten seinen Hals. Elise spürte seinen Atem. Alles in ihr drängte danach, Arthur zu küssen. Als Arthur plötzlich die Augen aufschlug und ihr Gesicht so nah über seinem sah, erschrak er. Schnell robbte er zur Seite und sprang auf die Füße. Elise blieb peinlich berührt sitzen. Oh, je, Arthur wollte es nicht. Er flüchtete vor ihr. Sie gefiel ihm nicht. Röte überzog Elises Gesicht, als sie mit dunklen Augen ebenfalls unmutig aufsprang.

»Lass uns gehen. Ich muss meiner Mutter noch helfen.«

»Jetzt schon?« Arthur war überrascht. »Ich denke, wir haben den ganzen Nachmittag Zeit?«

»Nein, haben wir nicht.«

Elises Stimme klang irgendwie böse. Verblüfft betrachtete Arthur sie.

»Was hast du Elise?« Seine Stimme klang besorgt.

»Gar nichts.« Elise reckte sich. Geziert und mit vorgewölbter junger Brust ging sie zum See und spülte sich die Füße. Sie löste ihre Zöpfe, schüttelte die langen Haare auf und blickte versonnen auf den See hinaus. Ihre Hände fuhren kokett über ihren Badeanzug, wie um zu prüfen, ob er bereits trocken sei. Dann kehrte sie um, griff nach ihrem Kleid und zog es über den Kopf.

»Kommst du?«, fragte sie Arthur ungeduldig.

Arthur zog sich an, legte die Decke zusammen und griff nach der Strohtasche.

Er nickte. Er war enttäuscht. Er hatte gehofft, mit Elise einen wunderschönen Nachmittag verbringen zu können, stattdessen war sie mürrisch. Und Arthur wusste nicht, warum. Verzagt griff er nach Elises Hand, die ihm wild entzogen wurde. Von da an blieb er verstört einige Schritte hinter Elise zurück.

Auf dem Hof eilte Elise schnurstracks in die Scheune. Sie wandte sich nicht nach Arthur um.

Arthur verstand die Welt nicht mehr. Schweigsam saß er bei seiner Mutter in der Küche und sah ihr beim Bügeln zu, schweigsam aß er sein Abendbrot und schweigsam ging er ins Bett.

Jetzt, im Sommer, schlief er nicht mehr in der Küche auf der Couch, er konnte sein eigenes Zimmer benutzen, durch dessen Fenster er die Scheune sah. Arthur sah Herrn und Frau Koppenhöh auf der Bank sitzen, aber Elise nicht. Brummig schlug er sich die Decke über den Kopf.

Am nächsten Tag sah er Elise erst am Abend, als sie mit ihren Eltern zum Haus herüber kam, wo Johanna Süttler in der guten Stube gedeckt hatte. Rasputin Koppenhöh konnte seinen Gast Kurt Nickel ja nicht in der Scheune bewirten. Adelheid Koppenhöh hatte den ganzen Nachmittag in der Küche der Süttlers gewerkelt und natürlich waren Arthur und seine Mutter ebenfalls Koppenhöhs Gäste. Frau Koppenhöh freute es, sich mit einem Mahl für die Gastfreundschaft der Süttlers revanchieren zu können. Es kam sie hart an, den guten Leuten so auf der Tasche zu liegen – obwohl, ihr Mann arbeitete viel und sie half auch, wo sie nur konnte.

Arthur warf vorsichtige Blicke zu Elise hinüber, um ihre Laune zu prüfen. Bedauerlicherweise hatte sie ihren Platz neben Kurt Nickel, der sich galant über ihre Hand beugte, als er erschien. Arthur konnte sich eines spöttischen Blickes nicht erwehren. Frau Koppenhöh erhielt einen Blumenstrauß, Rasputin Koppenhöh eine Flasche Wein. Arthur und seine Mutter erhielten nichts, aber Kurt Nickel entschuldigte sich formvollendet: »Er hätte nicht gewusst, dass Frau Süttler und ihr Sohn ebenfalls geladen waren.«

Arthur musste wider Willen zugeben, dass Kurt ein geschickter Plauderer war, wenn er ihn auch gekünstelt und angeberisch fand. Kurt berichtete von Theaterbesuchen, Opernaufführungen und er hatte sogar Herrn Hitler einmal persönlich die Hand geschüttelt, als der seinem Onkel und ihm im Harz begegnet war. »Herr Hitler hat sich sehr für den Stammbaum des Schäferhundes meines Onkels interessiert.«

»Herr Hitler hätte ja seine Hunde für das Land kämpfen lassen können. Dann würde mein Vater hier mit uns am Tisch sitzen«, sagte Arthur missmutig. Johanna Süttler sah ihren Sohn überrascht, aber irgendwie stolz an.

»Was für ein unüberlegter Ausspruch. So würden ja edle Stammbäume aussterben. Hunde werden sorgfältig gezüchtet. Die Vernichtung von reinrassigem, jahrhundertealtem Blut wäre fatal gewesen«, entgegnete Kurt Nickel eloquent. Dabei sah er Elise an.

Johanna Süttler fiel vor Entsetzen die Gabel auf den Boden.

Kurt bückte sich höflich und reichte sie ihr zurück, nicht ohne sie vorher mit einer Serviette gründlich zu reinigen.

»Dann verstehe ich nicht, warum Ihr Herr Hitler eine auserwählte, arische Elitegarde, die SS, ins Feld geschickt hat, um sie dort sterben zu lassen wie die Fliegen. Damit wurde dann doch auch sogenanntes reinrassiges Blut ausgelöscht«, entgegnete Arthur unbeherrscht.

Kurt warf Arthur einen gelangweilten Blick zu und antwortete lehrmeisterlich:

»Richtig. Die SS bestand aus wertvollen, deutschen Helden – natürlich zu schade für untergeordnete Arbeiten. Hier ging es um Führungskompetenz. Herr Hitler konnte sein idealistisches Weltbild doch nicht von Schwachen verteidigen lassen. Die Starken, Edlen haben das, wie es sich gehört, in die Hand genommen. Alles andere wäre feige gewesen. Die Mutigen nahmen das Zepter in die Hand. Du würdest dich doch auch selbst verteidigen, oder würdest du das den Schwächeren, Kleineren überlassen? Dein Vater hat doch genauso gedacht. Er ist für den Erhalt des großartigen, reinen, deutschen Volkes in den Krieg gezogen.«

Arthur fühlte sich zurechtgewiesen. Dass dieser dämliche Kurt seinen Vater erwähnte, brachte ihn auf. Er wollte zu einer wütenden Antwort auffahren, als er den mahnenden Blick seiner Mutter bemerkte, der ihm bedeutete, zu schweigen und sich nicht zu streiten. »Man streitet niemals mit geladenen Gästen. Das ist unhöflich«, hatte sie ihm wiederholt gepredigt. So schwieg Arthur, obwohl er Kurt die Augen hätte auskratzen mögen.

Der plauderte ungezwungen weiter über seine Ausbildung und vergaß nicht, hervorzuheben, wie tüchtig er war. Momentan brachte er den Fuhrbetrieb seines Vaters in die Gänge, wie er prahlerisch von sich gab.

Und er fragte Herrn Koppenhöh, ob er ihm bei dem Aufbau seiner Apotheke behilflich sein könne. Sein Onkel in Lübeck hätte ausgezeichnete Beziehungen zu Chemiewerken. »Mit Pillen kann man jetzt gute Geschäfte machen, wie natürlich mit fast allem. Das Land braucht alles.«

Fast hätte Arthur geantwortet: »Erst macht ihr alles kaputt, und dann bereichert ihr euch am Aufbau.« Er schwieg mit Rücksicht auf seine Mutter und auf Koppenhöhs, die an Kurt Nickels Lippen hingen.

Herr Koppenhöh war verblüfft. Die eigene Apotheke war sein größter Wunsch.

»Ihr Fräulein Tochter möchte wohl auch Apothekerin werden?«, fragte Kurt und sah Elise an. Gierig, wie Arthur fand.

»Das wäre schön«, erwiderte Frau Koppenhöh. »Elise hat schon in unserer Apotheke in Danzig geholfen. Sie ist sehr tüchtig.« Stolz klang aus ihrer Stimme heraus.

»Das kann ich mir gut vorstellen. Ein sauberes Mädchen«, bemerkte Kurt Nickel anerkennend.

Elise senkte errötend ihren Kopf.

Was für ein blöder Affe, dachte Arthur.

»Würden Sie mir erlauben, Elise am kommenden Wochenende zum Tanz auszuführen? Sie hat doch die Tanzschule besucht?«

»Nein, wir sind vorher ... so etwas war aufgrund der Kriegswirren nicht möglich. Elise ist auch gerade erst sechzehn«, entgegnete Frau Koppenhöh peinlich berührt.

»Das macht nichts. Ich werde es ihr beibringen. Mein Onkel gibt ein Fest in seinem Haus in Lübeck. Also abgemacht. Ich hole Elise am Samstag gegen sechzehn Uhr ab. Ich habe ein Automobil zur Verfügung. Wir brauchen ungefähr zwei Stunden für die Fahrt. Ich werde mit meinem Onkel bei dieser Gelegenheit über Materiallieferungen für Ihre Apotheke sprechen. Haben Sie schon geeignete Räume?«

»In der Kreisstadt steht ein zentrales Gebäude leer, das ... aber ich ... «, setzte Herr Koppenhöh an. Er schwieg. Es war ihm unangenehm, seine finanzielle Lage mit diesem fremden, jungen Mann zu erörtern.

»Mieten Sie es an. Machen Sie mir bis Samstag eine Liste mit dem, was Sie benötigen. Jetzt muss ich mich aber verabschieden. Elise, begleiten Sie mich hinaus?«

Arthur ballte die Fäuste, als er sah, dass Elise sich erhob, verlegen wartete, bis Kurt sich von ihren Eltern und Johanna Süttler verabschiedete – Arthur übersah er geflissentlich – und Kurt dann nach draußen folgte.

»Der junge Mann hat vielleicht ein Tempo, was Adelheid?«, kam es von Rasputin Koppenhöh. »Meint der das ernst mit der Apotheke? Soll ich die Räume in Mettstadt wirklich mieten? Wie soll ich all diese Dinge bezahlen, die ich brauche?«

Adelheid Koppenhöh zuckte mit den Schultern. »Das musst du vorher noch mal mit ihm besprechen, Rasputin.«

»Man darf ihm nicht trauen«, mischte Arthur sich ein. »Wo bleibt eigentlich Elise?«

Als alle sich fragend ansahen und sich niemand rührte, stiefelte Arthur hinaus.

Elise stand mit Kurt bei dessen Automobil. Offensichtlich unterhielten sich die beiden glänzend. Mit elegantem Schwung öffnete Kurt dann die Autotür, startete, winkte und brauste davon.

Elise stand nur da und sah ihm hinterher.

Als Arthur sich ihr näherte, sah er in blitzende, träumerische Augen.

»Elise?«, fragte Arthur zaghaft.

Elise wandte sich um, machte auf dem Absatz kehrt und lief in die Scheune.

Mit hängenden Armen sah Arthur ihr nach.

Nur Johanna Süttler merkte, dass Arthur litt. Sie ahnte, dass ihr Sohn sich in Elise verguckt hatte.

Sie verstand Rasputin und Adelheid nicht, die ihr Mädchen eine Woche später alleine mit Kurt Nickel in die Stadt fahren ließen, zurechtgemacht in einem Kleid, das

Kurt Elise zwei Tage vorher geschenkt hatte.

»Das hätte ich von Koppenhöhs nicht gedacht, dass sie die Elise alleine mit diesem Nickel so weit wegfahren lassen«, meinte Johanna Süttler zu ihrer Busenfreundin Edeltraut Matthiesen.

»Vielleicht mag die Elise den Kurt«, entgegnete die. »Er sieht ja auch wirklich gut aus und ist sehr gewandt. Ich kann mir vorstellen, dass er in der Stadt an jedem Finger zehn Freundinnen hat.«

»Das wäre schlimm«, sagte Johanna Süttler.

Arthur war davon gelaufen, als er das vernahm. Er machte sich in den folgenden Wochen Sorgen um Elise, die er nicht mehr wieder erkannte. Sie lief in neuen Kleidern herum. Ihre Haare trug sie aufgesteckt, was sie älter erscheinen ließ. Und neuerdings malte sie sich sogar die Lippen rot.

Sie lachte und scherzte zwar noch mit Arthur herum, wenn er ihr begegnete, aber so, als wäre er ein dummer, kleiner Junge, ein Bruder. Arthur fühlte sich ausgeschlossen und verletzt.

Er erntete mit Rasputin Koppenhöh die Kartoffeln und den Kohl und brachte die Ware auf den Markt in die Kreisstadt, wo Rasputin Arthur auch das Geschäft zeigte, das er nun angemietet hatte.

»Dann sind Sie sich mit Kurt Nickel einig geworden?«, fragte Arthur niedergeschlagen.

»Ich bekomme einen Kredit«, erzählte Rasputin Koppenhöh.

»Sie werden uns fehlen«, meinte Arthur.

»Wir sind ja nicht aus der Welt.«

Dem stimmte Arthur nicht zu. Er litt wie ein Hund, wenn er daran dachte, dass Elise in die Stadt zog.

»Deine Mutter wird sich freuen, wenn sie uns Mitesser endlich los ist. Du musst dich in Zukunft alleine um den Hof kümmern, Arthur. Aber du bist stark und erwachsen geworden. Und die zwei Kühe und die zwei Schweine, die wir erstanden haben, werden Aufschwung bringen. Eine Sau ist trächtig, da habt ihr nächstes Jahr Nachwuchs. Die andere solltet ihr zum Winter schlachten. Da habt ihr Speck und Wurst. Du kannst uns jederzeit in der Stadt besuchen, Arthur. Du weißt, du bist mir wie ein Sohn, den ich nicht hatte. Elise wird sich irgendwann einen Mann nehmen, uns verlassen und eine eigene Familie gründen. Du bist uns immer willkommen.«

»Ich … ich liebe Elise«, entfuhr es Arthur zaghaft und verschämt. Nun war es heraus. Er konnte nicht mehr damit hinter dem Berg halten.

Rasputin Koppenhöh sah Arthur erschrocken an. »Ach! Weiß sie das?«

Arthur schüttelte den Kopf.

Rasputin drückte Arthurs Hand – und schwieg. Wie sollte er diesen Jungen trösten, wenn er doch ahnte, dass

Elise sich in Kurt Nickel verguckt hatte.

»Gehst du zum Erntedankfest, Arthur?«, fragte er stattdessen, um den peinlichen Moment zu überbrücken.

Arthur zuckte missmutig mit den Schultern. Was sollte er dort? Zusehen, wie Elise und Kurt tanzten?

Als er in der Woche darauf dann doch seinen neuen dunklen Anzug anzog, weil seine Mutter ihn um seine Begleitung zu dem Fest gebeten hatte, kam schon etwas wie Freude in ihm hoch, als Elise ihn um einen Tanz bat. Ungelenk und steifbeinig führte Arthur Elise über die Holzbohlen. Unsicher lag seine Hand auf ihrem Rücken und schwitzte. Ihre duftenden Haare kitzelten seine Nase.

Ihre Frage: »Du, Arthur, warum hast du mich damals am See nicht geküsst?«, schockierte ihn.

»Aber Elise, dafür bist du viel zu schade!«

»Ich bin zu schade zum Küssen? Wie meinst du das?« Spitzbübisch sah Elise zu ihm auf.

»Um dich zu küssen, hätten wir vorher heiraten müssen«, versuchte Arthur stockend, aber fest zu erklären.

Ein lautes Klatschen neben Arthurs Ohren ließ die kurze Intimität verfliegen.

»Abgeklatscht«, lachte eine dröhnende Stimme und Elise entwand sich Arthurs Armen, um sofort von Kurt in Beschlag genommen und fort geführt zu werden.

Arthur gesellte sich zu seinem Freund Dieter

Matthiesen und stürzte das gereichte Bier hinunter. Aus lauter Verzweiflung schüttete er noch zwei Gläser hinterher und auch den Korn ließ er nicht unbeachtet.

Grimmig beobachtete er Elise und Kurt, die keinen Tanz ausließen und sich prächtig zu amüsieren schienen. Als Elise und Kurt um Mitternacht das Festzelt verließen, torkelte Arthur mit blutunterlaufenen Augen hinterher. Er nahm sich vor, Elise zu Hause zur Rede zu stellen und ihr zu gestehen, dass er sie liebe.

Erst nach geraumer Zeit merkte Arthur, dass die beiden gar nicht zum Hof zurück kehrten. Sie schlugen einen Feldweg in der entgegengesetzten Richtung ein und Arthur verlor sie aus den Augen. Unsicher schlich er umher, suchend, horchend. Als er um Nickels Scheune im Wald herum eilen wollte, blieb er wie angewurzelt stehen. Er hörte Elises Stimme: »Oh, Kurt, ich ... ich liebe dich so schrecklich.«

Vorsichtig lugte Arthur durch das angelehnte Scheunentor. Elise und Kurt standen mitten in der Scheune und küssten sich. Lange und innig. Dann sanken sie auf den Boden. Als Arthur Kurts Hände auf Elises nackten Schenkeln sah, wurde ihm übel. Er rannte davon. Er rannte und rannte und Johanna Süttler hörte ihren Sohn erst im Morgengrauen in seine Stube stolpern.

Fortan stürzte sich Arthur in die Arbeit und mied Koppenhöhs. Er zäunte mit ungezügelter Energie eine Weide ein, auf der die beiden Kühe im nächsten Jahr grasen sollten, er baute mit drei Freunden aus dem Dorf einen Stall für die Schweine, und er schlachtete eins, oder eher, er half seiner Mutter dabei, die die Skrupel ihres Sohnes mit der Aussicht auf Speck und Braten im Winter beiseiteschob. Als Mitte November bereits der erste heftige Schnee fiel, redete Arthur zum ersten Mal wieder mit Elise, die er in den letzten Wochen kaum gesehen hatte. Er wusste von seiner Mutter, dass Koppenhöhs planten, bis Weihnachten in ihrem gemieteten Haus in der Kreisstadt zu wohnen. Frau Koppenhöh nähte Gardinen und Elise bestickte die Tischwäsche. Herr Koppenhöh hielt sich während der Woche meist in der Stadt auf und richtete seine Apotheke ein.

Arthur, der gerade die Kühe gefüttert hatte, sah Elise auf dem Hof stehen. Da sie ihn ansah, grüßte er sie verlegen.

»Hallo Arthur.« Elises Stimme klang weinerlich. Arthur betrachtete sie aufmerksam. Elise sah irgendwie schlecht aus. Dunkle Ränder umschatteten ihre Augen, was auch die schicke, tief ins Gesicht gezogene Pelzmütze nicht verbergen konnte. Sie trug einen pelzgefütterten Mantel, und ihre Hände steckten in einem Muff. Sie schien in der schönen Garderobe zu versinken und wirkte klein und verletzlich.

»Hallo, Elise, willst du noch spazieren gehen?«, fragte Arthur so ungezwungen wie möglich.

»Nein. Kurt holt mich mit dem Schlitten ab.«

»Ach, so. Viel Spaß.« Arthur wandte sich ab.

»Arthur?« Elises Stimme klang so zaghaft, dass Arthur sich umwandte.

»Ja?«

»Arthur, ich ... ich ... «

Keiner wandte sich um, als Kurt auf den Hof fuhr. Das dicke Pony stieg etwas, als Kurt abrupt die Zügel anzog.

»Nun mach' schon, Elise. Was hast du denn nun Wichtiges so spät mit mir zu reden. Ich habe viel zu arbeiten«, rief Kurt ungeduldig, als Elise keine Anstalten machte, zu ihm auf den Schlitten zu klettern und stattdessen Arthur unentwegt ansah.

Langsam und mühselig, als würde ihr der Gang schwerfallen, stieg Elise dann doch auf den Schlitten. Arthur sah ihr lange nach. Er hatte das Gefühl, dass Elise ihm irgendetwas mitteilen wollte. Ihre Augen hatten so bettelnd dreingeschaut. Ihr Blick verfolgte ihn. Nervös und fahrig half er seiner Mutter beim Abwasch und hielt ihr nur widerwillig die Hände mit der Wolle hin, die sie auf Knäuel wickelte. Angestrengt lauschte er in die Stille hinein. Als es gegen halb elf an der Tür klopfte, sprang Arthur hoch. Es war Herr Koppenhöh.

»Arthur, Johanna, wir müssen Elise suchen. Sie ist dem Kurt vom Schlitten gefallen. Er hat es zuerst gar nicht bemerkt, weil sie hinter ihm saß, sagt er. Plötzlich war sie nicht mehr da. Kurt hat schon den Weg abgesucht und sie nicht gefunden. Sie erfriert uns ja da draußen. Es ist saukalt. Vielleicht hat sie sich verletzt?«

Arthur fuhr in Joppe und Stiefel und war bereits draußen. Er hatte den ganzen Abend geahnt, dass etwas nicht stimmte. Frau Koppenhöh stand auf dem Hof und rief fortwährend nach Elise. Kurt stand bei seinem Pony am Kopf und hielt es fest. Sein Blick irrte durch die Dunkelheit. Johanna Süttler lief auf Adelheid Koppenhöh zu und versuchte, sie zu beruhigen.

»Weit kann sie ja nicht gekommen sein. Wir suchen in verschiedenen Richtungen«, schlug sie vor.

Arthur stiefelte bereits durch den Schnee. Sein Herz klopfte ihm bis zum Halse, als ihm nach einer geraumen Weile eine Gestalt entgegen torkelte.

»Elise!«, schrie er. Er nahm Elise kurzerhand auf die Arme und trug sie zurück ins Haus. Dabei rief er unentwegt in die Nacht hinaus, er habe sie gefunden.

Behutsam bettete er sie auf seine Couch in der Küche. Johanna Süttler eilte hinzu, kochte Tee und Adelheid Koppenhöh rieb an den kalten Händen ihrer Tochter herum, wie um sie zum Leben zu erwecken. Denn Elise lag da wie tot mit geschlossenen Augen und rührte sich nicht. »Soll ich den Arzt holen?«, fragte Arthur besorgt.

»Bring' mir den Schnaps aus dem Büfett«, befahl Johanna Süttler.

Als Elise nach dieser Radikalkur hustete und würgte

und die Farbe in ihre Wangen zurück kehrte, atmeten alle erleichtert auf.

»Bist du verletzt, Elise? Kannst du alles bewegen? Was ist passiert?«

»Alles in Ordnung. Ich bin in einer Kurve vom Schlitten gefallen und nach Hause zurück gegangen.«

»Kurt, wieso hast du das denn nicht bemerkt?«, fragte Rasputin Koppenhöh erbost und sah sich um.

Doch Kurt war nicht da. In der Aufregung hatte niemand mitbekommen, dass Kurt Nickel gar nicht mit herein gekommen war. Arthur ging nach draußen.

»Er ist weg«, rief er nach einer Weile in die Küche hinein.

»Das ist ja wohl ein starkes Stück«, schimpfte Adelheid Koppenhöh. »Interessiert es ihn denn gar nicht, wie es Elise geht?«

Ein trockenes, heiseres, gramvolles Husten entrann Elises Kehle.

»Elise bleibt heute Nacht hier«, befahl Johanna Süttler. »Drüben in der Scheune ist es zu kalt. Adelheid und ich – wir werden bei ihr wachen. Arthur, bring' die beiden Sessel aus der Wohnstube hierher. Du schläfst in meinem Bett.«

Rasputin Koppenhöh strich seiner Tochter besorgt über die feuchte Stirn, warf seiner Frau einen angstvollen Blick zu und half Arthur mit den Sesseln.

In der darauffolgenden Woche ging es Elise sehr schlecht. Sie bekam hohes Fieber, hustete erbärmlich und auch die Medikamente, die ihr der Vater brachte, schlugen nicht an. Johanna Süttler schickte nach Doktor Heidenreich. Der diagnostizierte eine Lungenentzündung, schwere Depressionen und ... eine Schwangerschaft.

Er verordnete strengste Bettruhe, Sulfonamide und, wenn möglich, das Wundermittel Penicillin, das seit Beendigung des Krieges auch für Zivilisten zugänglich war. »Ich habe keins. Vielleicht kann Herr Koppenhöh das besorgen? Als Apotheker? Es wird auf dem Schwarzmarkt allerdings zu Wucherpreisen gehandelt«, meinte Dr. Heidenreich betrübt.

Als Johanna Süttler den Arzt verabschiedet und ihm als Honorar einen Braten überreicht hatte, sah sie Adelheid Koppenhöh zusammengesunken in ihrem Sessel sitzen.

»Sie ist schwanger«, flüsterte sie tonlos und schlug sich die Hände vor den Mund, als sie diese Worte ausgesprochen hatte.

Johanna Süttler schwieg.

»Wenn mein Mann das erfährt, bringt er den Kurt um. Er ... er muss sie heiraten.«

»Kurt Nickel ist fort. Arthur hat das erzählt. Er wollte ihn zur Rede stellen. Der ist über alle Berge. Aus dem alten Nickel war das kaum heraus zu bekommen. Der kriegt den Mund nicht auseinander«, raunte Johanna Süttler ihr zu.

»Weg? Welche Schande. Oh, mein Gott. Die Leute werden sich das Maul zerreißen.«

»Elise muss jetzt erst mal gesund werden. Das andere müssen Sie später klären«, meinte Johanna Süttler. »Wir brauchen dieses, wie hieß das, Penicillin? Ihr Mann muss in die Stadt.«

»Das kostet ein Vermögen. Alles was wir hatten steckt in der Apotheke«, jammerte Adelheid Koppenhöh.

»Haben Sie irgendetwas Wertvolles, was Sie eintauschen könnten?« fragte Johanna.

Adelheid schüttelte den Kopf.

»Wir nehmen Vaters goldene Taschenuhr«, rief Arthur von der Tür her, hinter der er die ganze Zeit gelauscht hatte.

Johanna Süttler sah ihren Sohn mit einem undefinierbaren Blick an. »Die sollst du bekommen, wenn du volljährig wirst. Das war Vaters Wunsch, als er in den Krieg zog.«

»Es wird ihn freuen, wenn er erfährt, dass die Uhr Elises Leben gerettet hat«, entgegnete Arthur fest.

Elise gesundete nur langsam, wenn auch das herbeigeschaffte Penicillin körperlich seine Wirkung zeigte, das außer der goldenen Taschenuhr, die Arthur Elises Vater übergeben hatte, auch noch Teile des geschlachteten Schweins erforderte. Ihr schwer gestörtes Gemüt heilte erheblich langsamer. Oftmals versank sie in stundenlanges, schweigsames Starren, aus dem nichts und niemand sie heraus holen konnte. Dabei liefen ihr still die Tränen die Wangen herunter. Ihre ehemals so lustige Freude am Leben schien erloschen. Sie blieb bei Süttlers, während Koppenhöhs in ihr Stadthaus zogen und ihre Apotheke eröffneten. Arthur kümmerte sich rührend um Elise; er ging mit ihr spazieren und trottete stundenlang schweigsam neben ihr her, er las ihr vor, auch wenn er den Eindruck hatte, dass sie gar nicht zuhörte und vertrieb ihr die Zeit mit Kartenspielen, wobei sie immer verlor, was ihr völlig gleichgültig schien. Sie antwortete nur, wenn man sie mehrmals etwas fragte. Sie sprach nie über Kurt und nie über das Kind, das sie erwartete. Und Arthur traute sich nicht, sie darauf anzusprechen.

Auch wenn ihre Eltern sie von Zeit zu Zeit besuchten, was der äußerst strenge, harte Winter 1946 auf 1947 oftmals vereitelte, wurde das Thema Schwangerschaft tunlichst vermieden. Erst im März war Elise soweit wiederhergestellt, dass sie zu ihren Eltern nach Mettstadt ziehen konnte, die darauf bestanden. Sie waren der Meinung, die Gastfreundschaft der Süttlers über Gebühr ausgenutzt zu haben. Der Umzug schien Elise Sorge zu bereiten.

»Ich fürchte mich vor der Stadt. Was werden die Leute sagen, wenn sie mich sehen?« Ihr Blick senkte sich und fast mit Schrecken betrachtete sie ihren sich wölbenden Bauch.

Das war seit Monaten die einzige Andeutung, die Elise in Gegenwart von Arthur auf ihren Zustand machte.

Arthur blickte peinlich berührt zur Seite und schwieg.

»Arthur, verachtest du mich, weil ich … weil ich … na, du weißt schon«, stotterte sie.

»Aber nein. Wie kommst du auf so etwas? Ich würde dich nie verachten.«

Arthur wollte hinzufügen: »Ich liebe dich doch«, aber das verbiss er sich. Davon wollte Elise bestimmt nichts wissen. Sie … sie liebte Kurt Nickel.

»Elise, darf ich dich etwas fragen? Willst du Kurt … ?«

Elise sah ihn entsetzt an und lief davon.

Ich bin ein Trampel, dachte Arthur. Immer sage ich das Falsche. Kein Wunder, dass ich ihr nichts bedeute.

Das Frühjahr kündigte sich mit kleinen Schritten an und Arthur und seine Mutter hatten viel zu tun. Sie bestellten mit drei Arbeitern, die auf dem Hof um Arbeit nachgesucht hatten, die Felder, säten, reparierten und erstanden vier weitere Milchkühe. Arthur hatte Elise dreimal in Mettstadt besucht. Er hatte mit Elise in der verglasten Veranda gesessen und sich mit Malzkaffee volllaufen lassen, um etwas zu tun zu haben. Alle paar Minuten waren Elises Eltern gekommen und hatten nach ihnen gesehen. Arthur kam sich beobachtet vor und wusste gar nicht warum. Er fühlte sich sichtlich unwohl.

Im Juli polterte ein fahrender Händler auf den Süttler-

Hof, der mit lustigen Gesten seine Waren anpries. Es gab nichts, was sein Wagen nicht mit sich führte.

Johanna Süttler erstand eine neue Bratpfanne und zwei weiße Küchenschürzen mit Rüschen. Arthur kaufte nach langer Überlegung ein paar schöne, weiche, weiße Lederschuhe neuester Mode mit kleinen Rosenverschlüssen, die es ihm angetan hatten. Er wusste selbst nicht, welcher Teufel ihn ritt, als er dabei an Elise dachte. Vielleicht würde sie sich darüber freuen. Dass ihn die Schuhe zwei Legehühner und einen großen Schinken kosteten, interessierte ihn nicht.

Der Händler grinste. »Wohl für die Freundin, was?«

Arthur errötete prompt.

Der Händler lachte gackernd mit Arthurs Hühnern um die Wette. »Komm mal mit. Hier habe ich etwas, was du besser gebrauchen kannst, Jungchen. Kriegst es gratis obendrauf.«

Er kroch in seinen Wagen und wühlte darin herum. Dann drückte er Arthur zwei kleine Päckchen in die Hand. Arthur betrachtete sie verständnislos. »Was ist das?«

»Gummis, Flummis, Präservative, du ahnungsloser Landjunker. Die ziehst du über dein ... «, der Händler warf einen demonstrativen Blick auf Arthurs Hosenschlitz - ... »Mannesteil, wenn es soweit ist und dann geht's los. Damit kannst du rummachen, ohne deine Freundin zu schwängern.« Der Händler lachte anzüglich. »Damit kommst du nie in Schwulitäten. Hätte der junge Nickel die benutzt, wäre die Apothekertochter aus Mettstadt nicht so arm dran. Aber das Schwein hat ihr ja auch noch Gewalt angetan. Sagt man. Sie verführt, gegen ihren Willen, sie geschwängert und sie dann sitzen lassen. Das arme Ding. Sie tut jedem leid. Läuft mit einer tragischen Leichenbittermiene umher. Ein schreckliches Schicksal. Wer will die denn jetzt noch haben wollen? Mit diesen Dingern hier kannst du deine Freundinnen ausprobieren, ohne gleich in den ungewollten Ehestand zu treten, oder, wie der Nickel, zum Schwein abgestempelt zu werden, weil – es passiert ja nichts. Verstehst du? Eine Mutterkugel wird mit diesen Dingern nicht produziert. Sozusagen unsichtbares Vergnügen.«

Arthur starrte den Händler an wie einen Ölgötzen. Angewidert und puterrot ließ er den Mann stehen und eilte ins Haus. Das ekelhafte Lachen des Mannes dröhnte ihm in den Ohren. Was wurde da getratscht? Das war ja unerhört. Elise hatte diesen Mistkerl geliebt. Arthur wischte sich über die Augen, als er die Szene in der Scheune nach dem Erntedankfest vor sich sah. Elise, voll Liebe und Vertrauen in den Armen dieses verdammten Nickels. War da Gewalt angewendet worden? Er war davon gelaufen. War da hinterher etwas passiert, das … ? Das wäre ja ungeheuerlich. Dann musste Elise natürlich völlig verzweifelt sein. Sie wollte also gar nicht mit diesem Kerl …?

Arthur brauchte Gewissheit. Am nächsten Tag holte Arthur in aller Frühe sein Fahrrad aus der Scheune, packte die Schuhe auf seinen Gepäckträger und sagte seiner Mutter, dass er Elise in der Stadt besuchen würde.

Johanna Süttler sah ihrem Sohn kopfschüttelnd hinterher.

Arthur kam nicht dazu, Elise ihre Schuhe zu schenken. Adelheid Koppenhöh erklärte ihm im Flur, dass Elise in der letzten Nacht ihr Kind zur Welt gebracht hatte. Ein Mädchen. Tot. Elise bräuchte Ruhe.

2006

Besorgt hörte sich Joachim Süttler die Worte seiner Nachbarin an, die ihm predigte, er müsse für seinen Vater eine Pflegekraft zu besorgen. Die Frau, die Joachim morgens den Haushalt in Ordnung hielt und eine warme Mahlzeit kochte, erklärte unumwunden, überfordert zu sein.

»Dein Vater braucht ständige Kontrolle. Das kann ich nicht übernehmen. Wenn ich in der Waschkammer bin, verbrennt er sich die Hände in der Küche auf der Herdplatte. Und hinterher lutscht er sich die Brandsalbe herunter. Das ist doch bestimmt schädlich. Joachim, du musst etwas unternehmen. Wenn du deinen Vater nicht in ein Heim geben willst, brauchst du professionelle Unterstützung.«

Joachim nickte.

»Ich werde ein Inserat aufgeben. Kannst du so lange noch auf ihn achtgeben? Die Heuernte muss eingefahren werden. Ich kann unmöglich im Haus bleiben.«

Nach Feierabend fuhr Joachim zum Verlag der Tageszeitung und suchte ›für seinen Pferdehof eine ältere, versierte, private Altenpflegerin mit hauswirtschaftlichen Kenntnissen für seinen 76-jährigen, an Alzheimer erkrankten Vater in Vollzeit bei freier Kost und Logis und angemessenem Gehalt‹.

Eine Woche später studierte Joachim vier Briefe, die ihm auf seine Chiffre-Anzeige hin vom Verlag übersandt worden waren. Die Bewerberinnen hörten sich mit ihren Worten alle ganz passabel an und Joachim vereinbarte ›Besichtigungstermine‹ bei sich zu Hause.

An dem Sonntag, den er sich ausgesucht hatte, schmiss er sich in Schale, badete, kämmte und rasierte seinen alten Herrn, setzte ihn in die gute Stube vor ein Puzzle und harrte der Dinge, die da kamen. Er hatte die Bewerberinnen im anderthalb Stundenrhythmus hergebeten, und nach viereinhalb Stunden war er fix und fertig.

Die erste Bewerberin war gerade mal vierundzwanzig Jahre alt, wollte ihr Pferd gratis unterstellen und zwischen ihren Dressurstunden auf den alten Herrn aufpassen. Kochen könne sie außer Spaghetti nichts, wie sie kichernd berichtete und Joachim dabei anzüglich anschmachtete.

Joachim erklärte höflich, dass sie nicht das wäre, was er sich wünschte und das Mädchen zog beleidigt ab.

Die zweite Frau, so um die Vierzig, litt an Asthma, Rheuma und Hausstauballergie, wollte um Punkt sechzehn Uhr Feierabend haben und verlangte eine Putzfrau für die grobe Arbeit. Sie roch penetrant nach Schweiß und Alkohol.

Joachim verabschiedete sie mit den Worten, darüber nachzudenken.

Die dritte Dame, eine wirkliche Dame im champagnerfarbenen Wollkostüm, frisch gewellten Haaren, duftend wie die Parfümabteilung im Kaufhaus, erwartete freie Wochenenden, freie Zeit für Friseur- und Maniküre-Besuche, ein fürstliches Gehalt, Anlieferung der Lebensmittel aus dem Supermarkt und ein Auto zu ihrer freien Verfügung.

Joachim verabschiedete die Lady höflich und bedauernd. Er konnte sie sich einfach nicht leisten.

Als ganz schlimm empfand Joachim es, dass keine einzige der Bewerberinnen sich für den alten Mann am Tisch interessiert hatte. Man hatte ihn kaum gegrüßt.

Verzagt raufte er sich die Haare. Das Ganze war nicht so einfach, wie er sich das vorgestellt hatte. Er verlor fast die Lust, auf die vierte Dame zu warten, die sich auch noch verspätete, wie ein Blick auf seine Armbanduhr ihm zeigte. Verdrossen ging er in die Küche, um eine vierte Kanne Tee zu kochen, denn den hatten die Frauen gerne zu sich genommen. Als es endlich klopfte, war Joachim nahe dran, die Tür nicht zu öffnen.

Eine ältere, ungekünstelte Frau stellte sich höflich vor und entschuldigte ihre Verspätung damit, dass sie den Weg zum Hof verfehlt hätte.

Joachim bat sie in die Stube und ging in die Küche, den Tee und frische Tassen holen. Als er zurück kam, saß die Frau neben seinem Vater, sprach mit ihm und suchte Puzzleteile heraus, die sie dem alten Mann zeigte, ihm diese in die Hände gab und Vorschläge zur Platzierung machte. Da die anderen drei Damen den alten Mann in seiner Ecke überhaupt nicht beachtet hatten, war Joachim angetan. Er bat die Frau zu sich an den Tisch und erzählte zum vierten Mal sein Anliegen. Die Frau hörte ihm aufmerksam und interessiert zu.

»Ich bin seit dreißig Jahren Altenpflegerin in Heimen. Ich bewundere Sie, dass Sie Ihren Vater hier zu Hause zu behalten. Leider schieben die meisten Kinder ihre Eltern ab, wenn es anfängt, Arbeit zu machen. Dabei hatten die Eltern ja auch mal viel Arbeit mit den Kindern, nicht wahr? Aber davon will man dann nichts mehr wissen.«

»Es gibt hier auf dem Hof keine geregelten Arbeitszeiten«, meinte Joachim. »Im Winter, wenn nicht so viel zu tun ist, übernehme ich gerne die Aufsicht und alle anderen Arbeiten. Dann könnten Sie auch Urlaub nehmen. Sobald ich mich sonst frei machen kann, hätten Sie frei. Aber es ist eben so, dass ich auch am Wochenende die Tiere und den Hof versorgen muss. Sie würden hier quasi so leben und werkeln, als wären Sie die Hausherrin, wenn Sie verstehen, was ich meine. Wir haben eine kleine Einliegerwohnung, in der Sie wohnen könnten. Ich hatte mir vorgestellt, dass wir uns auf ein Haushaltsbudget einigen, und Sie kaufen ein, was Sie brauchen. Es ist nur so, dass mein Vater ständige Aufsicht benötigt. Er ist wie ein kleines Kind. Zu meiner Schande muss ich gestehen, dass ich ihn bereits an seinen Stuhl gefesselt habe, wenn ich fort musste.«

»Ich verstehe. Manche Menschen brauchen Aufsicht wie kleine Kinder. Das liegt am altersbedingten

Kurzzeitgedächtnis. Sie vergessen Anweisungen. Geduld ist das Zauberwort. Ich glaube, ich würde mich hier wohl fühlen. Es würde mir Freude machen, Ihren Herrn Vater zu umsorgen. Im Heim habe ich dreißig Patienten zu versorgen und es betrübt mich oft, weil ich für jeden Einzelnen so wenig Zeit habe.«

Joachim bemerkte, dass die Frau mit warmen, lieben Augen um sich sah und seinen Vater in der Ecke gegenüber anlächelte. Ein Lächeln, das ihn für sie einnahm. Viel Güte und Herzensliebe lag in ihrem Blick.

Die Frau gefiel ihm. Sie war genau das, was Joachim sich vorgestellt hatte.

Er warf einen Blick auf ihre ausgezeichneten Zeugnisse und wollte gerade über die Gehaltswünsche sprechen, als ein ächzendes Geräusch ihn aufblicken ließ.

Sein alter Herr war aufgestanden, beugte sich vor und rief: »Elise!«

Joachim eilte auf seinen Vater zu. »Vater, nein, das ist nicht Elise«, und an die Dame gewandt: »Entschuldigen Sie, Sie erinnern ihn an seine verstorbene Frau Elise.«

»Das ist doch schön. Das wird mir den Umgang mit ihm erleichtern.«

»Elise, bist du vom Friseur zurück?«, fragte Arthur Süttler.

»Wie heißt Ihr Vater mit Vornamen, Herr Süttler?«, fragte Vera.

»Arthur.«

»Ja, Arthur, ich bin zurück. Ich werde jetzt Abendbrot machen«, erklärte Vera Diedrichs dem alten Mann fürsorglich, der sich, beruhigend nickend, wieder setzte und erwartungsvoll auf die Frau sah.

»Wenn Sie einverstanden sind, Herr Süttler, könnte ich im nächsten Monat anfangen. Mich würde es jedenfalls freuen«, erklärte Vera.

Joachim ergriff ihre Hand. »Mich ebenfalls. Ich glaube, ich habe den guten Geist gefunden, den ich suchte.«

Und das hatte er wirklich. Er konnte sich schon wenige Wochen später gar nicht mehr vorstellen, wie er ohne Vera Diedrichs zurechtgekommen war. Sie umhegte seinen Vater, versorgte den Haushalt, rechnete die Einkäufe penibel genau mit Joachim ab, sie pflegte den Garten, wobei ihr der alte Süttler half, sie kochte wunderbar und pflegte bereits nach kurzer Zeit regen Kontakt mit den Nachbarn. Sie gründete einen mobilen Altenpflegedienst mit anderen Damen aus Köhlerdorf. Ihr Rat und ihr tatkräftiger Einsatz wurden von jedem geschätzt. Joachim Süttler hatte sich da wirklich eine Perle an Land gezogen. Der alte Arthur blühte förmlich auf. Er folgte Vera auf Schritt und Tritt und brauchte nicht mehr angebunden zu werden, denn er wich keine drei Schritte von Veras Seite. Er sah ihr bei ihren zahlreichen Verrichtungen zu und nickte häufig anerkennend. Nichts, aber auch gar nichts, wurde von ihm bemäkelt, er, der seit dem Tod seiner Elise an allem etwas auszusetzen gehabt hatte. Er lobte ihre selbst gemachte Marmelade, genoss ihre Obstpuddinge und bewunderte ihre Rosenzüchtungen. »Elise, du machst das alles wundervoll«, waren seine häufigsten Sätze.

Zu Anfang hatte Joachim ihm mehrfach erklärt, dass das nicht Elise, sondern Vera sei, was den Alten unnütz verwirrt hatte.

»Lassen Sie ihn doch. Es schadet doch niemandem«, waren Veras Worte gewesen, obwohl auch sie dieses Phänomen irritierte. Joachim sah ein, dass es keinen Zweck hatte, den alten Mann unentwegt zu korrigieren.

Für Arthur war Vera Elise und das baute ihn zusehends auf. Seine geistigen Verwirrungen schienen sich sogar zu verbessern, denn vor einer Woche war er in Köhlerdorf gewesen und hatte die Leute, die er traf und die er kannte, mit Namen begrüßt. Frau Neumann, die gerade einen Hundehaufen von ihrer Auffahrt entfernte und schimpfte wie ein Rohrspatz, empfahl er Salmiakgeist. »Hunde suchen dann schleunigst das Weite«, erklärte der alte Süttler der verblüfften Frau und spazierte weiter. Bei seinem Freund Matthiesen trampelte er in die Stube, als wäre er erst gestern das letzte Mal dort gewesen. Die beiden kippten einige selbstgebrannte Wacholderschnäpse und auf dem Rückweg zum Hof nahm er die Abkürzung über das Semmelmannsche Grundstück, wie in alten Zeiten. Notar Semmelmann, der am offenen Fenster saß, traute seinen Augen nicht. Er vergaß vor lauter Verblüffung, Arthur zu grüßen.

Joachim hörte von diesen unverhofften Taten seines alten Herrn und freute sich. Wie Vera Diedrichs das schaffte, war ihm ein Rätsel. Mit einem in sich gekehrten, sanften Lächeln, das Joachim tatsächlich manchmal an seine Mutter erinnerte, winkte sie liebevoll ab und wandte sich ihrer Arbeit zu, wenn Joachim sie lobte und bewunderte.

Vera beglückwünschte sich insgeheim selbst, diesen Schritt getan zu haben, als ihre Arbeit im Altersheim immer risikoreicher wurde. Ihre Kollegin Karin scharwenzelte unentwegt um sie herum und verbreitete Misstrauen, wo sie nur konnte. Als Frau Berger sie in ihrer Gegenwart einmal fragte, was für Pillen sie eigentlich immer schlucken müsste – ihr ginge es doch hervorragend – war Vera gerade noch geistesgegenwärtig genug gewesen, das Ganze als Süßstoff für den Tee hinzustellen. Sie hatte ihre D.R.O.P.-Pillen dann tatsächlich zu Hause in harmlose Süßstoff-Döschen verpackt, um nicht in Verdacht zu geraten. Obwohl sie diese Vorsichtsmaßnahme nicht recht einsah, denn sie tat ja nichts Verbotenes. Sie sorgte für Freude und Lebenslust der alten Menschen.

Als sie ihren Patienten mitteilte, dass sie gekündigt hatte, um einen nahen Verwandten zu pflegen, blieb die Trauer, die sie erwartet hatte, aus. Man bedauerte zwar ihr Fortgehen, widmete sich aber alsbald wieder seinen Aktivitäten, die die Menschen mit akribischer Disziplin betrieben. Von ihrem einmal eingeschlagenen Weg gingen sie nicht ab. Das Personal wurde nicht mehr unbedingt gebraucht, da die alten Leute in der Lage waren, sich selbst zu beschäftigen. Karin fragte sich, ob die heilenden Hände von Vera nun vermisst werden würden oder nicht. Auf jeden Fall schienen die Menschen nicht so sehr an ihr zu hängen, wie sie vermutet hatte. Karin hatte gedacht, im Heim würde Verzweiflung ausbrechen, wenn die Lieblingspflegerin der Leute gehen würde. Die Menschen verabschiedeten sich zwar alle wehmutsvoll und machten Vera kleine Abschiedsgeschenke, dann aber widmeten sich wieder ihren Tätigkeiten.

Bereits einen Tag später wurde Karin eines Besseren belehrt, als die alte Frau Berger sich die Haare raufte und darüber nachdachte, warum sie ein Kinderjäckchen strickte. Sie vergaß das Zählen der Maschen und handarbeitete ein unförmiges Ding, das alsbald in der Ecke lag und nicht mehr beachtet wurde. Der alte Herr Rademacher vergaß seine Formeln, einer anderen Dame gingen die Bonsai-Bäume ein, weil sie vergaß, sie zu pflegen und ein alter Mann starrte stundenlang ein halbfertiges Modellschiff an, das er wem versprochen hatte? Bereits nach kürzester Zeit verfiel das Altersheim in einen Ort des monotonen Siechtums und der Bettlägerigkeit. Das Personal fluchte und schimpfte und verunglimpfte Karin, die mit ihren unnötigen, neiderfüllten Verleumdungen schuld daran war, dass Vera höchstwahrscheinlich nur ihretwegen gegangen war. Vera, die das Altersheim auf so wunderbare Weise auf Vordermann gebracht hatte und die man nun an allen Ecken und Kanten vermisste. Karin fing an, sich selbst als törichte Idiotin zu bezeichnen und schuftete für drei, um ihr schlechtes Gewissen zu erleichtern. Diese Vera war wirklich ein Wunder gewesen. Warum nur hatte sie das nicht einfach neidlos akzeptiert?

Vera stellte sich diese Fragen nicht. Sie fühlte sich wie zu Hause auf diesem Hof und in diesem Dorf, in dem sie von allen respektiert wurde. Hier nahm man sie als das, was sie war: eine hilfsbereite, gütige Frau, die wunderbar mit alten Menschen umgehen konnte und selbstlos ihr Leben den anderen widmete. Schon nach wenigen Tagen hatte sie begonnen, dem alten Süttler ihre Pillen zu verabreichen und beglückt sah sie zu, wie der alte Mann aufblühte. Er brauchte nicht mehr angebunden zu werden, er wusste, wo er war und was er tat. Er zog sich selbst an – und das richtig – denn vordem hatte er zuerst seine Schuhe und dann seine Socken angezogen und das Unterhemd über den Pullunder getragen. Man brauchte seinen heißen Tee nicht mehr kalt zu pusten – jetzt wartete er vorsichtig, bis er ihn trank und er wusste, dass man das Fleisch mit dem Messer zerteilte und nicht mit dem Löffel.

Er konnte sich erinnern, was er gestern und vorgestern getan hatte und war deshalb imstande, Dinge vom Vortage bis zur Vollendung weiterzuführen. Die Verwandlung, die mit Arthur Süttler vor sich ging, fiel jedem auf und jeder schrieb es der lieben Vera zu.

Vera, die jetzt sozusagen an der Quelle saß – die Scheune mit dem Container lag nicht weit – war in ihrem Element. Sorgsam versorgte sie die alten Menschen in der Umgebung mit ihrem Elixier, wobei sie auf äußerste

Diskretion achtete, denn tief in ihrem Inneren ahnte Vera, dass man sie lynchen würde, wenn heraus käme, dass nicht ihr samariterhaftes Wesen, an das alle glaubten, sondern Pillen daran schuld waren, dass es den alten Menschen so wunderbar erging. Die Leute würden sie als bösen Engel verunglimpfen, wenn heraus käme, dass sie hintergangen wurden.

An diesem Abend saß sie mit Arthur Süttler auf der Bank vor seinem Haus und pulte Erbsenschoten aus, die sie gerade gemeinsam geerntet hatten.

»Elise, du bist mir doch nicht böse, dass du jetzt ein Kind kriegst?«, fragte Arthur Süttler plötzlich.

Vera stutzte - und schwieg.

»Ich weiß ja, dass du eigentlich keins mehr wolltest. Ich … ich habe mich ja auch immer vorgesehen. Bitte, Elise, sag', dass du mir vergibst«, bettelte Arthur Süttler und sah Vera zerknirscht an.

Vera wusste nicht, worum es ging und nickte behutsam. Freudestrahlend sprang Arthur Süttler auf, riss Vera hoch, sodass sich ihre Erbsen auf den Boden ergossen und schwenkte sie herum. Er küsste und herzte sie und wollte sich vor Freude gar nicht mehr einkriegen.

Joachim, der den Hof überquerte, schaute entgeistert auf die Szene.

»Vater?«, rief er verdutzt.

»Elise ist mir nicht böse. Sie will das Kind, nicht wahr

Elise? Du schenkst mir einen Erben. Ach, Elise, ich wusste es.« Verliebt und hingerissen sah er Vera an, die verlegen und beschämt zu Boden sah.

»Vater, komm zu dir. Das ist nicht Elise«, entgegnete Joachim.

Doch der Alte hörte nicht auf ihn. Er stolzierte mit geschwellter Brust über den Hof und rief laut vor sich hin:

»Ich bekomme einen Sohn. Elise schenkt mir einen Erben. Ach, ich bin so glücklich. Mach' dir keine Sorgen, Elise. Alles wird gut gehen. Dieses Kind stirbt nicht. Ich werde dafür sorgen. Du kannst dich auf mich verlassen. Ich muss es sofort Dieter erzählen.«

Daraufhin eilte Arthur Süttler zur Gartenpforte hinaus.

»Ich hole ihn zurück«, rief Joachim, nickte Vera zu und lief seinem Vater hinterher.

Vera fing an, die Erbsen vom Boden aufzulesen. Wenn ich hier bleiben will, muss ich mich mit der Familiengeschichte vertraut machen, dachte Vera. Sonst weiß ich nicht, was ich dem Alten antworten soll. Er hält mich nun mal für seine Elise. Ich darf da nichts falsch machen. Sonst verwirre ich ihn völlig. Ich muss wissen, was Elise so gemacht, getan und gesagt hat.

Vera teilte ihre Befürchtungen Joachim mit, als dieser am Abend noch bei ihr in der Küche saß und die Tageszeitung las, während Vera den Abwasch erledigte.

»Joachim, erzählen Sie mir alles über Ihren Vater und

Ihre Mutter. Ihr Vater hält mich für Elise. Er lebt so intensiv in der Vergangenheit. Ich möchte ihm keine verkehrten Antworten geben. Das könnte sich fatal auswirken. Ich wusste heute Abend nicht, was ich ihm sagen sollte, als er mich so konfrontierte.«

»Ich bin nicht so begeistert davon, meinen Vater in dem Glauben zu lassen, Sie wären Elise. Ich verstehe sowieso nicht, warum er plötzlich so alte, lebendige Erinnerungen hat. Ich glaube, er hat den Tod meiner Mutter vor sieben Jahren nie verwunden. Irgendwie hörte er mit diesem Tag auf zu leben. Er muss meine Mutter sehr geliebt haben. Er ist immer zärtlich und behutsam mit ihr umgegangen. So, als wäre sie eine zerbrechliche Kostbarkeit. Das ist mir in den letzten Jahren besonders aufgefallen. Ich meine damit, nicht als ich klein war. Da bekommt man so etwas nicht mit, oder eher, ich habe nie darüber nachgedacht. Ich bin mit dreizehn von zu Hause fort in die Stadt, auf das Gymnasium. Ich wohnte dort bei den Eltern meiner Mutter in der Kreisstadt. Danach studierte ich einige Jahre Land- und Forstwirtschaft. Ich bin erst 1991 hierher zurück gekehrt.

Ich meine, ganz. Die Ferien habe ich natürlich immer hier verbracht und meinen Eltern geholfen. Mein Vater war damals schon über sechzig. Kühe und Schweine hatten wir schon Jahre vorher abgeschafft. Das lohnte sich nicht mehr. Die meisten Felder waren verpachtet. Ich fing dann mit der Pferdehaltung an und bewirtschafte die Felder wieder selbst. Mein Vater und meine Mutter sind dann ein bisschen gereist. An die See, in den Harz, in die Berge. Vorher sind sie ja kaum von hier weggekommen. Meine Mutter hat das Reisen sehr genossen, mein Vater wäre lieber hier geblieben, er ist so ein bodenständiger, heimatverbundener Mensch. Aber für meine Mutter wäre er bis ans Ende der Welt gereist, so drückte er sich jedenfalls aus. Die Zeit, in die sich mein Vater gedanklich so verirrt, ist mir unbekannt. Da war ich noch gar nicht geboren. Deshalb kann ich Ihnen darüber kaum etwas erzählen. Und, wie gesagt, ich möchte nicht, dass er darin noch tiefer versinkt. Sie sollten ihm klar machen, dass Sie nicht Elise sind.«

Vera senkte den Kopf. Auch sie verblüffte es, dass sich Arthurs körperliche Aktivitäten nach der Einnahme von D.R.O.P. merklich verbesserten, sein Geist sich aber so verwirrte, dass er Vergangenheit und Gegenwart durcheinander brachte. Dennoch antwortete sie:

»Das scheint mir unmöglich. Außerdem – er ist so glücklich dabei. Warum sollten wir ihm diese Freude nehmen? Er ist doch wunderbar drauf in letzter Zeit.«

Joachim nickte etwas zerknirscht. »Wenn ihm irgendwann wieder hochkommt, dass meine Mutter tot ist, weiß ich nicht, ob er das noch einmal verkraftet.«

»Oder er findet sich endlich damit ab«, meinte Vera.

»Ich finde es eigenartig, dass er Sie so verbissen für Elise hält.«

»Bin ich Ihrer Mutter denn irgendwie ähnlich?«, fragte

Vera neugierig.

»Ein wenig schon. Ihre Augen, Ihr warmes Lächeln, Ihre selbstlose, in sich gekehrte Haltung – meine Mutter war auch so. Sie war nie auffahrend oder konfrontativ. Sie nahm alles in sanfter Manier hin. Man konnte mit ihr nie streiten. Sie wirkte immer etwas schüchtern, zurückhaltend. Aber alles, um was sie bat, wurde auf der Stelle getan. Jeder liebte sie. Sie wirkte gleichzeitig zerbrechlich und stark. Meine Mutter war eine Persönlichkeit.«

Joachim stockte. So hatte er noch nie über seine Mutter geredet. Fast kam es ihm vor, als hätte er zum ersten Mal in seinem Leben über sie nachgedacht. Beinahe verlegen sah er Vera an.

»Tut mir leid. Sie bringen Gefühle in mir zum Vorschein, die ich nicht hätte sagen sollen. Anscheinend ergeht es meinem Vater genauso. Ich beginne, ihn zu verstehen. Nur, wie gesagt, ich weiß nicht, ob das für meinen Vater ein Vorteil ist. Die Vergangenheit noch einmal zu erleben, ist vielleicht zu viel für ihn. Er sollte sie endlich begraben.«

»Möchten Sie, dass ich gehe?«, fragte Vera leise.

»Nein, um Gottes Willen. Nur, wir sollten versuchen, ihm klar zu machen, dass Sie Vera und nicht Elise sind.«

Vera nickte. »Ich werde es versuchen. Ich werde ihm von mir erzählen. Dann wird er in mir vielleicht jemand anderen sehen.«

6

*

1947-1958

Zögernd stand Arthur auf dem Bürgersteig gegenüber der Koppenhöh Apotheke, die den Namen *STADTAPOTHEKE* in großen Lettern über dem gesamten Eingangsbereich präsentierte. Er drückte sich in einen Hauseingang. Arthur hatte Elise seit dem schrecklichen Tag im Juli nicht mehr gesehen, obwohl er schon viermal in den vergangenen Wochen nach Mettstadt gefahren war, mit der Absicht, Elise zu besuchen. Er war unverrichteter Dinge wieder gegangen, weil er sich nicht traute. Er fürchtete sich geradezu, ihr zu begegnen, was ihm jedes Mal, wenn er wieder zu Hause angekommen war, lächerlich vorkam. Seiner großen Sehnsucht, mit Elise zu sprechen, stand seine Schüchternheit und Unbeholfenheit im Wege, weil er einfach nicht wusste, wie er Elise gegenübertreten sollte. Diesem Mädchen, das so Schreckliches durchgemacht hatte. Von seiner Mutter Johanna wusste er, dass Elise seit einiger Zeit in der Apotheke mitarbeitete und den Tod ihres Babys tapfer verkraftete. Wenn auch das Gerede der Leute ihr schwer zu schaffen machte, die meinten, sie müssten sie fortwährend bemitleiden.

Arthur fasste sich ein Herz, verließ den Bürgersteig und überquerte die Straße. In diesem Augenblick verließ Elise mit einem Päckchen unter dem Arm die Apotheke und wäre fast in ihn hinein gelaufen. Mitten auf der Straße rang Arthur nach Atem.

»Elise.«

»Arthur? Was machst du denn hier? Willst du zu mir?«

»Nein, ja, nun … eigentlich schon.«

»Wie schön. Komm mit. Ich muss eine Auslieferung besorgen. Wie geht es dir?«

»Gut.« Verkrampft folgte Arthur ihr und beäugte sie verstohlen. Er wusste eigentlich nicht, was er erwartet hatte. Elise sah aus wie immer. Sie trug ihre Haare kürzer und leicht gewellt. Ihr schlichter, wadenlanger Rock wippte um ihre Beine. Der hellblaue Pullover und die gleichfarbige dicke Strickjacke standen ihr wunderbar. Sie sah weder traurig noch vergrämt oder leidend aus, wie er irgendwie vermutet hatte.

»Elise, es tut mir so leid, dass du dein Baby verloren hast. Das wollte ich dir schon lange sagen. Ich … ich … wollte schon viel eher kommen. Ich war zu feige.«

»Du, feige, Arthur? Warum?« Elise blieb stehen und sah ihn mit großen Augen an.

Arthur zuckte mit den Schultern.

»Alle anderen sind nicht feige«, entgegnete Elise spröde. »Im Gegenteil. Aufdringlich sind sie. Ich habe das Gefühl, dass jeder testen möchte, wie ich damit fertig werde. Seit ich in der Apotheke arbeite, spricht mich jeder darauf an.

Und jeder endet mit den Worten: ›Glauben Sie mir, es ist besser so. Was hätten Sie mit einem unehelichen Kind anfangen sollen? Ihr Leben wäre verpfuscht gewesen.‹ Ehrlich gesagt, ich kann es nicht mehr hören. Wenn du in ihre Gesichter siehst! Das ist keine Anteilnahme, das ist Schadenfreude und Hohn. Ich wünschte, man würde mich endlich in Ruhe lassen. Manchmal kommt es mir vor, als würde man mich schaulustig betrachten. Als müsste ich anders aussehen, als andere. Wie ein Tier im Zoo.«

Geknickt trottete Arthur neben Elise her. Er wünschte, er hätte nichts gesagt. Da war er ja mal wieder fein ins Fettnäpfchen getreten. Er hatte befürchtet, dass es so kommen würde.

»Du bist nicht so, das weiß ich«, fuhr Elise fort. »Ich glaube, du ist der einzige, der wirklich unglücklich ist, weil mir das alles passiert ist.«

»Danke, Elise. Ich dachte schon, jetzt bist du mir auch böse.«

»Dir? Ich kann dir niemals böse sein. Du bist ein herzensguter Mensch, Arthur. Ich weiß das schon lange. Und das wollte ich dir auch schon immer mal sagen.«

»Hast du ... hast du jemals wieder etwas von Kurt Nickel gehört, Elise?«, wagte Arthur, nach diesen Worten mutig geworden, zu fragen.

»Nein.« Elises Antwort klang endgültig, wenn auch ein wenig wehmütig. Ihr Gesichtsausdruck nahm eine Härte an, die Arthur prompt an die Nieren ging.

»Elise, darf ich dich manchmal besuchen kommen? Natürlich nur, wenn es dir nicht unangenehm ist.«

»Gerne, Arthur. Komm, wann immer du willst.« Elise lachte ihn an. »Komm mit! Wir kaufen uns da drüben beim Krämer eine große Tüte Brausebonbons wie in alten Zeiten und lutschen sie alle auf, während wir spazieren gehen. Willst du?«

Und ob Arthur wollte.

Von diesem Zeitpunkt an fuhr Arthur jeden Sonntag zu Elise. Sie plauderten, lachten und neckten sich. Um schneller bei Elise zu sein, machte Arthur seinen Motorradführerschein und kaufte sich ein Motorrad, für das er zwei seiner Ferkel hergab. Fortan brauste er mit Elise im Beiwagen durch die Gegend, die sichtlich Spaß daran hatte. Zwischen Weihnachten und Neujahr wohnte Elise bei Süttlers, weil ein heftiges Schneegestöber ihre Heimfahrt in die Stadt verhinderte. Elise war das nur recht, denn die vorwurfsvollen Mienen ihrer Eltern konnte sie mittlerweile nur schwer ertragen. Ihre Eltern schämten sich ihrer. Das merkte Elise jeden Tag.

Als sie Anfang Januar nach Hause zurück kam, waren die ersten Worte ihres Vaters:

»Elise, jetzt geht das mit dem Arthur doch nicht so los wie mit dem Nickel? Die Leute reden bereits über dich. Noch einmal machen deine Mutter und ich das nicht mit.«

Elise errötete zutiefst. »Arthur und ich, wir sind nur befreundet.«

»Das glaubt dir nicht einmal deine tote Großmutter. Arthur hat mir schon vor Monaten gestanden, dass er in dich verliebt ist. Schon bevor das mit dem Kurt anfing. Und jetzt wohnst du bei ihm. Über eine Woche. Das geht nicht.«

»Arthur ... Arthur, liebt mich?«

»Natürlich. Das weiß doch jeder. Mach' dieses Mal keinen Fehler. Nochmals eine solche Schande und ich schmeiße dich raus. Werde endlich eine ehrbare Frau. Du weißt ja nun, wohin die Spielchen führen. Wenn er dich fragt, wirst du ihn heiraten. Einen anderen kriegst du ohnehin nicht mehr ab. Die Männer wollen keine ... keine ... «

»Rasputin!« rief Frau Koppenhöh erschrocken.

»Ist doch wahr«, rief Rasputin Koppenhöh und brauste aus dem Raum.

Verstört ging Elise in ihr Zimmer und warf sich auf das Bett. Arthur liebte sie? Jedenfalls hatte er es ihrem Vater gesagt. Aber das war schon vor der Sache mit Kurt gewesen. Sicher liebte er sie jetzt nicht mehr. Damals am See, als sie sich wünschte, er würde sie küssen, hatte er es nicht getan. Elise hatte daraus geschlossen, dass er sie nicht liebte, nicht so, wie man eine Frau liebt. Sie hatte gedacht, Arthur sähe in ihr so etwas wie eine kleine Schwester.

Elise hatte Arthur richtig gerne, nur nicht so wie den Kurt. Bei dem Gedanken an Kurt traten ihr die Tränen in die Augen. Oh, Gott, wie sehr sie ihn immer noch liebte. Seine blonden Haare, sein Lachen, seine blauen Augen, unter denen sie dahin geschmolzen war, die respektvolle Art, mit der er sie behandelt hatte. Als wäre sie etwas ganz Besonderes. Schmerzlich erinnerte sich Elise an den Tanzabend im Hause seines Onkels, an dem sie Champagner gekostet und erlesene kleine Häppchen genossen hatte. Zwischen all den prachtvoll angezogenen Damen mit ihren glitzernden Juwelen war sie sich wie ein Mauerblümchen vorgekommen. Doch Kurt hatte nur Augen für sie gehabt und war den ganzen Abend nicht von ihrer Seite gewichen.

»Du bist so schön, Elise, so rein und unversehrt. Wie eine blühende Wiese im Morgennebel. Mein Onkel hat mir gerade gratuliert. Er sieht dich genau so, wie ich dich sehe.«

Und dann hatte er mit ihr getanzt. Den ganzen Abend hatte sie in seinen Armen gelegen und war so glücklich gewesen. Er hatte den anderen schönen Damen keinen Blick geschenkt und sie mit großer Achtung behandelt. Kurt bewegte sich so weltmännisch zwischen den ganzen, wohlerzogenen Herren, denen er sie höflich vorstellte. Er zeigte ihr das Haus mit den vielen Zimmern und den wundervollen Möbeln und meinte, sie würde diesen Rahmen erst vervollständigen. Er küsste sie zart und doch so leidenschaftlich, dass ihr fast die Beine wegsackten. Und wie es sich gehörte, hatte er ihr nach Mitternacht in den Mantel geholfen und sie dann nach Hause gefahren. Eine lange, wunderbare Fahrt, während der er wiederholt ihre Hände geküsst hatte.

In den Wochen darauf hatte er immer wieder gesagt, wie sehr er sie liebe und nach dem Erntedankfest hatte sie beide in der Scheune die Leidenschaft übermannt.

Elise schlug sich die Hände vor das Gesicht. Sie schämte sich – und doch - sie bereute keine Sekunde – auch wenn das alle von ihr erwarteten.

Es war das Schönste, was sie je erlebt hatte. Kurt und sie – es war einfach wunderbar gewesen. Sie waren noch einige Male so zusammen gekommen – und es war jedes Mal schöner.

Entsetzen überkam Elise, als sie an den Tag dachte, an dem ihr klar wurde, dass sie schwanger war. Die Übelkeit, die schon seit Wochen morgens über sie hinweg schwappte, machte ihr einiges klar, denn wenn ihre Eltern auch über solche Dinge nie sprachen, hatte Elise bei den Kaffeekränzchen ihrer Mutter genug aufgeschnappt, um zu wissen, was passiert war. Außerdem setzte ihre monatliche Blutung aus.

Elise hatte nur einen Gedanken gehabt – Kurt musste sie heiraten. Wie glücklich und auch ein bisschen bange hatte sie an dem Abend auf ihn gewartet, als er sie auf ihr Drängen hin zu einer Schlittenfahrt abgeholt hatte. Sie hatte ihren neuen Pelzmantel angezogen, den er ihr geschenkt hatte und vor innerer Anspannung hatte sie kaum mit Arthur sprechen können. Fast hätte sie Arthur ihr Geheimnis ausgeplaudert.

Als sie endlich hinter Kurt auf dem Schlitten saß und ihn umfasste, hielt sie es kaum aus. Sie klammerte sich an Kurt und rief ihm ihre sensationelle Neuigkeit spontan ins

Ohr.

Was dann kam, ließ Elise auch jetzt wieder das Blut in den Adern gefrieren.

»Du kriegst was?«, hatte Kurt gerufen und den Schlitten so abrupt angehalten, dass Elise das Gleichgewicht verloren und herunter gefallen war.

»Wir bekommen ein Kind«, hatte Elise erklärt, wenn nun auch ein leises Zittern ihre Stimme kläglich klingen ließ.

»Bist du verrückt? Verdammte Scheiße«, hatte Kurt geschnauft und Elise war das Blut in den Adern gefroren.

»Elise. Ein Kind kriegen geht jetzt noch nicht. Ich muss erst Karriere machen. Aber keine Sorge. Wir kriegen das hin. Mein Onkel weiß, was zu tun ist. Der kennt jemanden, glaube ich, der das wieder in Ordnung bringt. Gleich morgen kommst du mit nach Lübeck. Der Arzt ist diskret und verschwiegen. Wir werden das lästige Übel beseitigen.«

Elise hatte sich die Ohren zugehalten und war in den Wald hinein gestolpert. Alles, was sie hörte, war, dass Kurt sie nicht heiraten wollte. Diese Schmach, diese Pein. »Wir werden das lästige Übel beseitigen.« Elise war das Grauen überkommen. Sie war gelaufen und gelaufen und gelaufen und etwas Schreckliches schien sie zu verfolgen. Die Rufe von Kurt waren leiser und leiser geworden und endlich war Elise kopfüber in den Schnee gefallen und ihre Tränen waren zu kleinen Eiskristallen gefroren, die ihre Wimpern verklebten.

Kurt liebte sie nicht. Er wollte sie nicht. Er wollte das Kind nicht. Verzweifelt und apathisch hatte Elise ihr Gesicht in den Schnee gedrückt, bis ihr die Luft weg geblieben war. Sie wäre wohl erfroren, wenn nicht knackende Geräusche in ihr Bewusstsein gedrungen und ihr Gefahr übermittelt hätten. Elise hatte wie gelähmt in die nächtliche Stille gelauscht und war sich plötzlich sicher gewesen, dass irgendein Tier herumschlich und sich ihr näherte. Ihre plötzliche Angst hatte sie ihrer Lethargie entrissen, sie aufspringen und davon laufen lassen – in die Arme von Arthur. Elise war danach fast froh gewesen, krank zu sein, denn das enthob sie jeglicher Aktivitäten, zu denen sie sich nicht aufraffen konnte. Willenlos hatte sie sich der Pflege und Fürsorge ihrer Mutter und Johanna Süttlers überlassen und Arthurs Spaziergänge, Vorlesungen und Geduldsspiele über sich ergehen lassen. Arthur war es auch gewesen, der ihr erzählt hatte, dass Kurt Nickel fort war. Fort für immer, ohne Gruß, ohne Worte.

Als sie hörte, dass ihr Vater in der Stadt verbreitete, Kurt Nickel hätte seine Tochter geschändet und mit einem Balg sitzen lassen, weil er Elise von jeder Anschuldigung frei sprechen und ihre Ehre schützen wollte, hatte Elise den Mund gehalten. Widersprüche hätten nur provozierend gewirkt. Sie hätte ihren Eltern nie gestehen können, dass sie Kurt Nickel geliebt und sich ihm freiwillig hingegeben hatte. Das hätte alles nur noch verschlimmert. Kurt wurde als der böse Buhmann und sie als die arme, kindliche Unschuld hingestellt, die von nichts eine Ahnung hatte.

Elise war alles egal. In manchen Momenten hätte sie ihrem Vater die Wahrheit am liebsten ins Gesicht geschrien: dass Kurt nicht so schrecklich war, wie man ihn darstellte. Aber Elise schwieg. Aus Scham und weil es ohnehin nichts geändert hätte. Denn Kurt war fort

Sie ertrug das mitleidsvolle Getue ihrer Mitmenschen tapfer und horchte auf die geheimnisvollen Dinge, die sich in ihrem Bauch regten. Merkwürdigerweise freute sie sich auf das Kind, war es doch ein Vermächtnis von Kurt, den sie nicht vergessen konnte. In ihren Gedanken fing sie an, ihn in Schutz zu nehmen und schalt sich selbst eine törichte Gans. Kurt hatte sie geliebt, dessen war sie sich sicher. Nur die Ankündigung des Kindes hatte ihn schockiert davon laufen lassen. Sie hätte ihm das nicht so schonungslos berichten dürfen. Die Idee, dass er zu ihr zurückkehren würde, wenn das Kind erst geboren wäre, tröstete sie und baute sie auf. Sie war überzeugt, dass Kurt sein eigenes Kind nicht verleugnen würde, wenn es denn erst auf der Welt wäre. Sie redete sich ein, dass sie wieder zueinander finden und Kurt sie über die Schwelle seines Hauses in Lübeck tragen würde.

Doch auch diese letzte Hoffnung hatte sich aufgelöst. Ihr Wunsch blieb ein Traum. Als Elise nach vierundzwanzig Stunden qualvollster Wehen endlich mit einer Äthermaske in Schlaf versank, wurde ihr Kind tot geboren. Ihre Mutter brachte es ihr bei, als sie aufwachte.

»Meine liebe Elise, es tut mir so leid. Es war ein Mädchen. Aber tot. Jetzt gräme dich nicht. Sieh' mal, es ist besser so, nicht wahr, Kind? Ohne Vater – du bist ja selbst noch ein Kind. Du musst jetzt sehen, dass du wieder auf die Beine kommst.«

Elise versuchte, in ihrem Dämmerzustand das Gesagte zu begreifen. »Tot? Wo ist es? Ich will es sehen.«

»Aber Kind. Was redest du denn da? Es ist weg.«

»Weg? Wo ist es?«

»Woher soll ich das wissen. Die Hebamme weiß, was zu tun ist in solchen Fällen. Jetzt frag nicht weiter und schlafe dich aus, Kind.«

Als die Mutter das Zimmer verließ, weinte Elise in die Kissen. Kurts Kind – tot. Jetzt würde er mit ihr nichts mehr zu tun haben wollen.

Elises Leid und Kummer schienen grenzenlos. Körperlich kam sie schon bald wieder auf die Beine, doch ihre Gedanken, die kamen nicht zur Ruhe. Schlimm war, dass sie mit niemandem sprechen konnte. Ihre Eltern schwiegen das Thema tot. Für die anderen gleichaltrigen Mädchen war sie keine Freundin, weil sie Dinge erlebt hatte, die die anderen mit Argwohn betrachteten und sie zu einer Außenseiterin machten. Man behandelte sie wie eine Ausgestoßene. Für die wenigen Männer, die aus dem Krieg übriggeblieben waren, war sie peinlich. Niemand wusste so recht etwas mit ihr anzufangen.

Ich werde als armes, gefallenes Mädchen hier bei meinen Eltern versauern, dachte Elise oftmals. Aber ich habe nichts Anderes verdient.

Und jetzt platzte ihr Vater mit der Nachricht heraus, dass Arthur sie liebte. Der liebe Arthur. Elise fand durchaus, dass Arthur ein feiner Mensch war. Dennoch – sie liebte ihn nicht. Sie würde für ewig und alle Zeiten Kurt lieben. Aber Elise hatte ihre Lektion gelernt. Die Liebe, die sie kennengelernt hatte, hatte ihr nur Verderb gebracht. An der Seite von Arthur könnte sie eine ehrbare Ehefrau werden, wenn er denn wollte.

Wenn er mich fragt, nehme ich ihn, dachte Elise. Es wird nicht so himmelhoch jauchzend sein, aber harmonisch und sicher.

Als Arthur im Mai 1948 nach etlichen schlaflosen Nächten um ihre Hand anhielt und sie verlegen nickte, nahm sie seinen Wangenkuss ohne Erbeben hin und als Arthur sie vier Wochen später auf ihrer offiziellen Verlobungsfeier feierlich auf die Lippen küsste, lächelte Elise gerührt. Der liebe Arthur, er war ein so liebenswerter Mensch.

Da die wertlose Reichsmark endlich durch die neue D-Mark ersetzt wurde, konnte Arthur seiner Elise einen wunderschön geschmiedeten Rotgoldring schenken, den sie bei einem Juwelier in Mettstadt so bewundert hatte.

Ein Jahr später versprach Elise in der Kirche, ihn zu lieben und zu ehren und schwor bei sich selbst, ihm die Frau zu sein, die er sich wünschte. Dankbar und ergeben wollte sie mit Arthur den Lebensweg beschreiten.

Arthur schwebte auf Wolke sieben. Er konnte sein Glück kaum fassen. Elise war seine Frau geworden! Er war zwanzig Jahre alt und Ehemann. Als er sie traditionsgemäß über die Schwelle seines Hofes trug und nachts zu ihr unter die Bettdecke schlüpfte, wagte er kaum zu atmen. Linkisch nahm er Elise in den Arm und küsste sie ehrfurchtsvoll. Er traute sich nicht, sie zu berühren, aus Angst, etwas falsch zu machen. Elise wartete mit verkrampften Gliedern auf die nun wohl kommenden Zärtlichkeiten. Stattdessen vernahm sie seine Worte: »Elise, ich habe dich geheiratet, weil ich dich liebe. Ich werde kein zweiter Kurt Nickel sein. Ich werde dich nie gewaltsam zu etwas zwingen. Du brauchst keine Angst zu haben. Schlafe jetzt, meine Liebe. Das war ein anstrengender Tag.«

Arthur rollte auf seine Seite des Bettes und Elise hörte alsbald die regelmäßigen Atemzüge ihres Mannes. Leise Tränen rollten ihr die Wangen herab.

Ach, Arthur, warum lässt du mich mit deiner Liebe nicht endlich den Kurt vergessen, dachte Elise, bevor sie einschlief. Sie konnte sich ihm doch nicht an den Hals werfen. Was sollte er denn da von ihr denken? Hielt nicht ohnehin jeder sie für eine schamlose Person? Das fehlte noch, dass Arthur eine schlechte Meinung von ihr bekam.

Dieser Zustand der gegenseitigen Scheu und Angst vor den Gefühlen des anderen, ließ ein leidenschaftliches Liebesleben von Arthur und Elise nicht zustande kommen. Elise traute sich nicht, Arthur zu ermuntern, aus Angst, er würde sie für liederlich halten und daran erinnert werden, dass sie schon einmal mit Kurt diesen Akt vollzogen hatte. Arthur hingegen traute sich nicht, weil er dachte, Elise hätte Angst und Scham, so etwas noch einmal mitzumachen, wie mit dem schrecklichen Nickel, der ihr dabei Gewalt angetan hatte. Aus diesem Grunde blieb es bei kleinen Küssen, leichten Streicheleinheiten und gegenseitigem, ehrfurchtsvollem Respekt, den keiner überschritt. Arthur wickelte Elise in Watte und las ihr jeden Wunsch von den Augen ab. Er hätte seiner Elise niemals zugemutet, sich mit ihm wie zwei Hunde zu paaren. Das durfte er dem armen Mädchen einfach nicht antun. Elise, die durchaus Leidenschaft verspürte, fand sich im Laufe der Jahre immer mehr damit ab, dass Arthur sie zwar vergötterte, aber dieses Letzte einfach nicht mit ihr tun wollte. Offensichtlich schämte er sich, ihren Körper damit zu entweihen, wie er sich einmal ausgedrückt hatte.

Elise tat alles, was von einer guten Ehefrau erwartet wurde. Sie putzte, kochte, widmete sich ihrem Garten und den Blumen, half bei der Ente, pflegte regen Umgang mit den Nachbarn, wusch, bügelte, tanzte und plauderte – doch glücklich war sie nicht. Ein resignierter, sehr melancholischer Ausdruck prägte ihr Gesicht in unbeobachteten Momenten, der Arthur zu Herzen ging. Auf die Idee, dass sie leidenschaftlich geliebt werden wollte, kam er nicht.

Arthur arbeitete hart von frühmorgens bis spätabends, um seinen Hof auf Vordermann zu bringen. Er kaufte mehr Land, begünstigt durch erhebliche Flurbereinigungen des

Staates. Außerdem wanderten viele Arbeitskräften in die Industrie ab und kleine Gehöfte stellten ihre Tätigkeit ein, weil sie nicht mehr rentabel arbeiten konnten. Arthur kaufte sie auf.

Er investierte in die Mechanisierung und erhöhte seinen Produktionswert beträchtlich. Die Ernteerträge für Roggen, Weizen und Kartoffeln stiegen. Er kaufte mehr Kühe und Schweine, vor allem, nachdem der Bundesrat 1951 die Milch- und Butterpreise erhöht hatte. Seine einhundert zwanzig Kühe hielten ihn auf Trab. Der Markt lechzte nach landwirtschaftlichen Produkten und Süttlers kamen allmählich zu Wohlstand.

Johanna Süttler ließ ihren Ehemann 1956 amtlich für tot erklären, um ihrem Sohn den Hof offiziell übergeben zu können. Die Wehrmachtsauskunftsstelle in Berlin konnte über den Verbleib ihres Mannes nichts in Erfahrung bringen. Sie fand sich endgültig damit ab, nach einem kurzen, glücklichen Ehestand, der nun auch schon fünfzehn Jahre her war und ihr nur ein einziges Kind beschert hatte, den Rest ihres Lebens als Witwe zu verbringen. Sie war sechsundvierzig Jahre alt und wie Millionen andere ein einsames Überbleibsel des schrecklichen Krieges. Die Männer, die sie als Frau bewundert hätten, lagen unter der Erde. Sie übersiedelte in die Einliegerwohnung und überließ den Kindern das Haus. Stolz sah sie ihren Sohn seinen Weg gehen, der zum angesehenen Großbauern aufstieg und exzellente Ernten erzielte. Ihr einziger Kummer war seine Kinderlosigkeit, denn, wenn ich schon keinen eigenen Ehemann habe, dachte sie oft, so möchte ich wenigstens Enkelkinder, die Sonne in mein Leben bringen.

»Arthur, wie ist es mit einem Erben? Warum klappt das bei euch nicht?«, war ihre wiederholte Frage.

»Elise ist zu schade dafür.«

»Zu schade? Was meinst du damit? Seit wann ist man zu schade fürs Kinderkriegen?« Johanna Süttler verstand die Welt nicht mehr.

Sie brachte das Thema, das ihr so am Herzen lag, bei nächster Gelegenheit auf den Tisch, nämlich, als die Weihnachtsgans bei den Koppenhöhs in Mettstadt angeschnitten wurde.

»Allmählich fügt sich alles zum Guten«, plauderte Rasputin. »Es geht wirtschaftlich aufwärts. Hungern muss keiner mehr. Adenauer ist ein feiner Kanzler, wenn er auch in Sachen Wiedervereinigung kläglich scheitert. Es wurde zwar als Aufgabe im Grundgesetz verankert: Das gesamte deutsche Volk bleibt aufgefordert, in freier Selbstbestimmung die Einheit und Freiheit Deutschlands zu vollenden und Adenauer hofft das auch durch die Hallstein-Doktrin zu erreichen, der zufolge Staaten, die mit der DDR diplomatische Beziehungen aufnehmen, von uns mit dem Abbruch aller Beziehungen bestraft werden, aber ich glaube, der Pieck will mit uns ohnehin nichts mehr zu tun haben. Oder er darf nicht. Die Sowjetunion braucht die DDR als Abschirmung gegen unsere Demokratie. Immerhin hat Adenauer die deutsche Souveränität wieder hergestellt und uns in die NATO gebracht. Du fällst wohl nicht mehr unter die neue Wehrpflicht, Arthur?«

»Nein! Ein toter Soldat in unserer Familie reicht«, entfuhr es Johanna. »Ihr kommt gut zurecht, Rasputin? Läuft die Apotheke? Schön. Heutzutage kann man getrost wieder einige Kinder in die Welt setzen und sie satt kriegen. Matthiesens erwarten ihr erstes Enkelkind. Edeltraut ist ganz aufgeregt. Neuerdings gehen die Frauen dafür ja ins neue Krankenhaus in die Kreisstadt. Da wird unsere Hebamme Bludowski bald arbeitslos. Elise, für dich wird es allmählich auch Zeit. Je älter man wird, umso schwieriger wird es.«

Elise biss die Zähne zusammen und schwieg.

Arthur stocherte verlegen in seinem Essen herum. »Das ist kein Thema für den Weihnachtsabend. Das geht nur mich und Elise etwas an.«

»Ja, sicher, ich finde nur ... «

»Mutter!«

Johanna Süttler schwieg verwirrt. Koppenhöhs sagten gar nichts.

In den folgenden Monaten beobachtete Johanna, dass die Kinder zwar hart arbeiteten, aber sie bemerkte auch die liebevollen Blicke, die zärtlichen Gesten und die kleinen gegenseitigen Aufmerksamkeiten der beiden. Sie hatte nicht den Eindruck, dass Arthur und Elise sich nicht vertrugen.

»Elise, bist du unfruchtbar?«, fragte sie daher die junge

Frau eines nachmittags geradeheraus, als die Sommerhitze sie unter die große, schattenspendende Eiche getrieben hatte, um eine eisgekühlte Limonade zu schlürfen. Arthur würde vor dem Abend sowieso nicht zurück sein, denn er war bei der Heuernte. Die Gelegenheit war günstig. Johanna wollte Aufklärung.

»Was? Nein. Wieso? Ich glaube nicht.« Elise erstarrte zur Salzsäule. Sie wollte andeuten, dass sie ja schon mal …, aber sie traute sich nicht.

»Und Arthur … er … nun, er macht dich glücklich?«, wagte Johanna Süttler einen weiteren Vorstoß.

»Oh, ja sicher. Er ist der wundervollste Mann, den ich mir nur wünschen kann.«

Johanna fasste ihre Schwiegertochter genauer ins Auge.

»Elise, drucks nicht so herum. Wie ist es denn bei der Liebe, nachts, meine ich.«

Elise schluckte. »Oh, nun ja, wir gehen sehr behutsam und respektvoll miteinander um. Arthur betet mich an. Er … er fürchtet sich, mir weh zu tun.«

»Ach!« Johanna Süttler setzte sich zurecht und sah ihre Schwiegertochter ernst und bedeutungsvoll an.

»Tut es dir denn weh, meine Liebe? Du weißt, wovon ich spreche, nicht wahr? Jetzt sei nicht so verklemmt. Man kriegt nun mal keine Kinder, ohne sich geschlechtlich zu verbinden. Schon die Bibel sagt: Vermehret euch. Es gibt eine neue Ärztin in der Stadt. Edeltraut Matthiesens

Schwiegertochter geht auch dorthin. Die soll sehr nett und sehr kompetent sein. Wenn du willst, begleite ich dich. Oder – willst du keine Kinder mehr?« forschte Johanna Süttler. »Hast du Angst davor, weil dein erstes Kind tot geboren wurde? Das ist Schicksal und niemand ist dagegen gefeit. Aber das muss nicht jedes Mal so sein.«

Als Elise verlegen schwieg, wurde Johanna direkter.

»Elise, hat der Kurt damals bei dir was kaputt gemacht? Als er ... du weißt schon. Ist es das?«

Elise errötete schrecklich und schlug die Hände vor die Augen. Peinlich berührt schüttelte sie den Kopf. Das Gespräch fing an, ihr leichte Übelkeit zu verursachen.

»Nein. Das ist es nicht.« Elise stockte und stotterte. »Ich glaube ... ich glaube ... Arthur fürchtet sich vor mir.«

Johanna Süttler erschrak. »Wie meinst du das, Elise?«

»Er ... er sieht mich nicht als Frau an. Nicht dafür, du weißt schon. Er ... er will mir nicht so weh tun ... wie der Kurt, sagt er. Er ... Herrgott, er dringt nicht in mich ein, wenn du es genau wissen willst.« Nun war es heraus.

Johanna Süttler fuhr auf. »Willst du damit sagen, dass er in all den Jahren noch niemals ... ?«

Elise schüttelte verstört den Kopf. »Nicht richtig. Nicht so, um Kinder zu kriegen.« Beinahe furchtsam dachte Elise an die wenigen Nächte, in denen Arthur sich ihr näherte. So ... so, ängstlich, als würde er etwas Schönes entweihen, wenn er es wagte ... Seine kläglichen Versuche endeten meistens mit Feuchtigkeit auf ihren Schenkeln. Dann küsste er sie liebevoll und kroch auf seine Bettseite.

Johanna und Elise schwiegen verstört. Nach endlos langer Zeit meinte Johanna:

»Das tut mir leid, Elise. Hast du schon mal versucht, ihn … nun ja, ich meine … es gibt Mittel und Wege … dass er alles andere vergisst?«

»Ich will nicht, dass er mich für verrucht hält.«

»Verrucht? Herrgott, Elise! Ihr seid verheiratet. Weißt du was, ich finde, du solltest einfach mal energisch die Initiative ergreifen. Kruzitürken aber auch!«

»Was? Dann wird er mich nicht mehr gern haben.«

»Unsinn! Dann werdet ihr endlich wie ein Ehepaar leben. Was sind denn das für Bruder und Schwester - Geschichten, Elise. Du musst ihm jetzt endlich mal zeigen, wie sich ein Mann zu benehmen hat. Sag' ihm klipp und klar, dass du ein Kind haben willst. Dann muss er zeigen, was in ihm steckt. Ihr vertrödelt eure Zeit. Wenn du es nicht tust, wasche ich ihm den Kopf. Das ist ja alles nicht zu glauben.«

Es dauerte weitere vier Monate, bis Johanna Süttler eine Änderung im Wesen ihres Sohnes bemerkte, als dieser eines kalten Abends bemerkte, man könne ja heute früher ins Bett gehen als gewöhnlich, dann brauche man den Ofen nicht noch extra anzuheizen. Seine Augen glitten dabei zum ersten Mal begehrlich über den Körper seiner Frau. Johanna

Süttler grinste Elise verschwörerisch zu und begab sich in ihre eigenen Räume. Es schien endlich Ordnung einzukehren.

Doch auch wenn Johanna ihre Schwiegertochter fortan mit Argusaugen beobachtete, erspähte sie keine Anzeichen einer Schwangerschaft. Elise wurde noch stiller, noch blasser und noch schweigsamer. Und Johanna wagte keinen weiteren Vorstoß in das Intimleben der Kinder. Die Ehe würde wohl kinderlos bleiben.

1948-1966

7

Als Kurt Nickel Elises Worte hinter sich auf dem Schlitten vernommen hatte, war er zu Tode erschrocken gewesen. Das Mädchen bekam ein Kind! Mit so einer Situation war er bisher nicht konfrontiert worden. Noch keine Frau hatte ihm bis jetzt so etwas Unmögliches an den Kopf geworfen und ein Kostverächter war er in den letzten Jahren weiß Gott nicht gewesen. Die Frauen, die im Hause seines Onkels Friedrich verkehrten, hatten es ihm von Anfang an leicht gemacht. Erwachsene, manchmal verheiratete Damen, hatten es sich nicht nehmen lassen, diesem gutaussehenden, verwöhnten jungen Mann zu zeigen, wie begehrenswert er war und wie sehr er ihnen gefiel. Doch ein Kind hatte keine von ihnen gekriegt.

Kurt gestand sich ein, dass er nie darüber nachgedacht hatte, dass es überhaupt möglich wäre, so etwas während eines Vergnügungsaktes zu produzieren und dass er irgendwie davon ausgegangen war, zwei völlig getrennte Dinge zu tun, wenn er mit einer Frau die Nacht verbrachte oder ein Kind anfertigte. Die reifen Damen der Gesellschaft hatten ihn einfach nicht mit so profanen Dingen belastet und er hatte auch keinerlei Aufklärung erhalten. Er frönte einer Vergnügungspraxis, die ihm sozusagen von den Damen aufgedrängt wurde. Gedanken über Konsequenzen hatte er sich nie gemacht. Obwohl, einmal hatte Kurt in der

Bibliothek seines Onkels eine Auseinandersetzung dieser Art mitbekommen. Der Onkel hatte einer etwas zweifelhaften Dame, mit der Kurt umher gezogen war, Geld und eine Adresse übergeben: »Dieser Mann wird dich kurz und schmerzlos aus deiner misslichen Lage befreien. Er ist absolut vertrauenswürdig. Es kostet eben nur ein bisschen. Im Nu wirst du den Männern wieder Freude bereiten können.«

Kurt wusste erst viel später, was sein Onkel Friedrich damals geregelt hatte.

Was war er nur für ein naiver Trottel gewesen. Aber naiv war vielleicht nicht der richtige Ausdruck.

Er war Schwierigkeiten ganz einfach aus dem Wege gegangen, oder eher gesagt, sein Onkel Friedrich Petersen hatte sie ihm aus dem Wege geräumt. Verantwortung war für ihn ein Fremdwort gewesen. Er brauchte sich um nichts zu kümmern. Er wurde verwöhnt und bedienert.

Friedrich Petersen, der seinen Neffen vergötterte und froh war, den Sohn seiner geliebten, einzigen, kleinen Schwester aus den Klauen ihres vermurksten Fuhrmann-Ehemannes Alfons Nickel heraus gerissen zu haben, ließ eine schwere Uhrkette durch seine Finger gleiten und beäugte Kurt verstohlen. Der Junge hatte sich prächtig entwickelt. Als er den Knaben 1940 zu sich nach Lübeck geholt hatte, war er ein dünnes, schmächtiges, verschüchtertes Kind gewesen. Genau wie die Mutter, seine Schwester Friederike, die Friedrich sehr geliebt und die ihm so viel Schmerz bereitete hatte, als sie tatsächlich eines Tages diesen beknackten Fuhrmann Alfons Nickel aus Köhlerdorf geheiratet hatte, der ihrer völlig unwürdig gewesen war. Friedrich hatte mit Engelszungen auf seine Schwester eingeredet und ihr immer wieder vorgehalten, welcher gesellschaftliche Abstieg da auf sie zukommen würde. Aber seine Schwester war diesem schweigsamen, ungehobelten Gesellen in die Provinz gefolgt. Liebe machte blind.

Friederike starb, wie Friedrich meinte, vor Gram, denn das armselige, einfache Leben an der Seite dieses schrecklichen Kerls hatte sie zerstört. Doch ihren zwölfjährigen Sohn Kurt wollte Friedrich davor bewahren. Nach einer schlichten Beerdigung auf dem kalten Dorffriedhof in Köhlerdorf machte er Alfons Nickel ein für alle Mal klar, dass er den Sohn seiner Schwester mitnehmen würde. Zu sich in die Stadt, um ihm eine exzellente Ausbildung angedeihen zu lassen, wie es sich gehörte. Der alte Nickel hatte wider Erwarten zugestimmt, wenn auch kaum den Mund aufgemacht. Der Tod seiner Frau schien ihm doch zuzusetzen. Friedrich fackelte nicht lange und nahm den Jungen mit. Das war nun acht Jahre her.

Friedrich Petersen, schon vor dem Krieg ein begüterter Mann, der die geerbte Baufirma seiner Eltern geschickt zur Hochform auflaufen ließ, hatte sich mit gerissenen, nicht immer legalen Methoden während des Krieges zu einem Baulöwen hochgearbeitet. Er, der sich aus der aktiven Politik Hitlers herausgehalten hatte, hatte sich mit diplomatischem Witz, lebensnotwendigen Taten und Bestechungen hohe Funktionäre zu Busenfreunden gemacht, ohne sich in staatliche Ränke und Zwietracht verzwicken zu lassen. Seine gern angenommenen Ratschläge waren immer freundschaftlich, seine Geschenke großzügig gewesen. Er hatte es geschafft, als geachteter Wirtschaftsboss aus einem Krieg hervor zu gehen, der so manchem übermotiviertem Geschäftsfreund, der meinte, sich in die Politik einmischen zu müssen, den Kopf gekostet hatte. Friedrich konnte man nie vorwerfen, den Staat beschissen oder Hitler gedient zu haben. Beide Vorwürfe hätte er entsetzt von sich gewiesen. Er diente niemandem. Nur sich selbst. Er war ein angesehener Bürger, ohne Fehl und Tadel. Friedrich rieb sich die Hände. Das alte Regime war vernichtet. Es lebte die neue Regierung. Auch hier würde er sich aus allem raushalten. Sollten sich doch die Politiker die Köpfe einschlagen, er würde sich wie immer rechtzeitig ducken.

Friedrich hatte seinen Neffen streng im Auge behalten, als dieser in der Hitler-Jugend unter den Einfluss von nationalsozialistischen Ideologien geriet, aber die militärische Erziehung dieser Institution geduldet. Er wusste, dass es den Führern dieser Organisation nicht darauf ankam, das selbständige und kritische Denken der Jugendlichen zu fördern - dafür war er, Friedrich, zuständig -, sondern Gemeinschaftlichkeit zu entwickeln. Ziel war soldatische Disziplin, die Friedrichs Meinung nach dem Jungen nicht schaden konnte. Die wirklich wertvolle

Denkarbeit, auf die es ankam, übernahm Friedrich selbst. »Lauf getrost mit der Meute, das Opfer aber überlass den Schwachköpfen. Halte dich aus allem raus. Meute u n d Opfer können dir irgendwann dienlich sein, denke immer daran«, war seine Devise, die er seinem Neffen einbläute. Er ließ den Jungen das strenge Bismarck-Gymnasium besuchen und achtete auf hervorragende Noten und ausgesuchte Freunde. Als Kurt sich mit sechzehn auf ein Techtelmechtel mit der Frau eines Geschäftspartners einließ, meinte Friedrich: »Genieße den Körper und sei verschwiegen. Lass' das Wesen einer Frau nie in dein Inneres dringen, dann bist du verloren. Sie fressen dich auf, mit Haut und Haaren. Beende das Ganze, wenn es anfängt, anstrengend zu werden. Verliere nie die Kontrolle über dich selbst.«

Friedrich glaubte, dass diese Warnungen genügten. Der Junge war klug. Das verfolgte er mit Adleraugen. Der Junge schien zu verstehen, was ihm die Lehren des Onkels sagen sollten.

Als Kurt ihn im vorletzten Jahr darum bat, seinen Vater besuchen zu dürfen, war Friedrich zunächst enttäuscht gewesen. »Was willst du dort? Dein Zuhause ist hier.«

»Der Alte kommt nicht recht voran. Vielleicht kann ich ihm auf die Sprünge helfen. Immerhin besitzt er ein Fuhrunternehmen, mein Erbe, das wir gut gebrauchen könnten. Ich hätte Lust, ein kleines Geschäft zu probieren. Darf ich, Onkel?«

Friedrich grinste. Der Junge würde ihn nicht enttäuschen.

Erst kürzlich hatte sein Prokurist ihm vergnüglich erzählt, dass der Junge die Lieferung von sehr gutem Holz zu hervorragenden Konditionen abgewickelt und er vorgeschlagen hatte, Fertighäuser und Baracken damit zu errichten, die wie Sand am Meer gebraucht würden. Was hatte der kluge Junge noch gesagt? ›Das wirtschaftliche Leben in den drei Westzonen geht nur tastend voran. Die Amis und die Briten haben sich bereits zusammengeschlossen. Die zunehmende Separation der sowjetbesetzten Zone wird alle drei Westzonen zusammenschließen, sage ich dir. Die SBZ saugt den Osten durch die erheblichen Reparationsleistungen aus. Mittlerweile wurden über 1000 Betriebe demontiert. Zweihundert wichtige und große Betriebe sind als Sowjetische Aktiengesellschaften in den Besitz der UdSSR übergegangen. Die sind auf gutem Weg, den gesamten Osten zu verstaatlichen, indem sie das Ganze als Enteignung der Kriegsverbrecher deklarieren. Schmuggler und Schieber haben Hochkonjunktur, weil sie die Engpässe in der Wirtschaft auszunutzen. Die Vertreter der UdSSR verließen im März den Alliierten Kontrollrat und im Juni die Berliner alliierte Stadtkommandantur. Sie verschärften die Bestimmungen an der Demarkationslinie. Die Spaltung Deutschlands scheint unaufhaltsam, schon wegen der Zwangsvereinigung von KPD und SPD zur SED. Es herrscht ein sehr feindseliges Klima. Ich fürchte, wir werden bald

Millionen von Flüchtlingen aufnehmen müssen. Hier bei uns bauen die Leute wie verrückt. Alle brauchen Häuser, Baracken und Unterkünfte. Der Bauboom ist ausgebrochen. Wir müssen die Transporte zu Land und zu Wasser organisieren. Das Geld ist nichts mehr wert. Ich wette, es gibt in Kürze eine Währungsreform. Bis dahin müssen unsere Lager voll sein. Ich kümmere mich darum.‹

Da lang lief also der Hase. Der Junge wollte die Fuhrkutschen und Lizenzen seines Vaters nutzen. Friedrich ließ ihn nun mit Wonne ziehen. Der Junge war ein helles Köpfchen.

Sehr überrascht schaute Friedrich dann aus der Wäsche, als Kurt gut drei Wochen später zu dem monatlichen Tanzabend, den Friedrich seit jeher für Geschäftsfreunde abhielt, mit diesem Landmädchen Elise Koppenhöh auftauchte. Friedrich sah in ein zartes, sehr junges, liebenswertes Mädchengesicht, als er klamme, zitternde Hände küsste. Er ließ sich natürlich keine Regung anmerken, wenn ihn der Geschmack seines Neffen auch verwunderte, der, wie er wusste, bisher mit leichtlebigen, etwas gewöhnlichen Damen herumgezogen war. Eigenschaften, von denen dieses Kind ganz sicher noch nie etwas gehört hatte. Friedrich ließ die jungen Leute nicht aus den Augen und gewann den Eindruck, dass Kurt irgendetwas Besonderes in diesem Mädchen sah, was ihm nicht gefiel. Es war doch unmöglich, dass Kurt sich in dieses Landei verliebte? Er hatte für Kurt eigentlich eine Verbindung mit der Tochter eines Reeders vorgesehen und das Terrain bereits sondiert. Er wusste, dass Sophie von Sorrien sich in seinen hübschen Kurt verguckt hatte. Ihm entging nicht, dass Sophie, die mürrisch an ihrem Champagner nippte, Kurt böse Blicke zuwarf, als der mit Elise auf die Tanzfläche ging.

Dieses zierliche Mädchen mit den melancholischen Augen und den schimmernden, braunen Haaren hing hingerissen und anbetungswürdig an den Lippen seines Neffen. Friedrich konnte den Jungen verstehen. So fasziniert betrachtet zu werden, musste einem schmeicheln. Kurt, der sich den ganzen Abend wie beschützend zwischen Elise und die übrigen Gästen stellte, war strahlend zu seinen Onkel geeilt, als Elise sich frisch machen ging.

»Ist sie nicht bezaubernd, Onkel Friedrich? So stelle ich mir die deutsche Frau vor, von der in den letzten Jahren so viel die Rede war.«

Friedrich ließ sich seine Überraschung nicht anmerken. War das propagandistische Programm der Hitlerjugend doch nicht spurlos an dem Jungen vorbeigegangen, wie Friedrich gehofft hatte? Die Bemerkung seines Neffen ließ ihn frösteln.

»Ein bezauberndes Kind, sicher. Wie alt ist sie?«, fragte er leichthin.

»Sechzehn.«

»Woher kennst du sie? Arbeitet sie bei deinem Vater?«

»Nein. Sie ist mit ihren Eltern nach Köhlerdorf

geflüchtet, um der totalitären Diktatur, der beknackten Planwirtschaft und dem Kommunismus der Sowjets zu entgehen. Sie haben im Krieg alles verloren. Der Vater ist Apotheker. Will sich in Mettstadt selbständig machen. Ich werde mit Gustav Hinrichsen reden. Wir werden die Apotheke beliefern. Erst einmal auf Kredit. Die Leute müssen von dem Bauernhof weg, auf dem sie Asyl gefunden haben. Ich glaube, der ansässige Bauernlümmel dort ist hinter Elise her. Dafür ist sie einfach zu schade. Das Mädchen hat Stil. Du weißt doch, wie das heutzutage läuft. Ein paar Küsse im Heu in der Scheune, die sie gar nicht will und der Bauerntrampel bildet sich ein, er hätte sie am Wickel. Elise ist zu Höherem geboren. Sie soll dort nicht versauern.«

»Zu Höherem? Was meinst du damit? Was hast du mit ihr vor?«, fragte Friedrich.

Kurt grinste. »Wer weiß, wer weiß.« Eilig war er auf Elise zugelaufen, die am Eingang des großen Raumes stehen geblieben war und schüchtern nach Kurt Ausschau hielt.

Friedrich war besorgt. Dieser Junge, auf den er so große Stücke hielt und den er so sorgsam erzogen hatte, würde doch nicht da enden, wo seine Mutter geendet hatte: in einem armseligen Nest mit einem armseligen, pubertierenden Pflänzchen an seiner Seite, die sich kaum auf gesellschaftlichem Parkett würde bewegen können und ein Hemmschuh für eine glanzvolle, geplante Karriere darstellen würde?

Die nächsten Wochen waren für Friedrich eine wahre Tortur. Er war nahe dran, den Jungen in Köhlerdorf aufzusuchen und persönlich nach Hause zurückzuholen, als ihm die Entscheidung einzugreifen, abgenommen wurde. Kurt stand plötzlich vor der Tür, verstört und schweigsam. Ohne sich zu erklären, nahm er seine Arbeit wieder auf und fing an, viel herum zu reisen.

»Hast du in Köhlerdorf alles geregelt?«, fragte Friedrich ihn einmal.

»Ja.«

Dabei blieb es. Das Mädchen Elise schien für Kurt keine Bedeutung mehr zu haben. Friedrich wusste von seinem Geschäftsfreund Gustav Hinrichsen, Inhaber einer Chemie- und Pharmafabrik, dass dieser eine große Lieferung Chemikalien, Apparaturen und Medikamente auf Kredit nach Mettstadt geschickt hatte und erfuhr ein Jahr später, dass ein Rasputin Koppenhöh diesen Kredit auf Heller und Pfennig und mit Zinsen zurückgezahlt hatte.

»Der Mann suchte mich persönlich auf, um die Angelegenheit zu regeln. Ich kannte ihn ja gar nicht. Er wollte zu Kurt, aber der war auf Reisen. Ich sagte ihm, dass seine Apotheke ja wohl sehr gut gehen müsste, wenn er nach so kurzer Zeit den Kredit zurückzahlen könne. Der Mann brummelte, er wolle Kurt nichts schuldig sein. Das wäre ihm zuwider. Wenn ich ihn sehe, soll ich ihm ausrichten, das Kind wäre tot. Verstehst du das, Friedrich?«

Friedrich verstand das nicht. Er hätte zu gerne gewusst,

warum Kurt so Hals über Kopf alle Kontakte nach Köhlerdorf abgebrochen hatte. Hatte dieses Mädchen Elise ihm einen Korb gegeben? Was für ein Kind war gestorben?

Kurt hätte mit seinem Onkel kaum über diese Dinge gesprochen.

Als er in klirrender Kälte neben seinem Pony und Frau Koppenhöh gestanden hatte und dieser Bauernlümmel mit Elise auf dem Arm aus dem Wald heraus gekommen und ins Haus gelaufen war, war er nach kurzer Erleichterung, dass man Elise gefunden hatte, in den Hausflur getreten. Dieser Arthur hatte ihn abgefertigt:

»Verschwinde! Elise stirbt vielleicht. Und du bist schuld. Wie konntest du sie nur da draußen herumirren lassen.« Betrübt war Kurt nach Hause gefahren.

Zwei Tage später hatte dieser Fatzke ihn erneut in Köhlerdorf aufgesucht.

»Elise hat eine Fehlgeburt gehabt. Das Kind war ja wohl von dir. Ich soll dir ausrichten, dass sie dich nie wieder sehen will. An deiner Stelle würde ich so schnell wie möglich abhauen. Elise verabscheut dich.«

Und genau das hatte Kurt getan. Verwirrt und unglücklich war er nach Lübeck geflüchtet. Wochenlang war er versucht, Elise aufzusuchen und sich bei ihr zu entschuldigen. Das hatte er alles nicht gewollt. Verzweifelt kam ihm zu Bewusstsein, dass er Elise geliebt und sie sogar geheiratet hätte. Warum nur hatte er so völlig kopflos reagiert. Dass sie ein Kind von ihm erwartet hatte, fand er jetzt gar nicht mehr so schlimm. Warum hatte er sie auf dem Schlitten nicht einfach in die Arme genommen und ihr gesagt, dass ihm das nichts ausmachte. Doch nun war dieses Kind tot und Elise hasste ihn. Immer wieder sah er ihr zartes, vertrauensvolles Gesicht vor sich, das so eine eigenartige, sanftmütige, passive Ausstrahlung gezeigt hatte. An Kurt nagte der Kummer und das schlechte Gewissen, das er mit Arbeit zu verscheuchen versuchte. Was er überhaupt nicht begriff, war, dass Elise behauptete, er habe ihr Gewalt angetan. Von seinem Vater in Köhlerdorf hatte er deswegen einen Brief erhalten, mit dem der Alte ihn anklagte: Kurts Mutter würde sich im Grabe umdrehen, wenn ihr die Schandtat ihres Sohnes zu Ohren käme, schrieb er. Kurt solle sich in Köhlerdorf nicht mehr blicken lassen, wenn das stimmen sollte. Er wäre dann nicht mehr länger sein Sohn. Oder er solle kommen und sich entschuldigen.

Ärgerliche Wut hatte Kurt beim Lesen des Briefes ergriffen. Er übertrug diese Wut auf Elise, die ihn so schändlich denunzierte. Das hatte er von Elise nicht gedacht. Schließlich rang er sich zu der Meinung durch, dass dieses Mädchen, das sein Herz angesprochen und zitternd in seinen Armen gelegen hatte, es nicht wert war, sich zu ärgern. Sie war wie alle anderen auch. Sein Onkel hatte ihn immer davor gewarnt. Jetzt hatte er eine Erfahrung hinter sich, die ihn für den Rest seines Lebens von den Frauen kurierte. Er hasste Köhlerdorf, Elise und die ganze Sippe dort. Wie konnte Elise nur behaupten, er hätte sie gewaltsam genommen. Sie, die so liebevoll in seinen

Armen gelegen hatte. Sein ganzes Wesen verhärtete sich und ein Panzer legte sich um sein Herz, der ihn härter und älter erscheinen ließ als er war.

Er wurde übermütig, gleichgültig gegen die Grundwerte des Lebens, die sein Onkel ihm so mühselig eingebläut hatte und er trank sehr viel.

Friedrich Petersen beobachtete das besorgt. Der Junge war irgendwie durch den Wind. Er stritt in diesen Tagen häufig mit Kurt und warnte ihn davor, allzu sehr über die Stränge zu schlagen. Wo wäre seine Selbstdisziplin geblieben? »Abgetaucht«, flachste Kurt.

Was sich in dieser Zeit in ihm verstärkte, war der Hass auf das System der Sowjetunion, ein Ersatzhass, der Köhlerdorf und Elise langsam in den Hintergrund drängte. Von Bedeutung waren dafür amerikanische GIs, die sich in den Kneipen in Lübeck herumtrieben und die Parolen ihres Präsidenten Harry S. Truman zum Besten gaben, der die Sowjetunion zum Feindbild der ›freien Welt‹ hochstilisierte. Kurt unterhielt sich stundenlang mit George Williams, einem Piloten, der vom 24. Juni 1948 bis zum 12. Mai 1949 nach der Währungsreform bei der Luftbrücke den Westen unterstützt und Einsätze der ›Rosinenbomber‹ geflogen war. Kurt hing fasziniert an seinen Lippen, wenn George seine riskanten Flugmanöver der ›Operation Vittles‹ schilderte und litt mit ihm, wenn er von seinen achtundsiebzig toten Kameraden sprach. Wenn Kurt auch anfangs Mühe hatte, der Sprache zu folgen, änderte sich das rasch. Er lud George häufig zu sich nach Hause ein und besuchte seinen Freund dann Anfang der 50-iger Jahre in West-Berlin, wohin dieser stationiert war. Seine Reise durch die Zone sah er als Abenteuer an, schon deshalb, weil Kurt an Deutschland als ein Ganzes dachte, die Spaltung nicht anerkannte und diese als vorübergehendes Übel ansah. Die strengen Kontrollen an den mittlerweile nur noch fünf Straßen- und Autobahnübergängen zwischen der BRD und der DDR und Berlin, die er als Westler mit Arroganz und Geringschätzung hinnahm, ärgerten ihn, auch als sich die Überfahrt durch die Abriegelung der Zonengrenze durch eine 5-km-Sperrzone 1952 noch verschärfte. Die DDR schottete sich mehr und mehr ab.

Kurt sah der Überprüfung seiner Genehmigungspapiere hochmütig zu. Als ein Soldat einmal Hand an ihn legte und ihn abtasten wollte, schlug Kurt die Hand empört zurück, entledigte sich seiner Jacke und seines Hemdes und reichte sie dem Soldaten höflich. »Meine Hose auch?«, fragte er anzüglich, was der Soldat verneinte.

Kurt verfolgte die konträre Politik des Westens und des Ostens genau, wenn er auch das Wettrüsten der beiden Supermächte Sowjetunion und USA mit mulmigen Gefühlen betrachtete. Man saß sozusagen auf dem Pulverfass, denn der ›Kalte Krieg‹ konnte jederzeit durch eine Winzigkeit zum ›Heißen Krieg‹ werden, zumal als bekannt wurde, dass die Sowjetunion bei den Wasserstoffbomben nachzog und neue Flugzeuge mit interkontinentaler Reichweite etablierte. Die USA drohte mental mit massiver Vergeltung und verfolgte eine Politik des roll back, ein Zurückdrängen des Staatskommunismus in Osteuropa und Asien, vor allem als China kommunistisch wurde. Sie engagierten sich verstärkt in Japan, um einen antikommunistischen Gegenpol aufzubauen. 1950 eskalierte deswegen dort der Kalte Krieg zum Koreakrieg.

Ein Ereignis, das Kurt stark bewegte, war der Juniaufstand 1953. Kurt war an diesem Tag in den Osten hinübergefahren – ein Trip, der seinem Adrenalin-spiegel gefiel. Er hatte das Gefühl, sich in verbotenen Gefilden aufzuhalten, was Quatsch war, denn natürlich hatte er durchaus das Recht, sich dort aufzuhalten. Die Aufenthaltsgenehmigung der örtlichen Deutschen Volkspolizei vermittelte ihm ein überlegenes Gefühl. Als er der vielen Menschen auf dem Alexanderplatz gewahr wurde, die ihre Unzufriedenheit gegen das SED-Regime demonstrierten, überlief ihn ein Schauder. Er hatte sofort das Gefühl, einem geschichtlichen Ereignis beizuwohnen. Kurt hielt den Atem an, als T-34-Panzer auf den Platz fuhren und gewaltsam gegen die Menge vorgingen, die mit einfachen Knüppeln und Eisenstangen versuchte, auf die Panzer einzuschlagen. Steine flogen durch die Luft wie Geschosse. Kurt drückte sich in eine Toreinfahrt und verfolgte gebannt das Geschehen, ganz nach der Devise seines Onkels, sich aus allem raus zuhalten. Die Wut der Masse wirkte wie eine geballte Ladung Dynamit. Kurt fühlte sich eins mit diesen deutschen Männern und Frauen und eine unbeschreibliche Solidarität machte sich in ihm breit.

Eine junge Frau, an jeder Hand ein Kind, lief angsterfüllt an ihm vorbei. »Weg hier, weg hier, schnell,«, rief sie unaufhörlich und blieb erschrocken stehen, als ihr kleiner Junge stolperte, hinfiel und weinend liegen blieb. Er drohte von der Menge überrannt zu werden. Verzweifelt versuchte die junge Frau sich einen Weg gegen den Strom der Menge zu bahnen. Kurt spurtete los, griff nach dem Jungen, zog ihn hoch und lief zu der Mutter. Er packte ihr kleines Mädchen und schob die Frau vor sich her auf den Bahnhof zu. Das Chaos auf dem Bahnhof Alexanderplatz war unbeschreiblich. Kurt musste seine geballte Manneskraft einsetzen, um die kleine Familie in den Zug in den Westen zu bugsieren. Erst jetzt kam ihm zu Bewusstsein, dass diese Frau vielleicht gar nicht in den Westen wollte, durfte, konnte? Die junge Frau beugte sich zu dem kleinen Jungen hinunter, sprach beruhigend auf ihn ein und pustete auf seine aufgeschlagenen Knie. Ihr kleines Mädchen presste sich an Kurt und sah vertrauensvoll zu ihm auf. »Danke, vielen Dank«. japste die junge Frau. »Ohne Sie wären wir da nie raus gekommen. Wir werden doch heil nach Hause kommen?«

»Wo wollen Sie denn eigentlich hin?«, fragte Kurt.

»Mariendorf.«

»Was machen Sie dann mit Ihren Kindern im Ostsektor?«

»Einkaufen.«

Kurt sah sie fragend an. Die junge Frau lächelte.

»Mein Mann arbeitet nebenbei drüben bei der Reichsbahn. Er ist sogenannter Grenzgänger. Er bekommt seinen Lohn zum Teil in West- und andererseits in Ostmark. Deshalb fahren wir zum Einkaufen oft in den Osten. Die Lebensmittel und die Kindersachen sind dort viel billiger als im Westen. Außerdem wohnen unsere Eltern drüben. Der Vater meines Mannes war auch bei der Reichsbahn. Gewohnt haben wir schon immer hier in West-Berlin. Eigentlich ist mein Mann Arzt, jedenfalls in Kürze. Er will sich mit einer Praxis selbständig machen. Wir sparen dafür. Nochmals vielen Dank, Herr ... ?«

»Nickel. Kurt Nickel.«

Die junge Frau lächelte warm und widmete sich ihren Kindern. Sie erinnerte Kurt an Elise, mit ihren dunklen, sanften Augen, den dunklen, gewellten Haaren und der melodiösen Stimme. Er und Elise hätten auch so eine kleine Familie sein können, wenn er nicht so ein Idiot gewesen wäre. Die junge Frau lud ihn spontan zum Abendessen zu sich ein. Er müsse ihren Mann kennen lernen. Dem müsse sie ihren Retter unbedingt vorstellen.

Der Abend wurde der Beginn einer jahrelangen Freundschaft. Lena und Hartmut Jakobsen verstanden sich prächtig mit Kurt.

Das Erlebnis am Alexanderplatz und in der gesamten DDR berührte Kurt so stark, dass er sich in den Folgejahren der Flüchtlinge annahm, die dem verhassten SED-Regime in Folge der Kollektivierung in der Landwirtschaft, der

Verschärfung der SED-Herrschaft und eben des Aufstandes vom 17. Juni entkommen wollten. Hierbei war es Kurt völlig gleichgültig, ob die Menschen politische, wirtschaftliche oder private Gründe benannten. Die Verbindungen bekam er durch seinen Freund George Williams, der an der noch offenen Sektorengrenze in Berlin seinen Dienst versah und den Flüchtlingen, die ›hinüber‹ wollten, half, wo er nur konnte. Doch Kurt half nicht nur denen, die flüchteten, er half auch denen, die zu Unrecht als Staatsfeinde tituliert in den Gefängnissen saßen und dort jahrelang vergessen wurden. Diese Menschen, die in der DDR als Kriminelle galten, nur weil sie nicht ins Bild des ›Neuen Menschen‹ passten, wurden auf eine Stufe gestellt mit Mördern, Räubern und Totschlägern. Abgestempelt als Spione der USA und als Helfer des Imperialismus. Verurteilt in Gerichtsverhandlungen, die schlechten Bühnenstücken ähnelten. Mit gefälschten Papieren versuchte Kurt ›Spione‹ freizukaufen, die eigentlich keine waren. Er bestach hemmungslos Richter und Schließer, die Volkspolizei und FDJ-Gruppen, wobei er unentwegt Gefahr lief, an Inoffizielle Mitarbeiter der Stasi - diese waren relativ billig zu kaufen, da sie nur kleine Prämien und Geschenke ihres Auftraggebers – des Ministeriums für Staatssicherheit-erhielten- zu geraten oder schlimmstenfalls sogar an führende MfS-Mitarbeiter, die ihn sofort als Staatsfeind dingfest gemacht hätten. Das Geld dafür verdiente er mit Schleuserdiensten und Schwarzmarktgeschäften. Von Bauholz über Glühbirnen, Stoffen, Bürsten, Kanülen und Rasierklingen wurde alles gebraucht und geschmuggelt.

Kurt gehörte zu denen, die während der ersten fünf Tage nach Beginn der separaten Währungsreform in den westlichen Besatzungszonen altes Geld in spekulativer Absicht illegal in die Sowjetzone einführten, wo es noch gültig war. Er behielt nichts für sich selbst. Er investierte es in seine gute Sache, wie er sich ausdrückte. Kurt, jedes Risiko in Kauf nehmend, leichtsinnig und draufgängerisch geworden, was jede erfolgreiche Aktion noch verstärkte, schlug sich krachend auf die Schenkel, wenn ihm eine besonders riskante Tat gelungen war. Er liebte die ›Szene Berlin‹, in der alle irgendwie auf der Suche nach Orientierung waren, nach einem gangbaren Weg durch den Wirrwarr der lebendigen, politischen Ideen und Ideale, nach einer besseren Zukunft. Kurt hatte zeitweise den Eindruck, dass jeder für irgendeinen Geheimdienst arbeitete und genoss diesen Spielplatz der grenzenlosen Informationsbeschaffung. Er nutzte seine Verbindungen zu zahlreichen ansässigen Flüchtlings-, Emigranten- und Widerstandsorganisationen- und Gruppen und verkroch sich keineswegs; auch nicht, als Entführungs- und Listverschleppungen bekannt wurden, mit denen die DDR prominente Gegner mit roher Gewalt oder durch Betäubungsmittel hilflos gemacht, aus West-Berlin nach Ost-Berlin verschleppte. Einen zwanzigjährigen Jungen, der auf einer Parkbank seinen Text für eine Theateraufführung aufsagte - ein neben ihm sitzender Spitzel meldete daraufhin: ›Geheime Losungsworte an den Feind‹ - erlöste er aus der Haft. Einen anderen, der betrunken auf der DDR-Flagge herum getrampelt war, befreite er viermal aus den

Klauen des SED-Regimes. Der Junge geriet immer wieder ohne eigenes Zutun in die Justizmühle, nur weil man ihn auf dem Kieker hatte. Selbst in Fällen offenkundigster Absurdität wagte kein Gericht, die unumschränkte Macht der Stasi in Frage zu stellen. Nach der vierten Befreiung verhalf Kurt dem Jungen in den Westen. Dieses Mal war zum ersten Mal Hartmut Jakobsen mit von der Partie, der den Jungen in der präparierten Rücksitzbank seines neuen ›Käfers‹ in den Westen schmuggelte. Den Wagen hatte Kurt ihm beschafft.

Hartmut Jakobsen schwitzte Blut und Wasser. Doch auch er konnte nicht mehr aufhören. Die Befreiungssucht packte auch ihn, angesteckt von Kurts leidenschaftlichen Reden, für den das Ganze ein nicht endender Spaß war, und der immer leichtsinniger und tollkühner wurde. Die Verstecke, die er sich für die Menschen ausdachte, wurden immer raffinierter.

Er erfand große Kanister und Tonnen mit Zwischenböden, in denen sich in der unteren Hälfte der Flüchtling zusammenkauerte, in der oberen Hälfte schwappte Benzin oder Gülle. In dem Keller einer baufälligen Ruine druckten sie nachts Flugblätter mit fanatischen Widerstandsreden gegen das SED-Regime und verteilten diese im ganzen Osten. Die besorgten Warnungen seines Freundes George Williams schlug Kurt in den Wind:

»Du bist Soldat. Du stehst unter der Fuchtel deiner Militärdoktrin, die dich jahrelang gedrillt und verseucht hat und die dir unbedingten, verbohrten Gehorsam eingeimpft hat. Versuch' doch einfach, nur mal Mensch zu sein. Siehst du denn nicht, wie die Menschen unter der Knechtschaft dieses kommunistischen, sozialistischen Regimes leiden, ohne die Möglichkeit zu haben, sich daraus zu befreien. Die DDR ist wie ein großes Zuchthaus, in das sie ohne Schuld hineingeraten sind. Weißt du, was mir zu Ohren gekommen ist? Dass das MfS Geruchsproben von den Menschen da drüben nimmt. Natürlich heimlich. Während 'ner angesagten Hausdurchsuchung sacken sie alles ein. Unterwäsche, Socken, alles, sogar eine Kratzprobe von dem Stuhl, auf dem man gesessen hat. Das Ganze wird dann in Gläsern aufbewahrt. Das soll der Identifizierung von Straftätern dienen. Sag mir nicht, dass du das normal findest. Freiheit ist ein Traum für die Menschen da drüben, ein Traum, den ich ihnen erfülle.«

»Du bist selbst ein Träumer, Kurt. Dieses Land wird noch existieren, wenn du schon nicht mehr bist, glaube mir. Mit den Jahren wird dieser Traum nach angeblicher Freiheit im Alltag versinken. Die Menschen werden sich damit abfinden. Kinder und Jugendliche werden kein anderes Leben kennen und ihr Land akzeptieren. Die Wiedervereinigungshoffnungen existieren dann nur noch in den Köpfen der Alten, die kopfschüttelnd belächelt werden. Gut, mit dem, was du heute tust, magst du ein Held sein - für die wenigen, denen du hilfst und für die du dein eigenes Leben riskierst. Für die anderen bist du ein Staatsfeind. Und diese anderen werden immer mehr. Pass auf, dass sie dich nicht erwischen. Das Ministerium für Staatssicherheit schläft nicht. Die weben ihr Netz immer dichter. Ein angeblicher Freund kann schon heute schnell ein Feind werden.«

Kurt lachte nur. Er fühlte sich unbesiegbar. Für ihn war alles ein grenzenloser Spaß. Er ignorierte alle persönlichen Risiken.

Als am 13. August 1961 infolge massiver Fachkräfteverluste durch Abwanderung in den Westen, wie offiziell propagiert wurde, das Meisterwerk strategischer Planung und Präzision, das den Gegner überraschte und lähmte, wie es hieß - die Berliner Mauer - errichtet wurde, befand Kurt sich nicht in Berlin.

Er war in Köhlerdorf und beerdigte seinen Vater. Ein Telegramm seines Onkels hatte ihn zurück gerufen.

Kurt blieb noch über Weihnachten und Neujahr bei seinem Onkel in Lübeck und als er Anfang 1962 seinen Freund Hartmut Jakobsen in Berlin besuchen wollte, wurde er bereits an der Grenze verhaftet. Die fünfmalige Frage der Grenzpolizei:

»Wie heißen Sie?«, die er fünfmal mit »Jürgen Meier« beantwortete, brach ihm das Genick, als der Soldat ihm beim sechsten Mal fragte: »Und wer ist Kurt Nickel?«

Kurt erstarrte. Jürgen Meier war sein Deckname bei seinen Befreiungsaktionen. Nur George und Hartmut ... und jetzt auch Elise, die er bei der Beerdigung seines Vaters getroffen hatte, wussten von dieser Scheinidentität und wer er wirklich war.

»Ich kenne keinen Kurt Nickel«, kam es heiser aus seiner Kehle. Sein Gegenüber verzog keine Miene und Kurt fühlte plötzlich die bedrohliche Macht des Regimes, das er in den letzten Jahren verarscht hatte, bis in die Haarspitzen. Er wusste instinktiv, dass ihm weder Lügen noch Wahrheitsbeteuerungen etwas nützen würden. Man brachte ihn in das Zuchthaus Bützow bei Rostock. Seine Proteste und Beteuerungen wurden überhaupt nicht beachtet. Die Verhöre, die in kalten, klammen, fast leeren Räumen folgten, bei denen er stundenlang stehen musste, zermürbten Kurt. Man beschuldigte ihn der Spionage, der Hilfe zur Abwerbung - ein Mensch flüchtete nicht aus der DDR, er hatte sich von den westlichen Mächten des Kapitals verführen und bestechen und sich durch Drohungen und falschen Versprechungen locken lassen - und der Staatsverleumdung. Kurt verlor jegliches Zeitgefühl. Menschliche, würdevolle Behandlung gab es hier nicht. Kurt wurde behandelt wie ein Schwerverbrecher. Als besonders übel wurde dargestellt, dass er kein DDR-Bürger, sondern ein Westfeind sei, der von seiner vermurksten, regimefeindlichen Regierung beauftragt worden sei, die ehrenvolle, kollektive Gesinnung der Volksrepublik zu untergraben und gebildetes, intellektuelles Material außer Landes zu schaffen. Kurt stritt alles ab, leugnete, Kurt Nickel zu kennen, leugnete, der Gesuchte zu sein, leugnete, Fluchthilfe geleistet zu haben und leugnete, propagandistische Feindparolen verbreitet zu haben - wenn er bei klarem Verstand war.

Kurt wusste, dass er wach und klar in einen Verhörraum gebracht worden war. Wenn er irgendwann in seiner Zelle wieder zu sich kam, fehlten ihm jedoch sämtliche Erinnerungen. Er erinnerte sich oft ganz intensiv an Elise, an ihre letzte Begegnung, als er seinen Vater beerdigt hatte, an ihre Küsse, ihre zarte Haut. Voll Wut dachte er an ihren jetzigen Ehemann, diesen widerlichen Arthur, der ihn so belogen hatte, wie er jetzt wusste. Was war er für ein gutgläubiger Idiot gewesen. Nur Elises bettelnd hervorgebrachter Wunsch, die Vergangenheit ruhen zu lassen, hatte ihn von Vergeltungsmaßnahmen absehen lassen. Er dachte an seinen Onkel, den er vermisste und an seine Kindheit. Die Stunden in dem Verhörraum wurden für ihn zu einem Mythos, weil er sich nicht erinnern konnte, was dort mit ihm passiert war. Wochen, wenn nicht sogar Monate, lebte Kurt zwischen Verhören und tiefer Erschöpfung, grellem Licht und Minutenschlaf, dem er immer wieder entrissen wurde. Einmal, als er splitterfasernackt in einem gekachelten Raum mit eisigem Wasser unter starkem Druck umher trudelte, hatte er sogar die Vision, seinen Freund Hartmut Jakobsen in einem Nebenraum zu sehen. Kurt begann, an seinem Verstand zu zweifeln. Zermürbender, psychologischer Terror raubte ihm sämtliche Hoffnungen auf Besserung seiner Lage. Er vegetierte stupide vor sich hin und war nicht in der Lage, sich gegen seinen mentalen Verfall zur Wehr zu setzen. Er wartete in seinen einsamen Nächten und Tagen auf seinen

Prozesstag, fürchtete diesen aber auch gleichzeitig, weil er ahnte, dass ohnehin alles nur Makulatur sein würde. Für die Stasi war er ein Staatsfeind und somit abschusswürdig.

Dann ließ man ihn plötzlich in Ruhe. Keine Verhöre, keine Misshandlungen, keine entwürdigenden Maßnahmen. Man ließ ihn so völlig in Ruhe, dass Kurt bald zu der Ansicht kam, man hätte ihn vergessen. Angst kroch in ihm hoch, Angst, wie er sie sogar in den letzten Monaten noch nicht kennen gelernt hatte. Niemand sprach mit ihm. Nur das unregelmäßige Öffnen und Schließen des kleinen Schotts in der Tür für die Blechnäpfe mit Wasser und Essen waren zu hören. Bis auch dieses Ritual, an das Kurt sich gewöhnt hatte, aus blieb. Kurts Angst artete in Panik aus. Er würde hier sterben, vergessen wie der Graf von Monte Christo in seinem Verlies. Irgendwann würde man seine Überreste vom Fußboden schaben. Noch einmal erwachten seine Energiereserven. Er wollte leben, nicht sterben. Er tobte, schrie, wütete – umsonst. Tiefe Resignation hüllte ihn daraufhin ein, ließ ihn auf den kalten Betonboden sinken und monoton vor sich hinwimmern. Als sich die Tür endlich öffnete, war ihm alles egal. Wie eine willenlose Marionette schlurfte er hinter seinen Wärtern her. Er hätte sich nicht gewehrt, wenn man ihn erschossen hätte.

Doch man bot ihm überraschend die Freiheit an – wenn er in Zukunft für das MfS arbeiten würde. Sein Kontaktmann in West-Berlin würde - Hartmut Jakobsen sein. Man machte ihm klar, dass man an den Forschungen, Ergebnissen und Technologien der pharmazeutischen

Fabrik von Gustav Hinrichsen in Lübeck interessiert sei, an der sein Onkel Friedrich Petersen beteiligt war. Sollte er sich weigern, würde man ihn wegen Hochverrats erschießen. Man fuchtelte mit einem Urteil vor seiner Nase herum und steckte ihn wieder in seine Zelle.

Anfang 1963 kehrte Kurt zu seinem Onkel nach Lübeck zurück. Er war ein Jahr lang im Zuchthaus gewesen. Sein Onkel begrüßte ihn mit Tränen in den Augen: »Junge, endlich. Hat Hartmut es doch geschafft! Wir waren so in Sorge, dass das Geld nicht reichen würde. Ich habe alles zusammen gekratzt, was ich konnte. Geht es dir auch gut? Was haben sie mit dir gemacht?«

Kurt war überrascht, dass sein Onkel Geld für ihn gezahlt hatte. Dann hatte es denen da drüben nicht gereicht, dass er eine Spitzeltätigkeit zugesagt hatte. Er erfuhr, dass Hartmut Jakobsen seinen Onkel über die Verhaftung informiert und als Vermittler fungiert hatte. Das SED-Regime hatte von seinem Onkel 800.000 Westmark gefordert, was diesem sichtlich schwergefallen war.

Hartmut Jakobsen hatte Kurt nach Hause begleitet:

»Die Stasi hat mich 61 auch Hops genommen. Man hat mich nicht mehr rüber gelassen. Man machte mir klar, was sie von mir wollten: Lösegeld von deinem Onkel. Ich weiß nicht, wieso die von uns wussten. Irgendjemand hat uns verpfiffen. Ich habe in alles eingewilligt, schon wegen Lena und der Kinder. Die hätte ich ja nie wieder gesehen. Man hätte mich nie wieder in den Westen gelassen. Ich stimmte allem zu. Ich bin zu deinem Onkel gefahren und der hat das Geld aufgetrieben. Das war schon vor vier Monaten. Wir dachten schon, unser Deal wäre gescheitert. Wir hatten Angst, dich nicht lebend wiederzusehen. Du sollst für die arbeiten, nicht wahr? Ich auch. Ich soll die Papiere, die du organisierst, an sie weiterleiten. Meine und Lenas Eltern sind noch drüben. Seit dem Mauerbau haben wir jeden Kontakt verloren. Die haben gesagt, wenn ich nicht mitmache, verhaften sie unsere Eltern. Ich hoffe, du bist mir nicht böse, Kurt? Ich meine, weil ich deinen Onkel um das Geld erleichtert habe? Ich wusste nicht, was ich tun sollte. Ich konnte dich doch da drüben nicht verrecken lassen. Kurt, glaubst du, uns könnte jetzt noch etwas passieren, wenn wir es einfach sein ließen? Mit denen zusammen zu arbeiten, meine ich?«

»Die haben uns am Arsch. Deine Eltern würde es ausbaden müssen, Hartmut. Und wer weiß, wer noch alles auf ihrer Liste steht? Uns kann doch auch jederzeit ein Unfall zustoßen, nicht wahr? Oder meinem Onkel. Lena, deinen Kindern. Willst du das riskieren?«

Hartmut schüttelte den Kopf. »Willst du … «, er senkte seine Stimme zu einem Flüstern, … »willst du weiterhin als … Fluchthelfer was tun?«.

»Was? Bist du verrückt? Nach alldem, was ich durchgemacht habe? Vergiss es. Ich werde mich zukünftig aus allem raushalten, das garantiere ich dir. Und - Hartmut, kein Wort zu meinem Onkel. Ich meine, wegen unserer zukünftigen Spioniererei für die da drüben. Mein Onkel würde das niemals dulden. Seinen besten Freund Gustav Hinrichsen hintergehen! Das würde ihn ins Grab bringen. Ich weiß gar nicht, woher die das alles wissen. Das mit Gustav Hinrichsen und so.«

Die wieder gewonnene Freiheit verursachte Kurt einen schalen Beigeschmack.

Seine robuste, gesunde Natur verschmerzte die körperlichen Entbehrungen des Zuchthausaufenthaltes schnell. Physisch erwachte er nachts schweißgebadet und litt unter Angstattacken. Er fühlte sich verfolgt, war extrem schreckhaft und ertrug keine geschlossenen Räume. Er brauchte drei Monate, um seinem Onkel den Wunsch zu unterbreiten, in der pharmazeutischen Fabrik von Gustav Hinrichsen arbeiten zu wollen, und das auch nur, nachdem Hartmut ihn wiederholt darauf aufmerksam machte, dass die da drüben nun Taten sehen wollten. Friedrich freute sich. Der Junge schien wieder zu sich zu finden. »Das kann ich managen, denke ich. Du bist ja sehr tüchtig. Obwohl – ich bin nicht mehr beteiligt, wenn du darauf spekulierst und dir etwas erhoffst. Ich musste meine Anteile verkaufen.«

Er sagte nicht, »um dich frei zu kriegen«, um dem Jungen kein schlechtes Gewissen zu verursachen. Kurt wusste das auch so. Verlegen und liebevoll drückte er dem Mann die Hand, der ihm immer so ein väterlicher Freund gewesen war.

»Onkel, sag' mir ehrlich. Wie steht es um unsere Finanzen? Sieht es schlecht aus?«

»Ach, Gott, nein, Junge. Das Haus gehört uns noch. Und zu essen haben wir auch. Ich habe jetzt einen kleinen Kredit bei der Bank, kaum der Rede wert. Die Anteile bei Gustav sind weg. Und meine Baufirma – nun, die ist verkauft. Aber ich kassiere da noch bis an mein Lebensende eine stille Rente, wenn ich das mal so ausdrücken darf. Es geht uns also nicht schlecht. Ach, ja, du bist übrigens immer noch Teilhaber an der Fertighausfirma, die du ins Leben gerufen hast. Das habe ich natürlich nicht angetastet. Mach' dir also keine Sorgen.«

»Den Kredit bei der Bank übernehme ich. Die Schweine werden uns nicht klein kriegen. Ich werde hart arbeiten und uns wieder zu Wohlstand bringen. Verlass' dich drauf«, schwor Kurt mit zusammen gebissenen Zähnen.

»Kurt, sag mal, warum … warum haben sie dich eigentlich eingelocht, da drüben?«, wagte Friedrich zu fragen, denn der Junge hatte darüber noch nicht gesprochen.

»Reine Willkür, Onkelchen. Reine Willkür.«

Friedrich fragte nicht weiter und behielt seine Ahnungen für sich. Er wollte Kurt nicht quälen.

Gustav Hinrichsen setzte Kurt als Pharmavertreter ein. Er impfte Kurt allabendlich fundiertes Wissen ein und deckte ihn mit Lektüre ein. »Ohne Basiswissen kann ich dich nicht auf die Ärzte und Apotheker loslassen«, meinte er grinsend und beantwortete geduldig die Fragen seines neuen Praktikanten, während er mit Friedrich Billard spielte. Kurt lernte begierig. Seine schnelle Auffassungsgabe und seine Lateinkenntnisse halfen ihm. Tagsüber schaute er den Laboranten über die Schulter und unterhielt sich mit den Arbeitern des Betriebes über die genauestens abgewogenen Dosierungen und Mixturen, die in großen, desinfizierten Stahlbehältern vermengt und verrührt wurden. Die automatisierten Produktionsstraßen begeisterten ihn. Den großen Anbau, in dem Hunde, Katzen, Affen und Meerschweinchen gehalten wurden, um mit ihrem Leben oder ihrem Tod zu entscheiden, was für den Menschen ungefährlich oder tödlich war, mied er. Kurt sah verstandesmäßig ein, dass derartige Versuche vonnöten waren, gefühlsmäßig stieß ihn diese Methode ab.

Nach sechs Monaten ließen Gustav und Friedrich ihn auf die Menschheit los, wie sie sich ausdrückten. Friedrich sah seinem Neffen stolz nach, als dieser in seinen Wagen stieg und winkend davon fuhr. Kurt brauchte für die Produkte von Gustav Hinrichsen nicht lange werben. Die Firma war bekannt für ihre hervorragenden Arzneien. Es hatte noch nie Probleme gegeben. Die Aufträge flogen ihm fast von selbst in den Schoß. Die Geschäfte liefen hervorragend.

Kurt hatte fast vergessen, dass er noch einen weiteren Arbeitgeber hatte, bis er eines Abends, als er seine Aufträge in der Verwaltung abgegeben hatte, mit Schrecken daran erinnert wurde. Ein unbekannter Mann fing ihn an der

Pförtnerloge ab und bugsierte ihn geschickt in eine Toreinfahrt. Er orderte von ihm unverblümt die Arbeitsunterlagen des neuen Medikamentes ›Zybolostika‹.

»Ich gebe Ihnen drei Tage. Wir wollen doch nicht, dass Ihrem Onkel etwas zustößt, nicht wahr?«, wurde ihm kalt lächelnd zugeraunt. Kurt erstarrte.

»Warten Sie«, rief er, doch der Mann war bereits fort.

Unruhig ging Kurt nach Hause, denn das Anliegen des Mannes verursachte ihm Kopfzerbrechen. Er konnte unmöglich in die Firma spazieren und um Herausgabe der unter Verschluss gehaltenen Arbeitsunterlagen bitten, die, wie Kurt, wusste, gehütet wurden, wie das Ei des Kolumbus. Langjährige Forschungen waren vonnöten, bis ein Medikament auf den Markt gebracht wurde. Die Rezepturen waren streng geheim. Wie um Gottes Willen sollte er in drei Tagen diese Aufgabe lösen? Kurt, der sich in den nächsten zwei Tagen von morgens bis abends in der Fabrik herumtrieb, fand heraus, dass sich im Keller riesige Tresore befanden, in denen die geheimnisvollen Rezepturen und Forschungsunterlagen ruhten. Zwei Mitarbeiter, ein griesgrämiger alter Mann und eine jüngere Assistentin, bewachten diesen Schatz. Benötigte jemand eine Akte aus diesem Gral, bedurfte es einer besonderen Karte, die, je nach Geheimhaltungsstufe, eine oder zwei Unterschriften aufweisen musste. Persönlich betreten durfte niemand diesen Raum. Die Karten und Unterlagen wurden durch eine gepanzerte Glasdurchreiche übergeben. Sie wurden überprüft, abgelegt und das Gewünschte wurde herausgegeben und genau vermerkt. An einer Seite der Wand hing eine große Magnettafel, wo genau notiert wurde, was fehlte und was bei wem in Umlauf war. Kurt probierte die Sache aus, indem er Frau Anita Albrecht, die Leiterin des Labors, um eine Abhandlung über ein harmloses Herzmittel bat, das er in der kommenden Woche einigen Ärzten vorstellen wollte. Frau Albrecht griff nach einer Karte, füllte diese aus und unterzeichnete sie. Kurt erhielt die Abhandlung anstandslos von der jungen Hüterin des Archivs. Er erinnerte sich an die junge Dame, der er beim letzten Betriebsfest von Gustav Hinrichsen persönlich mit den launigen Worten: »Der junge Mann hier wird unseren Verkauf ankurbeln. Er ist für mich fast wie ein Sohn«, vorgestellt worden war.

»Wenn ich etwas besonders Geheimnisvolles bräuchte, bekäme ich das, wenn ich Sie zum Essen einladen würde?«, scherzte er und plinkerte ihr flirtend zu.

Das junge Mädchen errötete und sah sich nach dem alten Mann um. »Dafür ist Herr Meckenheim zuständig, Herr Nickel. Aber ich glaube nicht, dass es genügt, wenn Sie den zum Essen einladen«, grinste sie. »Für ganz geheimnisvolle Unterlagen ist die Unterschrift von Herrn Hinrichsen selbst nötig. Sonst geht nichts. Das sind dann aber auch die absoluten Highlights.«

»Wie Zybolostika? Darüber habe ich nämlich noch keine Verkaufsunterlagen erhalten.«

»Das ist noch in der Testphase, aber schon an

menschlichen Probanden. Ich glaube, dass es nicht mehr lange dauert, bis das Medikament in den Handel kommt.«

Kurt bedankte sich herzlich. Es widerstrebte ihm erheblich, den langjährigen Freund seines Onkels zu hintergehen, jedoch wusste Kurt, dass er keine Alternative hatte. Wenn der Staatssicherheitsdienst da drüben bereits von dem neuen Medikament wusste, hatten die ihre Spitzel überall. Kurt fühlte sich beobachtet und seine Nackenhaare kräuselten sich. Er hatte Angst um seinen Onkel, Angst um Hartmut und Lena und ihre Eltern und Kinder und Angst um sich selbst. Den ganzen Abend lang übte er Gustav Hinrichsens Unterschrift, die auf seinem Arbeitsvertrag prangte. Er bat Frau Albrecht am nächsten Tag zu einem Gespräch zum Mittagessen in die Kantine und griff, als er sie abholte, in einem unbeobachteten Moment nach einigen ihrer Karten und steckte sie ein. Wenige Stunden später kopierte er die Akte Zybolostika, die ihm ohne Probleme von Herrn Meckenheim überreicht worden war. Dem Mann, der ihm beim Pförtner erneut auflauerte, übergab er die Unterlagen einige Straßen weiter. »Gute Arbeit. Sie hören von uns«, hörte er.

Kurt ertrank sein schlechtes Gewissen in einer Kneipe mit etlichen Whiskys. Er war sich im Klaren darüber, dass er die nächsten Jahre damit verbringen würde, für die DDR zu spionieren, um die Haut von Menschen, die ihm etwas bedeuteten, zu retten. Kostspielige Forschungen und Technologien wurden so dem Regime da drüben gratis zugespielt, für die sie keinen Finger krumm zu machen brauchten. Kurt hoffte nur, dass man ihn nicht erwischte. Ein solcher Vertrauensbruch wäre für seinen Onkel und Gustav Hinrichsen unentschuldbar. Er sah nur einen einzigen Lichtblick in dem eisernen Vorhang, der den Osten und den Westen nun endgültig trennte: das, was er hier rausschmuggelte, würde nie auf dem Westmarkt als Sabotage aufgedeckt werden, ganz einfach, weil das Produkt da drüben auf nimmer wiedersehen verschwand. Jedenfalls zwang er sich, das zu glauben. Das beruhigte ihn einigermaßen.

Zwei Jahre später, als er seinem Freund Hartmut Unterlagen in Westberlin übergeben hatte – er dufte das jetzt selbst tun und brauchte keinen Mittelsmann mehr – ein Zeichen, dass man ihm vertraute, nahm Hartmut ihn vertraulich zur Seite.

»Kurt. Ich muss etwas mit dir besprechen. Lass' uns ein Stück gehen.« Kurt folgte Hartmut durch die gepflegten Praxisräume, die Hartmut nun sein Eigen nannte. Sein Freund hatte es weit gebracht. Aber auch Kurt konnte nicht klagen. Erst vorgestern hatte er den Kredit für seinen Onkel zurückgezahlt.

»Kurt, mein Freund, du hast es doch genauso satt wie ich für die DDR zu spionieren. Wir beide haben von dieser Erpressung doch gar nichts.«

»Wir haben unsere Leben, Hartmut«, widersprach Kurt.

Hartmut ging darauf nicht ein.

»Wie du weißt, bin ich ... ähm ... muss ich manchmal

drüben bei den Verhören mit den Staatsfeinden anwesend sein. Befehl ist Befehl! Ich muss … aufpassen … , als Arzt, dass nichts … ähm … ‚dass nichts wirklich Schlimmes passiert, verstehst du? Ich will ehrlich sein, Kurt, manchmal kann ich nicht mehr. Diese Quälereien, die zu nichts führen, jedenfalls meistens, gehen mir an die Substanz. Häufig diagnostiziere ich viel zu früh ein unbedingtes Abbrechen der sinnlosen Foltern, weil … weil ich es nicht mehr mit ansehen kann. Ich kann Lena und den Kindern zu Hause kaum noch in die Augen schauen. Ich komme mir vor wie ein Schwein. Ich sehe zu, wie andere leiden, nur um meine eigene Haut zu retten. Mir sind nun lediglich zwei Alternativen eingefallen: entweder ich verweigere mich, um dem Ganzen ein Ende zu setzen und gehe für immer in den Bau, oder … « Hartmut stockte.

Kurt war entsetzt. Die Verzweiflung seines Freundes erschütterte ihn. »Oder was?«, fragte er.

Hartmut sah sich um, als wolle er ergründen, keine Zuhörer in der Nähe zu haben. Doch der Park, in dem sie umher gingen, war leer. Hartmut setzte sich an den Rand eines plätschernden Brunnens, den sie schon zweimal umrundet hatten und machte Kurt Gesten, es ihm nachzutun. Seine Stimme senkte sich zu einem Flüstern.

»Dafür brauche ich deine Hilfe.«

Fragend sah er Kurt an, der sofort nickte. »Alles, was du willst.«

»Ich will den Menschen die Quälereien ersparen oder

eher gesagt erleichtern.«

»Und wie?«

Hartmut senkte den Kopf.

»Wenn es eine Pille gäbe, die den Menschen die unbedingte Wahrheit entlocken würde, würde man sie nicht mehr bestialisch verhören müssen.«

»Gehirnwäsche?«, rief Kurt entsetzt.

»Aber, aber! Hör' mal einfach zu und unterbrich mich nicht. Ich habe in meinem eigenen Labor ein bisschen herum geforscht. Und nun habe ich ein Medikament entwickelt – ganz harmlos, wirklich. Stell' dir das wie explodierenden Sauerstoff vor, der die Nervenbahnen im Gehirn gigantisch aktiviert und zu Höchstleistungen anregt. Eine Beeinflussung der assoziativen Felder im Gehirn. Man ist völlig da, ansprechbar. Es ist der pure Wahnsinn. Und das Phänomenale, man sagt die Wahrheit, etwas anderes ist nicht möglich. Vorurteile, Lügen und Selbstbetrug entfallen. Der Nachteil: es wirkt nur eine begrenzte Zeit. Aber das reicht für die Dauer der Verhöre. Was meinst du dazu?«

Hartmut sah Kurt gespannt an.

»Das hört sich irgendwie ekelhaft an. Woher weißt du das alles? Hast du es an jemandem ausprobiert?«

»An mir selbst. Es war phantastisch. Ich konnte mich an herrliche Dinge erinnern. Alles war ganz real. Ganz klar und einfach. Die ganze Zeit über und auch hinterher ging es mir wunderbar. Man erlebt einen realistischen Traum.«

»Ein Selbstversuch? Bist du verrückt? Du hättest dabei drauf gehen können.«

Kurt war geschockt.

»So ein Unsinn. Das Mittel ist doch nicht schädlich. Ein bisschen geballter Sauerstoff, ein bisschen Kokain, Cannabis usw. – und, nun - ein spezielles, anregendes Pflanzengift in minimalisierter Dosis. es stammt aus einer Baumrinde – egal, das bleibt mein Geheimnis.«

»Du willst die Pille – oder Spritze – oder was – an den Mann, auf den Markt bringen?«

»Eine Pille – und - wir werden sie auf den Markt bringen.«

Kurt sah Hartmut entgeistert an.

»Niemand wird ein Mittel auf den Markt bringen, ohne es vorher jahrelang getestet zu haben. Die Forschung und Herstellung kosten ein Vermögen. Das Produkt muss etliche Instanzen durchlaufen. Genehmigungskommissionen. Die Mittel haben wir doch gar nicht.«

»Es ist doch schon erprobt. Darüber brauchst du dir keine Gedanken machen. Das ist alles schon erledigt. Das weiß natürlich keiner. Ich bin auf diesem Gebiet ja kein Idiot. Aber – ich habe einen ganz anderen Plan: wir werden publik machen, dass das schon alles erledigt ist. Wir bringen es im Osten auf den Markt. Pass auf, wir werden denen da drüben von dem Mittel erzählen. Wir preisen es als die neueste Sensation aus dem Werk von Gustav Hinrichsen an. Sie werden darauf scharf werden, wie die Geier. Sie bekommen dann, wie bisher, die Unterlagen von dir zugeschmuggelt, nur diesmal sind es - m e i n e Unterlagen, nicht die von Hinrichsen. Wir verkaufen denen das als ... warte ... ja, vielleicht als ... ein Produkt, das, nun sagen wir mal, schon Jahre alt ist und auf Eis lag, weil Hinrichsen ... sich vielleicht aus moralischen Gründen weigerte, das Mittel zu produzieren? Oder weil es noch nicht ganz ausgereift war? Oder, warte, weil vielleicht das i-Tüpfelchen fehlte, das ich nun beitrage? Ja, das ist es. Ich habe die wirksame Substanz gefunden, die das Ganze abrundet. Was sagst du? Wir werden zwei Fliegen mit einer Klappe schlagen: die armen Schweine, die zum Verhör müssen, werden nicht mehr leiden – und wir werden reich werden. Wir verlangen für dieses gigantische Mittel eine Beteiligung. Wir tricksen sie aus mit ihrer Gier nach kostenlosen, modernen Westprodukten.«

»Warum sollten sie uns beteiligen? Das tun sie doch bis jetzt auch nicht. Sie produzieren seit Jahren anhand unserer Unterlagen, ohne dass wir davon etwas haben«, entgegnete Kurt.

»Wir werden sagen, dass die Ergebnisse für dieses Medikament nicht einfach heraus gegeben werden wie die anderen. Dass es mit der Fälschung einer Unterschrift nicht getan ist. Weil es nicht auf dem Markt ist ... und auch nie kommen wird. Dieses Mal werden wir es stehlen müssen. Einbrechen. Und jeder im Werk wird dann wissen, dass du das gewesen bist. Hinrichsen wird dich rausschmeißen. Erzählen wir! Deine Spioniererei dort wird dann zu Ende sein, Kurt. Du kündigst offiziell und machst was anderes. Wir booten uns selbst aus. Und – wir machen das nur, wenn wir beteiligt werden. Wir bieten denen unsere Zusammenarbeit an. Wir werden Produzenten.« Hartmut grinste verschmitzt, Kurt zweifelnd.

»Das werden die uns nie abnehmen.«

»Aber klar doch. Wenn wir es geschickt anstellen. Wir werden uns anfangs weigern, betteln, es nicht stehlen zu müssen und uns schließlich von ihren Drohungen, die ganz sicher kommen werden, weich kochen lassen. Wir brechen nachts bei Hinrichsen ein – nicht wirklich, wir behaupten das nur - und ›klauen meine‹ Unterlagen. Du kündigst vielleicht schon vorher? ... rechtzeitig? Wenn du dann urplötzlich nicht mehr dort arbeitest, werden die denken, Hinrichsen hat dich tatsächlich gefeuert, will den Diebstahl aber offiziell nicht an die große Glocke hängen. Aus alter Freundschaft zu deinem Onkel. Kurt, wir werden nicht mehr erpressbar sein. Unsere Familien werden nicht mehr belästigt werden. Du wirst den Freund deines Onkels nicht mehr hintergehen müssen. Und das alles für eine harmlose Pille, die Gutes bewirkt und uns auch noch reich macht.«

»Hartmut, das ist das Verrückteste, was ich je gehört habe«, meinte Kurt.

»Was ist? Bist du dabei?«, fragte Hartmut gespannt.

»Ich muss mir das durch den Kopf gehen lassen. Ist die

Pille wirklich harmlos?«

»Ich schwöre!« Hartmut hob die Finger.

»Wie heißt sie, deine Wunderpille?«, fragte Kurt, noch nicht ganz bekehrt.

»D.R.O.P.«

»Was ist das denn für ein Name?«, rief Kurt.

»Drops sind Lutschbonbons für Kinder. Schmackhaft, süß, harmlos. Oder – warte - es steht für – **D**enke – **r**ede – **o**hne – **P**ein. Wie es dir gefällt.«

»Das ist absolut idiotisch. Deshalb mache ich mit. Aber - ich will das Zeug ausprobieren, bevor ich mich endgültig entscheide«, entgegnete Kurt fest.

8

•

1961

Elise, die gerade die Hühner fütterte und nach Eiern suchte, sah auf, als sie Johanna Süttler in der Küchentür zum Hof stehen sah, die nervös nach ihr rief.

»Elise, weißt du, was passiert ist? Im Dorf spricht man von nichts anderem. Der alte Alfons Nickel hat sich in seinem Schuppen erhängt. Ist das nicht entsetzlich? Maximilian Grün hat ihn gefunden, als der für seinen Chef Bankunterlagen abgeben sollte. Der Köter von dem alten Nickel hatte solchen Lärm vor dem Schuppen gemacht, dass Maximilian nachsehen ging. Maximilian, der arme Junge, ist völlig fertig. Sieht selbst aus wie 'ne Leiche. Alles hat sich bei Nickel auf dem Hof versammelt. Polizei, Arzt, Bestatter. Schreckliche Sache. Man sucht nach einem Abschiedsbrief, stell' dir das vor. Warum er das wohl getan hat?«

Johanna war ganz aufgeregt. Aufgelöst setzte sie sich an den Küchentisch, nicht ohne sich vorher einen Schnaps eingeschenkt zu haben, den sie hinunter stürzte. Elise war ganz erschrocken. »O, Gott, wie entsetzlich. Was für ein grässlicher Tod.«

Sofort dachte sie an Kurt. Wie würde ihm zumute sein, wenn er davon erfuhr. Ihr wurde heiß, weil ihr einfiel, dass Kurt nun womöglich nach Köhlerdorf kommen würde, um seinen Vater zu beerdigen. Wie schrecklich, aus so einem Grunde in die Heimat zurückkehren zu müssen.

Elise bekreuzigte sich. »Soll ich bei Martha einen Kranz in Auftrag geben? Obwohl, mit dem alten Nickel hatten wir kaum etwas zu tun.«

Peinlich berührt sah Johanna ihre Schwiegertochter an. Nun wurden alte Wunden wieder aufgerissen.

»Wir werden wohl nicht zur Beerdigung gehen. Das kann man uns nicht zumuten. Ob wohl überhaupt jemand hin geht? Der alte Nickel war nicht beliebt. Nun, ja, also, ich weiß auch nicht.«

Johanna schwieg verstört. Sie schielte zu Elise hinüber, die sich schweigend erhoben hatte und anfing, die Kartoffeln für das Mittagessen zu stampfen. Was mochten dem armen Mädchen jetzt für Gedanken durch den Kopf gehen? Was gingen der jungen Frau überhaupt für Gedanken durch den Kopf? Johanna wusste es nicht. Elise wirkte oft verschlossen und in sich gekehrt. Sie lief häufig herum, als würde sie von einer Nebelwand umgeben sein, die weder sie selbst noch andere durchdringen konnten. Ihr sanfter, entrückter Gesichtsausdruck, der in weiten Fernen weilte, erschwerte einem den Umgang mit ihr. Ganz selten lachte sie, obwohl manchmal ein geheimnisvolles Lächeln ihre Lippen umspielte, vor allem, wenn sie sich unbeobachtet wähnte, wie jetzt. Immerhin hatte der Sohn dieses Selbstmörders ihr Gewalt angetan, sie mit dickem Bauch sitzen lassen. Weshalb also lächelte dieses merkwürdige Mädchen? Nun, die Geschichte war jetzt sechzehn Jahre her. Eine lange Zeit, in der man vergaß. Johanna war froh, als die Tür zur Diele zu hören war und Arthur in die Küche trat.

»Das riecht gut. Was gibt's denn heute?«, fragte er und schnüffelte. Er drückte Elise einen Schmatz auf die Wange, wusch sich die Hände im Waschbecken und setzte sich zu seiner Mutter.

»Stampfkartoffeln mit Leber und Apfelmus«, erwiderte Elise.

»Brate die Zwiebeln für die Soße bitte kräftig an, Elise«, bat Arthur und griff nach der Zeitung.

»Der alte Nickel hat sich in seiner Scheune erhängt«, platzte es aus Johanna heraus.

Arthur ließ die Zeitung sinken. Mit großen Augen blickte er seine Mutter an, die ihm nochmals alles erzählte.

»Müssen wir einen Kranz binden lassen, Arthur?«, schloss Johanna.

»Nein!« Arthurs Antwort klang endgültig.

Schweigsam deckte Elise den Tisch, tischte die Mahlzeit auf und begann zu essen.

»Kommst du mit der Rodung des Waldes voran, Arthur?«, fragte sie.

»Es geht. Der heftige Regen in den letzten Wochen hat den Boden aufgeweicht. Wir stehen bis zu den Knien im

Morast. Ich glaube, dass das Gelände zu tief liegt, um dort etwas anzubauen. Es wird ewig überschwemmt sein. Ich weiß noch nicht, was ich damit machen soll.«

Arthur schob seinen Teller beiseite. »Mir ist der Appetit vergangen. Sei mir nicht böse, Elise. Das Essen war fabelhaft. Ich gehe ins Dorf.«

Arthur erhob sich und stiefelte hinaus.

Bedrückt half Johanna Elise beim Abwasch und zog sich dann in ihre Wohnung zurück. Sie musste die Hiobsbotschaft vom Morgen erst einmal verdauen. Noch nie hatte sich jemand aus ihrer unmittelbaren Umgebung umgebracht. Wenn es nicht gerade der Nickel gewesen wäre, hätte ich noch mit Elise darüber gesprochen, dachte Johanna. Aber so? Schlimm, schlimm.

Elise durchlebte die nächsten Tage noch schweigsamer als sonst. Für die zahlreichen Nachbarn, die es sich nicht nehmen ließen, einer nach dem anderen bei Süttlers vorbeizuschauen, um die Tat des alten Nickel durchzukauen, hatte sie zwar einen freundlichen Gruß und selbst gebackenen Kuchen, ansonsten täuschte sie Arbeit vor und ging ihres Weges. Denn da waren sie wieder: die mitleidigen, neugierigen Blicke. Elise fragte sich, was man von ihr erwartete. Tränen oder Wutausbrüche, Schadenfreude oder Mitleidsäußerungen? Elise konnte von alldem nichts aufbringen. Kurts Vater hatte sie nicht gekannt. Er war ein Fremder für sie. Sie hatte Kurt vor Jahren geliebt und ihm ihre kindliche Unschuld geschenkt, leidenschaftliche, nicht fragende Liebe. Das war gründlich danebengegangen. Er wollte sie nicht, war auf und davon, ohne Wort, ohne Gruß, ohne alles. Das Kind, das sie vielleicht zueinander geführt hätte, war tot. Jeder im Dorf glaubte, Kurt hätte ihr Gewalt angetan, und das nur, weil ihr Vater sie vor der noch schlimmeren Schande, als leichtlebiges Mädchen betrachtet zu werden, schützen wollte. Zum ersten Mal dachte Elise an den alten Nickel, der das ja auch geglaubt haben musste. Oder hatte Kurt ihm etwas anderes erzählt? Hatte Kurt überhaupt von ihr gesprochen? Kaum anzunehmen, da er sie ja feige verlassen hatte. Elise hatte Kurt in den vergangenen Jahren aus ihrem Kopf verdrängt. Nun fragte sie sich, ob sie es ihm schuldig war, zur Beerdigung zu gehen, um zu demonstrieren, dass sie ihm verziehen hatte. Denn das hatte sie. Nur plagte es sie, dass die anderen Leute ja dachten, Kurt hätte ihr Gewalt angetan. Die anderen würden sich das Maul zerreißen, wenn sie hinginge. Arthur und seine Mutter wollten nicht gehen. Und jeder verstand das. Man würde sie ächten, wenn sie sich gegen ihre eigene Familie stellte. Elise ging stundenlang grübelnd spazieren und fertigte auf einer Lichtung einen Kranz an, den sie zum Friedhof bringen wollte, wenn die Beerdigung vorbei war. Offiziell durfte sie im Dorf so etwas nicht in Auftrag geben. Das hätte fürchterliches Gerede gegeben. Je näher der Tag der Beerdigung heranrückte, desto nervöser wurde Elise. Sie lauschte auf jeden Wortfetzen, der ihr übermitteln würde, ob Kurt bereits in Köhlerdorf angekommen sei.

Als sie am allerwenigsten damit rechnete, passierte es. Elise saß am Mittwochmorgen bei Herta Neumann im Friseursalon und ließ sich die Haare machen, als Frau Neumann plötzlich rief:

»Der junge Nickel ist da. Da drüben steht er. Spricht mit … dem jungen Grün. Der, der seinen Vater gefunden hat. Gut aussehen tut er ja. Das muss man ihm lassen.«

Alles in Elise verkrampfte sich. Es kostete sie eine furchtbare Überwindung, nicht aus dem großen Fenster auf die Straße zu schauen. Sie hätte schrecklich gerne gesehen, wie Kurt ausschaute.

»Herta, ich habe es eilig. Bitte, die rechte Seite hier, die gefällt mir noch nicht.« Nervös zupfte Elise an ihren braunen Locken herum.

»Moment, das haben wir gleich.« Frau Neumann griff nach ihrem Kamm.

»Du gehst heute wohl nicht zur Beerdigung?«, fragte Frau Neumann. Die Frage klang eher wie ein Befehl, fand Elise.

Sie errötete. »Nein, natürlich nicht«, hauchte sie.

»Nein, natürlich nicht. Das käme ja einem Spießrutenlaufen gleich. Ach, du armes Kind. Wie schrecklich, dass sich dieser Kerl nun hier in Köhlerdorf aufhält. Ein Vergew … , ähm. Man hätte ihn damals einlochen sollen. Dein Vater war viel zu nachsichtig.«

Elise sackte noch mehr in sich zusammen und schwieg

kleinlaut und beschämt, obwohl sich auch eine leise Auflehnung bei diesen Worten in ihr regte. Wieso Spießrutenlaufen? Sie hatte doch gar nichts getan. Nur Schuldige mussten sich unangenehmen Blicken ihrer Mitmenschen aussetzen. Hielt Herta Neumann sie für schuldig? Inwiefern? Elise fühlte, wie sie anfing zu schwitzen. Warum hatte sie nicht den Mut, dieser Frau zu sagen, dass das mit der Vergewaltigung eine Lüge war. Warum stand sie nicht zu ihrer einstigen Liebe? Es war zu spät. Sie hätte das gleich damals richtig stellen müssen.

Als sie die Rechnung begleichen wollte, fiel ihr das Portemonnaie herunter und beim Hinausgehen vergaß sie ihre Jacke. Sie war schon einige Meter fort geeilt, als Frau Neumann von der Ladentür hinter ihr her rief: »Elise, Elise, deine Jacke.«

Elise drehte sich um, ebenfalls wie Kurt auf der anderen Straßenseite. Als Elise Frau Neumann die Jacke abnahm, ließen ihre Augen nicht von Kurt ab. Peinlich berührt wandte sie sich um und lief davon. Frau Neumann sah ihr kopfschüttelnd und mitleidig hinterher. Dann warf sie Kurt Nickel einen bitterbösen Blick zu. Der Kerl sollte merken, dass er hier nicht willkommen war. So einer hatte hier einfach nichts zu suchen. Der jungen Frau Süttler kam jetzt bestimmt alles wieder hoch. Pfui Teufel, aber auch.

Elise lief nicht nach Hause. Sie lief zum Fluss hinunter.

Mit klopfendem Herzen blieb sie auf ihrer Lichtung stehen, setzte sich dann auf ihre Jacke und starrte über die

Wiesen. Elises Gefühle überschlugen sich. So also sah Kurt heute aus. Der kurze Moment hatte genügt, um ihn sich einzuprägen. Wie männlich er wirkte. Die blonden Haare trug er noch wie früher. Sie hingen ihm immer noch in die Augen. Natürlich trug er einen schwarzen Anzug. Er wollte ja auch zur Beerdigung. Er hatte elegant ausgesehen. An ihm war eine Lässigkeit, die Elise schon immer gefallen hatte. Wieder und wieder schloss sie die Augen und schwor sich sein Bild herauf.

»Hallo, Elise.« Verträumt erinnerte sich Elise dieser Worte ... und riss die Augen auf. Da stand er vor ihr und sah auf sie herab.

Elise wagte kaum zu atmen. Sie erhob sich. »Hallo, Kurt.« Ihre Stimme klang wider Erwarten fest. Das tröstete Elise irgendwie. Sie war kein kleines Mädchen mehr. Dennoch schnippte sie nervös nicht vorhandene Grashalme von ihrem Kleid und strich Verknitterungen glatt, die nicht da waren.

»Du siehst sehr gut aus. Fast wie damals«, ergriff Kurt das Wort. Als er sie auf der Dorfstraße davon laufen sah, hatte er inbrünstig gebetet, dass sie hierher laufen würde. Auf ihre Lichtung.

»Du auch«, flüsterte Elise.

Kurt zog sein Jackett aus, legte es neben Elises Jacke und setzte sich. »Es ist schön hier. Ich mochte diesen Platz schon immer. Ich bin viel herum gekommen in den letzten Jahren. Aber nirgends hat es mir so gut gefallen.«

Elise setzte sich schweigend neben ihn, zog die Knie an und breitete sorgfältig den Rock darüber.

»Was hast du denn in den letzten Jahren so gemacht?«, wagte sie endlich zu fragen. Ihre Stimme klang heiser. Dabei warf sie verstohlen einen Blick auf seinen Ringfinger. Kein Ehering. Aber das musste nichts bedeuten.

»Ich habe viel gearbeitet. Ich war oft drüben, in der DDR. Böse Sache, das mit der Mauer, nicht wahr?«

Elise nickte. »Als wir vor einer Woche davon im Fernsehen hörten, waren wir geschockt. Die Trennung scheint jetzt so endgültig. Ekliges Gefühl.«

Kurt nickte. »Vorher habe ich den Leuten geholfen, da raus zu kommen. Gemeinsam mit Freunden. Wie das jetzt gehen soll, weiß ich noch nicht. Wir werden uns was einfallen lassen müssen. Vielleicht Tunnel unter der Mauer graben oder mit einem Ballon drüberweg fliegen.«

»Du bist Fluchthelfer? Ist das nicht gefährlich?«, fragte Elise etwas atemlos.

Kurt grinste und erzählte Elise von seinem Leben, seinem Pseudonym, das er sich eigens für diese Sache zugelegt hatte, von Hartmut und seiner Familie, von George Williams und ihren gemeinsamen, abenteuerlichen Taten. Es floss aus ihm heraus, als hätten seine Geschichten nur darauf gewartet, von Elise gehört zu werden.

Elise lauschte ihm andächtig. Manchmal hielt sie die Luft an, wenn ihr bewusst wurde, in welch große Gefahr er sich begeben hatte, bis ihr bewusst wurde, dass er sie nicht vermisst zu haben schien.

»Du führst ein aufregendes Leben. Hast du deswegen ... deinen Vater nie besuchen können?«

Kurt sah Elise unergründlich an. »Mein Vater – nach unserer Sache damals - hat mich verstoßen. Wir beide wissen, was er von mir gehalten haben musste, nicht wahr?«

Elise senkte den Kopf. »Er ... er wusste von uns? Du hast ihm alles erzählt?«

»Nein. Er wusste nur das, was erzählt wurde, von den Leuten hier. Er kannte somit nur ... deine Lüge.« Nun war es heraus.

Kurt betrachtete Elise lauernd und seine Augen fragten: Warum?

Elise verbarg ihren Kopf in den Händen. Sie schämte sich unsagbar. Ihr wollten Tränen kommen, die sie hinunterschluckte und die ein beklemmendes Gefühl in ihrer Brust hinterließen. Dann, fast flüsternd:

»Mein Vater! Er hat die Lüge verbreitet. Er wollte mir die Schmach ersparen, von jemandem verlassen zu werden, dem ich mich ... freiwillig ... na, du weißt schon. Deshalb erfand er die Vergewaltigung. Ich schäme mich so. Ich war zu feige, dem entgegenzutreten. Es tut mir furchtbar leid, Kurt.« Elise wunderte sich, dass sie über diese Dinge ausgerechnet mit Kurt sprechen konnte. Sie hätte das noch vor wenigen Stunden nie für möglich gehalten.

»Ach, so.« Ein langes Schweigen folgte. Dann:

»Elise, mir tut es leid, dass du damals nach unserer Schlittenfahrt eine Fehlgeburt hattest. Ich hätte danach noch so gerne mit dir gesprochen. Du hast mich mit dem Kind an dem Abend so überrumpelt. Ich gebe mir die Schuld an deinem Unglück. Wärest du nicht vom Schlitten gefallen, wäre unser Kind noch am Leben. Ich war ein Idiot, Elise. Vergibst du mir?«

Elise sah ihn mit großen Augen an.

»Ich hatte damals keine Fehlgeburt. Wie kommst du darauf? Unser Kind ist erst im nächsten Jahr im Juli gestorben. Bei der Geburt. Es war ein Mädchen.«

Kurt fuhr hoch.

»Was? Aber Arthur Süttler war doch bei mir. Er hat es mir doch erzählt. Zwei Tage nach dem Unfall. Er hat gesagt, du hasst mich deswegen. Willst mich nie mehr sehen. Ich solle verschwinden.«

»Arthur?« Auch Elise stand auf. Verständnislos sah sie zu Kurt auf. »Das verstehe ich nicht.«

»Dieser Scheißkerl«, rief Kurt. »Ich drehe ihm den Hals um. Der Kerl hat mich ausgetrickst. Hat mir einen Bären aufgebunden. Dieses hinterhältige Subjekt. Ich traute mich nach seinen Worten nicht mehr, mit dir in Kontakt zu treten. Elise, ich liebe dich noch immer. Die ganze Zeit. Ich konnte mir nie erklären, warum du unsere Liebe so in den Schmutz gezogen hast. Das hat mich tief getroffen. Ich habe in all den Jahren nie mehr für eine Frau das gefühlt, was ich für dich fühlte. Weißt du was? Komm mit mir. Pack' deine Sachen. Wir gehen fort von hier, nach Lübeck. Noch heute. In diesem Nest hält dich doch nichts. Lass uns von vorne anfangen.«

Elise sank in sich zusammen.

»Arthur«, flüsterte sie und setzte sich wieder in das Gras, »Arthur ... ist mein Mann, Kurt. Schon viele Jahre.«

Kurt blickte fassungslos auf Elise.

»Was? Du hast diesen Lügenbaron geheiratet? Lass' dich scheiden, Elise.«

Entsetzt blickte Elise auf Kurt. »Das ist unmöglich.«

»Dann liebst du ihn?«, fragte Kurt.

Elises Augen schweiften erschrocken in die Ferne. All die Jahre hatte ihr Herz für Kurt geschlagen. Sie hatte die Traurigkeit, die so häufig von ihr Besitz ergriff, damit entschuldigt, dass ihre Leidenschaft und Lebensfreude bei Kurt geblieben war. Das, was noch übrig geblieben war, hatte sie Arthur geschenkt. Arthur, der sie liebte, wie sie Kurt geliebt hatte. Der rücksichtsvoll und dankbar das nahm, was sie ihm gab und nie mehr forderte. Arthur, der ihr ein einsames, schmachvolles Leben erspart hatte.

Arthur, der mit einer hinterhältigen Lüge alles zerstört hatte, was ihr etwas bedeutet hatte!

»Elise?«, bohrte Kurt.

Elise schrak auf, als sie aus der Ferne die Glocken der Kirche von Köhlerdorf hörte. »Kurt. O, Gott. Die Beerdigung fängt an. Du musst los.«

Auch Kurt sprang auf. »Elise, ich muss dich noch einmal sehen. Morgen? Hier?«

»Ich weiß es nicht, Kurt.«

»Bitte.«

Elise nickte. »Warte. Ich hole schnell etwas.« Elise lief zur alten Scheune hinüber und holte den Kranz hervor, den sie gefertigt hatte.

»Für deinen Vater, Kurt. Von uns.«

»Elise!« Dankbar betrachtete Kurt die schöne Arbeit. Er küsste Elise zart auf die Lippen und eilte davon. Liebevoll sah Elise ihm nach. Hoffentlich fiel niemandem auf, dass sie die Blumen äußerst geschickt zu den Initialen E und K arrangiert hatte.

Nachdenklich wandte sich Elise nach Hause. Der Verrat von Arthur machte ihr zu schaffen. Da hatte ihr so liebevoll besorgter Gatte Kurt also schon damals hinterhältig ausgetrickst. Elise ging auf dem Nachhauseweg alle Wenns und Abers durch und wurde immer wütender. W e n n Arthur Kurt nicht vertrieben hätte, w ä r e das alles höchstwahrscheinlich gar nicht passiert. Kurt wäre einsichtig und reumütig zu ihr zurückgekehrt und hätte sie geheiratet. Alles wäre gut gewesen. W a s wäre ihr alles erspart geblieben. Mein Gott, war das gemein von Arthur.

Elise fragte sich jedoch sofort, wie sie Arthur Vorwürfe machen sollte, ohne zu erwähnen, dass sie Kurt getroffen hatte. Das war kaum möglich. Denn nur Kurt konnte ihr diese Geschichte erzählt haben.

Johanna sah ihrer Schwiegertochter entgegen, als diese sich an den Küchentisch setzte, den Johanna gerade gedeckt hatte. Der Apfelkuchen verbreitete einen verführerischen Duft und der frisch aufgebrühte Kaffee tat sein übliches.

»Du kommst aber spät, Elise. Arthur hat dich beim Mittagessen vermisst«, meinte Johanna.

»Es dauerte so lange beim Friseur. Und dann war ich noch spazieren. Außerdem hatte ich keinen Hunger. Aber dein Kuchen riecht wunderbar. Ich nehme mir schon mal ein Stück.«

Johanna sagte nichts. Arthurs griesgrämige Miene beim Mittagessen hatte ihr gereicht. Sie war nur froh, Elise endlich daheim zu sehen. Insgeheim hatte sie befürchtet, Elise würde zur Beerdigung gehen. Wenn auch nur, um dem elenden Kurt Nickel die Meinung zu sagen.

Johanna hatte sich nie wieder in das Leben ihrer Kinder eingemischt. Das Gespräch vor Jahren mit Elise wegen eines Enkelkindes war ihr eine Lehre gewesen. Und – genutzt hatte es gar nichts. Die Ehe blieb kinderlos. Noch einmal hatte Johanna Arthur deswegen zur Rede gestellt. Er hatte ihr klipp und klar erklärt, dass sie das nichts anginge. Mit Elise und ihm wäre alles in Ordnung. Mit dem Kinderkriegen klappe es eben nicht. Das sei Gottes Wille.

Argwöhnisch betrachtete Johanna ihre Schwiegertochter. Sie sah irgendwie … glücklich aus? Ein inneres Leuchten schien ihr Antlitz zu erhellen. Ein verträumter Ausdruck hüllte sie ein, der wie weggewischt war, als die Dielentür knarrte und Arthur herein kam. Das entging Johanna nicht.

»Ach, da bist du ja, Elise. Wo hast du gesteckt? Ich habe dich gesucht«, rief er forsch.

»Ich war spazieren. Es ist so schön heute. Obwohl – ich hörte die Beerdigungsglocken. Das störte die Harmonie … der Natur – und alles andere auch.«

Johanna und Arthur sahen sich an. Eine merkwürdige Äußerung.

»Kurt Nickel ist im Dorf, um seinem Vater die letzte Ehre zu erweisen. Der hätte sich schon mal die letzten Jahre um ihn kümmern sollen. Jetzt ist es zu spät«, brummte Arthur.

»Was ihn wohl gehindert hat, sein Heimatdorf und seinen Vater zu besuchen?«, sinnierte Elise laut vor sich hin. »Aber du hast Recht. Jetzt ist es zu spät, zu spät für alles.«

»Was redest du denn so komisch daher, Elise?«, rief Arthur.

»Ach, nichts. Mir ist nicht gut. Ich bekomme Migräne, glaube ich. Ich lege mich etwas nieder. Bitte, entschuldigt mich.«

»Matthiesens haben einen Kranz geschickt«, meinte

Johanna, als Elise gegangen war.

»Was willst du damit sagen, Mutter? Dass ich dem Vater des Vergewaltigers meiner Frau hätte heute huldigen sollen? Der Mann hat mich noch nicht einmal begrüßt, wenn er mich auf der Straße sah.«

»Warum eigentlich nicht, Arthur?«, fragte Johanna. »Mit deinem Vater war er befreundet.«

»Das hättest du ihn fragen müssen, als er noch lebte.« Arthur erhob sich brüsk, stieg in seine Gummistiefel und polterte von dannen. Das ganze Getue um diese dämliche Beerdigung ging ihm allmählich auf die Nerven. Arthur beschloss, in den Dorfkrug zu gehen, um den neuesten Tratsch zu erfahren. Am meisten interessierte ihn, wie die Beerdigung gelaufen war und ob Kurt Nickel bleiben würde, um das Erbe seines Vaters anzutreten. Oder ob der gleich wieder abreiste. Das wäre Arthur am liebsten. Sein störrischer Charakter verbot es ihm, sich einzugestehen, dass ihm sein energischer Auftritt damals bei Kurt unangenehm auf der Seele lag. Ja, er hatte den Kerl belogen, aber nur, um Elise endgültig aus den Klauen dieses niederträchtigen Burschen zu befreien. Wenn der wirklich gewollt und Elise geliebt hätte, hätten ihn die Worte von Arthur nicht gehindert, Elise um Verzeihung zu bitten und sie zu heiraten. Das wäre seine Pflicht und Schuldigkeit gewesen. Aber der Mensch hatte schleunigst das Weite gesucht. Ein Zeichen für seine niedere Gesinnung.

Der Dorfkrug lag öde und verlassen da. Niemand

genehmigte sich um diese Stunde dort sein Bierchen. Nur ein junges Pärchen mit zwei Kindern löffelte in ihren Eisbechern herum. Arthur stürzte einen Schnaps hinunter und ging dann die Dorfstraße herunter. Am Eingang zum Friedhof blieb er stehen. Er hatte gar nicht vorgehabt, dort hinzugehen. Mürrisch machte er einige unschlüssige Schritte, dann schlug er wieder den Weg nach Hause ein. Er hatte hier nichts verloren. Wenn ihn jemand hier sah, würde man sich wundern. Mit gesenktem Kopf, die Hände in den Hosentaschen vergraben, unglücklich und sorgenvoll, wanderte er über seine Wiesen, an denen er sich heute nicht wie sonst erfreuen konnte. In seinem Inneren nagte das schlechte Gewissen und das machte ihn wütend, weil dafür überhaupt kein Grund vorlag. Wütend versorgte er auf dem Hof seine Tiere und wütend setzte er sich am Abend zu Tisch. Elise entschuldigte sich. Ihr war übel. Arthur brachte ihr einen Tee in das verdunkelte Schlafzimmer und strich ihr die feuchten Haarsträhnen aus der Stirn. »Elise, schläfst du?«, fragte er leise.

Elise stöhnte.

»Ach, mein armes Mädchen. Gute Besserung.« Arthur kam sich so hilflos vor. »Ich schlafe heute auf dem Sofa, Kindchen. Ruh' dich aus. Morgen wird es vorbei sein.«

»Ja, Arthur, morgen wird es vorbei sein.«

Elise sah ihrem Mann hinterher, als dieser sachte die Tür schloss. Sie setze sich auf und schlürfte den Tee. Ihr war wirklich elend zumute. Aber nicht wegen der

Kopfschmerzen, die hielten sich in Grenzen. Ihr war schlecht wegen ihrer Gefühle. Kurt hatte sie gebeten, mit ihm zu gehen. Er liebte sie noch. Sagte er. Sie solle sich scheiden zu lassen! Was für ein Gedanke. Sie würde einen Trümmerhaufen zurück lassen. Ihre Eltern würden vor Scham im Boden versinken, wenn sie ihnen das antäte. Ganz zu schweigen von Arthur und Johanna. O, Gott, nein, das war unmöglich. Das konnte sie den Menschen, die sie liebten, nicht antun. Der Skandal wäre unbeschreiblich. Arthur wäre die Lachnummer des Dorfes. Seine Frau, auf und davon mit ihrem einstigen Vergewaltiger – das dachten ja alle. Elise würgte. Niemals würde sie einen solchen Schritt tun können. Ich muss mit dieser Vergangenheit endlich abschließen. Ich werde mein Leben an der Seite von Arthur beenden. Etwas anderes darf ich nicht einmal denken. Ich werde es Kurt morgen sagen. Ich werde ihm sagen, dass ich ihn nicht mehr liebe, dachte Elise und schluchzte auf. O, Gott, denn es stimmt nicht. Ich liebe ihn noch immer. Verzweifelt schluchzte Elise in die Kissen, damit man sie nicht hörte.

Sie fiel erst in den frühen Morgenstunden in einen unruhigen Dämmerschlaf, in dem sie von Kurt und Arthur träumte, die sich auf der Lichtung im Wald duellieren wollten. Elise, die sich bald vor den einen und dann vor den anderen werfen wollte, konnte sich jedoch nicht rühren, weil sie wie festgewurzelt an einem Kinderwagen klebte, in dem ein Kind furchtbar schrie, das aussah wie sie selbst. Elise erwachte schweißgebadet.

Torkelnd schlurfte sie in die Badestube hinüber, wo sie ihr Gesicht so lange in eiskaltes Wasser tauchte, bis sie keine Luft mehr bekam.

Am Frühstückstisch meinte Johanna: »Du siehst schlecht aus, Elise. Was machen deine Kopfschmerzen?«

»Sie lassen nach. Ich gehe an die Luft. Vielleicht hören sie dann ganz auf.«

»Arthur ist schon weg. Den Wald roden. Er lässt dich grüßen. Er sagt, er hat eine Überraschung für dich. Heute Abend.«

Elise sah auf. »Oh, da bin ich aber gespannt. Warte nicht mit dem Mittagessen auf mich, Mutter. Ich habe keinen Hunger.«

Johanna sah ihrer Schwiegertochter besorgt nach. Das Mädchen gefiel ihr überhaupt nicht.

Elise blieb den ganzen Tag verschwunden, was nur Johanna auffiel, denn Arthur ließ sich ebenfalls den ganzen Tag nicht blicken. Erst zur Abendbrotzeit rumpelte draußen etwas auf dem Hof herum, was Johanna nicht sofort einordnen konnte. Sie stürzte hinaus und sah Arthur, der neben einem Pferdeanhänger stand und sich mit einem Mann unterhielt.

»Mutter, hol' Elise. Meine Überraschung ist da«, rief er.

»Elise ist spazieren gegangen«, entgegnete Johanna verblüfft und trat näher. »Da ist ja ein Pferd drin. Du hast ein Pferd gekauft?«

»Da staunst du, was? Für Elise. Sie reitet doch so gerne. Jetzt braucht sie nicht mehr zu den Nachbarn reiten gehen. Bei uns auf dem Hof ist das doch kein Problem. Wie lange ist sie denn schon weg?«, fragte Arthur.

Johanna stockte. »Willst du das Tier nicht da rausholen? Es wirkt irgendwie nervös«, lenkte Johanna ab.

»Oh, sicher. Befreien wir das edle Ross.«

Elise trat gerade in dem Moment auf den Hof, als das Pferd mit einem Satz aus dem Hänger sprang. Arthur hatte im Inneren den Führstrick losgelassen, als das Tier nicht langsam und vorsichtig die Hängerklappe hinunter trippelte, sondern einen gewaltigen Satz nach hinten machte. Es landete abrupt vor Elise, die instinktiv nach dem führerlosen Strick griff.

»Das ist Teamwork«, lachte Arthur und sprang hinterher. »Elise, da bist du ja. Gerade rechtzeitig. Das ist meine Überraschung. Ab sofort gehört Ferdinand dir. Wie gefällt er dir?«

Elise starrte von Arthur auf den wunderschönen Dunkelfuchs mit der hellen Mähne und dem hellen Schweif, der neugierig und hochaufgerichtet die Umgebung inspizierte.

»Das ist meiner? Arthur, er ist ein Traum. Ich kann es nicht glauben. Oh, Lieber, ich danke dir. So etwas Wunderbares hat mir noch nie jemand geschenkt.«

Elise schluchzte und wischte sich Tränen aus den

Augen, die gar nicht aufhören wollten zu fließen.

»Na, na, na, du brauchst doch nicht zu heulen. Morgen fahren wir in die Stadt und kaufen einen Sattel und sowas. Freust du dich?«

Arthur trippelte vor Aufregung von einem Fuß auf den anderen. Er freute sich, dass Elise sich freute.

»Ich freue mich schrecklich, Arthur. Am liebsten würde ich gleich einen Ausritt machen. Wo soll er denn wohnen?«, schluchze Elise.

»Komm' mit. Alles ist bezugsfertig. Ich habe ihm eine große Box in der Scheune gezimmert. Und Heu und Stroh haben wir ja ohnehin. Willst du ihn hinbringen, Elise?«

Überwältigt brachte Elise ihren Ferdinand in seine Box, zeigte ihm die Tränke, verwöhnte ihn mit Mohrrüben und küsste und herzte ihren neuen Freund.

Den ganzen Abend lang lief sie mindestens zehnmal mit Arthur zu Ferdinand hinüber und sah nach, ob es ihm gut ging. Elise war ganz aufgedreht und konnte sich gar nicht beruhigen. Als sie endlich mit Arthur im Bett lag und ihn vor lauter Dankbarkeit küsste und küsste, hatte Arthur zum ersten Mal das Gefühl, dass Elise nun wirklich und wahrhaftig seine Frau war. So innig und unbeschwert hatte er sie seit Jahren nicht erlebt und … geliebt. Wie ein Vulkan fiel er über sie her. Seine trüben Gedanken um Kurt Nickel ertränkte er in einer wütenden Leidenschaft.

Elise, die Arthur später in ihren Armen hielt und auf

seine regelmäßigen Atemzüge lauschte, rührte sich nicht. Auch nicht, um die stillen Tränen, die ihr über die Wangen liefen, wegzuwischen. Denn diese Tränen waren Leidenstränen und Tränen der Erleichterung gleichzeitig. Elise hatte das Gefühl, dass eine schwere Last, die jahrelang auf ihrer Seele gelegen hatte, von ihr gewichen war. Die Entscheidung, die sie heute Nachmittag getroffen hatte, als Kurt und sie sich auf der Lichtung stundenlang unterhalten und sich am Ende in der Scheune einer verzehrenden Leidenschaft hingegeben hatten, die so endgültig war, dass sie weh tat, war richtig gewesen. Sie hatten sich endgültig voneinander getrennt. Elise wollte das so, wenn es sie auch einen harten Kampf kostete, Kurt davon zu überzeugen. Elise spürte, dass ihr Kopf diese Entscheidung nun akzeptierte und ihre Seele genas, die viele Jahre in Zwietracht gelitten hatte.

Sie hatte sich heute Abend in Arthurs Armen zum ersten Mal fallen lassen, mit ihren Gedanken bei dem überraschenden Geschenk, das er ihr ausgerechnet heute gemacht hatte. Was für ein gesegneter Zufall. Elise seufzte befriedigt. Zum ersten Mal seit Jahren war sie ein bisschen glücklich. Und das würde sie sich durch nichts und niemanden mehr nehmen lassen.

Elises wundervolle, stundenlange Ausritte mit Ferdinand, mit dem sie sich unterwegs unterhielt und dem sie alles anvertraute, waren nur von kurzer Dauer.

Denn eine Nachricht, mit der niemand mehr gerechnet hatte, setzte dem ein Ende, nachdem der alte Dr. Franz

Heidenreich ihr nach einigen morgendlichen Übelkeitsattacken mitteilte, dass sie schwanger sei. Arthur war völlig aus dem Häuschen, als Elise es ihm erzählte.

Dann erstarrte er. »Elise, du bist mir doch nicht böse? Ich habe mich immer vorgesehen, bis auf ... bis auf ... du weißt, die Nacht als ich dir Ferdinand schenkte. Bitte, es wird diesmal alles gut gehen.« Arthurs Augen bettelten.

»Nein, Arthur. Ich bin nicht böse. Ich freue mich doch auch«, lächelte Elise.

»Du schenkst mir einen Erben. Oh, Elise. Ich liebe dich so. Ich muss es gleich Dieter erzählen. Aber du musst dich schonen. Erst mal keine Ausritte mehr. Ferdinand hat Babypause.« Vergnügt eilte Arthur davon.

Elise lächelte still vor sich hin und faltete die Hände vor ihrem Bauch. Sie blickte erst auf, als sie merkte, dass Johanna vor ihr stand.

»Was lange währt, wird endlich gut«, meinte Johanna.

Elise nickte versonnen.

9

2006

Vera, die mit hochgekrempelten Ärmeln und rotem Gesicht vor dem Herd stand und in einem großen Topf herumrührte, sah nur kurz auf, als Joachim Süttler in die Küche trat.

»Das riecht nach Erdbeermarmelade«, schnüffelte er.

»Richtig«, lachte Vera.

»Heute Abend ist Tanz im Dorfkrug. Ich habe beschlossen, dass wir gemeinsam dahin gehen. Keine Widerrede. Sie müssen mal raus hier, Vera. Dieter Matthiesen passt auf Vater auf. Die Kapelle, die aufspielt, ist erstklassig. Wir werden tanzen, bis uns übel wird. Also, kochen Sie schnell zu Ende und dann machen Sie sich hübsch. Um acht ist Abfahrt«, meinte Joachim.

»Ich bin viel zu alt für so was, Herr Süttler«, protestierte Vera. »Und tanzen kann ich auch nicht.«

»Papperlapapp. Jeder kann tanzen. Das ganze Dorf wird da sein. Da gibt es noch viel ältere als uns.«

»Ich habe gar nichts Passendes zum Anziehen«, klagte Vera.

»Unsinn. Keine Ausreden mehr.«

Joachim stiefelte hinaus.

Vera goss die fertige Marmelade in die vorbereiteten Gläser, die aufgereiht auf dem Tisch standen und wischte sich den Schweiß von der Stirn. Nebenbei warf sie prüfende Blicke auf Arthur Süttler, der in einer Zeitung las.

»Du kannst nicht tanzen gehen, Elise«, nörgelte er plötzlich. »Das Kind kommt bald.«

»Ich bin nicht Elise. Ich bin Vera. Und ich werde gehen«, entgegnete Vera.

Manchmal fing es an, ihr auf die Nerven zu gehen, dass der Alte sie für Elise hielt. Pflichtgetreu, wie sie es Joachim versprochen hatte, korrigierte sie den alten Mann. Manchmal hatte sie die Pillen bereits weg gelassen, um ihre Ruhe zu haben, denn ihr war aufgefallen, dass der alte Süttler sie immer nur als Elise titulierte, wenn sie ihm die Pillen gab. Aber ohne die Dinger verfiel der alte Mann sofort wieder in seine Vergesslichkeit, seine Körperfunktionen verschlechterten sich und Vera durfte ihn nicht aus den Augen lassen. Dann konnte er nichts mehr alleine bewerkstelligen. Vera hatte sogar den Eindruck, dass sich sein Zustand dann verschlimmerte. Er sabberte, zitterte und verfiel körperlich zusehends. Auffällig wurden auch sein Geiz und eine verstärkte Pedanterie. Als Vera zum Mittagessen einmal gebackenen Lachs servierte, regte er sich schrecklich auf. Das wäre ein Luxusessen und er weigerte sich, auch nur einen Bissen zu sich zu nehmen.

Er trank nur Leitungswasser und beschmierte seine Brote mit Schmalz. Butter war ihm zu kostspielig. Möbel, Stühle, Teppiche und andere Dinge konnte er stundenlang zurechtrücken. Man konnte ihm kaum noch etwas recht machen – wenn Vera die Pillen weg ließ. Schluckte er sie, war er ein anderer Mensch. Dann war Vera Elise, und die machte alles richtig. Dann war die Welt für ihn in Ordnung. Das war sogar Joachim aufgefallen.

»Merkwürdig. Mal geht es ihm so gut, und dann wieder ... Sollen wir einen Arzt rufen, Vera?«

Veras Stirn legte sich in Falten. Arhurs Verhalten gab ihr Rätsel auf. Was gärte in seinem Kopf, das über die ihr bekannte Demenz hinaus ging. Da sie selbst keine Antwort wusste, winkte sie ab.

»Nein, das ist normal. Dieses auf und ab ist eine typische Reaktion auf die Medikamente, die er bekommt. Da er sie unentwegt einnimmt, kann es passieren, dass er Immunitäten dagegen entwickelt.«

»Vielleicht muss die Dosierung geändert werden? Oder das Medikament muss gewechselt werden?«, meinte Joachim besorgt.

»Ich werde mit dem Arzt sprechen«, hatte Vera erwidert, der der körperliche Verfall des alten Mannes Sorge machte, wenn sie D.R.O.P. absetzte. Vera fragte sich, ob die Pille, die bei einmaliger oder kurzer Einnahme Erfolge aufwies, über einen längeren Zeitraum schaden konnte? Sie hatte diese extremen Schwankungen bei drei anderen Patienten bemerkt und die Dosierung vermindert. Obwohl – Arthur Süttler erhielt ohnehin nur zwei Pillen am Tag. Noch eine weniger und dem Mann ging es zwei Stunden gut und zehn Stunden schlecht. Sollte sie die Pillen absetzen und den Mann einfach seinem Schicksal überlassen? Aber dann würde es mit der Pflege hier zu Hause bald schwierig werden. Der Mann müsste dann in ein Pflegeheim. Vera konnte nicht vierundzwanzig Stunden am Bett des Mannes sitzen. Und – es gefiel ihr hier. Joachim Süttler würde sie kaum hier behalten, wenn sie seinen Vater nicht mehr zu betreuen hatte. Unruhig ging Vera in ihre Wohnung hinüber, duschte, zog ein dunkelgrünes, wadenlanges Kleid an und schlüpfte in die passenden Schuhe. Ein wenig Puder ins Gesicht und ein Tröpfchen Parfüm hinter die Ohren und fertig war sie.

Sie ging in die Küche zurück, schmierte ein paar Brote und stellte sie Arthur auf den Tisch.

»Wo willst du denn in diesem Aufzug hin, Elise«, fragte er sofort.

Joachim, der herein kam, nahm Vera die Antwort ab.

»Vater, Vera und ich, wir gehen in den Dorfkrug. Dieter Matthiesen ist gleich hier und passt auf dich auf.«

»Elise darf nicht weggehen. Was, wenn das Kind kommt!«, schnaufte der Alte unruhig.

»Das Kind kommt heute noch nicht. Es ist noch viel Zeit«, meinte Vera und war froh, als der alte Matthiesen an die Tür klopfte.

»Arthur, da bin ich. Ich habe mein Dame-Spiel mitgebracht. Wir machen uns einen gemütlichen Abend«, grinste Dieter Matthiesen.

»Sag' Elise, dass sie in ihrem Zustand nicht ausgehen darf. Das Kind kommt«, nörgelte Arthur.

Dieter Matthiesen sah Vera und Joachim fragend an.

»Er hält Vera für Elise und meint nun, sie darf nicht weggehen, weil ihr Kind kommt«, erklärte Joachim. »Es nutzt nichts, wenn ich ihm sage, dass das nicht so ist.«

»Ich werde ihn schon besänftigen. Geht nur los. Bekommt er noch eine Medizin oder so was?«, fragte Matthiesen.

Vera und Joachim schüttelten die Köpfe und wandten sich um.

»Elise, ich verbiete dir, zu gehen«, brüllte Arthur und erhob sich.

»Herrgott«, rief Joachim. »Vater, zum letzten Mal: das ist Vera. Elise ist tot.«

»Elise ist tot?«, krächzte Arthur. »O, Gott, ich habe es befürchtet. Und das Kind?«

Joachim raufte sich die Haare.

»Vielleicht sollten wir lieber hier bleiben?«, wagte Vera zu sagen.

»So ein Unsinn. Wir gehen jetzt. Kommst du klar, Matthiesen?«

Dieter Matthiesen nickte fest, wenn ihm auch nicht ganz wohl war in seiner Haut. Arthur schien heute irgendwie sehr konfus zu sein.

Im Dorfkrug herrschte reges Gedränge. Das ganze Dorf glänzte durch Anwesenheit. Jeder kannte jeden und die Begrüßungen nahmen kein Ende. Joachim war ein guter Tänzer und da jede der anwesenden Damen es ihm übel nahm, wenn er nicht mit ihr tanzte, gönnte er sich kaum eine Verschnaufpause. Er wollte niemanden von seinen Freunden vor den Kopf stoßen. Joachim war ebenso beliebt bei den Männern wie bei den Damen, die sich wie immer fragten, warum dieser gutaussehende Mann nie geheiratet hatte. Jetzt würde er wohl kaum noch eine finden. Immerhin hatte er die vierzig bereits überschritten und die Damen in diesem Alter waren alle verheiratet. Es sei denn, er wäre auf ein junges Huhn aus. Die zwanzigjährige Melitta Soltau, die ihn sich bei der Damenwahl gerade geangelt hatte, klebte ja direkt an ihm. Ihre Mutter schielte schon besorgt zu den beiden herüber. Sie hatte eigentlich gedacht, Melitta würde mit Dennis, dem Grün Sprössling einig werden, der immerhin die Bank seines Vaters erben würde.

Joachim waren solche Gedanken fremd. Er fand Melitta einfach nur lustig und unkompliziert und genoss ihre frische Jugendlichkeit.

»Joachim, warum haben Sie nie geheiratet?«, fragte sie keck. »Alle im Dorf fragen sich das. Trauern Sie einer großen Liebe aus Ihrer Jugend nach?«

Joachim lachte unbeschwert. »Nein. Die Richtige ist mir einfach noch nicht über den Weg gelaufen.«

»Wie müsste die denn aussehen?« Melitta ließ nicht locker. Es reizte sie die Vorstellung, die Eine zu sein, die Joachim herum bekam. Mit den anderen jungen Mädchen, die wie sie ein Reitpferd bei Joachim untergestellt hatten, tuschelte und kicherte und tratschte sie im Stall herum, wenn Joachim zu sehen war. Alle fanden diesen gutaussehenden, sympathischen, humorvollen Mann ziemlich attraktiv, auch wenn er nicht ihrer Altersklasse entsprach.

Joachim kam um eine Antwort herum, denn die Kapelle spielte einen Tusch und der ganze Dorfkrug setzte zu einem Geburtstagsständchen an. Joachim grinste schelmisch. Das hatte er kommen sehen.

»Entschuldige mich, Melitta. Dieser Auftritt gilt mir.« Er gab der Wirtin einen Wink und alsbald drängelten sich alle Anwesenden um die Theke, um den versprochenen Drink von ihm spendiert zu bekommen. Er nahm die dargereichten Hände und Küsse, die seinem Geburtstag galten, lächelnd entgegen. Als sich die Aufregung um seine Person etwas gelegt hatte, sah sich Joachim nach Vera um und drängelte sich zu ihr durch.

»Vera, amüsieren Sie sich? Es ist doch angenehm, mal raus zu kommen, oder?«, rief er.

»Oh, doch, sicher. Sie haben heute Geburtstag, Joachim? Herzlichen Glückwunsch«, entgegnete Vera.

»Danke.« Joachim strahlte, während Veras Antlitz sich besorgt umwölkte.

»Dann ... dann hatte Ihr Vater wohl heute Abend so eine Ahnung?«, meinte Vera nachdenklich.

»Mein Vater?« Joachim stutzte.

»Nun ja, weil er so besorgt war um Elise und das Kind. Kein Wunder. Sie wurden ja heute wirklich geboren. Ähm, natürlich vor ... vor wie vielen Jahren eigentlich?«, fragte Vera.

»Vor vierundvierzig Jahren«, entgegnete Joachim nachdenklich.

»Er war sehr aufgeregt heute, finden Sie nicht? Ich sollte nach ihm sehen. Irgendwie sorge ich mich um ihn, jetzt, wo ich weiß, dass Sie tatsächlich heute geboren wurden. Feiern Sie nur weiter, Joachim. Ich werde mich um ihn kümmern«, sagte Vera energisch und eilte auf den Ausgang zu.

Joachim geriet in den Strudel der Gratulanten zurück und musste mit so vielen anstoßen, dass er seinen Vater vergaß. Außerdem – Vera war ja da.

Als diese auf den Hof zurück kam, hörte sie schon in der Küche Gepolter und heftiges Stimmengewirr, das aus dem Schlafzimmer von Arthur Süttler kam. Vera sah den alten Matthiesen im Raum, der vergeblich versuchte, Arthur zu beruhigen.

Im Zimmer herrschte eine schreckliche Unordnung.

Alle Schubladen waren geöffnet, der Inhalt im Zimmer verstreut und Arthur rannte wie von Sinnen durch das Zimmer und rief immerfort: »Oh, Elise. Ich habe es dir gesagt. Du hättest nicht weggehen dürfen. Jetzt kannst du nicht mehr ins Krankenhaus. Mutter, ist die Hebamme schon eingetroffen?« Dieter Matthiesen griff gerade nach Arthur und ermahnte ihn, Ruhe zu bewahren, erhielt jedoch einen Stoß, der ihn zu Boden warf.

Vera stürzte hinzu, half dem Mann auf die Beine und bugsierte ihn in die Küche.

»Haben Sie sich etwas getan?«, fragte sie besorgt. Matthiesen schüttelte den Kopf.

»So war es auch vor vierundvierzig Jahren, als Joachim geboren wurde. Genauso. Elise war zu einer Geburtstagsfeier gegangen. Das Kind sollte erst in zwei Wochen kommen. Dann setzten die Wehen ein. Man brachte sie zurück nach Hause. Arthur war damals völlig aus dem Häuschen. Man schickte nach der alten Hebamme Bludowski und Dr. Heidenreich, der aber im Nachbarort bei einem Notfall war. Fürs Krankenhaus in Mettstadt war es zu spät. Arthur erlebt das heute alles noch einmal. Ich fürchte, er wird erst morgen früh um sechs Frieden geben. Da wurde Joachim nämlich geboren. Damals hat er mich übrigens auch geschubst.«

»Ruhen Sie sich aus. Ich werde mich um ihn kümmern«, entgegnete Vera und eilte zu Arthur zurück.

Als Dieter Matthiesen und Joachim drei Stunden später

ins Schlafzimmer spähten, sahen sie Vera und Arthur Arm in Arm auf dem Bett liegen. Arthur schnarchte vergnüglich in Veras Armen, die den beiden Männern verschwörerisch zuzwinkerte und sie leise bat, sich schlafen zu legen. Es wäre alles gut.

Müde schloss dann auch Vera ihre Augen, wenn auch ihre Gedanken keine Ruhe fanden. Das Erlebte in den vergangenen Stunden machte ihr zu schaffen. Sie gelangte zu der Ansicht, dass Arthur ein schweres Trauma mit sich herum schleppen musste, das ihn allmählich um den Verstand brachte. Forcierten ihre Pillen schizophrenäre Attacken? Seine Bewusstseinsspaltungen erschreckten sie. Aber was sollte sie tun? Sie konnte die Pillen nicht absetzen, ohne ihre Daseinsberechtigung auf diesem ihr so lieb gewonnenen Hof zu gefährden.

In dieser Nacht war es ihr fast vorgekommen, als hätte sie Joachim geboren, so intensiv hatte Arthur ihr alles geschildert. Sie sah die Hebamme Bludowski - merkwürdigerweise kannte sie auch eine Frau dieses Namens – Handtücher herbeischaffen, Wasser kochen und den Bauch von Elise mit Sonnenblumenöl bearbeiten und kneten, damit sich das Kind, das in Steißlage lag, drehte. Besorgt schrie Arthur Süttler immer wieder, dass sich die Nabelschnur um den Hals des Kindes wickeln würde. Arthur hatte nichts weiter tun können, als seiner Frau die Stirn zu wischen, ihr die Hand zu halten und ihr Mut zuzusprechen. Ihn plagte der Kummer, Elise so etwas zuzumuten. Er schwor bei allem, was ihm heilig war, dass

Elise nie mehr ein Kind zu bekommen bräuchte. Das Leiden seiner geliebten Frau, ihr verzerrtes Gesicht, ihre schmerzhaften Krämpfe, ließen Arthur die Hölle durchmachen. Die Hebamme hatte ihn offenbar genervt hinaus geschickt. Doch nun hatte Arthur gedacht, es ginge um Leben und Tod. Er tobte sich bei Dieter Matthiesen in der Küche aus, dessen Frau und Johanna der Hebamme zur Hand gingen.

Das muss eine schlimme Nacht gewesen sein, dachte Vera erschöpft. Wie merkwürdig, dass sie vielleicht die Hebamme kannte. Vera erinnerte sich, dass eine Dörte Bludowski - für sie als kleine Vera Tante Bludowski - bei ihrer damaligen Pflegefamilie zu Besuch kam und Geschenke mitbrachte. Zum Geburtstag Bücher und Spiele, zu Weihnachten Winterkleidung und sogar einmal ein Schlitten, ein Fahrrad und Schlittschuhe. Erst als Vera in eine andere Stadt zu einer anderen Familie zog, weil sie eine höhere Schule besuchen sollte, brach der Kontakt ab. Vera fragte sich, ob die Hebamme, die Joachim auf die Welt geholt hatte, die Frau war, die sie in ihrer Kindheit gekannt hatte. Sie würde sich morgen danach erkundigen.

Als Vera am nächsten Morgen die Küche betrat, hatte Joachim bereits Kaffee gekocht.

»Mir brummt der Schädel. Ich glaube, ich habe gestern zu viel getrunken«, klagte er. »Wie geht es meinem Vater? Konnten Sie wenigstens noch etwas schlafen? Matthiesen erzählte, es sei schlimm mit ihm gewesen.«

»Ja, das war es. Er erlebte Ihre Geburt noch einmal. Sie haben Ihrer Mutter viel Mühe gekostet«, lachte Vera und griff dankbar nach der Tasse, die er ihr reichte.

Genüsslich schlürfte sie das heiße, starke Gebräu. »Sagen Sie, Joachim, die Hebamme Bludowski, kennen Sie ihren Vornamen?«, fragte Vera weiter.

»Sicher. Dörte. Warum?«

»Eigenartig. Als ich klein war, besuchte mich auch eine Dörte Bludowski und brachte mir Geschenke. Nur mir. Ich bin in einer Pflegefamilie groß geworden. Wir waren zehn Kinder. Aber nur ich erhielt Geschenke. Ich frage mich, ob das die Frau ist, die Sie auf die Welt geholt hat. Obwohl – ich wohnte damals in Schattau. Das ist über einhundert Kilometer weit weg.«

»Besuchen Sie sie. Dann wissen Sie es. Sie wohnt in Mettstadt. Sie ist eine Freundin meiner Großeltern. Ich fahre Sie gerne hin. Dann kann ich gleich die alten Herrschaften besuchen.«

»Ich weiß nicht recht. Sie war keine Verwandte. Sie war einfach nur Tante Bludowski. Vielleicht findet sie es komisch, wenn ich sie besuche.«

»Warum? Wenn sie es ist, hat sie sich um Sie gekümmert. Dann freut sie sich bestimmt, Sie wiederzusehen.«

»Ich werde es mir überlegen.«

»Gut. Sagen Sie mir Bescheid. Was machen wir jetzt mit

Vater?«

»Ich glaube, nichts. Er hat sich beruhigt. Ihre Mutter – und Sie – sind wohlauf nach der anstrengenden Nacht, wenn ich das mal so sagen darf. Ihre Mutter war sein und alles. Sie wurden wohl sehr geliebt?«

»Ich denke schon. Obwohl man als Kind diese Dinge als selbstverständlich ansieht. Ich glaube, ich war ein verwöhnter kleiner Junge. Aber – merkwürdig, dass ich jetzt darauf komme – ich hatte immer den Eindruck, dass mein Vater meine Mutter mehr liebte als mich. Meine Mutter kam immer an erster Stelle. Ich habe das bisher nie bewusst überlegt. Meine Mutter war eine zärtliche Frau. Ich wurde von ihr häufig in den Arm genommen und abgeknutscht. Ich erinnere mich, dass mir das manches Mal peinlich war. Besonders, als ich älter wurde. Mein Vater ging oft dazwischen und warf meiner Mutter Verzärtlung vor. Vielleicht war er ein klitzekleines bisschen eifersüchtig? Sie sagte dann meistens: ich habe doch nur den einen. Sie sagten, Sie wären in einer Pflegefamilie aufgewachsen? Sie kennen Ihre Eltern nicht?«

Vera schüttelte den Kopf. »Nein. Ich habe auch nicht viel gefragt. Es war eben so. Ich war die Älteste in unserer Großfamilie und musste mich um alles kümmern. Meine Pflegeeltern bekamen mich als Baby. Sie konnten selbst keine eigenen bekommen. Sie verteilten ihre ... Liebe, Zuneigung oder sonstigen Bedürfnisse? ... dann nach und nach auf zehn Kinder. Obwohl – ich glaube, sie taten es wegen des Geldes, das sie dafür erhielten. Ich weiß, das klingt gemein. Aber so sehe ich das nun Mal. Mein Pflegevater – er bekam ein schweres Hüftleiden und konnte nicht mehr arbeiten. Er trank deshalb viel. Und meine Pflegemutter, nun ja, eine schwächliche Frau, die mit allem völlig überfordert war. Wir Kinder waren viel für uns. Ich ging zur Schule, putzte, kochte und kümmerte mich um die Kleinen. Als ich zehn Jahre alt wurde, kamen wir alle in andere Familien. Ich nach Waldingen. Die Leute, bei denen ich da wohnte, waren streng. Ich war das einzige Kind dort. Meine neue Pflegemutter musste ich mit Gnädige Frau anreden. Die meiste Zeit verbrachte ich auf meinem Zimmer mit Lesen und Lernen. Ich bekam Klavierunterricht und musste in die Ballettschule gehen, die ich hasste. Ich war das unbegabteste Kind unter der Sonne. Als ich dreizehn war, teilte man mir mit, dass meine alten Pflegeeltern bei einem Unfall ums Leben gekommen waren. Mit meinen Geschwistern habe ich mich noch einige Male geschrieben, dann war auch das vorbei. Wissen Sie, ich war nicht wirklich unglücklich. Ich kannte ja liebevolles Familienleben nicht. Ich war in der Schule engagiert. Ich war Klassensprecherin, Schulsprecherin und kümmerte mich viel um meine Mitschüler. Ich war für alle da – ohne eine wirkliche Freundin zu haben. Ich meine so eine, mit der man nächtelang über Männer schwatzt. Ich glaube, ich war immer schon erwachsener als andere. Ich hatte keine Backfischambitionen, wenn ich mich mal so ausdrücken darf.

Später folgte ich einem Freund und Mitschüler nach

Hamburg. Robert Schinckel. Er war meine große Liebe. Wir hausten zusammen, im wahrsten Sinne des Wortes. Er war Journalist. Mit Leib und Seele. Ich arbeitete im Krankenhaus und verdiente unseren Unterhalt. Robert war ein liebenswerter Chaot. Ich tat alles für ihn.« Veras Antlitz verdunkelte sich.

»Wo ist er jetzt?«, fragte Joachim.

»Er ist tot. Autounfall.«

»Oh, das tut mir leid.« Joachim war erschrocken. »Er ... er war Ihr Mann?«

»So gut wie. Wir haben aber nie geheiratet. Wir haben nur dreiunddreißig Jahre lang zusammen gelebt«, erwiderte Vera tonlos.

»Das ist ein ganzes Leben! Sie vermissen ihn wohl sehr?«

»Es ist fast zehn Jahre her.«

»Für dreiunddreißig Jahre Gemeinsamkeit nicht lange genug. Ich glaube, Sie waren immer ein selbstloser Mensch, Vera. Und das sind Sie heute noch. Sie kümmern sich nur um andere. Haben Sie eigentlich jemals für sich selbst etwas getan? Was wäre Ihr größter Wunsch?«, fragte Joachim.

Vera lachte auf. »Ich habe keinen. Wirklich nicht. Ich bin wunschlos glücklich, obwohl – wenn ich es mir recht überlege ... «

»Ja?«, hakte Joachim lächelnd nach.

»Ich ... ich ... würde gerne mal auf einem Pferd sitzen.«

Joachim sah Vera verblüfft an. »Was? Wirklich? Ja, aber das ist doch gar kein Problem. Gleich heute Nachmittag ziehen Sie sich eine alte, bequeme Jeans an und dann geht's los. Ich sattele Utrecht für Sie. Der ist ideal. Keine Widerworte. Ich erwarte Sie Punkt fünfzehn Uhr in den Stallungen. Ich freue mich riesig, Ihnen einen Wunsch erfüllen zu können. Ich wette, es wird Ihnen Spaß machen. Warum haben Sie mir das nicht längst gesagt? Und Sonntag – Sonntag fahren wir nach Mettstadt. Dörte Bludowski besuchen. Ich bringe Vater zu Matthiesens. Wir werden in einem Restaurant zu Mittag essen und auf den Jahrmarkt gehen, der in Mettstadt gastiert. Ich kaufe Ihnen Zuckerwatte und gebrannte Mandeln und verirre mich mit Ihnen im Spiegelkabinett. Ich schenke Ihnen einen Spaßtag. Das wird mal höchste Zeit, finde ich.«

Vergnügt schlüpfte Joachim in seine Gummistiefel und winkte Vera belustigt zu.

Vera lächelte still. Joachim war wirklich ein feiner Mensch. Sie erhob sich und ging ins Schlafzimmer zu Arthur, der zusammengekringelt wie ein kleines Kind schlief. Sie weckte ihn, badete ihn, zog ihn an, setzte ihn an den Küchentisch und schmierte ihm zwei Marmeladenbrote, die sie ihm klein schnitt. Der alte Mann ließ alles kommentarlos mit sich machen. Willenlos trank er durstig seinen Tee, als Vera ihm die Tasse an die Lippen setzte und ließ es sich gefallen, dass sie ihm hinterher mit einer Serviette die Lippen abtupfte. Danach starrte er sein

Puzzle an, das Vera vor ihn hinlegte. Vera beschloss, ihm erst nachmittags eine Pille zu geben, wenn sie reiten ging. Dann konnte sie sicher sein, dass er nichts anstellte. Sie schnallte ihn sicherheitshalber an die Küchenbank, als sie die Bettwäsche abziehen ging, die in die Wäsche sollte. Als Vera später den Küchenboden wischte, hörte sie ihn fragen: »Wer sind Sie? Was tun Sie hier?«

»Ich bin Vera. Ich putze.«

»Es wird kalt. Ich muss wohl heute wieder in der Küche auf dem Sofa schlafen, Mutter?«

Vera sah auf. »Ja, das wirst du wohl.«

»Hast du etwas von Vater gehört?«

»Ihm geht es gut«, versicherte Vera dem alten Mann gedankenlos.

»Tatsächlich? Woher weißt du das?«

»Er hat es mir gesagt«, entgegnete Vera ahnungslos.

Arthur Süttler sprang auf. »Du hat mit ihm gesprochen?«

Vera unterbrach ihre Arbeit. »Ja, wieso nicht?«

»Wie kannst du mit ihm sprechen, wenn er an der Front ist?«, schrie Arthur.

Vera erblasste. Verflucht. Da man nie wusste, woran sich der Mann erinnern konnte, war es fatal, ihn mit falschen Aussagen leichtfertig abzuspeisen. Das verwirrte ihn merklich. Denn wenn er sich an etwas erinnerte,

erinnerte er sich bis ins kleinste Detail.

»Ich spreche immer mit ihm. Im Traum. Und heute Nacht hat er mir gesagt, dass es ihm gut geht. Ich glaube fest daran, und das musst du auch tun, Arthur«, erwiderte Vera hastig.

Arthur setzte sich. Er nickte – und starrte sein Puzzle an. Vera atmete erleichtert auf. Das war ja noch mal gut gegangen.

Gegen halb drei flößte sie Arthur die Pille ein und zog sich um. Wie erwartet folgte ihr Arthur wie ein Hund in die Stallungen und sah zu, wie Vera mit Joachims Hilfe auf das Pferd kletterte. Erst der vierte Versuch klappte. Vera hatte es sich leichter vorgestellt. Bei den anderen sah es immer so einfach aus. Joachim tröstete sie.

»Übung macht den Meister. Wenn Sie den Trick erst raus haben, ist es kein Problem.«

Langsam führte Joachim Utrecht nach draußen auf den Reitplatz und drehte einige Runden im Kreis. »Umfassen Sie mit Ihren Händen den Sattelknauf und konzentrieren Sie sich nur auf die Bewegungen des Pferdes und auf Ihr Gleichgewicht. An die Zügel brauchen Sie erst mal keine Gedanken verschwenden. Die halte ich«, wies er Vera an.

»Es ist ziemlich rutschig und wackelig«, meinte Vera.

»Das ist nur am Anfang so.«

»Elise braucht nicht geführt zu werden«, hörte Joachim seinen Vater rufen, der am Zaun stand und zusah. »Elise kann gut alleine reiten.«

»Ihre Mutter ist auch geritten?«, fragte Vera.

»Ja. Bis ins hohe Alter. Mein Vater schenkte ihr ein Pferd. Ferdinand. Ich erinnere mich gut an ihn. Ich bin mit meiner Mutter oft ausgeritten. Als kleiner Dreikäsehoch hat sie mich vor sich in den Sattel gesetzt. Das war der Beginn meiner Pferdeleidenschaft. Mit fünf haben mir meine Großeltern ein Pony geschenkt. Rasputin. Nach meinem Großvater benannt. Es war genauso alt wie ich. Es ist vor acht Jahren gestorben. Es ist sechsunddreißig Jahre alt geworden. Ich hing sehr an meinem kleinen Dicken. Ferdinand und er waren die ersten Pferde hier auf dem Hof. Als ich 1991 nach meinen Studien hierher zurück kehrte, kaufte ich Utrecht. Als Gesellschaftspferd für Rasputin. Ich habe nach und nach mehr Boxen gebaut und die Reithalle errichtet. Momentan stehen hier sechsundzwanzig Pensionspferde. Mir selbst gehören Utrecht und Malagant, ein Zweijähriger, den ich ausbilde. Vielleicht fange ich noch mal an zu züchten und kaufe mir eine Stute und einen Hengst. Das kostet nur ziemlich viel Zeit und der Hof macht Arbeit genug.«

»Ich gewöhne mich allmählich an die Wackelei«, meinte Vera.

»Wollen Sie es alleine probieren?«, fragte Joachim.

»Heute nicht. Ein anderes Mal aber gerne, wenn ich dürfte.«

»Wann immer Sie wollen. Ich gebe Ihnen gerne

Unterricht.«

Joachim hielt Utrecht an und Vera plumpste mehr schlecht als recht herunter.

»Huch, ich habe jetzt ganz wackelige Beine«, lachte Vera.

»Wie war es, Elise? Gefällt dir Ferdinand?«, schrie Arthur herüber.

Vera sah Joachim fragend an, der nickte.

»Ferdinand ist ein Traum, Arthur«, rief Vera.

»Ich wusste es«, rief Arthur beglückt. »Als ich ihn sah, wusste ich, dass er dir gehören musste.«

Vera lächelte wehmütig. »Ich habe Ihren Vater wirklich gerne, Joachim. Manches Mal halte ich mich selbst schon für Elise. Ich glaube, ich hätte Ihre Mutter gemocht. Woran ist sie eigentlich gestorben?«

»Ein Unfall.«

»Was für ein … «, Vera sah Joachim fragend an.

»… Was tuschelt ihr da herum«, rief Arthur Süttler herüber. »Komm jetzt endlich, Elise. Wir wollen Kaffee trinken. Du hast doch einen Pflaumenkuchen gebacken. Will dein Reitlehrer mitkommen?«

»Gehen Sie nur, Vera. Ich versorge Utrecht, dann komme ich nach«, meinte Joachim.

Arthur folgte Vera auf dem Fuße.

»Elise, nun warte doch. Was rennst du denn so?«

Vera drehte sich nach dem alten Mann um. Der arme Mann hatte seine Frau bei einem Unfall verloren. Mitleidig fasste sie Arthur Süttler am Arm und ging mit ihm ins Haus zurück. Eine tiefe Zuneigung zu dem Mann ergriff sie.

»Komm, Arthur. Möchtest du deinen Pflaumenkuchen mit frischem Schlagrahm?«, fragte sie.

Arthur nickte freudig.

Am Sonntag, als sie Arthur bei Matthiesens abgesetzt hatten und auf dem Weg in die Stadt waren, freute sich Vera richtig. Es war schön warm, der Mai war ein wirklicher Wonnemonat. Das Restaurant, in das Joachim sie führte, lag an einem kleinen See und man konnte draußen sitzen und essen. Vera und Joachim wählten eine frisch gebratene Scholle mit Specksalat und als Dessert eine Riesenportion Eis.

»Kommen Sie, Vera. Ich rudere Sie ein bisschen auf dem Wasser herum«, meinte Joachim spontan und schon kletterte er in ein Ruderboot und half Vera beim Einsteigen.

»Hoffentlich kippen wir nicht um«, meinte Vera. »Ich kann nämlich nicht schwimmen.«

»Was? Das ist ja irre. Ich kenne niemanden, der nicht schwimmen kann. Aber ich werde Sie retten, wenn es nötig werden sollte«, flachste Joachim.

»Ich bin irgendwie nie dazu gekommen«, entgegnete Vera. »Robert hasste Wasser.«

»Ja, dann«, grinste Joachim etwas sarkastisch.

»Es muss Ihnen bestimmt komisch vorkommen, dass ich mich immer so ausschließlich an anderen orientiert habe, oder?«

»Wussten Sie nie, was Sie wollen?«

»Ich will die anderen glücklich machen.«

»Sie sind eine Mutter Theresa. Aber das macht ja nichts, wenn Sie nichts vermissen und glücklich dabei sind. Nur wenn man sich selbst akzeptiert, hat man inneren Frieden.«

»Robert wollte mich anders haben, glaube ich. Er hat mir meine übertriebene Hilfsbereitschaft oft vorgeworfen. Ich habe ihn zu sehr betütert. Ich glaube, ich habe unbewusst verhindert, dass er ein selbständiger Mann wurde. Wir waren so jung damals, fast noch Kinder.« Veras Stimme klang leise und etwas verzagt.

»Jetzt bloß keine Selbstvorwürfe. Jeder ist selbst seines Glückes Schmied. Bestimmt wäre Ihr Robert ohne Sie erbärmlich gescheitert. Und ich wette, das wusste er genau. Er hätte sonst wohl kaum dreiunddreißig Jahre mit Ihnen zusammen gelebt. Warum haben Sie nie geheiratet?«

»Robert hasste Verantwortung und … eingeengt sein.«

»Und Sie? Ach so, ich vergaß. Sie haben Ihre eigenen Wünsche zurück gestellt. Das wäre nichts für mich. Ich kann mir nicht vorstellen, mich uneingeschränkt für jemanden anderen aufzugeben. Haben Sie sich nie selbst bemitleidet?«

»Nein. Selbstmitleid überkommt einen nur, wenn man die anderen, für die man etwas tut, nicht wirklich liebt. Und – jammern bringt es auch nicht. Man ist eben so wie man ist und sollte das auch akzeptieren.«

»Wie Recht Sie haben. Und jetzt fahren wir zu meinen Großeltern. Und Sie sehen hoffentlich Ihre alte Tante Bludowski wieder. Die wissen nicht, dass ich Sie mitbringe. Ich habe das als Überraschung geplant.«

Joachim hielt in Mettstadt direkt vor der Apotheke, die Koppenhöhs schon längst verpachtet hatten. Sie selbst wohnten über der Apotheke in einer geräumigen Wohnung mit schöner Dachterrasse.

»Joachim, mein lieber Junge. Du hast dich lange nicht blicken lassen. Wie geht es Arthur?«, begrüßte ihn Adelheid Koppenhöh. Die mittlerweile dreiundneunzigjährige Dame mit den weißen, gepflegten, dauergewellten Haaren schmatzte Joachim ab.

»Großmutter, darf ich dir Vera Diedrichs vorstellen? Sie ist die gute Seele unseres Hofes. Ich habe schon von ihr erzählt. Sie kümmert sich rührend um Arthur, kocht wunderbar und will das Reiten erlernen«, schwatzte Joachim. »Wo ist Opa? Was macht seine Gicht? Ist Frau Bludowski schon da? Vera kennt sie vielleicht.«

Joachims Großvater saß in einem Sessel im Wohnzimmer und hielt Joachim eine zitternde Rechte entgegen.

»Dörte«, wandte er sich an die andere anwesende Dame,

»das ist Joachim, den du auf die Welt geholt hast. Du erinnerst dich doch noch an ihn? Du hast ihn lange nicht gesehen.«

Dörte Bludowski erinnerte sich wohl.

»Wie könnte ich ihn vergessen. Ihr Vater, junger Mann, wäre fast gestorben, als die Wehen Ihrer Mutter losgingen. Kinderkriegen ist nichts für Männer. Ich war drauf und dran, ihn mit einem Kinnhaken matt zu setzen.«

Joachim grinste. Er stellte Vera vor und vergaß nicht zu erwähnen, warum Vera glaubte, seine Hebamme zu kennen.

»Frau Bludowski, erinnern Sie sich an ein kleines Mädchen aus einer Pflegefamilie in Schattau, dem sie immer Geschenke mitbrachten? Vera glaubte zunächst nur an eine Namensgleichheit. Vera, ist das Ihre gute Fee?«

»Ja, ganz sicher. So eine Überraschung. Ich freue mich sehr, Sie wieder zu sehen. Sie erinnern sich wohl nicht mehr an mich?«

Ein warmes, liebevolles Lächeln erhellte Veras Antlitz, hingegen Dörte Bludowski merklich erblasste, sich an ihrem Stück Kuchen verschluckte und nach Atem rang.

Rasputin Koppenhöh fiel die Tasse herunter und Adelheid Koppenhöh umkrampfte die Armlehnen ihres Sessels.

Die hilfsbereite Vera klopfte der Hebamme auf den Rücken und reichte ihr eine Serviette, dann eilte sie zu

Rasputin, sammelte die Scherben auf – ignorierte sein »das müssen Sie nicht tun«, entsorgte diese vorsichtig in Joachims Hände, und versuchte mit einem Tuch aus der Küche den Kaffeefleck aus dem Teppich zu tupfen.

Joachim half ihr so gut es ging und plauderte währenddessen angeregt über Köhlerdorf, erzählte Anekdoten von seinem Hof, berichtete über Arthur, der glaubte, Vera sei Elise, was ihn aber merkwürdigerweise umgänglicher mache und tratschte belanglos über alles, was ihm einfiel.

Erst als Vera fragte: »Frau Bludowski, weshalb brachten Sie mir immer Geschenke mit und den anderen Kindern nicht? Sind wir verwandt?«, fiel ihm auf, dass er die ganze Zeit den Alleinunterhalter gespielt hatte, während die anderen kaum etwas gesagt hatten. Seine Großeltern wirkten nervös und fahrig. Sie starrten Vera wie eine Geistererscheinung an und blickten dann wieder verstört weg.

»Oh, nein.« Dörte Bludowski errötete und schluckte. »Das Amt hatte mich beauftragt, nach Ihnen zu sehen.«

»Das Amt? Weshalb nur nach mir und nicht nach den anderen?«, fragte Vera.

»Sie waren das einzige Kind in dieser Familie aus meinem Bezirk.«

»Ihr Bezirk? Schattau liegt hundert Kilometer von Köhlerdorf entfernt, wo Sie doch arbeiteten?«

»Ja, als Hebamme. In Schattau arbeitete ich nebenbei noch bei der Jugendfürsorge.«

»Ach, so. Liebe Frau Bludowski, wissen Sie vielleicht irgendetwas über meine richtigen Eltern?«, fragte Vera leise.

Die ehemalige Hebamme hustete erneut. »Entschuldigen Sie, ich leide unter Schluckbeschwerden. Und ... nein, weiß ich nicht.«

Vera sah enttäuscht drein. Wenn sie auch ohne große Hoffnung hierhergekommen war, irgendetwas hatte sie sich erhofft.

Abrupt erhob sich die alte Dame, die nur um weniges jünger war, als Adelheid Koppenhöh. »Ich muss mich verabschieden. Ich erwarte noch Besuch zu Hause. Es hat mich gefreut, Sie kennen zu lernen«, wandte sie sich an Vera. »Joachim, mein lieber Junge, grüße deinen Vater von mir. Adelheid, lässt du mich hinaus?«

»Warten Sie«, rief Joachim. »Vera und ich, wir müssen auch los. Wir bringen Sie nach Hause. Wir müssen Arthur bei Matthiesens abholen und vorher wollen wir noch hier in Mettstadt auf den Rummel. Ich komme euch bald wieder einmal besuchen, versprochen, und dann bleibe ich länger«, wandte er sich an seine Großeltern, küsste die runzligen Wangen und half Dörte Bludowski die Treppen hinunter.

»Ich komme alleine nach Hause, Joachim«, meinte diese vor der Haustür. »Meine alten Knochen müssen täglich bewegt werden. Fahrt ihr nur zu.«

Joachim zuckte mit den Schultern. Er half Vera ins Auto und rangierte den Wagen aus der schmalen Parklücke. Im Rückspiegel sah er, dass Dörte Bludowski erneut das Haus seiner Großeltern betrat. Vielleicht hatte sie etwas vergessen?

»Ich glaube, ich habe gestört«, begann Vera. »Man wäre lieber mit Ihnen alleine gewesen, Joachim.«

»Hmm. Irgendwie waren sie schon komisch. Sie sind sonst sehr gesellig. Irgendetwas muss sie völlig verstört haben.«

»Ich fürchte, das war ich. Ich glaube, Ihre Großeltern mögen keine Überraschungsgäste. Ich hatte gehofft, dass Dörte Bludowski etwas über mich erzählen könnte. Doch ich war nichts weiter als einer ihrer Berufssprösslinge, über den sie sich informieren musste.«

»Tut mir leid. Das Ganze, meine ich. Aber egal, oder? Ich frage nächstes Mal, was eigentlich los war. Jetzt gehen wir auf den Rummel. Wir wollen uns den so schön begonnenen Tag nicht vermiesen lassen.«

•

Im Wohnzimmer von Koppenhöhs herrschte lähmendes Schweigen, auch als Dörte Bludowski erneut im Wohnzimmer saß.

»Das ist eine schlimme Sache jetzt«, kam es endlich von Rasputin. »Ich habe es ja damals gleich gesagt.«

»Ja, du! Du weißt ja immer alles besser«, entgegnete

Adelheid. »Damals hielten wir es alle für die einzige Lösung. Elise wäre mit einem unehelichen Kind doch niemals glücklich geworden. Dann hätte Arthur sie nie genommen. Und ein anderer auch nicht.«

»Was für ein schicksalhafter Zufall, dass Elises Tochter ausgerechnet bei Süttlers arbeitet«, rief Dörte Bludowski, die noch erheblich schnaufte, weil sie so hastig die Treppen wieder hinauf gelaufen war, als Joachim davon gefahren war.

»Das ist ganz entsetzlich«, erboste sich Adelheid Koppenhöh. »Elises erstes Kind sitzt nach fast sechzig Jahren mit ihrem Halbbruder bei uns im Wohnzimmer. So geschockt war ich noch nie im Leben. O, Gott, ich fasse es nicht. Ihr ist bestimmt aufgefallen, dass irgendetwas nicht stimmt. Wir waren ja beinahe unhöflich. Jetzt kommt alles raus.« Adelheid schluchzte in ihr Taschentuch.

»Sie sieht Elise ganz furchtbar ähnlich«, krächzte Rasputin.

»Rasputin!« Adelheid Koppenhöh fiel aus allen Wolken.

»Na, ist doch wahr, oder was?«, rief er.

»Das stimmt«, mischte sich Dörte Bludowski ein. »Elise war auch so sanft, so zurückhaltend, so … «

»Das ist Elise, wie sie leibt und lebt«, stöhnte Adelheid. »O, Gott, das ist meine auferstandene Tochter, meine Enkelin. Ich war nahe dran, sie in meine Arme zu reißen. Ich bin ganz fertig. Das ist zu viel für mich. Dieser Schock.

Was machen wir jetzt?«

Sie blickte in betretene Gesichter. Rasputin zuckte mit den Schultern. »Gar nichts.«

»Nichts? Wir sind ihre Familie. Sollten wir es ihr nicht sagen? Es wird so oder so herauskommen«, wisperte Adelheid verstört. »Es wird herauskommen, dass wir Elise belogen haben, als wir ihr sagten, ihr Baby wäre tot geboren. Ich habe damit eine furchtbare Sünde auf mich geladen.« Adelheid bekreuzigte sich hastig.

»Elise ist tot. Sie wird mit uns abrechnen, wenn wir da oben bei ihr ankommen«, erwiderte Rasputin.

Adelheid sah zu Dörte hinüber. »Dörte, du vergibst uns doch, dass wir dich da mit reingezogen haben? Dass wir dich immer wieder zu dieser Familie geschickt haben, um nach Vera zu sehen? Dir Geschenke für sie mitgegeben haben? Jetzt wird uns unser Gewissen zum Verhängnis. Es kam ihr doch auch merkwürdig vor, dass du nur sie beschenkt hast.«

Dörte Bludowski nickte nachdenklich. »Wir dachten damals, das Richtige zu tun. Wir wollten Elise schützen. Und ihr Kind in guten Händen wissen. Es ist aber noch nicht zu spät.«

»Was meinst du damit?«, fragte Rasputin.

»Wir könnten die Sache aufklären. Vera alles erzählen.«

»Bist du verrückt? Das würde doch alles nur noch schlimmer machen«, rief Adelheid.

»Wieso?«

»Alle würden uns verachten. Ganz besonders Joachim.«

»Unfug. Joachim ist ein gestandener Mann. Dörte hat vielleicht Recht«, entgegnete Rasputin gedehnt. »Aber – ich gestehe es – ich bin zu feige. Ich sollte – nein, ich werde bei Notar Semmelmann in Köhlerdorf ein Schriftstück hinterlegen, in dem ich alles beichte. Nach unserem Tod ist es dann Joachim und Vera zu übergeben. Was sagt ihr dazu?«

»Das finde ich gut«, entgegnete Adelheid erleichtert.

Dörte Bludowski nickte. »Tu' das, Rasputin. Ich kann euch auch gleich sagen, dass ich es schon einmal Pfarrer Nützen gebeichtet habe. Es lag mir eben auf der Seele.«

Adelheid Koppenhöh drückte Dörtes Hände. »Ich verstehe, meine Liebe.«

»Ist es nicht schrecklich für Arthur, dass jetzt eine Frau bei ihm lebt, die aussieht wie Elise? Arthur liebte Elise so,« fragte Rasputin in die sich ausbreitende Stille hinein.

Adelheid erschrak erneut. »Wie wahr. Joachim erwähnte das doch auch.«

»Armer Arthur. Elise verfolgt ihn noch über ihren Tod hinaus«, meinte Dörte Bludowski.

Entsetzt sahen Rasputin und Adelheid die alte Hebamme an.

»Arthur betete Elise an. Er hat ihren Tod nie

verwunden. Es muss furchtbar für ihn sein. Doch was können wir dagegen machen?«, riefen sie wie aus einem Munde.

»Sie von dort ... entfernen vielleicht?«, schlug Dörte vor.

»Wie um alles in der Welt sollen wir das anstellen?«

»Ein besser bezahltes, lukrativeres Jobangebot, vielleicht?«

»Ich weiß nicht, ob wir uns schon wieder einmischen sollten«, bemerkte Adelheid.

»Wir sollten einige Nächte darüber schlafen«, meinte Rasputin. »Vielleicht sollten wir uns persönlich überzeugen, wie Arthur damit fertig wird? Wir könnten ihn doch besuchen? Und dann nach Lage der Dinge entscheiden?«

Adelheid Koppenhöh nickte zitternd. »Wir müssen unsere Schuld zu Lebzeiten regeln. Das sind wir Elise schuldig.«

10

•

1973-1976

Im Sommer 1973 saß Kurt im Zugabteil Erster Klasse. Er war auf dem Weg nach Lübeck zu seinem Onkel. Er hatte gerade eine mehrwöchige Reise durch Spanien hinter sich und war auf dem Rückweg in West-Berlin bei Hartmut Jakobsen vorbeigefahren. Hartmut hatte ihn wiederholt gebeten, doch mal vorbei zu kommen, was Kurt aufgrund seiner Haftvergangenheit in diesem geteilten Staat nie auch nur in Erwägung gezogen hatte, obwohl Hartmut immer betonte »er hätte das alles geregelt.«

Jetzt hatte er sich durch die Zone gewagt und dabei Blut und Wasser geschwitzt. Er wunderte sich noch immer, dass alles so reibungslos verlaufen war. Der Aufenthalt hinterließ bei ihm jedoch mulmige Gefühle. Die ganze Zeit über war er sich beobachtet vorgekommen. Und während der Rückfahrt hatte er bereits sechs Mal die Toilette in Anspruch genommen.

Nochmals tue ich mir das nicht an, dachte Kurt und rieb sich seine eiskalten Finger. Er grunzte missmutig vor sich hin. Hartmuts Pläne von damals waren ein voller Erfolg geworden. Die DDR produzierte wie wild seine D.R.O.P. Pillen, die mittlerweile im ganzen Ostblock verkauft wurden. Das Mittel hatte das gehalten, was Hartmut prophezeit und gerüchteweise vor Jahren in Umlauf gebracht hatte.

Ein Mitarbeiter des Ministeriums für Staatssicherheit hatte Kurt damals tatsächlich aufgelauert und ihm prompt den Auftrag erteilt, aus Gustav Hinrichsens Panzerschränken die Forschungsunterlagen der Akte D.R.O.P. zu stehlen. Kurt hatte sich mit Händen und Füßen planmäßig geweigert. Dieser Diebstahl könne ihn seinen Job kosten. Man würde ihn verdächtigen und entlarven – und - nur mit passenden Tresorschlüsseln wäre an diese Akte überhaupt heranzukommen. Das hätte er mühselig in Erfahrung gebracht und bereits seine Fragerei nach dieser Pille hätte erhebliches Misstrauen gegen seine Person zur Folge gehabt.

Erst nach Wochen mit massiven Drohungen hatte er schließlich ängstlich zugestimmt, Schlüssel und Akte zu stehlen – aber eine Forderung gestellt: er würde keinen Fuß mehr in die Firma von Gustav Hinrichsen setzen und man solle ihn und seinen Onkel in Zukunft in Ruhe lassen. Um sich persönlich abzusichern, wolle er vorher kündigen und erst nach seiner Entlassung aus dem Betrieb den Diebstahl begehen, um nicht verdächtig zu erscheinen. Der Mittelsmann ging auf diese Forderung ein, denn mittlerweile hielt der Osten D.R.O.P. für etwas unwahrscheinlich Begehrenswertes, das man unbedingt besitzen wollte. Hartmuts Vorschlag, eine Beteiligung an dem Verkauf des Mittels zu fordern, lehnte Kurt ab. Er wollte mit der, aus seiner Sicht miesen Politik der DDR, nichts zu tun haben.

Die lehrreichen Ratschläge seines Onkels Friedrich

Petersens während des Krieges hatten nun bei ihm Früchte getragen. Sein Onkel war klug und mit reiner Weste daraus hervorgegangen. »Politik ist wie die Ernte auf den Feldern, mal gedeiht sie, mal vertrocknet sie, mal muss sie sich den Naturgewalten beugen. Und manchmal verrottet einfach auch alles. Lass' dich davon nie beeinflussen. Geh' deinen eigenen Weg.«

Kurt hielt sich daran. Er beschäftigte sich verstärkt mit seiner Fertighausfirma, die mittlerweile ganz ihm gehörte und florierte. In Zukunft wollte er Ferienhäuser in Dänemark und Spanien bauen und hatte gerade einige schöne Grundstücke in Meernähe erstanden. Er hatte seine Firma vor einem Jahr in eine Aktiengesellschaft umgewandelt und sogar Hartmut hatte Aktien gekauft. Der Kurs stieg.

Kurt hatte bei seinem Besuch in Berlin den Eindruck gehabt, dass sich Hartmut und Lena allmählich zu Kapitalisten wandelten. Sie hatten am Grunewald eine Villa gekauft, die nur so strotzte vor Luxus.

»Dank D.R.O.P.«, hatte Hartmut gegrinst.

»Arbeitest du gar nicht mehr als Arzt? Sahnst du nur noch ab?«, hatte Kurt gefragt.

»Ich bin an einer Kurklinik und an einem Arzneimittelkonzern, der Milena AG, beteiligt. Manchmal fungiere ich auch als medizinischer Ratgeber für die Reichen und Schönen. In meinem Alter sollte man seine Schäfchen im Trockenen haben. Und dann muss ich mich natürlich ab und zu drüben blicken lassen, um die inhaftierten Staatsfeinde zu verarzten. Aber dank D.R.O.P. passiert nicht mehr viel. Die Leute reden wie die Wasserfälle. Sie sagen immer die Wahrheit. Bedauerlich für die, die wirklich Dreck am Stecken haben. Aber das ist ja genau das, was gewünscht wird.«

»Wirklichen Dreck? Phantomdreck meinst du wohl. Die meisten haben doch gar nichts weiter getan, als gegen das Regime, das doch tatsächlich zum Kotzen ist, zu rebellieren. Dank deiner Pille werden sie nun für ihre Freiheitsideologien eingelocht. Sie werden für Verbrechen bestraft, die doch gar keine sind. Ich weiß nicht, wie es dir dabei geht – mir geht's Scheiße dabei. Hast du denn gar kein schlechtes Gewissen?«

»Lass jetzt bloß nicht den Moralapostel raushängen, Kurt. Immerhin gibt es keine Folterungen und seelischen Terror mehr. Die Härten für ein Geständnis entfallen. Und - dank D.R.O.P. lebst du jetzt friedlich und sicher und hast deinen eigenen mentalen Sumpf hinter dich lassen können.«

Zum ersten Mal seit Jahren waren Hartmut und Kurt im Streit auseinandergegangen.

Lena hatte mit ihrer Äußerung, »dass sonst ohnehin andere absahnen würden - warum also sollten nicht sie es sein« - noch Öl ins Feuer gegossen.

»Ihr bereichert euch an den ohnehin gebeutelten, armen Ostkreaturen«, hatte Kurt geantwortet.

»Der westliche Kapitalismus saugt das Land doch auch aus«, erwiderte Hartmut. »Irgendwann gibt es nur noch eine Handvoll Reiche – die, die den Arbeitsmarkt beherrschen, die Klugen ohne Skrupel, und arme Arbeiter, die sich für ihr nacktes Dasein abrackern. Pass' auf, in spätestens dreißig bis vierzig Jahren ist der Westen ausgeblutet. Dann orientiert sich die Industrie anderweitig. Nämlich Richtung Osten, der dann noch alles zu bieten hat. Millionen Arbeitslose im Westen werden die Folge sein. Die werden sich plötzlich fragen, ob der Kommunismus, in dem alle gleich sind, nicht noch die bessere Lösung ist.«

»Dass alle gleich sind! Dass ich nicht lache«, hatte Kurt geschimpft. »Die Bosse aus deinem so hoch gelobten Osten – ich frage mich wirklich, wieso du eigentlich im Westen lebst – sag' nichts, ich kann es mir denken - haben doch auch alle ihre eleganten Datschas auf dem Land und ihre bestückten Konten im Ausland. Und auf wessen Kosten? Zu Lasten derer, die dagegen protestieren: die Arbeiter. Auf Kosten der Rebellen, die deswegen eingelocht werden und die du mit deinen Wahrheitspillen obendrein noch piesackst.

Im Westen verstecken sich die reichen Unternehmer nicht. Sie beschäftigen Arbeiter zu fairen Löhnen. Im Osten arbeiten die Leute sich tot für nichts. Und ihre skrupellosen Bosse lachen sich ins Fäustchen, tun scheinheilig und türmen letztendlich mit ihren gehorteten Millionen in die westlichen Luxusländer, Ich könnte kotzen. Sag' mal, auf welcher Seite stehst du eigentlich? Haben die dich umgedreht? Früher hast du ganz anders geredet. Da hast du den Leuten zur Flucht verholfen. Manchmal frage ich mich, wieso eigentlich? Heute scheffelst du deine Kohle auf dem Rücken von bereits am Boden liegenden Menschen. Mann, wach auf. Im Osten knallen sie die armen Leute ab, wenn die weg wollen aus dem Scheißstaat, der sie ruiniert, während du zwischen Ost und West herumstolzierst wie Ludwig der Vierzehnte in Versailles. Warum bejubelst du den Osten? Du scheinst mir ein politisches Zwitterwesen zu sein.«

»Nein, ich bin ein Chamäleon, das sich anpasst«, entgegnete Hartmut.

»Kurt, du bist ein Hitzkopf. Und – bist du nicht selbst Chef? Scheffelst dicke Kohle? Du selbstloser Wohltäter! Du verstehst nichts«, warf Lena seufzend ein.

Kurt hatte sie ungläubig angesehen. »Ich frage mich wirklich, wer hier nichts versteht.«

»Kurt, du hast den Stein mit ins Rollen gebracht. D.R.O.P. war unser gemeinsames Baby. Und das ganz freiwillig. Und jetzt willst du von den Konsequenzen nichts hören. Wer A sagt muss auch B sagen. So ist das nun mal«, meinte Hartmut.

»Stimmt nicht. Ich habe A gesagt, aber dann aufgehört. Du gehst kompromisslos bis Z. Z wie zappenduster, du wirst sehen«, hatte Kurt geantwortet und war gegangen.

Er dachte über diesen Streit nach, während die Landschaft an ihm vorüberflog. Er verstand Hartmut nicht mehr. Seine verdammte D.R.O.P.-Erfindung ist ihm zu Kopf gestiegen, dachte Kurt. Ich kann nur froh sein, dass ich nichts mehr damit zu schaffen habe. Onkel Friedrich hat Recht. Politik ist ganz miese Volksverarschung. Gut, sich da raus zu halten. Was er heute überhaupt nicht mehr verstand, war, warum er bei der D.R.O.P. – Pillen - Story mitgemacht hatte.

Mein einziger Vorteil bestand darin, dass ich nicht mehr spionieren musste, dachte Kurt. Immerhin etwas. Ich weiß nicht, ob ich heute noch einmal so gehandelt hätte. Die Weisheit des Alters ist der Scharfrichter für die Torheiten der Jugend.

Als Kurt in Lübeck vor dem Haus seines Onkels aus dem Taxi stieg, freute er sich richtig, wieder daheim zu sein. Er betrat die mit dunklem Holz getäfelte Eingangshalle und es kam ihm vor, als betrete er eine andere Welt. Hier hatte sich seit hundert Jahren nichts verändert. Das Haus, beständig und unverwüstbar trotzte den modernen Bauten, die überall aus dem Boden schossen. Chrom, Stahl und Glas waren heute die bevorzugten Bauelemente. Luftig und leicht, schrill und bunt musste es sein. Friedrich Petersen wollte von diesem ›neumodschen Kram‹ nichts wissen. Eiche und Mahagoni, Parkett und Orientteppiche, Silber, altes Porzellan und dunkle Ölgemälde in schweren Rahmen waren ihm lieber.

»Pass' auf, das Alte überdauert das Neue. Das war schon immer so.«

Statt von Friedrich Petersen wurde Kurt von Sabine Beck begrüßt, Friedrichs Haushälterin und persönliche Sekretärin, die Friedrich sich vor einigen Jahren ins Haus geholt hatte.

»Herr Nickel, herzlich Willkommen. Auf ein kurzes Wort, bitte. Ihr Onkel erwartet Sie in der Bibliothek. Bitte erschrecken Sie nicht. Er sitzt im Rollstuhl. Ein leichter Schlaganfall vor drei Wochen. Er wollte nicht, dass ich Sie benachrichtige. ›Wir wollen den Jungen nicht mit derartigen Lappalien belästigen‹, meinte er. Es geht ihm mittlerweile wieder ganz gut. Aber er ist immerhin schon neunundsiebzig. Wir dürfen ihn nicht aufregen.«

Kurt wurde blass. »Danke, Frau Beck.«

Besorgt eilte er auf die schwere Kassettentür im hinteren Teil der Halle zu. Sein Onkel saß wie immer hinter seinem Schreibtisch. Dieses Mal ging er Kurt nicht entgegen. Man sah ihm jedoch die Freude an, seinen Neffen zu sehen.

Kurt drückte ihm die Hände und küsste ihn auf die farblosen Wangen. »Onkel, da bin ich wieder. Was machst du denn für Sachen? Man hätte mich informieren müssen. Darüber müssen wir reden.«

Sein Onkel winkte ab. » I… n m…ei… ne… m A.. a… al… ter   ü..ü..b..er Kr …kr… kranhei… hei… ten zu re… re… den ist wie ein Fa.. fa… fass o.. o… ohne Boden. Erzä… hl..hl`… m… m… m… ir lieb… er…er von dei… dei… ner R… r… reise.«

Kurt war betroffen. Verdammt. Das Sprachzentrum seines Onkels war in Mitleidenschaft gezogen.

»Spanien ist wundervoll. Das ganze Land riecht förmlich nach Sonne, Meer und Fröhlichkeit. Man hat dort keine Eile. Geschäfte dauern dort länger als woanders. Und das Essen – man nimmt unweigerlich ab wie du an mir siehst. Ich bin jetzt lange zu Hause. Da bringen wir dich und mich wieder auf Vordermann. Komm, gehen – ähm – fahren wir zum essen. Es riecht in der Halle köstlich nach knusprigem Schweinebraten. Ach, wie ich das vermisst habe.«

Er hatte das Gefühl, eine dem Onkel unangenehme Situation überbrücken zu müssen, griff nach dem Rollstuhl und bugsierte ihn hinaus.

»H... h... hast... du... d... d... die... Gr... Gr... Grun... Grundstücke ge... gekriegt?«, fragte Friedrich schwerfällig.

Kurt ballte die Fäuste um die Rollstuhlgriffe.

»Ja. Direkt am Meer. Sie werden gerade vermessen. Es würde dir dort gefallen.«

»H... h... hast du... sch... sch... schon... ei... ei... eine... I... Idee, w... w... wie es... d... d... dort... aus... aussehen... soll?«,

»Ja. Ich zeige dir nach dem Essen die Pläne.«

Kurt riss sich zusammen, als er sah, dass Frau Beck sich neben seinen Onkel setzte und ihm alles in mundgerechte Stücke schnitt. Friedrich konnte seinen rechten Arm nicht bewegen. Wie ein überflüssiges Anhängsel baumelte er über die Rollstuhlarmlehne. Mit der linken Hand griff er jedoch nach dem Weinglas und trank und benutzte unbeholfen die Gabel.

Kurt plapperte während des Essens wie ein Wasserfall über Spanien und seine Geschäfte und vermied Fragen, um seinem Onkel die mühselige Anstrengung des Antwortens zu ersparen.

Nach dem Essen bestimmte Frau Beck resolut, dass der Onkel jetzt ein Schläfchen halte müsse und schob ihn hinaus.

Kurt eilte zum Telefon und sprach mit dem Hausarzt seines Onkels.

»Kurt, der Schlaganfall ist erst drei Wochen her. Manchmal regeneriert sich das Gehirn in dem Maße selbst, dass andere Gehirnzellen die Arbeit der zerstörten Teile übernehmen und der Körper wieder Funktionen aufnimmt. Das ist aber ein langwieriger Lernprozess. Wie bei einem Kleinkind. Wie gesagt. Es war ein leichter Anfall. Ihr Onkel kann sich schon wieder ausdrücken, damit ist schon viel gewonnen. Andere müssen das Sprechen erst völlig neu lernen. Er braucht sorgsame Pflege, gezielte Bewegung durch einen Therapeuten – das ist bereits in die Wege geleitet – und geistige Beschäftigung. Reden Sie viel mit ihm, damit er spricht. Das übt. Es wird besser werden.«

»Er tut mir so leid.«

»Er tut sich selbst leid. Unterstützen Sie das nicht noch.

Er muss lernen, damit umzugehen. Er darf sich auf keinen Fall aufgeben. Machen Sie ihm Mut.«

Genau das versuchte Kurt die nächsten sechs Monate lang. Er tat alles, was ihm selbst einfiel, tat alles, was die Ärzte ihm empfahlen und probierte alles, was er zur Besserung der Lage las oder hörte. Friedrich Petersen ging es nicht schlechter, aber auch nicht merklich besser und Kurt hatte allmählich den Eindruck, dass er seinem Onkel mit seiner ewigen Fürsorge auf die Nerven ging, obwohl dieser nichts sagte. Geduldig und demütig ließ der alles mit sich geschehen.

An einem Morgen, kurz vor Weihnachten, fasste Friedrich seinen Neffen am Ärmel und hielt ihn zurück, als dieser gerade zu einem Architekten fahren wollte.

»K... Kurt, b... b... be... besorg' mir D... Drrr... Drop.«

Kurt sah seinen Onkel verwirrt an. »Was? Was soll ich dir besorgen?«

»D... Drr... Drop.«

Kurt wusste im ersten Moment überhaupt nicht, was sein Onkel meinte. Er sah Friedrich zu, der zu seinem Schreibtisch hinüber rollte, etwas auf ein Blatt Papier schrieb und es seinem Neffen hinhielt. Kurt starrte das Blatt an.

D.R.O.P. las er deutlich.

Erschrocken und ungläubig starrte er auf das Wort.

Er wollte fragen »was ist das?« und konnte es nicht. Minutenlang maßen sich die beiden Männer mit festen Blicken, bis Kurt die Augen senkte und schließlich sagte: »Was immer dir zu Ohren gekommen ist, Onkel. D.R.O.P. ist nichts für dich.«

»D... d... doch. E... es... w... w... wird mir... hel... hel... fen, ge... gesund... z... zu... wer... werden.«

Kurt schüttelte abwehrend den Kopf. »Das wird es nicht. Hartmut hat es erfunden, um die Verhöre in der DDR, zu deren Anwesenheit er erpresst wurde, für die Menschen zu erleichtern. Es bewirkt eine Art Gehirnwäsche. Das hat nichts mit Schlaganfall-Patienten zu tun. Woher weißt du davon?«

Friedrich Petersen machte mit seinem gesunden Arm eine abwehrende Geste.

»Un... un... uninter... unteressant.«

»Ich habe damit nichts mehr zu tun, falls du das vermuten solltest«, entgegnete Kurt grimmig. »Hartmut und ich, wir haben letztes Mal deswegen gestritten. D.R.O.P. war mein Weg in die Freiheit. Sonst nichts. Seitdem interessiert mich Hartmuts Teufelszeug nicht mehr. Ihm ist der Mist zu Kopf gestiegen. Man kann sich mit ihm nicht mehr vernünftig unterhalten. Hartmut und ich – das war einmal. Ich werde dir diese Pille nicht besorgen. Schlag' dir das auf dem Kopf. Und – wie gesagt – es ist Gift für dich.«

Kurt schlug wütend mit der Faust auf den Schreibtisch. Was bildete sich sein Onkel da ein? Und welcher Idiot hatte ihm da irgendwelche Flausen in den Kopf gesetzt? Stand Friedrich hinter seinem Rücken mit Hartmut in Verbindung? Was fiel diesem Kretin ein, einem alten, kranken Mann mit seinen Scharlatan-Ideen verrückte Hoffnungen zu machen! Das war nicht zu fassen. Kurt stürzte aus dem Zimmer, eilte zum Telefon und rief Hartmut in Berlin an. Als der endlich an den Hörer kam, schüttete Kurt ihn mit wilden Vorwürfen zu.

»Kurt, langsam, ich weiß überhaupt nicht, wovon du redest. Ich habe deinen Onkel seit Jahren weder gesehen noch gesprochen. Von mir hat er das alles nicht. Obwohl – die Idee ist interessant. Wie ist dein Onkel darauf gekommen?«

»Ich habe keine Ahnung. Ich weiß ja noch nicht einmal, woher er von deinen Pillen weiß.«

»Ein Maulwurf? In dieser pharmazeutischen Fabrik von diesem ... Freund von deinem Onkel?«

»Gott, Hartmut! Diese Fabrik hat doch von deinem Zeugs überhaupt keine Ahnung gehabt. Was faselst du denn? Und - ein Maulwurf? Das kann dann nur jemand von drüben sein. Mann, dann sind wir aufgeflogen. D.R.O.P. haben wir uns doch ausgedacht. Das existierte doch nicht wirklich.«

»Natürlich existiert es. Das Mittel wirkt, ist seit Jahren auf dem Markt.«

»Es wurde nie erprobt, nie erforscht. Das, was wir getan haben, ist verbrecherisch.«

»Mittlerweile ist es erprobt und erforscht. Ich hatte Gelegenheit, jahrelange Studien zu betreiben. Es zerstört nicht, es aktiviert. Übrigens - eine wirklich interessante These, das Gehirn von Schlaganfall geschädigten ... «

Kurt knallte den Hörer auf die Gabel zurück. Unruhig durchwanderte er die Halle mit langen Schritten. Konnte er Hartmut glauben, dass dieser von nichts wusste?

Kurt stürmte zu Friedrich zurück.

»Onkel, du sagst mir jetzt auf der Stelle, woher du von D.R.O.P. weißt? Hartmut leugnet, dir davon erzählt zu haben. Ich glaube ihm beinahe, denn der Gedanke, D.R.O.P. für Kranke wie dich einzusetzen ist ihm neu. Wer hat dir diesen Floh ins Ohr gesetzt?«

Friedrich setzte sich an seinen Schreibtisch und fing an zu schreiben. Dann hielt er Kurt das Papier hin ... - jemand hat mir erzählt, dass es in der DDR ein Medikament gibt, das D.R.O.P. heißt und kranke Gehirnzellen aktiviert. Ich werde dir nicht sagen, wer. Aber ich weiß, dass Hartmut der Erfinder ist. Da du mit ihm befreundet bist, habe ich vermutet, du kennst das Mittel. Und damit scheine ich ja richtig zu liegen. Wenn es für mich nicht geeignet ist, glaube ich dir das. Ich hatte gehofft, es würde mir helfen, las Kurt.

Er drückte den alten Mann kurz an sich und schüttelte den Kopf. »Es wird dir nicht helfen. Es tut mir leid.«

Damit verbannte Kurt das Thema D.R.O.P. aus seinen Gedanken. Es wurmte ihn zwar noch einige Tage lang, wer seinem Onkel davon erzählt haben mochte und er spitzte die Ohren, wenn Gustav Hinrichsen zu Besuch kam, aber nur, weil sein schlechtes Gewissen ihn drückte, diesen Mann hintergangen zu haben. Sein Verdacht, man könnte ihn entlarven, bestätigte sich nicht. Er hörte Gustav Petersen seinem Onkel gegenüber sagen, dass auch er über kein Allheilmittel für in Mitleidenschaft gezogene Gehirnzellen kenne. Er hätte seine Forschungsabteilung aber angewiesen, in dieser Richtung verstärkt zu arbeiten. Die Krankheit seines besten Freundes hätte ihn dazu veranlasst.

Als Kurt Mitte des nächsten Jahres von einer Inspektionsreise aus Dänemark zurückkehrte, wo mit dem Bau von zwanzig Ferienhäusern an der Nordsee begonnen wurde, hatte sein Onkel gesundheitliche Fortschritte gemacht. Seine Aussprache war flüssiger und er konnte den kranken Arm bewegen. Stolz zeigte er Kurt einige Schritte am Arm seines Therapeuten, der fast täglich ins Haus kam. Kurt umarmte Friedrich freudig, als dieser ihn mit glänzenden Augen betrachtete.

Einige Wochen später, als Kurt und Friedrich behaglich auf der Veranda saßen und den sommerlichen Abend genossen, fragte Friedrich plötzlich: »Du Kurt, was meinte dieser Apotheker Rasputin Koppenhöh damals, als er seine Schulden bei Gustav beglich, mit: das Kind sei gestorben. Von welchem Kind sprach der Mann?«

Kurt schluckte. Wie kam sein Onkel jetzt auf so alte, längst der Vergangenheit angehörende Geschichten?

»Onkel Friedrich, das ist ewige Zeiten her. Wie um Gottes Willen kommst du jetzt darauf? Aber gut. Ich kann es dir auch erzählen. Elise, seine Tochter, du weißt, das Mädchen, das ich damals zum Ball hierher brachte, war schwanger - von mir.«

»Dein Kind ist gestorben?« Friedrich sah Kurt betroffen an.

Der nickte.

»Deshalb bist du damals zurück gekommen?«

Wieder nickte Kurt.

»Warum bist du nicht bei ihr geblieben? So etwas kann doch passieren. Ich ... ich hatte den Eindruck, du magst sie.«

»Sie wollte mich nicht mehr sehen.«

»Warum nicht? Es war doch nicht deine Schuld? Dass das Kind gestorben ist, meine ich.«

Kurt schwieg.

»Oder?«, hakte Friedrich besorgt nach.

»Ein bisschen schon. Als Elise es mir sagte, reagierte ich nicht eben gentlemanlike. Sie lief davon. Bekam eine schwere Lungenentzündung. Damals sagte mir jemand, das Kind wäre tot und sie wolle mich nicht mehr sehen. Dieser Jemand hatte mich angelogen. Das erfuhr ich aber erst bei der Beerdigung von Vater, 61. Tatsächlich kam das Kind Monate später auf die Welt – aber auch tot. Dieser Jemand, der jetzt Elises Mann ist, hat dem Schicksal mit seinen Worten somit eigentlich nur vorgegriffen, wenn ich es mal so ausdrücken darf. Aber er hat unsere Liebe damit zerstört. Es war dieser Bauernlümmel, von dem ich dir mal erzählte. Vor dem ich sie mal retten wollte. Elise hat ihn aus Trotz, Pflichtgefühl und was weiß ich geheiratet. Ihr Vater, dieser Rasputin Koppenhöh, hat überall herumerzählt, ich hätte sie vergewaltigt und sitzen gelassen, um ihr die Schande zu ersparen, als leichtes Mädchen eingestuft zu werden. Vater ist mit der Schmach gestorben, einen ehrlosen Mistkerl zum Sohn zu haben. Ich habe mich nie gerechtfertigt. Zuerst wusste ich es ja nicht, und dann, als ich es wusste, war es ohnehin zu spät.

Elise muss durch die Hölle gegangen sein zwischen diesen Moralaposteln im Dorf. Ihr Ehrgefühl gegenüber ihrem Mann und der ganzen Sippe dort ließ es nicht mehr zu, mit mir doch noch davon zu laufen. Ich sah sie im August 61. Unsere Liebe war so stark wie Jahre vorher. Jedenfalls von meiner Seite. Aber Liebe genügt nicht immer. Ich habe mich damit abgefunden. Mit Elise hätte ich glücklich werden können. Das Schicksal hat es anders gewollt. So, jetzt weißt du alles.«

Friedrich war immer aufgeregter geworden. »Vielleicht ist dein Vater gar nicht mit Gram im Herzen gestorben. Komm, mir ist gerade etwas eingefallen: ich habe etwas für dich.«

Friedrich schob seinen Rollstuhl ins Haus. In seinem Arbeitszimmer öffnete er seinen Tresor und holte ein kleines Päckchen hervor. »Das hat dir ein Notar Semmelmann aus Köhlerdorf zugeschickt. Nach dem Tod deines Vaters. Du warst damals in der DDR in Haft. Ehrlich gesagt, ich hatte es völlig vergessen, während der ganzen Aufregung damals. Vielleicht ein Erbstück oder so etwas? Als Zeichen, dass er dir verziehen hat?«

Kurt betrachtete neugierig das kleine Päckchen und zwirbelte die Verschnürung auf.

»Eine goldene Taschenuhr«, rief er verblüfft. »Hier, auf der Rückseite ist eine Signatur. Für Joachim von Johanna in Liebe. 1928. Komisch. Wer sind die Leute? Hier ist noch ein Brief.«

›Mein lieber Sohn«, las Kurt.

›Wenn du diesen Brief erhältst, bin ich bereits tot. Ich bin schwer krank und will nicht in Siechtum enden. Ich freue mich, deine Mutter wiederzusehen, ohne die mein Leben ohnehin eine einsame, öde Sache war. Ich bin nun mal kein gesellschaftsfähiger Mensch. Ich danke Friedrich, dass er dir ein anderes Leben geboten hat. Die Dinge, die man mir über dich erzählt hat, haben mich schwer getroffen, wenn ich sie auch nicht recht glaubte, nicht glauben wollte. In der kurzen Zeit, in der du hier warst, glaube ich, dass du dich in Elise Koppenhöh verliebt hattest. Ein liebes Mädchen. Als sie schwer krank war und Penicillin brauchte, habe ich ihrem Vater eine Taschenuhr abgekauft, damit er diese Medizin für sie kaufen konnte. Er hatte die Uhr von Johanna Süttler bekommen. Ich wollte deinem Mädchen helfen, weil du ja nicht da warst. Ich hielt das für meine Pflicht. Vielleicht habe ich damit ein wenig wieder gut gemacht, was ich dir angetan habe, denn ich glaube, ich war kein Mensch, der zeigen konnte, was er fühlte. Aber sei gewiss, ich liebte dich. Elise zog später in die Stadt zu ihren Eltern. Sie war schwanger. Man erzählte sich, von dir und dass du ihr Gewalt angetan hättest, aber das habe ich nie geglaubt. Ich hörte später, das Kind wäre gestorben. Sie hat dann Arthur Süttler geheiratet, von dessen Vater Joachim - mein einziger Freund, der leider dem Krieg zum Opfer fiel - die Uhr stammt. Seine Frau Johanna, seine große Liebe, hat sie ihm zur Hochzeit geschenkt. Er war stolz darauf und hat sie mir oft gezeigt. Die Leute reden jetzt nicht mehr mit mir, die Gründe sind mir egal. Deshalb schicke ich dir die Uhr. Damit du siehst, dass ich sehr wohl Anteil an deinem Leben genommen habe. Verzeih' mir, mein Sohn. Dein dich immer liebender Vater.‹

Kurt wischte sich verstohlen einige Tränen aus den Augenwinkeln und sah Friedrich an.

»Ich schäme mich. Ich habe ihm Unrecht getan. Ich war sehr selbstsüchtig.«

»Ich auch«, schnäuzte sich Friedrich. »Ich dachte immer, er wäre nicht gut genug für meine Schwester. Er war so eigenbrötlerisch. Ich habe ihn nie verstanden. Was willst du mit der Uhr machen?«

»Er hat Elise damit vermutlich das Leben gerettet. 1946

kostete Penicillin ein Vermögen und war nur schwer zu bekommen. Arthur Süttler und seine Mutter haben offenbar das einzig Wertvolle, was sie hatten, hergegeben. Ich werde sie ihnen zurück geben.«

»Du willst noch einmal in die Höhle des Löwen?«

Kurt nickte.

»Es tut mir leid, dass ich das Päckchen vergessen habe, Kurt. Ich hatte es weggeschlossen. Und dann kam die Sorge um dich in der Haft und das ganze Theater mit deiner Befreiung. Ich habe einfach nicht mehr daran gedacht.«

»Schon gut. Damals wäre das alles schwerer gewesen. Ich bin dir nicht böse, Onkel.«

»Kurt, hast du nie geheiratet, weil du der Elise hinterher trauerst?«, fragte Friedrich.

»Ich habe einfach keine Frau wie sie mehr getroffen. Irgendwie suchte ich in allen Elise. Mein größter Fehler war meine erste, erschreckte, abweisende Reaktion, als sie mir sagte, sie wäre schwanger. Ich handelte unüberlegt und kopflos. Ich war ein so dummes Kind. Obwohl – ich glaube, ich wäre nochmals zu ihr gegangen, wenn dieser dämliche Bauernlümmel mich nicht so arrogant abgekanzelt hätte. Eine unglückliche Verkettung von unglücklichen Umständen. Wie alles im Leben.«

»Du könntest noch heiraten und einen Erben produzieren. Du bist im besten Mannesalter«, meinte Friedrich.

»Ich glaube, ich bin kein Familienmensch. Genau wie du, Onkelchen«, grinste Kurt. »Übrigens, um das Thema zu wechseln, ich finde, du hast dich phantastisch erholt. Du sprichst schon fast wie vor dem Schlaganfall. Noch wenige Monate, und du bist ganz der alte.«

Friedrich nickte gedankenvoll. Erst als Kurt das Zimmer verlassen hatte, öffnete er eine Schublade seines Schreibtisches und wühlte nach einer bestimmten Schachtel.

Er klingelte nach Frau Beck und ließ sich ein Glas Wasser bringen.

Gespannt sah Sabine Beck zu, wie Friedrich Petersen sich eine Pille in den Mund schob.

»Herr Friedrichsen, meinen Sie, sie wirken?«, fragte sie.

»Man sieht mir doch an, dass sie wirken, oder nicht?«

»Schon. Aber ich habe solche Angst um Sie. Sie waren immer so gütig zu mir. Ich hätte Ihnen von der Pille nicht erzählen dürfen. Sie ist für Sie eigentlich nicht geeignet.«

»Sie haben damit nichts zu tun. Das war meine Entscheidung. Ich will die paar Tage, die mir noch verbleiben, nicht gelähmt und stumpfsinnig vor mich hinbrüten. Seit ich die Pillen schlucke, kann ich wieder sprechen. Meine Körperfunktionen funktionieren auch wieder, wenn ich auch glaube, dass das von den therapeutischen Übungen herrührt. Aber mein Gehirn – das arbeitet wieder.«

»Ich komme mir trotzdem so schäbig vor«, jammerte Sabine Beck.

»Unfug. Sie waren immer ehrlich. Sie haben mir gleich, als ich Sie einstellte, erzählt, dass die da drüben Sie hier eingeschleust haben, um meinen Neffen zu beobachten. Wegen D.R.O.P. Wir haben dafür gesorgt, dass das Misstrauen gegen ihn eingeschlafen ist, nicht wahr? Und er hat ja auch wirklich nichts mehr damit zu tun. Er hat, als er in die Enge getrieben wurde, einmal mitgemacht. Und sich dann rausgehalten. Das nehme ich ihm nicht übel. Ich hätte auch so gehandelt. Ich liebe meinen Neffen so wie Sie Ihren ... Bruder. Und - was tut man nicht alles aus Liebe.«

»Herr Friedrichsen, ich habe noch eine schlechte Nachricht. Man zieht mich hier ab. Ich habe einen neuen Auftrag erhalten. Bestimmt deshalb, weil ich eben nichts mehr zu berichten habe. Ich soll nach Leipzig. In zwei Monaten.«

Friedrich Petersen erschrak. »Das tut mir leid, Sabine. Das wollte ich nicht. Nur weil Sie mir geholfen haben, Kurt zu rehabilitieren und sich hier nichts mehr tut, müssen Sie zurück in dieses unselige Land. Wenn ich Ihnen irgendwie helfen kann?«

»Nein. Ich habe keine Wahl. Wenn ich hier bleibe, stecken Sie meinen Bruder ins Zuchthaus. Das kann ich nicht zulassen. Und – helfen dürfen Sie mir nicht. Das würde auffallen. Wenn ich gehe, werden wir uns nie wiedersehen.«

Friedrich schluckte schwer. »Ich brauche einen Vorrat an D.R.O.P. Sabine, für die nächsten Jahre.«

»Was? Oh, nein!«

»Doch. Und Sie und Ihr Bruder sind die einzigen, die mich damit beliefern können. Wenn Sie erst drüben sind, komme ich da nicht mehr ran.«

Friedrich Petersen bekam es mit der Angst zu tun. Er brauchte dieses Medikament, um geistig rege zu bleiben. Wenn er es absetzte, würde er blöde vor sich hinvegetieren. Niemals, schrie es gequält in ihm auf.

»Ich will eine komplette Lieferung, Sabine. Sonst lasse ich Sie auffliegen«, befahl er mit kalter, kompromissloser Stimme.

Friedrich hasste sich für diese Worte. Sabine Beck sah ihn mit traurigen Augen an, in denen Leid und Verzweiflung wechselten.

Sie nickte tonlos und verließ wie eine alte Frau den Raum. Friedrich kam sich wie ein Schwein vor. Aber er hatte keine Wahl.

Sechs Wochen später fuhr ein Lastwagen auf das Gelände von Kurts Fertighausfirma und setzte einen Container in einem etwas verfallenen, unbenutzten Schuppen ab, dessen Tore Friedrich höchstpersönlich öffnete. Friedrich belohnte den Fahrer fürstlich. Ein paar Straßen weiter stieg Sabine Beck in das Führerhaus, umarmte den Fahrer und heulte bis zum Grenzübergang.

Zwei Wochen später trat sie ihren neuen Dienst in Leipzig an.

11

1975

Traurig und schwerfällig griff Elise nach den zusammengerollten Socken, den gebügelten Hemden, den auf Bügelfalte gedämpften Hosen und den warmen Pullovern ihres Sohnes und ordnete die Sachen in einen großen Koffer. Die Schuhe hatte sie bereits in Zeitungspapier gewickelt und die Unterwäsche fein gestapelt. Es zerriss ihr fast das Herz, wenn sie daran dachte, dass Joachim nun den Hof verlassen und zu seinen Großeltern nach Mettstadt ziehen würde. In der nächsten Woche würde das neue Schuljahr beginnen und Arthur hatte beschlossen, Joachim auf das Luise-Meitner-Internat in Mettstadt zu schicken. Die Dorfschule in Köhlerdorf bot ihm kein Weiterkommen mehr. Elise hatte sich gegen dieses Ansinnen nun schon zwei Jahre lang gewehrt. Jetzt duldete die Sache keinen Aufschub mehr, wie Arthur ihr unmissverständlich mitgeteilt hatte.

»Elise, der Junge ist ein kluges Köpfchen. Du kannst ihn hier nicht versauern lassen, nur weil du ihn nicht loslassen kannst. Direktor Fülster predigt das schon seit Jahren. Nun gib' dir einen Ruck und erlaube es. Es geht nicht an, dass du ihm die Zukunft verbaust.«

Letztendlich hatte Elise schweren Herzens zugestimmt. Joachim fortgeben zu müssen, kam ihr schwer an. Wie so oft in den letzten Wochen kramte Elise das Fotoalbum hervor und betrachtete wehmütig ihren kleinen Jungen, den sie so schmerzlich liebte. Joachim in seinem Matrosenanzug bei einem Dorffest, Joachim vor ihr im Sattel bei Ferdinand, Joachim mit Rasputin, seinem Pony, Joachim mit seiner Schultüte, Joachim, der in einer Zinkbadewanne Kapitän spielte, Joachim, stolz auf einem Erntedankwagen. Viele, viele Erinnerungen, Bilder, Sekundenaufnahmen für die Ewigkeit, von noch größerer Bedeutung für die Zurückgebliebenen, wenn er erst fort war. Festgehaltene Momente, die sie weinen ließen, obwohl die Begebenheiten meistens lustig gewesen waren. Elise konnte sich gar nicht vorstellen, ohne Joachim weiter leben zu können. Hysterisches Schluchzen übermannte sie.

»Elise, du tust gerade so, als würde ich Joachim in die Hölle schicken«, schimpfte Arthur, der herein kam und sie so antraf. Doch ihr Leid war auch sein Leid. »Liebes, wenn es dich so hart ankommt, mache ich die Sache rückgängig und Joachim bleibt hier. Ich möchte dich nicht so unglücklich sehen«, fuhr er geknickt fort.

»Ach, nein, Arthur. Ich wünsche ihm doch auch Bildung und all diese Dinge. Ich werde mich schon daran gewöhnen.«

»Wir werden es probieren. Wenn es nicht geht, hole ich ihn zurück. Mettstadt ist ja nicht aus der Welt. Versprochen«, entgegnete Arthur und griff nach einem Koffer.

Elise sah ihren Mann dankbar an. Tapfer packte sie den zweiten Koffer zu Ende, fuhr zärtlich über die große

Keksdose mit seinem Lieblingsgebäck, das sie ihm gebacken hatte und verschnürte die ledernen Strippen.

Der Abschied auf dem Hof draußen schnürte ihr die Kehle zu. Sie merkte zwar, dass Joachim auch gegen die Tränen kämpfte, dennoch schien er sich auf das Neue, das ihn erwartete, auch zu freuen.

Elise strich ihm verzweifelt ein letztes Mal über die blonden Locken, wobei sie sich bereits ein wenig recken musste, denn Joachim war fast schon so groß wie seine Mutter.

»Willst du nicht doch mitfahren, Elise?«, fragte Johanna Süttler. »Deine Eltern würden sich sicher freuen.«

Elise schüttelte den Kopf. »Noch einen Abschied ertrage ich nicht.«

Atemlos und wie gelähmt starrte sie dann dem davon fahrenden Auto nach. Ihr Sohn war fort. Das, was sie seit Wochen in Angst und Schrecken versetzt hatte, war passiert. Sie fühlte sich leer und ausgebrannt.

»Komm', ich koche uns einen Tee. Du kannst ihn doch jederzeit besuchen«, tröstete Johanna ihre Schwiegertochter.

»Danke, aber ich möchte alleine sein. Entschuldige.«

Resigniert und nachdenklich sah Johanna Elise nach, die in den Stallungen verschwand, um kurz darauf auf Ferdinand davon zu fliegen, als wäre der Satan hinter ihr her.

Johanna konnte Elise gut verstehen. Auch ihr fiel der Abschied von ihrem Enkel schwer, der so viel Sonne in ihr Leben gebracht hatte. Als Elise mit einunddreißig Jahren doch noch schwanger wurde, hatte Johanna beglückt die Hände über dem Kopf zusammen geschlagen und als der kleine Maijunge, der lang ersehnte Hoferbe, auf die Welt kam und Arthur ihn nach seinem Vater - ihrem im Krieg gebliebenen Mann, Joachim - benannte, hatte sie so manche Träne vergossen. Welche Ängste hatten sie alle um Elise ausgestanden, die die ganze Familie in ihrer Panik, das Kind nicht gesund und wohlauf zu gebären, in Atem gehalten hatte.

Man hatte Elise neun Monate lang behandelt wie ein rohes Ei. Arthur war ständig von seiner Arbeit nach Hause gelaufen und hatte nach ihr gesehen. Als es dann unerwartet zwei Wochen vor dem festgelegten Geburtstermin passierte – Elise war auf einer Geburtstagsfeier gewesen - hatte er sich aufgeführt wie ein Besessener und als der erste Schrei seines Sohnes zu hören war, war er nicht mehr zu halten gewesen und war im ungeeignetsten Moment ins Schlafzimmer gestürmt. Er hatte alle mit seiner Hysterie verrückt gemacht. Danach hatte er Elise mit seinen erleichterten Küssen fast erdrückt. Johanna schmunzelte. Der liebe Arthur.

Seine Sorge um Elise und das Kind hatte jeden gleichzeitig genervt und zum Lachen gebracht. Als er später häufig bereits nach fünf Minuten Aufenthalt im Dorfkrug meinte, er müsse nun aber gehen, um zu Hause nach dem

Rechten zu sehen, hatte Dieter Matthiesen gemeint, er solle seine Familie doch demnächst mitbringen. Dann könne er in Ruhe mit seinen Freunden sein Bierchen trinken und hätte seine Familie gleichzeitig im Auge. Arthur hatte ihn gekränkt angesehen.

Ein Baby gehörte nicht in die Kneipe. Als sein Sohn mit drei Jahren an Masern erkrankte und mit fünf Keuchhusten bekam, wich Arthur nicht von seiner Seite. Er überließ seinen Hof während der Erntezeit einem Fremdarbeiter, um mit Elise und Joachim an die See zu fahren, um den schrecklichen Husten auszukurieren. Der Arzt hatte es wegen der gesunden Seeluft empfohlen. Gott sei Dank war Arthur in den letzten Jahren zur Vernunft gekommen und hatte sein übertriebenes Getue in den Griff bekommen. Sonst hätte er seinen Sohn wohl kaum in die Stadt auf die Privatschule gegeben. Und jetzt litt Elise, sie, die in Arthurs Sorgenjahren viel ruhiger und vernünftiger gewesen war, als ihr Mann. Johanna seufzte. Hoffentlich versank Elise jetzt nicht erneut in ihre Depression, die Johanna vor der Geburt Joachims so viel Sorge bereitet und seitdem, Gott sei Dank, einer gelassenen Fröhlichkeit Platz gemacht hatte.

Johanna widmete sich der Hausarbeit und horchte auf, als sie draußen auf dem Hof ein Auto vorfahren hörte. Arthur hatte es sich doch nicht anders überlegt? Zuzutrauen wäre ihm das. Johanna ging zur Haustür.

Sie legte die Hand über die Augen, weil die Sonne sie blendete und sah eine große, dunkle Limousine auf dem Hof stehen, der gerade ein fremder Mann entstieg.

Als er näher kam, stutzte Johanna – und erblasste, als der Mann sagte: »Frau Süttler? Ich bin Kurt Nickel. Darf ich Sie einen Moment sprechen?«

Johanna erschrak bis ins Mark. Unruhig blickte sie über den Hof. Das hätte gerade noch gefehlt, dass Elise jetzt von ihrem Ausritt zurück kam. Johanna schickte ein Stoßgebet zum Himmel, dass Arthur seinen Sohn heute in die Stadt brachte. Was, verdammt noch einmal, wollte dieser Kerl nach all den Jahren hier?

»Ich bitte mein unverhofftes Erscheinen zu entschuldigen«, fuhr Kurt fort. »Aber ich möchte Ihnen etwas geben. Ich bin auf der Durchreise und dachte ... ja, ich dachte, jetzt wäre die rechte Gelegenheit. Darf ich eintreten?«

» Ich ... ich bin alleine. Es ist niemand da«, stotterte Johanna verstört.

»Das macht nichts. Ich wollte auch zu Ihnen.« Kurt blieb höflich stehen.

»Zu mir? Wieso?«

»Darf ich Ihnen das drinnen erzählen?«

Zögernd trat Johanna einige Schritte zurück und machte ihm Platz. Sie ging voran in die Küche und setzte sich nervös auf einen Stuhl. Kurt nahm unaufgefordert ihr gegenüber Platz.

Er kam gleich zur Sache und schob ihr etwas Eingewickeltes über den Tisch.

»Das möchte ich Ihnen geben. Es gehört Ihnen. Es steht mir nicht zu.«

Johanna sah fragend auf Kurt und auf das Päckchen und wickelte es aus.

»Die Taschenuhr meines Mannes!«, rief sie aus. »Wie kommen Sie an die Uhr? Ich habe sie ihm zur Hochzeit geschenkt. Wir haben sie ver ... «

»... kauft. Das weiß ich. Mein verstorbener Vater hat es mir geschrieben.« Kurt berichtete von dem Brief, der ihm verspätet übergeben wurde und wie die Uhr in seine Hände gelangt war.

»Sie gehört Ihnen. Sie haben Elise damals damit das Leben gerettet. Ich denke, Sie wissen mittlerweile, dass Elise meine große Liebe war und dass ungewöhnliche Lügen und Intrigen uns auseinander gebracht haben. Elise und ich – wir hatten das zwischen uns geklärt, 61, als mein Vater beerdigt wurde. Wir haben die Vergangenheit begraben, wie sie Ihnen sicherlich erzählt hat. Mein Vater war übrigens schwer krank und wollte deshalb nicht mehr leben. Er hat mir geschrieben, dass Ihr Mann sein bester Freund war. Deshalb möchte ich, dass Sie die Uhr zurück bekommen.«

Johanna sah ihr Gegenüber mit großen, ungläubigen Augen an.

»Vielen Dank. Das ist großzügig von Ihnen. Ich .. ich kann Ihnen den Betrag erstatten, den Ihr Vater damals dafür hergegeben hat. Ich wusste nicht, dass er die Uhr von

Rasputin Koppenhöh gekauft hat. Wieso hat er das getan?«

»Er ahnte, dass ich Elise liebte. Er hat es für mich getan«, lächelte Kurt.

»Rasputin wusste, dass Sie Elise lieben?«, fragte Johanna entgeistert.

»Rasputin? Nein, mein Vater.«

Johanna schluckte. »Sie ... Sie ... liebten Elise? Ja, aber warum ...«

»... mir wurde erzählt, sie hasst mich«, vervollständigte Kurt Johannas Frage. »Eine Lüge, die ich glaubte. Hat Elise Ihnen das alles nicht erzählt?«

»Elise? Nein.«

»Oh, ja, dann ... ähm ... entschuldigen Sie. Ich muss mich verabschieden. Ich habe wichtige Geschäftstermine. Bitte verzeihen Sie mein Eindringen.«

Johanna folgte Kurt durch den Flur und sah ihm konsterniert nach, als er zu seinem Wagen ging. Kurt drehte sich kurz um, winkte ihr leicht zu und startete das Auto.

Verstört grub sich diese Geste in Johannas Bewusstsein ein. Ein Bild, das Erinnerungen hervorrief. Genau so hatte ihr vorhin ihr Enkel seinen letzten Gruß gesandt. Die Sonne, die die blonden Haare aufleuchten ließ, diese lässige Handbewegung, diese stolze, etwas arrogante Haltung. Joachim hatte auch so dagestanden wie dieser Mann jetzt und ihr ein letztes Lächeln geschenkt.

Als Kurt vom Hof fuhr und bremste, um die Straße zu überblicken, ritt Elise mit Ferdinand an ihm vorbei. Sie parierte kurz ihr Pferd, sah dem Wagen nach, der davon fuhr und warf einen fragenden Blick auf Johanna.

»Mutter, wer war das denn? Ich konnte nicht so schnell erkennen, wer uns da besuchte. Hätte ich ihn begrüßen müssen?«, rief sie herüber.

Johanna winkte ab, drehte sich um und betrat das Haus. Leichenblass und schwer atmend setzte sie sich an den Küchentisch und spielte versonnen mit der Taschenuhr. Als sie hörte, wie Elise herein kam, ließ sie die Uhr in die Tasche ihrer Küchenschürze gleiten.

»Wer war das Mutter?«

»Ein Vertreter für Düngemittel.«

»Ach, so. Der Ausritt war herrlich. Ich habe Ferdinand die Ohren vollgejammert. Wegen Joachim. Bestimmt isst er gerade mit seinen Großeltern zu Mittag. Es wird mir fehlen, seine Lieblingsgerichte zu kochen. Ich vermisse ihn schrecklich. Mir ist zum Heulen.«

»Mir auch. Abschiede sind für die Zurückbleibenden immer schmerzlich.« Johanna sprach nachdenklich und mehr zu sich selbst.

»Ich habe in einer halben Stunde einen Friseurtermin. Soll ich dir noch etwas zu essen machen?«

»Nein. Es ist so heiß. Ich esse nachher etwas rote Grütze. Ich gehe in mein Zimmer und mache ein

Nickerchen.«

»Gut. Wir sehen uns dann später. Dann wird Arthur auch wieder hier sein.«

Johanna erhob sich schwerfällig und sah Elise nach, die sich umziehen ging. Einer Laune folgend nahm sie das Familienfotoalbum an sich, das noch auf dem Tisch lag und ging damit in ihr Zimmer.

Die Worte von diesem Kurt Nickel gingen ihr nicht aus dem Kopf. Er hatte Elise also geliebt. Was war damals schief gelaufen? Von welchen Lügen und Intrigen sprach er? Stöhnend fasste sich Johanna an die Schläfen. Ihr Herz schlug hart gegen ihre Rippen. Der Mann hatte sich also mit Elise ausgesprochen. »61, als mein Vater starb«, hörte Johanna seine Worte. Krampfhaft versuchte sie, sich an diesen Tag zu erinnern. Es wollte ihr nicht gelingen. Das war ... dreizehn, fast vierzehn Jahre her. Dreizehn Jahre! So alt war Joachim. Johanna starrte auf die Bilder ihres Enkels, wie schon viele Male zuvor. Was war nur los mit ihr? Welcher schreckliche Gedanke nistete sich da bei ihr ein? Eine Äußerung von Magda Grün kam ihr in den Sinn, die das bis dahin freundschaftliche Verhältnis der Süttlers zu den Grüns getrübt hatte:

»Immer, wenn der Nickel im Dorf war, ist die Elise schwanger«, hatte die bei Herta Neumann von sich gegeben, der daraufhin die Lockenwickler zu Boden gefallen waren.

»Der Tratschsuse sollte man das Maul stopfen«, hatte Arthur ausgerufen, als ihm dieses Gerücht, das im Dorf prompt die Runde machte, zu Ohren gekommen war.

Maximilian Grün, der auf das Bürgermeisteramt scharf war, hatte seine Frau daraufhin scharf angefahren.

Warum erinnere ich mich gerade heute an diese Aussage, dachte Johanna erschrocken. Sicher war der Besuch dieses Kurt Nickel der Auslöser. Mit wachsender Neugier durchforschte sie die Züge ihres Enkels. Waren dunkelblonde Locken und blaue Augen - Attribute, die in der Süttler und in der Koppenhöh Familie nicht vorkamen - ein Zeichen dafür, dass …

Erschrocken klappe Johanna das Album zu. Schon der Gedanke war sündhaft. Was unterstellte sie Elise da. Und doch – war Elises Ehe nicht jahrelang kinderlos geblieben? Wieso hatte sich Elise ausgerechnet 61 mit diesem Kurt, der sie doch sitzen gelassen und angeblich vergewaltigt hatte, ausgesprochen? Johanna bekreuzigte sich. Ein Verdacht, der ihr Übelkeit bereitete, trieb ihr das Blut in den Kopf. Ganz bange saß Johanna in ihrer Stube. Sie hörte Elise fort gehen, diese so merkwürdig verschlossene Frau, zu der man nie wirklich vordringen konnte. Was ging in diesem Kopf vor sich? Ich werde es nie heraus bekommen, überlegte Johanna.

Und wenn ich ehrlich bin, will ich es auch gar nicht. Warum nur musste dieser Kurt, dem Joachim - Gott stehe mir bei – so ähnlich sah, hier und heute auftauchen und alles durcheinander bringen? Der Mann sah gut aus. Ein distinguierter, höflicher Mensch. Gar nicht so, wie Johanna ihn sich immer vorgestellt hatte. Der Mann schien viel von seiner Mutter abbekommen zu haben. Johanna fühlte die Uhr in ihrer Schürze und betrachtete sie lange. Abrupt stand sie auf und verbarg sie in ihrem Kleiderschrank im hintersten Winkel hinter ihren Strumpfhaltern. Wieso hatte Rasputin Koppenhöh ausgerechnet dem Vater des Vergewaltigers seiner Tochter diese Uhr verkauft und alle moralischen Grundsätze vergessen? Johanna konnte sich keinen Reim darauf machen.

Ich glaube, ich werde mich niemals trauen, ihn das zu fragen, überlegte sie. Sie spürte, dass sie sich vor der Antwort fürchtete. Ich werde kein Wort darüber verlieren, nahm sie sich vor. Sie befreite sich von ihren marternden Gedanken, indem sie in den Garten ging und die Bohnenranken hochband.

Elise, die sich, wie so häufig, die Haare legen ließ, fuhr sich über die Stirn.

»Bei der Hitze sehe ich in Kürze wieder aus, als wäre ich gar nicht hier gewesen«, meinte sie zu Frau Neumann. »Der Reithelm zerstört mir meine Frisur. Ich bin klatschnass, wenn ich ihn absetze. Aber Arthur besteht darauf, dass ich ihn trage. Und selber habe ich zwei linke Haarhände.«

»Arthur liebt dich auch zerzaust«, grinste Frau Neumann. »Und deinem Sohn ist es bestimmt auch wurscht. Er ist ja noch nicht in dem Alter, in dem er solchen Dingen Beachtung schenkt.«

»Das stimmt«, entgegnete Elise leise. »Er ist heute fort. Zu seinen Großeltern. Weil er in Mettstadt das Internat besucht. Mir ist zum Heulen. Ich vermisse ihn so schrecklich. Und dabei ist er erst wenige Stunden weg. Ich weiß gar nicht, was ich ohne ihn anfangen soll.«

»Jede Mutter muss früher oder später ohne die Kinder zurechtkommen. Und glaube mir, jede hat es geschafft.«

»Das ist mir nicht wirklich ein Trost«, jammerte Elise.

Vor sich im Spiegel sah sie Magda Grün den Salon betreten. Die Eingangstür, die wegen der Hitze offen war, lud jeden ein, einzutreten.

»Herta, weißt du, wer eben die Dorfstraße entlang gefahren ist? Ich bin mir ganz sicher. Das Fenster des Wagens - einer dieser großen, modernen Limousinen, mit denen die Bonzen umhergurken - war herunter gekurbelt. Dieser Nickel. Kurt Nickel. Er war es ganz sicher. Was will der denn hier?«, rief sie mit schriller, sich überschlagender Stimme in den Salon hinein.

Herta Neumann steckte einen Wickler fest und sah Elise im Spiegel an.

»Woher soll ich das wissen, Magda. Warum hast du ihn nicht gleich gefragt?«, lächelte sie und warf Elise einen aufmunternden Blick zu.

»Hätte ich mich etwa vor ihm auf die Straße schmeißen sollen, um ihn zu stoppen?«, rief Magda Grün und baute sich neben Herta auf.

Erst jetzt sah sie Elise. »Oh.« Leicht verlegen schwieg sie.

Elise wandte sich um.

»Frau Grün, ich glaube, die Hitze steigt Ihnen zu Kopf. Sie sehen puterrot aus. Sie leiden doch nicht unter dem Nickel-Syndrom?«, fragte Elise mit aufwallendem Selbstbewusstsein.

Herta Neumann fing an zu glucksen.

»Unter dem ... was?«, rief Magda Grün. »Was ist das Nickel ...?« Schlagartig wusste sie, was Elise meinte. »Oh, Sie ... Sie ... « Hastig stürzte sie hinaus.

Elise und Herta wollten sich schier ausschütten. »Der hast du es aber gegeben, Elise«, kicherte Frau Neumann.

»Das wurde auch allmählich Zeit«, freute sich Elise. Beglückt spürte sie, dass sie jemandem Paroli geboten hatte und das stärkte sie. Äußerlich ruhig und gelassen plauderte sie mit Herta Neumann und tauschte die neuesten Modetipps aus. Mit Contenance verließ sie den Salon und machte sich aufrecht auf den Weg nach Hause. Erst als sie den Waldweg erreichte, der zum Hof hinaus führte, lehnte sie sich erschöpft an den erstbesten Baum. Das Zittern in ihren Beinen, das sie mit aller Willenskraft ignoriert hatte, verstärkte sich. Kurt! Dieses Wort hatte sie beinahe in Ohnmacht fallen lassen. Kurt war in Köhlerdorf? Wilde Gefühle ließen Elise nach Atem ringen. Mein Gott, hörte das denn nie auf, dass alleine sein Name genügte, um ihr Blut in Wallung geraten zu lassen?

Elise setzte sich auf einen großen, bemoosten Stein und versuchte, sich zu beruhigen und ihr Herzklopfen zu beschwichtigen. Was wollte Kurt hier? Elise wusste weder von Freunden noch von Verwandten, die er hätte besuchen können. Wollte er zu ihr? Aber warum? Elise erinnerte sich gut daran, dass sie ihm bei ihrem letzten Zusammensein vor fast vierzehn Jahren unmissverständlich klar gemacht hatte, dass sie sich nicht mehr sehen durften. Sie liebe ihren Mann, hatte sie mit fester Stimme betont. Kurt hatte spöttisch auf sie herunter geschaut, sie, die noch im Gras lag und der anzusehen war, wie sie seine Umarmung und Zärtlichkeit gerade genossen hatte.

»Kurt, ich liebte dich sehr. Ich habe mich jahrelang nach dir gesehnt. Diese Sehnsucht hast du jetzt gestillt. Das eben war ein Abschied. Wenn du mich je geliebt hast, lasse mir in Zukunft meinen Seelenfrieden«, hatte sie ihn inbrünstig gebeten. Wie schwer waren ihr diese Worte gefallen.

»Das hättest du mir - vorher - sagen können und müssen«, hatte Kurt bleich und verletzt erwidert.

»Verzeih' mir.« Elise hatte ihn zart geküsst und war dann davon gerannt. Weg vor ihren Gefühlen, die sie verraten hätten. Sie wusste, wenn sie nur noch eine Minute länger verharrte, würde sie ihrem alten Leben davon laufen und einen Trümmerhaufen zurück lassen, den sie für den Rest ihres Lebens nicht mehr würde instand setzen können. Der Schuttberg würde ihre Liebe zu Kurt jeden Tag belasten. Todtraurig und gleichzeitig erleichtert war sie

Arthur in die Arme gelaufen, der ihr Ferdinand präsentierte. In dieser Nacht hatte sie mit ihm geschlafen, wie noch niemals zuvor.

All ihre Verzweiflung, ihren Schmerz und auch eine Art leidenschaftlichen Befreiungsversuches hatte sie in ihre Umarmungen gelegt. Elise wusste, dass an diesem Tag oder in dieser Nacht Joachim gezeugt worden war. Es war ihr egal gewesen, wer der Vater war. Erst als sie den Jungen heranwachsen sah, wusste sie, dass es Kurt sein musste. Joachim ähnelte ihm schrecklich. Manchmal überkam Elise die Angst, dass es irgendjemandem auffallen könnte. Doch dreizehn Jahre Sicherheit und Frieden hatten ihre Furcht eingeschläfert.

Erleichterung durchrann sie, als sie daran dachte, dass Joachim jetzt in der Stadt war. Kurt, auch wenn er hier war, würde ihn nicht zu sehen bekommen. Er würde keinen Verdacht schöpfen. Das ist dein schlechtes Gewissen, dachte Elise. Höchstwahrscheinlich würde er noch nicht einmal auf die Idee kommen, dass er einen Sohn hat, wenn Joachim ihm gegenüber säße.

Elise sah, wie ein Wagen in den Waldweg einbog. Arthur. Arthur, der seinen Sohn höchstpersönlich in Sicherheit gebracht hatte. Elise winkte ihm zu. Als der Wagen hielt, stieg sie ein.

»Du warst beim Friseur?«, fragte Arthur.

»Sieht man das noch? Es ist so heiß, dass ich das Gefühl habe, meine Haare schmelzen dahin«, lächelte Elise. »Wie gefällt Joachim sein Zimmer?«

»Sehr gut. Deine Eltern haben ihm einen eigenen Fernsehapparat hinein gestellt. Ich habe nichts gesagt. Ich wollte nicht aufmucken. Er will dich heute Abend anrufen. Wirst du es schaffen, Liebes?«

Elise wusste, was Arthur meinte.

»Ich werde mich zusammenreißen. Ich werden ihn besuchen fahren. Ich habe mir überlegt, dass ich meinen Führerschein machen könnte. Was meinst du dazu? Oder bin ich zu alt dafür?«

»Zu alt? Unsinn. Bist du denn schon volljährig?«, witzelte Arthur.

»Du bist unmöglich, Arthur. Nächsten Monat werde ich fünfundvierzig. Ich bin uralt.«

»Du wirst nie alt werden. Für mich siehst du noch genau so schön aus wie damals, als du Silvester 45 bei uns in der Küche standest. Du hast dich überhaupt nicht verändert.«

»Arthur, du bist ein Schmeichler.«

Arthur fuhr auf den gepflasterten Hof und ließ Elise aussteigen. Erst dann bugsierte er den Wagen in die Garage. Seine Frau brauchte nicht unnötige Wege zu laufen. Elise wartete auf ihn. Ganz kurz kam ihr in den Sinn, dass hier heute Mittag eine große, dunkle Limousine davon gefahren war. »Er saß in einer großen, modernen Limousine«, hörte sie Magda Grün in den Salon rufen. Elise fuhr sich über die

Augen. Zwei solche Autos an einem einzigen Tag in Köhlerdorf? War Kurt hier gewesen und hatte sie sehen wollen? Nein, dann wäre er ausgestiegen und hätte sie begrüßt, als sie mit Ferdinand auf dem Hof an ihm vorbei geritten war. »Ein Vertreter für Düngemittel«, hatte Johanna erzählt. Leichter Argwohn ließ Elise ihre Schwiegermutter misstrauisch beäugen, als sie Hand in Hand mit Arthur die Küche betrat, in der Johanna gerade den Tisch deckte. »Es gibt nur kalten Braten und Brot«, meinte sie. »Es ist zu heiß für etwas Warmes, findet ihr nicht auch?« Ihre Stimme klang wie immer.

Elise nickte zustimmend. Sie durfte sich nichts einbilden.

Kurt, der Elise sehr wohl gesehen hatte, fuhr gedankenverloren durch Köhlerdorf, hielt kurz an dem Grundstück seines Vaters, für das er noch immer eine geringe Pacht zahlte, weil er seine Heimat nicht vollends loslassen konnte, und fuhr dann weiter in Richtung Mettstadt, um auf die Autobahn gen Süden zu kommen. Elise zu sehen, die hoch zu Ross an ihm vorbei trabte, hatte Gefühle in ihm geweckt, die er so schnell wie möglich vergessen wollte.

Sie hatte phantastisch ausgesehen in ihrem Reitdress. Wie ein junges Mädchen. Aber er hatte ihr versprochen, sie nicht mehr zu behelligen und daran hatte er sich zu halten, obwohl er nahe dran gewesen war, auszusteigen und mit ihr zu sprechen. Die Gegenwart Johanna Süttlers hatte ihn davon abgehalten. Die Frau war alt, nett und ahnungslos, was Kurt veranlasst hatte, ihr auch nicht die Wahrheit über ihren Sohn zu erzählen, der ihn so belogen hatte. Es hatte keinen Sinn, weitere Leben in Unordnung zu bringen. Als er an die Abbiegung Richtung Mettstadt kam, bog er ab, obwohl er zur Autobahn links hätte fahren müssen.

Wenn ich schon wie ein Verbrecher meine eigene Heimat Köhlerdorf meide, um Elise nicht zu begegnen, besuche ich wenigstens Mettstadt, dachte Kurt und parkte seinen Wagen an der Kirche. Er schlenderte durch die Einkaufsstraße und ließ sich in einem Eiscafé nieder, das durch bunte Stühle auf dem Gehsteig zum Verweilen einlud. Als er das letzte Mal hier gewesen war, gab es dieses Café noch nicht. Ohnehin hatte sich die Stadt ziemlich verändert. Kurt bestellte sich Mineralwasser, Kaffee und Pflaumenkuchen und studierte seine Umgebung.

In einiger Entfernung bemerkte er die Stadtapotheke von Elises Eltern, bei deren Gründung er finanziell geholfen hatte. Neugierig überlegte er, ob man ihn erkennen würde, wenn er denn hinein spazieren würde und ob Rasputin Koppenhöh verlegen werden würde, denn immerhin hatte der Mann ihn so unmöglich denunziert und Lügen verbreitet, die gemein und niederträchtig gewesen waren. Das ist achtundzwanzig Jahre her. Sinne ich auf meine alten Tage noch auf Rache? fragte Kurt sich selbst belustigt. Nein! Nachdenklich knabberte Kurt an seinem Kuchen herum und zuckte zusammen, als er drüben aus dem Apothekerhaus Arthur Süttler herauskommen sah, der mit einem Jugendlichen die Straße überquerte und auf ihn zukam.

Kurt erkannte Arthur sofort. Die etwas gedrungene, bäuerliche Gestalt bewegte sich schwerfällig und unbeholfen. Er scherzte mit einem Jungen an seiner Seite. Kurt drehte seinen Stuhl herum und wandte den beiden den Rücken zu, als er sah, dass Arthur und der Junge in die Eisdiele hinein gingen und sich an den Tresen stellten. Das fehlte ihm noch, dass Arthur Süttler ihn hier sah. Kurt winkte dem Kellner und bat um die Rechnung. Er beugte sich tief über seine Geldbörse, als Arthur und der Junge mit einer Eistüte in den Händen an ihm vorbei gingen.

»Vater, wenn es um Eissorten geht, haben wir den gleichen Geschmack«, hörte Kurt den Jungen sagen.

Arthur lachte.

»Haben wir nicht in allem den gleichen Geschmack, mein Sohn? Übrigens, Joachim, was ich dir vorhin bei den Großeltern nicht sagen wollte: wenn sie dir auf die Nerven gehen, rufe an. Ich hole dich jederzeit ab. Du musst nicht hier bleiben. Das weißt du hoffentlich.«

Kurt atmete auf. Sie hatten ihn nicht gesehen. Der Junge war also Arthurs Sohn. Siedend heiß fiel Kurt ein, dass es dann auch Elises Sohn war. Von einer unbestimmten Neugierde gepackt, folgte Kurt dem etwas ungleichen Gespann in gehörigem Abstand. Elise hatte also noch ein Kind bekommen. Kurt spürte leise Eifersucht. All ihre Liebe und Zärtlichkeit gehörte nun sicherlich diesem Jungen, der neben seinem Vater hoch aufgerichtet einherschritt.

Der junge Mann schien viel von Elise zu haben. Groß, schlank, aber blond. Kurt starrte rasch in ein Schaufenster, als die beiden plötzlich stehen blieben und Arthur Süttler ein Tabakgeschäft betrat. Der junge Mann lehnte sich lässig an eine Straßenlaterne und betrachtete die Gegend. Kurt konnte es nicht lassen.

»Entschuldige mein Junge. Wie finde ich den Erlengrund?«, fragte er und betrachtete sein Gegenüber eingehend.

»Oh, ich habe keine Ahnung. Ich wohne erst seit heute hier. So gut kenne ich mich nicht aus. Wir fragen meinen Vater, wenn er aus dem Geschäft kommt«, entgegnete Joachim freundlich.

»Ach, nein, danke. Ich werde es schon finden. Du stammst nicht von hier?«

»Nein, ich komme aus Köhlerdorf. Ab heute wohne ich bei meinen Großeltern, weil ich hier in der Stadt zur Schule gehen werde.«

Kurt sah aus den Augenwinkeln, dass Arthur Süttler seine Geldbörse einsteckte.

»Na, dann viel Erfolg.«

Mit langen Schritten ging er davon.

Er bog um die nächste Ecke und sah verstohlen zurück. Der Junge und sein Vater gingen weiter. Ein höflicher, wohlerzogener, junger Mann. Er hatte Elises Lächeln. Kurt freute sich irgendwie, mit dem Jungen gesprochen zu haben.

Mit leiser Wehmut registrierte er, dass Elise mit diesem Kind für ihn endgültig der Vergangenheit angehörte. Es hätte mein Kind sein können, wenn ich nicht so ein Idiot gewesen wäre, dachte er und ging zu seinem Wagen zurück. Verbissen konzentrierte er sich auf den Verkehr.

12

1976

Die Büroräume von Heinrich Semmelmann, nur über eine steile, knarrende Stiege zu erreichen, rochen wie immer leicht muffig, weshalb Heinrich sich veranlasst fühlte, einige Fenster zu öffnen, wenn ihn auch nun der Verkehrslärm unten auf der Straße belästigte. Das alte Stadthaus mitten im Zentrum von Leipzig hatte vor einigen Jahren so günstige Mieträume geboten, dass Heinrich nicht anders konnte, als sich mit seinen mehr als bescheidenen Mitteln dort einzunisten.

Als er 1959 zum Studieren nach West-Berlin gekommen war, weil er hier ein Stipendium bekommen und sein Vater es so gewünscht hatte, war er noch voller Hoffnung gewesen. Wie stolz waren seine Eltern in Köhlerdorf auf ihn gewesen. Voll ungestümen Elan, ehrgeizig und neugierig war er mit einundzwanzig Jahren ausgezogen, um die Welt zu erobern. Er hatte sich einer Gruppe von Studenten angeschlossen, die gegen das DDR-Regime rebellierten. Er konnte sich unmöglich raushalten. Nächtelang hatten sie sich in erregende Diskussionen verzettelt und nicht mitbekommen, dass der Feind bereits unmittelbar vor der Tür stand und lauerte. In ihrer jugendlichen, naiven Solidarität waren Freunde Freunde und keine Verräterschweine. Hitzige Meinungsverschiedenheiten waren kein Grund, an unbedingtem Zusammenhalt zu zweifeln. Im August 1961 stürmten Vopos ihren geheimen Versammlungsraum im

Keller eines stillgelegten Hauses, dessen hinterer Teil nun angeblich auf DDR-Gebiet lag und sammelten die Aufrührer ein. Die Proteste der Studenten, dass sie sich im West-Sektor befanden, interessierte die Polizei wenig. Die Aktion, die schlichtweg eine Entführung von Westbürgern darstellte, ging unter in dem nächtlichen Mauerbau, der Ost- und Westkeller nun endgültig trennte.

Heinrich, wie alle anderen auch, fühlte sich verraten und verkauft, sein Übermut, mit dem er die Welt aus den Angeln heben wollte, erhielt einen mächtigen Dämpfer. Er kam mit anderen Studenten in Gefangenschaft. Zwölf von ihnen hatten ihre Ausweise nicht dabei, Heinrich gehörte zu ihnen, wenn er auch später mutmaßte, dass ihm das auch nichts geholfen hätte. All seine rebellischen Beteuerungen, Westbürger zu sein - anfangs noch stolz und arrogant anklagend hervor gebracht - gingen in höhnischem Gelächter unter. »Er solle sich endlich zu seinem neuen Vaterland bekennen, das einen neuen, erleuchteten Menschen aus ihm machen würde und sich einsichtig zeigen«, wurde ihm gepredigt. »Wenn er sich in Zukunft von aufrührerischen, staatsfeindlichen Maßnahmen fernhielte, könne er weiter studieren«, schlug man ihm vor. Heinrich hielt dem Druck und den katastrophalen Zuständen im Zuchthaus mit den endlosen Verhören lange stand.

Dann gab ihm sein sich lange weigernder Verstand eines Tages ein, dass er entweder als Verbrecher abgestempelt untergehen oder als DDR-Student zumindest überleben würde. Er entschied sich für das zweite, gab zu, gelogen zu haben, gab zu, Herbert Semmelmuth aus Ost-Berlin zu sein – Heinrich Semmelmann aus Köhlerdorf nahm man ihm ja nicht ab - und schwor, ein guter, braver DDR-Bürger zu werden und sich treu regimepolitisch zu verhalten. Herbert alias Heinrich wurde Jurastudent in Leipzig, ausgestattet mit neuer scheinheiliger Identität und fiktiver Legende. Ihn verwunderte es schon, dass man gerade ihn zu diesem ›Dienst‹ rekrutierte, denn im Gegensatz zu ihm boten die anderen wirklichen Ostjurastudenten eher Gewähr, später parteilich zu richten. Die Justiz in der DDR war ein Instrument der herrschenden Kommunisten und Richter, Staatsanwälte und selbst Rechtsanwälte unterstanden weitgehend den Vorgaben der SED, die sich ihre Hoheit über das Rechtswesen mit gezielter Personalauswahlpolitik sicherte.

Mit äußerster Umsicht und Findigkeit gelang es Heinrich, mit seinen Eltern in Köhlerdorf zu korrespondieren, um ihnen wenigstens mitzuteilen, dass es ihm gut ginge. Sie zu besuchen oder sie kommen zu lassen, war aussichtslos, denn offiziell hatte er keine Familie und keine Verwandten, weder im Osten geschweige denn im Westen. So stand es in seinen Papieren. Heinrich ergab sich – äußerlich – seinem Schicksal und fügte sich in das Unabänderliche. Der einzige Kontakt, der ihm aus seiner alten Studenten-Clique geblieben war, war die Bekanntschaft zu dem damaligen Medizin-Studenten Hartmut Jakobsen.

Auch Hartmut hatte man in dem Keller festgenommen, auch Hartmut war DDR-Bürger geworden, beendete sein Medizin-Studium nun im Osten, wohnte nun in Ost-Berlin und arbeitete als Arzt für das Regime, weil er dazu gezwungen wurde. Jedenfalls hatte Hartmut Heinrich das erzählt. Er sei genau so beschissen dran wie Heinrich, hatte er erzählt.

Heinrich hatte Hartmut einmal in seiner kleinen Wohnung besucht, telefonierte manchmal mit ihm und stöhnte anfangs gemeinsam mit ihm über ihre unsägliche Vaterlandswandlung.

Hartmut, zehn Jahre älter als Heinrich, wollte ihn heute besuchen kommen. Deshalb lüftete Heinrich seine spärlich eingerichteten Räume, in denen er sich nun seit drei Jahren als Rechtsanwalt und Notar versuchte.

Als sein Gast erschien, bewirtete Heinrich ihn mit Kaffee, Cognac und Keksen.

»Wie gehen die Geschäfte, Heinr ... ähm- Herbert?«, fragte Hartmut Jacobsen und sah sich um.

»Bleib' bei Heinrich. So haben wir uns ja kennengelernt. Ich habe einige kleinere Dinge am Laufen. Ein Streit um Grundstücksrechte, einen Diebstahl, einen Einbruch. Nichts Großes, was mich reich machen könnte. Die Bürger hier lassen sich kaum etwas zuschulden kommen. Nur zu verständlich, nicht wahr? Du hingegen siehst ... vornehm? aus. Du kommst zurecht?«

Heinrich stachen die modernen, offenbar teuren

Kleidungsstücke seines Gegenübers ins Auge. Ganz sicher keine Ossi-Ware.

Hartmut Jakobsen blickte sich um. »Wirst du abgehört, Heinrich?«

»Abgehört? Wie kommst du denn darauf? Weshalb sollte ich?.« Heinrich war geschockt.

»Nun ja. Sie haben uns auf dem Kieker. Sie wissen, dass wir keine Ostware sind.«

»Sie wissen das? Wieso? Ich bin Herbert Semmelmuth aus Ost-Berlin. Ich habe darüber Papiere. Sie haben mir meine West-Identitätsbeteuerungen über Heinrich Semmelmann doch nie abgenommen.«

»Sie wollten, dass du Herbert Semmelmuth bist. Geglaubt haben sie dir das sicherlich nicht.«

»Warum gerade ich? Ich begreife das nicht. Obwohl - geahnt habe ich das immer. Doch es ist müßig und selbstzerstörerisch sich ewig darüber zu ärgern. Außerdem, das ist jetzt fünfzehn Jahre her. Ich bin jetzt ein gefestigter DDR-Bürger«, grinste Heinrich sarkastisch.

»Ach, tatsächlich? Du hast deine heimatlichen Gefühle beiseitegeschoben?«

Hartmut betrachtete während dieser Frage angelegentlich seine Fingernägel.

Heinrich blinzelte kaum merklich. Die Fragen von Hartmut ließen ihn intuitiv vorsichtig werden.

»Ich kann und will nicht ewig in der Vergangenheit leben.« Heinrichs Stimme klang nun fest und bestimmt. Eine Kunst, die er sich selbst auferlegt hatte, obwohl er sich seit Jahren nicht mehr wegen seiner Herkunft rechtfertigen musste. Niemand in seinem Umfeld vermutete in ihm einen ehemaligen Westbürger. Mit den eben gesagten Worten rechtfertigte er sich selbst. Anderen gingen seine wahren Beweggründe nichts an.

»Schön, das zu hören. Ich habe mich in dir also nicht getäuscht. Ich brauche einige Verträge von dir.« Gespannt sah Hartmut den jüngeren Mann an.

»Verträge?« Heinrich war auf der Hut.

»Ich möchte, dass du Verträge für alle mit uns freundschaftlich gesinnten Ostblockstaaten entwirfst. Für die Lieferung eines Medikamentes: D.R.O.P.

Der Staat – und ich – wir produzieren diese Arznei schon seit längerem. Andere möchten sie nun auch gerne haben. Wir behalten die Oberhoheit. Die Rezeptur bleibt unser Baby. Wir übernehmen dich mit diesem Dienst in unsere ... Staatsgeschäfte.« Hartmut sah Heinrich gönnerhaft und gleichzeitig lauernd an. »Kriegst du das gebacken?«

»Selbstverständlich«, äußerte sich Heinrich, ohne mit der Wimper zu zucken.

»Das Auftragsvolumen beträgt einige Millionen Ostmark. Du wirst gut daran verdienen. Deine Räume hier, sie werden bald der Vergangenheit angehören. Ich habe hier entsprechende Unterlagen mitgebracht. Wenn du die

Verträge fertig hast, ruf' mich an. Wir gehen dann gemeinsam in die Runde Ecke und lassen sie absegnen.«

»In die Zentrale am Dittrichring? Ins Ministerium? Du hast Kontakte zum MfS?« Heinrich staunte nicht schlecht. »Du hast es weit gebracht. Aber, wieso ich? Im Ministerium arbeiten Hunderte … Anwälte.«

»Ich will aber dich. Ich möchte dir helfen, auf die Beine zu kommen. So richtig, meine ich. Aus alter Freundschaft. Als Leidensgenosse. Das, was du bis jetzt zu tun hast, sind doch Kinkerlitzchen. Noch etwas - Fragen sind gefährlich. Lass' sie bleiben. Willst du es tun oder nicht? Können wir auf dich zählen?«

Heinrich reagierte ohne merkliche Zögerung. Er hatte sich nun hervorragend im Griff. »Selbstverständlich! Wieso sollte ich mich weigern? Staatliche Aufgaben sind eine Ehre für mich.«

Hartmut nickte wohlwollend.

»Was genau ist D.R.O.P.?«

»Ein Medikament, wie ich schon sagte. Alles, was du wissen musst, steht in den Akten hier.«

»Verdankst du deine kostspielige Armbanduhr solchen … Geschäften?«, konnte sich Heinrich nicht enthalten zu fragen – und ärgerte sich sofort darüber.

»Solche Fragen solltest du nicht stellen. Ich hielt dich für klüger. Und - man muss sehen, wo man bleibt«, antwortete Hartmut und erhob sich. »Ich zähle auf deine

Diskretion, deine Integrität – und deine Vaterlandsliebe.«

Heinrich spürte, dass dieser Satz Befehl war. Er schwieg nun klugerweise.

Er sah Hartmut unten auf der Straße in einen großen Wagen westlicher Fabrikation steigen und schloss sein Fenster. Nachdenklich drehte er sich eine Zigarette und paffte sinnend vor sich hin.

Hartmut war ehemaliger Westbürger – wie er.

Hartmut war nur durch unglückselige Umstände in die Fänge des DDR-Regimes gelangt – wie er.

Hartmut arbeitete offensichtlich für das Regime – er nicht. Falsch, korrigierte sich Heinrich. Auch er hatte seine Loyalität zur DDR bereits unter Beweis gestellt – stellen müssen.

Hartmut lebte nach westlichem Standard – auffällig – ohne ihn zu verstecken. Heinrich mutmaßte sofort, dass Hartmut als Spitzel für den Osten drüben im Westen eingesetzt wurde. Daher die für den Westen typische Kleidung und das Prestige-Auto.

Hartmut wollte, dass er, Heinrich, Verträge für das DDR Regime ausarbeitete. Wieso? Das konnten die doch mit ihrer geschulten Crew bestens selbst erledigen. Heinrichs scharfer Verstand sagte ihm, dass Hartmut als Doppelagent arbeiten musste. Wollte der hier zwei Fliegen mit einer Klappe bescheißen? Das war riskant. Heinrich hatte keineswegs vor, in sibirischen Arbeitslagern zu vergammeln. Er wollte hier raus. Irgendwann. Er wollte nach Hause.

Er vermutete weiter, dass Hartmut ihn deshalb ausgesucht hatte, um selbst weder für die eine noch für die andere Seite mit diesem Geschäft in Verbindung gebracht zu werden. Er, Heinrich, sollte als Mittelsmann für diesen Deal dienen. Hartmut brauchte einen Dummen, Unauffälligen – und, Hartmut brauchte für diese Verträge einen Juristen – und da war ihm Heinrich eingefallen. Heinrich, der ach so dankbare, loyale DDR-Zuwachs, ängstlich bemüht, sich nichts zuschulden kommen zu lassen, bemühter noch als jeder andere. Heinrich betrachtete die Lage ganz nüchtern. Er wusste, was lief.

Denn wenn er auch alles Mögliche war, dumm war er nicht. Hatte er jetzt Skrupel? Nein, auch nicht. Skrupel hatten nur die, die blind und unvorbereitet in etwas hinein schlingerten. Wenn er geschickt und umsichtig zu Werke ging, musste es zu bewerkstelligen sein, sich sauber und rein – im Falle eines Falles – herauszuhalten. Und das war vorrangig für Heinrich, der nur ein Ziel kannte: weiß wie frisch gefallener Schnee in den Westen zurückzukehren.

Natürlich hatte er Hartmut das alles nicht gesagt. Er sagte es niemandem. Schon deshalb, weil er niemandem vertraute. Hartmut Jakobsen nun schon gar nicht mehr.

Seit Jahren verhielt Heinrich sich überaus loyal und galt mittlerweile als vertrauenswürdig. Daran hatte er hart gearbeitet. Er speiste regelmäßig mit Richtern und

Staatsanwälten des SED-Regimes und war ein treuer Diener des Staates, insbesondere, seit er absichtlich zwei Prozesse verloren hatte, weil man ihn darum gebeten hatte. Heinrich hatte die Konsequenzen für seine Delinquenten und seinen eigenen Erfolgs- und Niederlagenstatus sorgfältig abgewogen und sich in diesen Fällen entschieden, dem Regime zu dienen. Damit hatte er wertvolle Punkte gesammelt.

Bedauerlicherweise war für die SED-Machthaber bereits jemand ein Verbrecher, der versuchte, die Mauer zu überwinden, auf die Staatsfahne zu pinkeln oder einen politischen Witz zum Besten zu geben.

Heinrich war durchaus der Meinung, persönliche Verantwortung für gesprochenes Recht oder Unrecht tragen zu müssen und tat sich schwer, seine inneren Überzeugungen zu verleugnen, wenn er offiziell mit Strafrechtsergänzungsgesetzen wie ›staatsgefährdende Hetze‹ oder ›konterrevolutionäre Zusammenrottung‹ konfrontiert wurde, ein Prozess mit allen denkbaren Druckmitteln zum Tabu erhoben wurde und Stasi-Mitarbeiter die vorhandenen Plätze im Gerichtsaal besetzten.

Man war also nun an höherer Stelle auf ihn aufmerksam geworden. Oder war das jetzt eine reine Hartmut-Intrige? Wenn die Aktion nicht von oben abgesegnet ist, könnte das meinen guten Ruf vermasseln, überlegte Heinrich. Doch das konnte er sich nicht vorstellen. Das wäre sogar für Hartmut zu riskant. Wo also lag der Knochen begraben, gerade ihn,

Heinrich, zu benutzen?

Heinrich drehte sich eine neue Zigarette und paffte eher entspannt als grimmig vor sich hin. Sein Gehirn liebte verworrene Spiele. Jedes Für und Wider musste akribisch analysiert werden, bevor er zur Hochform auflief.

Hartmut würde also nicht hinter dem Rücken des SED-Regimes Verträge ausarbeiten lassen. Das würde er nicht wagen. Das war Fakt für Heinrich.

Da Heinrich seinen Freund aufgrund seiner Überlegungen verdächtigte, auch für den Westen zu arbeiten, musste hier der Grund für seinen, Heinrichs Einsatz, liegen. Wenn Hartmut und das Ministerium ihre offiziellen Anwälte benutzten, könnte die Sache rasch im Westen publik werden, denn Heinrich ahnte, dass es in den Regierungsspitzen und unter den hochrangigen Anwälten der Machtfamilie zahlreiche Spitzel gab, die sich mit geheimen Westaktivitäten und Westbankkonten eine Existenz im Falle einer Enttarnung im eigenen Land sicherten. Also sollte von dieser Sache möglichst nichts durchsickern.

Frage, die er sich stellte: Warum nicht? Was war so geheimnisvoll an D.R.O.P.?

Über das Medikament gab es in Hartmuts Unterlagen keine Details.

Wenn ich anfangen würde, mich schlau zu machen, wäre ich geliefert, überlegte Heinrich. Er konnte also nur spekulieren und das führte nie zu etwas. Fakten waren das

Maß aller Dinge. Heinrich entschied sich also, D.R.O.P. als Supergeheimwaffe einzustufen, die nun also in die Ostblockstaaten geliefert werden sollte, ohne dass der Westen den Hauch einer Ahnung erhielt.

Hartmut könnte mit seinen Verbindungen zum Westen Millionen kassieren, wenn er denen diese geheimen Akten und fertigen Verträge zuspielt, dachte Heinrich. Das SED-Regime würde Blut spucken – und wen verdächtigen? Hartmut Jakobsen, der ihr Vertrauen genoss und höchstpersönlich für super geheime Abwicklung gesorgt hatte, oder ... ihn, den gerade erst neu beauftragten und nun eingeweihten Westfeind, den zu bekehren eben misslungen war oder - von vornherein absichtlich misslingen sollte?

Hartmut schiebt mir den Schwarzen Peter zu, dachte Heinrich nun mit Groll. Das werde ich dem Kerl gründlich vermasseln. Ich werde Verträge ausarbeiten, an denen die sich da oben die Zähne ausbeißen. Ich werde dafür eine Tarnkappe benutzen, die mich niemals mit der Abfassung dieser Dokumente in Verbindung bringen wird. Hartmut hat sich den falschen ausgesucht. Wenn hier was schief geht, werde nicht ich derjenige sein, der über die Klinge springt, dachte Heinrich und rieb sich die Hände.

Von ganzem Herzen dankte er seinem ehemaligen Professor Klarawitzki, ein Superhirn für internationales Vertragsrecht, der Heinrich nächtelang zu denkerischen Höchstleistungen animiert hatte, bis Heinrich auch die kleinsten Fallen und Lücken erkannt und geschlossen hatte.

Schonungslos hatte der Mann seinen Zögling gemartert und ihn einen hirnlosen Idioten gescholten, wenn Heinrich etwas übersehen hatte. »Warum gebe ich mich mit dir noch ab? Es ist aussichtslos. Geh' Zeitungen austragen«, hatte er wutentbrannt gerufen und Heinrich zur Verzweiflung gebracht. Doch er hatte Heinrich nicht klein gekriegt. Heinrich hatte mit verbissener Wut durchgehalten. Als Klarawitzki ihn nach vier Jahren Plackerei e i n m a l lobte, weil Heinrich ein schwieriges Vertragspaket tatsächlich zu seiner Zufriedenheit abgeliefert hatte, waren Heinrich die Tränen gekommen. »Du zeigst Einsatz«, hatte Klarawitzki gemeint.

»Ich mache dich jetzt mit den weltweiten Handelsrechten bekannt.«

Die Schinderei begann von vorne. Doch nun hatte Heinrich Blut geleckt. Die Sache fing an, ihm Spaß zu machen. Professor Klarawitzki machte ihn zu seinem Assistenten. Die Welt, die sich nun vor Heinrich öffnete, war phantastisch. Klarawitzki korrespondierte mit globalen Größen. Nichts entging ihm. Seine kleine Wohnung in Leipzig quoll über mit Akten, Literatur und Korrespondenzen. Nächtelang fachsimpelte er mit Heinrich herum, der sich zu einem würdigen Gegner entwickelte. Klarawitzki akzeptierte ihn als Gleichgesinnten. Vor drei Jahren fand diese Gehirnfreundschaft ein jähes Ende. Professor Klarawitzki stürzte vor seinem Haus schwer und schlug mit dem Kopf auf eine Granittreppe. Er starb zwei Tage später.

Als Heinrich dem Hausmeister des Professors seinen Haustürschlüssel zurück bringen wollte, traf er diesen in Klarawitzkies Wohnung an. Die Wohnung war leer. Gähnend leer.

»Wo sind all die Papiere?«, hatte Heinrich verblüfft gefragt. Der Hausmeister flüsterte:

»Stasi.«

»Was? Wieso?«, hatte Heinrich entsetzt ausgerufen.

Der Hausmeister hatte mit den Schultern gezuckt.

»Westlektüre?«

Plötzlich war die Angst mit Hammergewalt wieder in Heinrich hochgekrochen. Niemand, absolut niemand konnte und durfte sich in diesem Land sicher fühlen. Der Willkür des Regimes konnte man nicht entrinnen. N i c h t s war vonnöten, um sie aufzuwecken. Schon der geringste Verdacht löschte Existenzen aus. Bange hatte er sich einige Tag lang nicht aus seinem Zimmer heraus getraut, ängstlich auf jedes Geräusch auf dem Flur gehorcht. Er fühlte sich schuldig, nur weil er der Assistent des Professors gewesen war. Was hieß nur? War er nicht gerade deshalb trotz vorgeschriebener SED-Mitgliedschaft und seines in Kauf genommenen Jurastudiums von der Aufsicht des Generalstaatsanwaltes der DDR ein Staatsfeind? Weil er zu viel wusste? War er jetzt auch eine negative Person, in die heimliches Eindringen in intimste, persönliche Bereiche zur Tagesordnung gehörte? Als er nach einer Woche nicht behelligt wurde, ging er auf die

Straße und huschte um die Hausecken, sich immer wieder umblickend. Niemand lauerte ihm auf, niemand belästigte ihn, niemand schleppte ihn zu Verhöre. »Ich habe nichts verbrochen. Ich muss mich unter Kontrolle kriegen«, sagte er sich immer wieder, wenn ihn auch der Angstwurm anfraß.

Über sich selbst hinauswachsend mietete er diese Räume, nagelte ein Schild an die Hauswand ›Herbert Semmelmuth, Rechtsanwalt und Notar‹ und fing langsam wieder an, zu leben.

Heinrich wusste, dass auch die größte Vorsicht das SED-Regime nicht davon abhalten konnte, ihn auf nimmer Wiedersehen verschwinden zu lassen. »Aber ich werde mich davon nicht unterkriegen lassen.« Er war ein braver Staatsbürger der DDR geworden, der seine heimlichen Sehnsüchte für sich behielt.

Und nun tauchte Hartmut auf, noch nicht einmal ein Freund, eher ein lockerer Bekannter, der höchstwahrscheinlich aus egoistischen Motiven Heinrichs mühsam zusammen geschustertes Dasein durcheinander bringen wollte. Oder hat man mich bisher nur in Ruhe gelassen, um jetzt Gebrauch von mir zu machen? überlegte Heinrich.

Vorsicht stand ihm eingemeißelt auf der Stirn, als er sich fortan ex nunc den von Hartmut gewünschten Verträgen widmete. Einige Nachfragen konnte er mit Hartmut telefonisch klären, der jedoch jedes Mal darauf bestand, Heinrich zurückzurufen. Heinrich, ohnehin misstrauisch, durchstöberte daraufhin jeden Zentimeter seiner Räume nach Wanzen oder Ähnlichem und vergaß auch nicht, sein Telefon auseinander zu nehmen, dessen Anschluss, der außerordentliche Mangelware war, ihm überraschend plötzlich zur Verfügung gestellt wurde. Jahrelang hatte er das Telefon nebenan in einer Kneipe benutzt. Er wurde nicht fündig, was seiner Ansicht nach aber nicht bedeutete, dass nichts da war.

Zweieinhalb Monate später spazierte er mit Hartmut ins Staatssicherheitsministerium und gab seine Verträge ab. Sie wurden abgesegnet.

Hartmut lud Heinrich zur Feier des Tages in ein Restaurant ein. »Du hast erstklassige Arbeit geleistet. Das hat man mir geflüstert. Es werden weitere Aufträge folgen. Du erhältst übrigens neue Räume in Leipzig. Repräsentativer. Hier sind die Schlüssel und die Adresse. Du kannst in den nächsten Tagen dort einziehen. Und - du brauchst eine Sekretärin. Ich erwarte sie in einer halben Stunde. Ich stelle sie dir dann vor.«

Auch wenn es Heinrich vor Entsetzen den Atem verschlug, er heuchelte Freude. »Das ... das ist sehr großzügig.«

Hartmut nickte wohlwollend. »Freunden gegenüber ist das Regime nun mal nicht kleinlich. Du wirst schon sehen. Man hat für dich eine Bankverbindung eingerichtet. Um deine Unkosten zu decken. Hier, deine zukünftige

Bankkarte.«

Man ist gerade dabei, mich zu kaufen, dachte Heinrich und sagte laut: »Ich bin ... überwältigt.«

Sabine Beck, Heinrichs neue Sekretärin, erwies sich als tüchtige, überaus angenehme Dame in Heinrichs Alter. Wider Willen war Heinrich von ihrer zurückhaltenden, höflichen Art angetan, was im Gegensatz zu seiner vorgefassten Meinung stand, dass man sie bei ihm eingeschleust hatte, um ihm hinterher zu spionieren. Während seiner Geschäftszeit war Heinrich deshalb so bemüht, keine Fehler zu machen oder irgendjemandem verdächtig zu erscheinen, dass er krampfhaft und verbissen alle Fälle und Prozesse doppelt und dreifach durchleuchtete, um sie dann offiziell ›im Sinne des Regimes‹ abzuwickeln, wenn auch absichtlich nicht immer zu deren vollster Zufriedenheit. Immerhin wurde von ihm erwartet, dass ein verteidigender Rechtsanwalt auf der Seite der Ankläger und nicht auf der Seite des ›Staatsfeindes‹ stand. Heinrich hatte gelernt, sich für ihre Kritik dumm zu stellen. »Oh, ich Anfänger«, rief er oft beschämt aus. »Nächstes Mal werde ich das beachten.«

Er hoffte damit durchzukommen und Zeit zu schinden, auch wenn ihm sein eigener Angstschweiß das Hemd durchnässte und die gegnerischen argwöhnischen Blicke ihn zur Vorsicht mahnten. Er ahnte, dass sie ihn im Visier hatten.

Er behandelte Sabine Beck und alle, die zu ihm kamen,

mit ausgesuchter Zuvorkommenheit, um sich um Gottes Willen keine Blöße zu geben und nicht aufzufallen.

»Er ist ein Hundertprozentiger«, erzählte Sabine Beck ihrem Bruder zu Hause. »Er darf niemals merken, dass wir hier raus wollen. Rufe mich nie im Büro an. Wenn wir uns unterhalten, dürfen wir nur flüstern. Und stell' das Radio auf volle Lautstärke. Er arbeitet für das Regime. Er scheint mir zu misstrauen. Ich weiß gar nicht warum. Ich arbeite offiziell doch auch für sie. Wir ziehen doch beide am selben Strang. Verdammt, ich weiß einfach nicht, warum er mich auf dem Kieker hat.«

Sabine wunderte sich nicht, als ihr eines Tages Kopien von D.R.O.P. - Verträgen in die Hände fielen, als sie im Panzerschrank nach einer Urkunde suchte. Sinnend betrachtete sie die Handelsverträge, die Erinnerungen an Friedrich Petersen in Lübeck hochkommen ließen, der ihr fast wie ein Vater gewesen war. Wie mochte es dem Mann ergangen sein? Hoffentlich ging es ihm gut.

Die Reaktion von Heinrich Semmelmann, der ihr die Akten aus den Händen riss und meinte, das ginge sie nichts an, verwunderte sie.

»Ja, Herrgott, entschuldigen Sie. Ich wusste nicht, dass ich mir popelige Handelsverträge nicht ansehen darf. Du meine Güte«, rief Sabine Beck aus. Dann stolzierte sie hinaus.

Heinrich kam sich völlig idiotisch vor. Das war sein schlechtes Gewissen. Sie hatte ja Recht. Was regte er sich auf? Das waren ganz normale Verträge. Keine geheimnisvollen Dokumente, die er vor dem Osten verstecken musste. Seine Reaktion musste der DDR-Spiontussi ja völlig überzogen vorkommen. Bestimmt hatte er sich jetzt verdächtig gemacht. Jetzt vermutete die Frau bestimmt Geheimnisse in seinem Tresor. Westgeheimnisse. Heinrich war drauf und dran, sich bei ihr zu entschuldigen, fragte sich aber sogleich, ob sie das nicht falsch verstehen würde. Würde sie das nicht so auffassen, als würde ihn ein schlechtes Gewissen dazu treiben? Dass er vielleicht noch andere Leichen im Keller hatte, die es zu verbergen galt? Dann würde sie ihn anschwärzen.

Meine Angst vor diesem Mistregime, vor allem, seit ich für die arbeite, macht mich noch wahnsinnig, stöhnte Heinrich. Was wird die Dame ihren Auftraggebern jetzt erzählen? Dass ich ausraste, wenn sie offizielle Unterlagen ansieht. Übel, übel. Das darf mir nicht noch einmal passieren. Derartige Ausrutscher können mich mein Leben kosten.

Aber zeigte es dem MfS nicht auch, dass er nur übervorsichtig war und keinen Verdacht gegen seine Sekretärin hegte, für sie zu arbeiten? Das müsste ihnen doch gefallen.

So tat er gar nichts.

Drei Jahre später warf ihn eine Nachricht völlig aus der Bahn und verstärkte seine Fluchtgedanken derartig, dass er sich kaum beherrschen konnte. Sein Vater teilte ihm während eines ihrer seltenen Telefonate mit, dass seine Mutter verstorben sei. Heinrich wankte völlig fertig aus der Kneipe, aus der er immer noch in den Westen telefonierte, mit verstellter Stimme und unter falschem Namen. Sein Vater bat ihn flehentlich, nach Hause zu kommen. Die Beerdigung wäre in drei Tagen. Ob er nicht eine Besuchserlaubnis erwirken könne? Heinrich konnte nicht. Er war ja nicht Heinrich Semmelmann, der im Westen Verwandte besuchen konnte, er war Herbert Semmelmuth.

Zum ersten Mal seit Jahren fraß wieder der Hass an ihm. Hass auf sein unseliges, trügerisches Dasein, hervorgerufen durch Lug und Trug und Intrigen. Er hasste seine verfluchte Angst vor Entdeckung, seine Angst auf Zuchthaus, Verhöre und Folter und fragte sich, ob es das alles wert war. Ich bin ein feiges Schwein, stöhnte Heinrich. Ich sollte alles hinschmeißen und mich outen. Ich bin ein Heimat- und Familienverleugner. Alles, was mir lieb und teuer ist, verstecke ich. Nur um hier in Frieden dahin zu vegetieren. Sie benutzen mich für ihre Spielchen und ich wehre mich nicht. Was bin ich nur für eine entsetzliche Kreatur.

Schniefend stolperte Heinrich nach Hause, direkt in die Arme von Sabine Beck, die vor seiner Eingangstür saß und auf ihn wartete.

»Was wollen Sie denn hier?« fuhr er sie an.

»Ich ... ich ... bitte entschuldigen Sie. Ich habe eine Nachricht für Sie. Vom Amt.« Zögernd hielt sie ihm einen

Umschlag vor die Nase.

Heinrich sah sie an. Und sah ihre Verlegenheit. Er durfte sich nicht gehen lassen. Die Frau hatte ihn ohnehin auf dem Kieker. Jetzt galt es, eiserne Beherrschung zu zeigen.

»Kommen Sie herein.«

Sabine folgte ihm und setzte sich auf die äußerste Kante eines Sessels, den er ihr anbot. Nervös nestelte sie an ihrer Handtasche herum, zog ein Taschentuch hervor, schnäuzte sich und übergab Heinrich endlich den Umschlag. Heinrich öffnete ihn, erblasste und legte ihn zitternd auf seinen Schreibtisch. Die ex officio Nachricht bestätigte das vor kurzem geführte Telefonat mit seinem Vater.

»Ich brauche einen Cognac. Möchten Sie auch einen?«

Sabine nickte. »Danke. Gerne. Ich hoffe, keine unangenehmen Nachrichten?«, hauchte sie.

Heinrich sah sie an, sah ihre Nervosität, ihren gesenkten Blick, ihr heuchlerisches, scheinheiliges Gehabe und rastete aus.

»Sparen Sie sich Ihr Getue, Frau Beck. Sie wissen doch, was drin steht«, grunzte Heinrich, ging an sein Barfach und goss zwei Cognacs ein. Er hielt Sabine Beck das Glas hin, obwohl er es ihr am liebsten ins Gesicht geschüttet hätte.

»Sie irren sich. Ich weiß von nichts«, entgegnete Sabine.

»Natürlich nicht! Sie haben ja keine Ahnung, Sie

Unschuldslamm! Sie wissen natürlich nicht, dass ich Heinrich Semmelmann aus Köhlerdorf im Westen bin und als Student von Ihrem Regime gekidnappt und zwangsverpflichtet worden bin, nicht wahr? Und dass meine Mutter gerade drüben gestorben ist, ohne mich noch einmal zu sehen, wissen Sie natürlich auch nicht. Diese Nachricht haben Sie mir nämlich gerade überbracht. Sie, die man bei mir eingeschleust hat, um mich auszuspionieren, sind unschuldig wie frisch gefallener Schnee, nicht wahr? Nun, Sie können wieder gehen und Ihren Auftraggebern ausrichten, dass ich die Nachricht dankend erhalten habe und meine familiären Bindungen in den Westen allmählich aussterben. Wenn Sie noch einen Rest Menschlichkeit in sich haben, erwähnen Sie meine Gefühle nicht. Wenn doch, ist es mir auch egal.«

Heinrich stürzte einen weiteren Cognac hinunter. Sabine Beck saß wie vom Donner gerührt auf ihrer Sesselkante und sah bestürzt auf den Mann, der ihr in den vergangenen Jahren wie ein eiskalter Stasi-Oberst vorgekommen war und ihr eigenes Leben von morgens bis abends so unheilvoll bestimmt hatte. Verängstigt fragte sie sich, was sie von diesem Ausbruch halten sollte? Erzählte der Mann ihr das alles, um sie zur Mitwisserin zu machen? Wollte er ihre Regime-Treue testen? Sein Privatmist ging sie nichts an. Sicherlich wurde der Raum hier abgehört? Was wurde hier gespielt?

Wütend und empört sprang Sabine Beck auf, eilte zur Stereoanlage, die sie in der Schrankwand sah und drehte den eingestellten Sender zur vollen Lautstärke auf.

Heinrich fuhr erschrocken auf und eilte auf die Anlage zu. Sabine hielt ihn fest.

»Bei dem, was ich Ihnen jetzt sage, brauche ich keine Mithörer. Warum erzählen Sie mir das alles?«, schrie Sabine. »Was habe ich Ihnen getan? Ich habe Ihnen immer korrekt gedient. Ihnen und dem Regime. Wie Sie es von mir verlangten. Warum beichten Sie mir eine fiktive Westlegende und appellieren an meine – in Ihren Augen nicht vorhandene - Menschlichkeit? Zu was wollen Sie mich jetzt wieder erpressen? Mein Bruder hat seit Jahren keine Rebellion mehr angezettelt und nie mehr gegen den Einmarsch der Warschauer Pakttruppen in die CSSR `68 protestiert. Er tut doch alles, was Sie und Ihre Leute wollen. Warum sind Sie so gemein? Ich hasse Sie.«

Aufschluchzend sank Sabine auf den Fußboden, erhob sich aber sofort. Sie wusste, dass Tränen und bettelnde Verzweiflung bei diesen Leuten nichts nutzten. Ihre eigene Erniedrigung wäre umsonst. Gefasst richtete sie sich auf.

»Sagen Sie mir, was Sie von mir wollen. Verhaften Sie mich. Ich kann nicht mehr. Ich sage alles. Sicher ist es deshalb, weil ich meinem letzten Auftragsopfer D.R.O.P. besorgt habe, nicht wahr? Sie haben es heraus bekommen. Seit Sie mich mit der Akte in Ihrem Büro erwischt haben und so wütend waren, ahnte ich, dass Sie mir drauf kommen und mich bei passender Gelegenheit einbuchten. Ich lebe seitdem in ständiger Angst. Ich halte das nicht mehr aus. Machen Sie mit mir, was Sie wollen. Nur verschonen Sie meinen Bruder.«

Heinrich Semmelmann war so geschockt, dass er schwieg. Er machte einige Schritte rückwärts und plumpste in einen Sessel, in der einen Hand sein Glas, in der anderen die Flasche und sah seine Sekretärin mit hohlem Blick an. Das Radio dröhnte mit furchtbarer Lautstärke durch den Raum. Mindestens zehn Minuten lang lauschte Heinrich der Volksmusik, dann erhob er sich und betätigte den Regler der Anlage.

»Sabine, setzen Sie sich. Ich glaube, wir sollten uns einmal unterhalten. Haben Sie keine Angst. Dieser Raum ist nicht verwanzt. Sie haben mein Wort. Ich prüfe das jeden Tag. Ich habe den Eindruck, dass wir jahrelang aneinander vorbei gearbeitet haben. Ich dachte, Sie spionieren mich aus. Sind auf mich angesetzt. Wegen meiner Vergangenheit. Ich wusste nur nicht, dass man auch Sie dazu gezwungen hat. Offensichtlich wegen eines Bruders, von dem ich bislang nichts wusste. Sabine, ich weiß, das ist jetzt ganz entsetzlich schwer – aber wie wäre es, wenn Sie mir vertrauten und mir alles erzählen? Noch vor fünfzehn Minuten dachten Sie, ich würde Sie verhaften lassen. Sie haben also eigentlich nichts zu verlieren, oder?«

Sabine Beck sah ihn aus großen Augen an. »Sie ... Sie arbeiten nicht wirklich für die Stasi? Sie sind wirklich ... aus dem Westen?«

Heinrich nickte. »Wenn Sie das irgendjemandem

erzählen, bin ich geliefert.«

Die nächsten Stunden waren der Beginn einer lebenslangen Freundschaft. Endgültig wurde diese bis dahin platonische Zuneigung besiegelt, als Sabines Bruder es zwei Jahre später im Osten nicht mehr ertrug und einen Fluchtversuch unternahm.

Er wurde 1980 erschossen.

13

2007

Verstohlen um sich blickend huschte Vera über die Lichtung. Sie hoffte, dass die Dämmerung sie vor unliebsamen Augen schützen würde. Sie brauchte Nachschub. Unbedingt. Vor gut einer Stunde hatte sie Arthur Süttler ihre letzte D.R.O.P. Pille verpasst und morgen früh hatte sie weitere Patienten zu versorgen. Es war gar nicht so einfach, sich davon zu schleichen, denn Arthur hing an ihr wie eine Klette. Gott sei Dank hatte Joachim sie erlöst, sodass sie sich davon stehlen konnte. Sie hatte einen Abendspaziergang vorgetäuscht. Vera griff nach ihrem Dietrich – Gott segnete hoffentlich Robert für seine Schulung, sonst wäre sie zu so etwas nie fähig gewesen - nestelte das Schloss des Scheunentores auf und zwängte sich durch die Öffnung. Ihr Medizinschatz stand im Container unversehrt in der Mitte der Scheune. Vera füllte einen Korb mit den Schachteln – und lauschte. Sie hatte ein Geräusch gehört. Vorsichtig wandte sie sich um. Verdammt! Arthur Süttler! Er stand in dem Spalt des geöffneten Tores und starrte in die Scheune. Er sah sie an – und sagte nichts.

»Herr Süttler, was machen Sie denn hier? Sind Sie weggelaufen?«, fragte Vera trotz ihres Schrecks unbeschwert und ging auf ihn zu.

»Elise, was tust du hier?«

»Ich gehe spazieren«, entgegnete Vera.

»Triffst du dich wieder mit Kurt?«

»Mit Kurt? Ich kenne keinen Kurt«, meinte Vera, lotste Arthur ins Freie und verriegelte das Tor.

»Du lügst mich an? Was soll das?« Arthurs Stimme klang böse.

»Ich lüge nicht, Herr Süttler.«

Vera ging davon, auf die Lichtung zu.

»Elise, warte, wenn ich mit dir rede. Was willst du noch von dem Kerl, der dich vergewaltigt, geschwängert und sitzen gelassen hat? Wo ist er? Ich bringe ihn um«, schrie Arthur Süttler außer sich.

Vera drehte sich um.

»Herr Süttler, was reden Sie denn da? Hier ist niemand, der mich belästigt. Kommen Sie, wir gehen nach Hause.«

»Elise, du bist meine Frau. Ich liebe dich. Warte, ich werde dir diesen Kerl aus dem Kopf treiben.« Mit einem Satz war Arthur bei Vera, packte sie, schmiss sie zu Boden und versuchte, sie zu küssen.

Vera war entsetzt. Ekel überkam sie, als der alte Greis anfing, sie zu betatschen. Sie war überrascht, welche Kräfte in dem Mann steckten. Verbissen wehrte Vera sich. Sie schlug, sie biss und riss ihm einige von seinen spärlichen Haaren aus, was ihr sofort leid tat. Doch irgendwie musste sie sich ja gegen diese Attacke wehren. Was war nur mit dem Mann los? Vera wagte nicht, zu schreien. Sie wollte jede Aufmerksamkeit vermeiden. Mit erheblichem Einsatz gelang es ihr endlich, den Mann von sich herunter zu schubsen. Sofort sprang Vera auf die Beine, griff nach ihrem Korb und rannte davon.

»Elise, warte, es tut mir leid«, hörte sie ihn jammern, blieb stehen und verschnaufte.

Oh, Gott, ich kann ihn hier nicht liegen lassen. Der findet nie nach Hause, überlegte Vera. Doch wie konnte sie sich ihm nähern, ohne dass er wieder wütend über sie herfiel. Wenn er nur nicht ewig der Meinung wäre, sie wäre Elise. Das wurde immer schlimmer. Was konnte sie nur tun?

In der Ferne hörte sie Rufe, die dem Alten galten. Joachim suchte ihn. Vera ordnete ihre Haare und ihre Kleidung, an der der Schmutz klebte. »Herr Süttler. Wir sind hier«, rief sie wiederholt und ging einige Schritte auf Arthur zu, der nun wie ein Kleinkind auf dem Boden hockte und heulte.

Vera half ihm auf die Füße.

»Elise, bitte, sei mir nicht böse. Ich wollte dir nicht weh tun. Ich bin doch nicht wie Kurt.«

Arthur fuhr Vera über die Haare, über das Gesicht – und - küsste sie behutsam auf die Lippen, auf die Wangen, auf die Nase.

Joachim, der auf die Lichtung trat, traute seinen Augen nicht. »Frau Diedrichs, Vater?«, rief er verblüfft. »Was ist hier los? Vater, wie siehst du denn aus? Ist er gefallen, Vera?«

»Wir sind beide hingefallen. Es ist hier sehr rutschig. Ihr Vater ist mir nachgelaufen. Ich dachte, Sie wollten auf ihn aufpassen?«, fragte Vera vorwurfsvoll und leicht verlegen.

»Ich wollte mir nur kurz eine Flasche Wein aus dem Keller holen. Als ich wieder kam, war er schon verschwunden.«

»Kommen sie. Haken Sie ihn unter. Nehmen wir ihn in die Mitte. Er muss nach Hause«, ordnete Vera an.

Arthur kicherte selbstvergessen vor sich hin. »Ich bin ihm zuvorgekommen. Elise, bist du mir dankbar? Jetzt wartet er auf dich, bei der Scheune. Da wird er lange warten können. Ich habe ihm die Tour vermasselt.«

So ging das bis nach Hause.

Als Vera und Joachim den Mann endlich versorgt und ins Bett gebracht hatten, meinte Joachim: »Er hat überall Kratzer und Schrammen. Wovon redet er bloß die ganze Zeit? Wir dürfen ihn nie wieder alleine da draußen rumlaufen lassen.«

»Natürlich nicht! Er war sehr erregt. Er beschimpfte mich – als Elise. Er sagte: ›Was willst du noch von dem Kerl, der dich vergewaltigt, geschwängert und sitzen gelassen hat.‹ Er glaubte, ich – ähm Elise - träfe sich bei der Scheune mit einem Kurt. Was meinte er damit?«

»Was? Ich habe keine Ahnung. Wieso hat er Sie geküsst?«

»Er war so erleichtert mich zu sehen nach seiner Herumirrerei, dass es ihn regelrecht überkam. Ich war selbst überrascht, das dürfen Sie mir glauben.«

»Vera, entschuldigen Sie. Wenn es Ihnen zu viel wird ... ?« Joachim sah sie verlegen an.

»Heute war es ziemlich hart, ehrlich gesagt. Was mir Sorge macht, ist diese Aussage über seine Frau und diesen Kurt. Es klang realistisch. Irgendetwas ist da in ihm hoch gekommen. Was war da los?«

»Ich weiß es wirklich nicht. Soll ich seinen Freund Matthiesen befragen? Vielleicht kann der Licht in die Sache bringen?«

»Weiß ich nicht. Was bringt es uns, wenn wir alte Sachen aufwärmen? Wird es nicht noch schlimmer, wenn wir ihn mit uralten Kamellen belästigen?«

»Könnten wir dann nicht besser auf ihn eingehen? Situationen vermeiden, die ihn so anfällig für Ausbrüche machen? Ehrlich gesagt, sorge ich mich. Wenn er schon anfängt, Sie zu küssen? Wer weiß, was eines Tages noch über ihn kommt. Er ist manchmal fast besessen davon, in Ihnen Elise zu sehen. All die Jahre, die Sie nicht hier waren, ist so etwas nie passiert.«

»Oh. Sie geben mir die Schuld? Dann, dann ist es wohl besser, ich kündige. Ich möchte auf keinen Fall die Ursache für Zwistigkeiten sein«, erwiderte Vera kläglich und doch betroffen. Verflucht, es waren die Pillen, die die Vergangenheit hochkommen ließen! Was für ein Trauma schleppte Arthur mit sich rum, das die Pillen hervorkramten. Schöpfte Joachim Süttler einen Verdacht?

Der sah brummig vor sich hin. »Es ist spät. Wir werden morgen noch einmal darüber sprechen. Bitte entschuldigen Sie mich jetzt.«

Joachim ging hinaus, überprüfte wie jeden Abend, ob alle Boxentüren und Tore geschlossen und alle Lichter verlöscht waren und ging ins Bett.

Ihm ging die Ankündigung von Vera ›dann kündige ich lieber‹ nicht aus dem Kopf. Er hatte sich so an ihre Anwesenheit gewöhnt, dass es ihm schwerfallen würde, auf sie zu verzichten. So eine Perle wie sie finde ich nie wieder, überlegte Joachim. Sie kommt eigentlich hervorragend mit Vater zurecht. Wenn er sie nur nicht ewig mit Mutter verwechseln würde. Und was hatte es plötzlich mit einem Kurt auf sich? Ich werde Matthiesen fragen und dann entscheiden, dachte Joachim.

Diesen Vorsatz setzte er am nächsten Morgen in die Tat um. Das Wetter war schön und er sattelte Utrecht und ritt zu Matthiesens ins Dorf. Er band das Pferd an einen der eisernen Mauerhaken, die noch aus alten Zeiten aus der Hauswand ragten, als Matthiesen selbst mit seinen Kaltblütern Kohlen transportiert hatte und trat durch den Hintereingang in die große Küche. Die ganze Familie saß am Tisch und frühstückte. Matthiesens Sohn Tobias ermahnte gerade seinen Jüngsten, selbst zu essen und nicht alles dem Hund unter dem Tisch zuzuwerfen. Seine Frau Martha, die in einem Nebengebäude des Anwesens einen Blumenladen betrieb, sah auf, als Joachim eintrat und begrüßte ihn herzlich. Sie brachte ein weiteres Gedeck und lud Joachim ein, tüchtig zuzugreifen.

»Entschuldige mich, Joachim, ich muss den Laden öffnen. Komm' doch nachher rüber und nimm einen Blumenstrauß für Vera mit. Ich habe wundervolle Dahlien. Vera hat mir vor einigen Tagen eine herrliche Massage für meine Schulter verpasst. Seitdem habe ich keine Schmerzen mehr. Ich bin ihr Dank schuldig.«

»Mach' ich, Martha. Obwohl – ich bin mit Utrecht hier. Aber ich werde mich bemühen, die Blumen einigermaßen passabel nach Hause zu transportieren«, lachte Joachim.

Der siebzehnjährige Daniel, Dieter Matthiesens jüngster Enkel, sprang auf.

»Oh, Joachim, darf ich mit Utrecht auf dem Hof umherreiten?«

»Meinetwegen. Wenn deine Eltern es erlauben?«

Tobias und Martha nickten. »Er ist genauso wild auf Pferde wie sein Großvater.«

»Meine Kaltblüter waren eher zum Arbeiten als zum Reiten da«, grinste Dieter Matthiesen. »Obwohl – zum jährlichen Erntedankfest habe ich sie geputzt und gewienert, da konnten sie es mit den schönsten Vollblütern aufnehmen. Edeltraut hat Blumenkränze in ihre Mähnen und Schweife geflochten und das auf Hochglanz polierte Geschirr glänzte in der Sonne wie geriebenes Silber. Und selbstverständlich bin ich mit ihnen durchs Dorf geritten. Herrliche Zeiten waren das, nicht wahr Edeltraut?«

Seine Frau nickte. »Dein Großvater, Joachim, Gott hab' ihn selig, hat uns damals, bevor er in den Krieg zog, ein wundervolles Geschirr geschmiedet. Wann war denn das Dieter, 38?, da warst du noch ein kleiner Steppke. Du hast mir erzählt, es war so schwer, dass du es nicht heben konntest. Es hängt noch drüben im Schuppen. Joachim, wir haben schon mal gedacht, ob es dir vielleicht Freude machen würde, es bei dir aufzuhängen? Wo du doch einen Reiterhof hast?«

»Oh, das würde es sicherlich. Aber Großvater hat es euch geschenkt. Das kann ich nicht annehmen«, meinte Joachim verblüfft.

»Du kannst«, schmatzte Dieter. »Du kannst Daniel dafür erlauben, bei dir zu reiten. Solange er noch hier ist. Er wird in der Stadt auf die Uni gehen. Wenn er ein gutes Abitur hinlegt. Er will Tierarzt werden. Hier in Köhlerdorf 'ne Praxis aufmachen. Mein jüngster Enkel ist der einzige, der das Landleben liebt. Die beiden anderen hat es magisch in die Stadt gezogen«, entgegnete Dieter Matthiesen etwas wehmütig.

Joachim grinste. »Abgemacht. Daniel ist jederzeit bei mir willkommen. Einen angehenden Tierarzt muss ich mir warm halten.«

»Wie geht es Arthur?«, fragte Dieter.

Joachim hatte nur auf diese Frage gewartet. »Es geht so. Deshalb bin ich auch gekommen. Er hatte gestern wieder einen etwas merkwürdigen Ausbruch. Er war weggelaufen. Vera fand ihn bei der alten Nickel-Scheune. Sag' mal, Dieter, kennst du einen Kurt?«

Dieter Matthiesen zuckte zusammen. »Was? Wen? Wieso?«

»Arthur hielt Vera mal wieder für Elise. Er beschimpfte sie, indem er ihr vorwarf, dass sie sich mit einem Kurt treffen wollte, der sie ... vergewaltigt, geschwängert und sitzen gelassen hätte? Die Sache schien ihn ziemlich mitzunehmen. Sieh' mal, ich bin froh, Vera bei uns zu haben, aber die Attacken von Arthur, der sie für Elise hält, machen uns zu schaffen. Vater ist so weit gegangen, Vera zu küssen. Stell' dir das vor. Sie will kündigen. Vielleicht kannst du mir sagen, wer Kurt ist? Denkt Vater sich das alles aus? Ist er verwirrt oder was? Mutter kann ich ja nicht mehr fragen. Du bist der einzige aus der alten Zeit, der mir etwas erzählen könnte.«

Dieter und Edeltraut Matthiesen sahen sich bestürzt an. Dann tätschelte Edeltraut die Hand ihres Mannes, nickte begütigend und schlurfte aus der Küche. »Ich sehe mal nach Daniel.«

Kaum hatte seine Frau die Tür hinter sich zugezogen, steckte sich Dieter Matthiesen eine Zigarre an. »Sie darf mich damit nicht erwischen«, kicherte er. Dann wurde er ernst. »Alte Geschichten sollte man ruhen lassen, Joachim.«

»Vater lässt sie nicht ruhen. Das ist das Problem, denke ich.«

Dieter nickte nachdenklich vor sich hin.

»Also, gut. Kurt ist Kurt Nickel. Der Sohn vom Alfons Nickel, dem Fuhrmann. Damals, 46, glaube ich, war er hinter Elise her. Genau wie Arthur. Dem passte das gar nicht. Das Mädchen wurde schwanger von dem Nickel. Angeblich nach einer gewaltsamen … du weißt schon. Er ließ sie sitzen. Er haute ab. Von einem Tag zum anderen. Nach Lübeck. Zu seinem Patenonkel. Das Kind von Elise und diesem Kerl starb bei der Geburt. Dann heiratete sie Arthur.«

»Dieser Kurt Nickel hat meine Mutter vergewaltigt?« Joachim war geschockt.

Dieter Matthiesen schwieg lange.

»Das will ich damit nicht gesagt haben. Ich weiß es nicht ganz genau. Das war ein Gerücht, das herumging. Später. Daraufhin hasste jeder im Dorf den Nickel noch mehr als vorher. Das ist die offizielle Version. Du bringst mich in Verlegenheit, Joachim, weil ich der beste Freund von Arthur bin. Meine Geschichte fällt deshalb anders aus, als die der anderen. Es wäre ein Vertrauensbruch gegen Arthur, wenn ich dir Dinge erzähle, die Arthur nur mir unter dem Siegel der Verschwiegenheit gestanden hat.«

»Ich brauche die wahre Geschichte, Dieter. Gerade für Arthur.«

»Warum lässt du ihn nicht einfach in Ruhe?«, nörgelte Dieter.

»Weil er uns nicht in Ruhe lässt, Dieter. Er tut Dinge, die mir und Vera Diedrichs Angst machen, weil wir sie nicht verstehen.«

»Dann versteht ihr sie eben nicht.« Dieter blieb hartnäckig.

»Die Vergangenheit lebt in ihm. Er rastet bei Begebenheiten aus, die wir vermeiden könnten, wenn wir wüssten, was wir vermeiden müssten. Dieser Kurt, der scheint ihn zu beschäftigen. Was ist, wenn er plötzlich jemanden anfällt, den er für Kurt Nickel hält? Er fällt bereits Vera an – und knutscht sie ab. So geht das nicht weiter.«

»Oh, Mannomannomann«, schnaufte Dieter. »Er hat mir mal erzählt, dass er Elise und Kurt in der Scheune gesehen hat. Nach dem Erntedankfest, 46. Sie liebten sich. Aber nicht gewaltsam. Das hat ihm zu schaffen gemacht. Weil doch das Gerücht etwas anderes besagte. Er redete sich ein, dass Kurt seiner Elise danach noch etwas angetan haben müsste, als Arthur selbst davon gelaufen war. Er war eifersüchtig – und fast besessen von Elise. Ich habe ihn häufig zu Geduld und Gelassenheit ermahnt. Er … er hat mir erzählt, dass er zu Kurt Nickel gegangen ist! Nachdem der Kerl Elise in einer eisigen Nacht - ich nehme an, vor Wut über ihre Schwangerschaft – vom Schlitten gestoßen hat. Elise wurde krank. Lungenentzündung. Arthur hat Kurt vor lauter Wut erzählt, Elise hätte in dieser Nacht eine Fehlgeburt gehabt und wolle ihn nicht mehr sehen. Arthur hat ihn damit aus dem Dorf vertrieben. Elises erstes Kind kam erst Monate später in Mettstadt tot zur Welt. Da fällt mir ein, du kannst deine Großeltern befragen. Koppenhöhs haben alles hautnah miterlebt. Warum gehst du nicht zu ihnen?«

»Ich glaube nicht, dass Rasputin und Adelheid mir das erzählen können, was du mir erzählst. Du bist Arthurs Freund. War das alles? Gibt es noch etwas?«, forschte Joachim nach. Dieter Matthiesen sah aus, als wollte er noch etwas von sich geben. Besorgt drückte er seinen Stumpen im Aschenbecher aus. »Nein! Warum nur vermischt die alte Zeit mit dem Heute? Irgendetwas malträtiert sein Gemüt. Und das ist erst so, seit diese Vera Diedrichs bei euch arbeitet. Sie erinnert ihn zu sehr an Elise. Du solltest sie wegschicken. Ihre Gegenwart scheint ihn zu quälen.«

»Wird das bei der Nächsten nicht genau so sein?«, grübelte Joachim.

»Das wirst du dann ja sehen.«

»Lebt der Nickel noch irgendwo?«, fragte Joachim.

Dieter Matthiesen sah Joachim entsetzt an. Er wand sich.

»Kurt Nickel? Mensch, Joachim! Nein, der ist doch …

der ist doch ... ums Leben gekommen. 99. Bei der Explosion in seinem Haus. Das musst du doch wissen, Junge. Deine Mutter ist doch auch dabei umgekommen.«

»Was? Du liebe Güte. Na, klar. Der Unfall! D e r Kurt Nickel! Ach, du Scheiße. Ich hatte ganz vergessen, dass der Kurt hieß. Das Ganze wurde nie wirklich an mich herangetragen. Mutter ... Mutter ... war bei diesem Mann, als sie starb? Oh, mein Gott, wieso?«

Dieter Matthiesen zuckte mit den Schultern. »Sie war ja nicht in seinem Haus. Sie stand unter dem alten Backsteintorborgen an der Straße. Einige Steine hielten der Detonation nicht stand. Sie trafen sie am Kopf. Das weißt du doch.«

Joachim erinnerte sich.

»Ich war in Bayern in Urlaub, als mich Vaters Nachricht erreichte. Es war furchtbar. Vater ... ach, du meine Güte. Seitdem ist er nicht mehr derselbe. Den Schlag hat er nie verkraftet. Und Mutter – bei diesem Kerl! Ausgerechnet.«

Dieter Matthiesen schwieg. Joachim erhob sich.

»Danke, Matthiesen, dass du mir das alles erzählt hast. Es tut mir leid, dass ich dich damit belästigt habe. Ich denke, ich werde in Zukunft mehr Verständnis für Vater aufbringen. Du hast mir sehr geholfen. Ich werde Koppenhöhs vielleicht noch mal fragen, was da war. Das mit Vera Diedrichs muss ich mir durch den Kopf gehen lassen.«

Joachim ging zu Martha, holte sich den Strauß ab, verabredete mit Daniel einen Reittermin und trabte die Dorfstraße entlang. Als er am Haus von Notar Heinrich Semmelmann vorbei ritt, fiel ihm ein, dass er nochmals wegen der Nickelwiesen bei ihm vorsprechen wollte. Die Nickelwiesen! Joachim stockte.

Der Name Nickel bekam für ihn plötzlich einen schalen Beigeschmack. Da war er also die ganze Zeit scharf auf die Wiesen von jemandem, der das Leben seiner Eltern durcheinander gebracht hatte. Kurz schoss Joachim erneut durch den Kopf, was wohl seine Mutter ausgerechnet an dem Tag zu dem Nickel geführt haben mochte, als bei dem eine Gasflasche explodierte. Was für eine schreckliche Tragödie. Er war sich nicht sicher, ob er die Wiesen jetzt noch haben wollte. Doch das Ganze war ein tragischer Unglücksfall gewesen. Entschlossen führte er Utrecht am Haus des Notars vorbei in dessen Garten, band ihn an einen Baum - mit Utrecht war das kein Problem, der stand, wo er hingestellt wurde - und betrat das Büro des Notars.

Frau Beck, die Vorzimmerdame, bat Joachim ins Wartezimmer, das leer war und geleitete ihn dann zügig zu Herrn Semmelmann.

»Herr Süttler. Ich hatte schon viel eher mit Ihnen gerechnet. Sie waren vor über einem Jahr zuletzt hier. Ich dachte damals, Sie hätten es eilig mit den Wiesen. Deshalb sind Sie doch hier, oder?«

Heinrich Semmelmann bot dem Besucher Kaffee und

Zigaretten an, die Joachim dankend ablehnte.

Joachim nickte. »Haben Sie heraus gefunden, ob ich die Wiesen pachten kann oder so etwas? Vielleicht kaufen? Was ist mit den Eigentumsrechten?«

»Die Wiesen gehörten Kurt Nickel, vererbt von seinem Vater. Verbrieft und besiegelt. Wenn keine Erben da sind, fällt das Ganze an den Fiskus.«

»Und – sind Erben da?«

Heinrich Semmelmann fixierte sein Gegenüber genau. »Das muss beim Nachlassgericht ermittelt werden.«

»Wie lange dauert das?«, fragte Joachim.

»Nach Antragstellung nicht so lange.«

»Der Nickel ist doch schon sieben Jahre tot. Ist das denn mittlerweile noch nicht passiert?«, fragte Joachim.

Notar Semmelmann schüttelte bedächtig den Kopf.

»Warum nicht?«

»Ähm, nun, es interessierte niemanden.«

»Mich interessiert das.«

» Aha. Ich werde mit Bürgermeister Grün darüber sprechen. Haben Sie mit Ihrem Vater einmal über Alfons oder Kurt Nickel gesprochen?«, hakte Semmelmann nach.

»Mein Vater hatte mit Kurt Nickel in jungen Jahren einen Disput. Das hat alles nichts mit den Wiesen zu tun. Wenn der Fiskus erbt, werde ich einen Kaufantrag unterbreiten. Ich werde mich auf dem Laufenden halten. Danke, Herr Semmelmann.«

Joachim verabschiedete sich.

Heinrich Semmelmann sah ihm bedächtig hinterher. Das, was er wusste, durfte er nicht benutzen. Seit Jahren frönte er einer Hinhaltetaktik. Und das musste er auch weiterhin so halten.

Als Joachim um die Mittagszeit endlich seinen Hof erreichte, erwartete ihn eine weitere Überraschung. Auf dem Hof stand ein Taxi, dem gerade seine Großeltern entstiegen.

»Oma, Opa, was macht ihr denn hier?«, rief Joachim.

»Wir wollten euch besuchen«, antwortete Rasputin. »Landluft schnuppern. Wir haben uns im Dorfkrug einquartiert. Wir gönnen uns einige Tage Erholung und werden dir und Arthur auf die Nerven gehen.«

»Ich freue mich. Aber ihr hättet Bescheid sagen sollen. Ich weiß nicht, ob Frau Diedrichs einen Kuchen gebacken hat«, grinste Joachim. »Geht schon mal hinein. Ich werde nur noch Utrecht versorgen, dann komme ich nach.«

Als er endlich in die Küche trat, waren seine Großmutter und Vera dabei, den Tisch zu decken. »Wir können gleich essen. Es ist genug für alle da«, erklärte Vera. »Ich habe Bohnen, Birnen und Speck gekocht und das kocht man ohnehin in großer Menge.«

Rasputin saß neben Arthur auf der Küchenbank und

blinzelte auf das Puzzle auf dem Tisch. »Da braucht man ja Jahre dafür. Dass du darauf Lust hast, Arthur.«

»Elise hilft mir.« Arthur warf Vera einen liebvollen Blick zu, den diese nicht erwiderte.

»Ach.« Rasputin schluckte. Adelheid Koppenhöh senkte bestürzt den Kopf.

»Bohnen, Birnen und Speck habe ich schon seit Ewigkeiten nicht mehr gegessen«, meinte sie verlegen.

»Deine Tochter ist die beste Köchin der Welt«, freute sich Arthur, erhob sich und klapste Vera auf den Po.

»Herr Süttler! Ich muss doch bitten! Setzen Sie sich an den Tisch«, rief Vera ungehalten.

»Elise ist das immer so peinlich, wenn ich sie vor anderen Leuten liebkose«, kicherte Arthur kindlich und setzte sich dann gehorsam auf seinen Platz zurück. Rasputin und Adelheid Koppenhöh sahen sich erschüttert an.

Vera servierte das Essen, sprach ein kurzes Tischgebet und beugte sich über ihren Teller. Sie hoffte inbrünstig, Arthur würde sich beherrschen. Heute Morgen hatte er unter ihren Rock gegriffen, als sie sich bückte, um die Wäsche aus der Waschmaschine zu nehmen. Sie hatte ihm auf die Finger gehauen, was ihn keineswegs geschreckt hatte. Ganz im Gegenteil. Ihm schien diese Geste gefallen zu haben. »Ach, Elise, seit wir einen Sohn haben, liebe ich dich noch mehr als vorher.«

Vera war es furchtbar unangenehm, dass Arthur Süttler

vor den Augen seiner Schwiegereltern so offen mit ihr herum turtelte. Während der Mahlzeit, sie saß an der äußersten Kante des Tisches und somit über Eck neben ihm, tätschelte er ihre Hand und hielt ihr seine Gabel ›mit einem besonders, zarten Böhnchen‹ hin, das sie mit den Lippen naschen sollte. Mein Gott, was mochten seine Schwiegereltern nur denken? Die würden doch wohl nicht vermuten, dass sie und Arthur Süttler ...

Ich muss hier verschwinden oder D.R.O.P. absetzen, überlegte Vera. Es kann nur an diesen Pillen liegen. Der Mann litt allmählich an Halluzinationen. Obwohl - heute Morgen hatte er seine letzte bekommen. Die Wirkung müsste schon längst nachgelassen haben. Wieso fällt er nicht in seinen Stumpfsinn zurück?

»Elise, sitz doch nicht so verkrampft da«, mahnte Arthur plötzlich und fuhr Vera zart über ihren Arm. »Der Kleine schläft. Der will erst in zwei Stunden wieder an deine Brust. Adelheid, sag ihr, sie soll sich keine Sorgen machen. Das bisschen Fieber ist kein Grund zur Sorge. Er wird sich schon nicht angesteckt haben. Und Rasputins Medizinsaft wird ihn gesund machen, nicht wahr?«

Adelheid Koppenhöh stutzte erschrocken. Die Worte kamen ihr irgendwie bekannt vor. Worte aus vergangenen Zeiten. Hatten sie nicht vor vielen Jahren auch so gemeinsam am Mittagstisch gesessen und Johannas Bohnen, Birnen und Speck verdrückt, als Joachim fiebrig nebenan im Bettchen gelegen hatte? Elise war schrecklich in Sorge gewesen, dass der Kleine Diphtherie haben könnte.

Rasputin hatte einen Kräutersaft mitgebracht. Wie war es möglich, dass Arthur sich so genau daran erinnern konnte? Dumme Frage, dachte Adelheid. Ich erinnere mich ja auch daran. Ich erinnere mich eher daran, was vor dreißig Jahren war als an das, was vorgestern gelaufen ist.

Adelheid wagte einen neugierigen, aufklärenden Vorstoß. »Wo könnte er sich denn angesteckt haben?«, fragte sie.

»Zwei Kinder im Dorf haben Diphtherie«, ergänzte Arthur prompt. »Elise war vorgestern mit Joachim im Dorf. Ich hatte sie gewarnt.«

Adelheid schluckte, machte aber weiter. »Dann solltet ihr einen Arzt konsultieren«, entgegnete sie. »Das Kind braucht dann unbedingt eine Spritze mit Fermoserum. Desto eher, desto besser. Nicht wahr, Rasputin?«

Der Greis sah ungläubig auf seine Frau. »Was redest du denn da? Joachim hatte vor über vierzig Jahren Diphtherie. Oder habt ihr ein Kind mit gleichem Namen da nebenan, Arthur?«

»Elise, ich rufe jetzt Dr. Heidenreich an«, krächzte Arthur bleich und erhob sich.

»Großmutter, was soll das? Du bringst Vater ja ganz durcheinander. Das ist nicht lustig«, schimpfte Joachim.

Adelheid und Rasputin sahen bestürzt drein, als Arthur Vera aus dem Stuhl zog, sie leidenschaftlich an sich drückte und sie tröstete. »Dr. Heidenreich ... der Franz ... kommt gleich. Alles wird gut, Liebes.«

»Herr Süttler? Herr Süttler! Lassen Sie mich los. Ich bin nicht Elise. Ich bin Vera Diedrichs, Ihre Haushälterin. Kommen Sie zu sich. Herr Süttler!«

Vera schüttelte den Mann ab und verpasste ihm eine sanfte Ohrfeige. Dann setzte sie ihn auf die Küchenbank zurück und wandte sich an Koppenhöhs:

»Sie sollten ihn nicht noch mehr verwirren, indem Sie von der Vergangenheit sprechen. Er verträgt das nicht. Ich lege ihn jetzt zu einem Mittagsschläfchen hin. Ich hoffe, er beruhigt sich. Ich räume danach ab. Gehen Sie doch ins Wohnzimmer hinüber. Ich bringe Ihnen dann einen Tee.«

Verstört und zittrig folgten Koppenhöhs ihrem Enkel.

»Das tut mir leid, Joachim. Ich wusste nicht, dass es so schlimm ist«, schnäuzte sich Adelheid Koppenhöh.

»Deine Frau … ähm … Diedrichs – sie hat alles im Griff, was?«, hüstelte Rasputin heiser. »Mein Gott. Alt zu werden – zu sein! - ist eine Qual.«

Joachim blickte seinen Großvater mitleidsvoll an. »Es wird immer schwieriger. Vater fängt an, Frau Diedrichs zu betatschen. Er hat sie schon geküsst. Für ihn ist sie Elise. Ich glaube, Vera wird kündigen.«

»Oh, tatsächlich?«, entfuhr es Adelheid.

Joachim nickte bekümmert. »Was sagt euch eigentlich der Name Kurt Nickel?«, platzte er dann heraus.

Rasputin und Adelheid fuhren zusammen. Joachim entging das nicht. Da habe ich ins Schwarze getroffen, dachte er.

»Kurt Nickel?«, forschte Rasputin verlegen. Joachim nickte streng.

»Ja, nun, also«, stotterte Rasputin.

» Was, ja also?«, bohrte Joachim.

»Kurt Nickel hat deine Mutter in jungen Jahren geschwängert und sie sitzen lassen«, antwortete Adelheid leise. »Wie kommst du auf ihn?«

»Vater hasst ihn anscheinend. Er hat Vera damit belästigt. Wir konnten uns keinen Reim darauf machen. Deshalb dachte ich, ihr wisst etwas. Und wie ich gerade höre, hatte ich mit meiner Vermutung Recht.«

»Eine alte, unselige Geschichte«, brummte Rasputin.

»Erzähle mir diese alte, unselige Geschichte«, bat Joachim.

Vera kam mit einem Tablett herein und goss den heißen Tee in die mitgebrachten Tassen. »Ihr Vater schläft.«

»Setzen Sie sich zu uns, Vera. Wir werden jetzt eine Geschichte aus der Vergangenheit meiner Eltern hören, die uns den Umgang mit meinem Vater in Zukunft vielleicht erleichtern wird«, meinte Joachim.

»Dann möchte ich nicht stören«, entgegnete Vera und wandte sich zum Gehen.

Joachim hielt sie zurück. »Nein, Sie bleiben. Großvater?«

Rasputin nickte zustimmend und er und Adelheid berichteten stockend, was sich in den Jahren 46 und 47 abgespielt hatte. Diese Dinge wusste Joachim bereits von Dieter Matthiesen.

»Vielleicht wisst ihr eines nicht. Vater war nicht fair. Er hat diesem Kurt nach dem Schlittenunfall, als Mutter krank wurde, erzählt, Elise hätte eine Fehlgeburt gehabt, hasse ihn und wolle ihn nie mehr wieder sehen. Deshalb hat er Köhlerdorf verlassen. Nicht, weil er das Kind oder Mutter nicht wollte«, ergänzte Joachim.

»Was? Das wussten wir wirklich nicht«, riefen die beiden Alten wie aus einem Munde.

»Aber der Mistkerl wollte das Kind und Elise wirklich nicht«, eiferte sich Adelheid.

»Sicherlich war er geschockt. Aber – hätte Vater ihm nicht diese Lüge aufgetischt, hätte sich vielleicht alles zum Guten gewendet. Tut mir leid, dass ich das über meinen Vater sagen muss. Aber das war gemein, oder?«, meinte Joachim.

Adelheid und Rasputin sahen sich an.

»Ich glaube, ich war auch gemein«, flüsterte Rasputin. »Ich habe verbreitet, dass dieser Kurt ... nun, dass er Elise gewaltsam genommen hat. Obwohl – ich glaube, das war nicht so. Ich wollte meine Kleine schützen. Wo sie doch schwanger war und dieser Kurt abhaute. Ich konnte es nicht ertragen, alle glauben zu lassen, Elise hätte sich diesem Kerl freiwillig hingegeben. Diese Schmach. Es war eine andere Zeit damals.«

»Ihr habt ihn fertig gemacht, diesen bösen Buben«, meinte Joachim und drohte schulmeisterlich mit dem Finger. Das Ganze war so lange her. Er konnte es nicht so richtig ernst nehmen.

»Er lebte ohnehin mehr bei seinem Onkel in Lübeck als hier. Vorher schon. Niemand hat ihn hier persönlich angegriffen. Er war weit weg.«

»Wäre er hier geblieben, wäre die Sache kaum so glimpflich abgelaufen. Höchstwahrscheinlich hätte Vater sich mit ihm duelliert. Also liebte meine Mutter diesen Kurt? Sie hatte sich freiwillig mit ihm eingelassen?«, fragte Joachim. Er musste sich beherrschen, ernst zu bleiben.

Adelheid und Rasputin nickten einsichtig. »Wir glauben, ja.«

»Und dann hat sie später Vater also nur als Notlösung genommen?«

»So kann man das nicht sagen«, widersprach Rasputin hastig. »Arthur liebte Elise schon immer. Und sie hatte ihn auch sehr gerne.«

»Gernhaben ist nicht das gleiche. Aber ihr habt Recht. Vater vergötterte Mutter. Ich glaube, die beiden waren trotzdem glücklich. Soweit ich das beurteilen kann. Es ist auch so lange her. Es ist nicht wirklich mehr wichtig. Die Zeiten damals waren anders. Sicher habt ihr seinerzeit nach bestem Glauben und Gewissen gehandelt. Und mehr kann man ohnehin nicht tun. Vielleicht können wir Vater nun besser verstehen, oder, Vera?«

»Mag sein. Aber weshalb versteift er sich so darin, dass ich Elise bin? Mir macht das allmählich Angst. Ich denke, ich sollte den Hof verlassen, Joachim. Dann wird er wieder zu sich finden.«

»Wo wollen Sie denn hin, Vera?« fragte Adelheid begierig.

Vera zuckte mit den Schultern. »Irgendetwas wird sich finden.«

»Wollen Sie nicht zu uns kommen, meine Liebe? Wir sind alt und bräuchten Hilfe. Im Haushalt und überhaupt«, schlug Adelheid vor.

»Aber Oma, ihr habt doch eine Haushaltshilfe«, rief Joachim. »Frau Lando … «

»… Frau Landosi ist auch alt. Und kochen kann sie auch nicht. Und uns pflegen, auch nicht«, unterbrach Adelheid ihn.

»Ihr braucht doch keine Pflegerin. So rüstig wie ihr seid.« Joachim hatte überhaupt keine Lust, sich von Vera zu trennen. Der Vorschlag seiner Großeltern missfiel ihm.

»Joachim, du Witzbold. Wir werden vierundneunzig. Rasputin und ich, wir überlegen uns seit über zehn Jahren ins Altersheim zu gehen. Es zwickt uns hier und es zwackt uns dort. Drei bis viermal die Woche sitzen wir bei Ärzten herum, weil es hier schmerzt und dort klemmt, nur weil wir uns bei der leichtesten Arbeit zu Hause übernommen haben. Ich wäre froh, jemanden Kompetenten in der Wohnung immer griffbereit zu haben. Und Vera hier vereint alle unsere Wünsche in sich. Sie wären ein Segen für uns, Vera. Bitte sagen Sie zu. Sie hätten ein eigenes Zimmer mit Bad und ein Gehalt von ... ich weiß nicht ... 2.000 Euro im Monat? Ein Platz im Altersheim kostet das Doppelte.« Adelheid holte Luft. Sie hatte sich in Rage geredet.

»Joachim, du sagst doch selbst, dass das mit Arthur und Vera nicht mehr geht«, schloss Adelheid.

»Frau Koppenhöh. Vielen Dank für Ihr Angebot. Ich werde mir das gemeinsam mit Herrn Süttler überlegen«, entgegnete Vera. »Aber ich könnte auch weiter hier in Köhlerdorf arbeiten. Ich habe hier einen ambulanten Pflegedienst aufgebaut. Wir sind mittlerweile sieben Landfrauen, die sich um ältere Mitbürger kümmern. Natürlich könnte ich mich davon zurückziehen, aber besonders freundlich wäre das nicht, denn ich habe das ins Leben gerufen. Ich muss darüber nachdenken.«

Adelheid Koppenhöh gefiel diese Antwort überhaupt nicht. Im Dorfkrug, als sie endlich neben Rasputin im Bett lag und in der ausgeleierten Matratze versank, palaverte sie weiter.

»Rasputin, sag' doch mal was. Wäre das nicht einzigartig, Vera um uns zu haben? Unsere Enkelin, die uns pflegt! Wir würden all das nachholen und wieder gut machen, was wir versäumt und ihr angetan haben.«

»Was nachholen?«, grunzte Rasputin.

»Sie lieben, sie beschenken.«

»Ohne ihr zu sagen, wer sie ist? Das würde sie bestimmt verwundern. Außerdem finde ich es irgendwie schäbig. Sie wird für uns arbeiten, wir werden sie bezahlen – unsere eigene Enkelin. Das finde ich niederträchtig. Hoffentlich sagt sie nein. Wenn du sie ewig um dich hast, wird dich das wahnsinnig machen. Wie Arthur, den armen Tropf. Er sieht Elise in ihr, weil sie aussieht wie Elise. Und – sie ist irgendwie auch wie Elise. Und das schlimmste – er weiß nicht, dass sie ihre Tochter ist; du aber, du weißt es. Du wirst dich verplappern. Und dann will sie mit uns nichts mehr zu tun haben, sage ich dir.«

»Ach, Rasputin. Ich hätte sie so gerne um mich. Seit ich weiß, dass sie unsere Enkelin ist, habe ich schlaflose Nächte. Was sollen wir denn nur tun?«

»Sag' es ihr. Wenn sie uns dann hasst, müssen wir eben damit leben. Lange wird das ja nicht mehr dauern.«

»Oh, Rasputin. Was sagst du denn da?«

»Adelheid. Machen wir uns doch nichts vor. So alt wie wir sind. Wir müssen doch jeden Tag damit rechnen.«

»Uns läuft die Zeit davon, es ihr zu sagen, nicht wahr

Rasputin?«

»So ist es.«

Adelheid griff nach der Hand von Rasputin. »Ich werde es ihr sagen, Rasputin. Und wenn es das Letzte ist, was ich tue.«

Als Koppenhöhs am nächsten Tag mit dem Taxi auf den Hof fuhren, erfuhren sie, dass es Arthur sehr schlecht ging. Er war schon in aller Herrgottsfrühe im Haus herum geirrt und hatte versucht, Veras Zimmertür zu öffnen. Vera hatte sich schnell einen Morgenmantel übergeworfen und als sie ihre Tür selbst öffnete, da war er auf sie gestürzt und wollte sie hindern, das Haus zu verlassen, was sie ja gar nicht vorgehabt hatte. Bei dem Ringkampf mit Vera war er gestürzt und hatte sich die Schläfe am Bettpfosten aufgeschlagen. Joachim und Vera hatten alle Mühe gehabt, den um sich Schlagenden ins Bett zu verfrachten, um seine Wunde versorgen zu können. Joachim hatte ihn an seinen Bettpfosten festgebunden. Große Sorgen machten Vera das Aufreißen des Mundes, das Verdrehen seiner Augen und eine sekundenlange Bewusstlosigkeit.

»Das könnte auf einen kleinen epileptischen Anfall deuten«, meinte sie besorgt. »Sein jetziger Dämmerzustand bestätigt das.«

Joachim hatte den Arzt angerufen, der Blutproben entnommen und Arthur eine Spritze verpasst hatte. »Wenn die Ergebnisse da sind, komme ich wieder. Eventuell wird eine Kombinationstherapie unter Verwendung verschiedener Antiepileptika mit langsamen ansteigenden Dosen notwendig.«

»Warum ist er denn so ausgerastet?«, fragte Rasputin verstört, der einen Baldriantee schlürfte. Mit Krankheit und Tod konfrontiert zu werden, nahm ihn mit, machte ihm Angst. Er betete dafür, irgendwann einfach tot umzufallen.

Das hatte er auch schon Adelheid gebeichtet, die ihn verstanden hatte.

Joachim zuckte mit den Schultern. »Er hat fortlaufend geschrien: ›Elise, du bleibst im Haus. Du gehst nirgendwo hin. Er ist im Dorf. Du wirst ihn treffen. Ich verbiete dir, dein Zimmer zu verlassen.‹ Er war völlig außer sich. Vera hat blaue Flecken und einige Kratzer. Wir wussten überhaupt nicht, was wir mit ihm anfangen sollten. Furchtbar.«

Joachim sah Vera an, die blass und mit mitleidvoller Miene auf ihrem Stuhl saß und entgegnete: »Er war nicht er selbst. Er tut mir so leid. Ich bin schuld. Ich hätte längst gehen sollen, als ich merkte, dass er mich für Elise hält. Am Anfang dachte ich, es täte ihm gut. Er war so fröhlich, so aufgeschlossen. Jetzt wird er verrückt deswegen. Ich habe mich entschlossen, zu gehen. Ich ziehe weg. Ganz woanders hin. Wenn ich fort bin, wird er sich beruhigen.«

Adelheid erschrak. Nur ein Gedanke beherrschte sie: Vera durfte nicht wieder verloren gehen. Mutig setzte sie alles auf eine Karte: »Vera, Sie, ähm, du darfst nicht wieder fortgehen. Wir ... wir sind deine Familie. Rasputin und ich

… wir sind deine Großeltern. Joachim ist dein Halbbruder.«
Adelheid Koppenhöh schlug das Herz bis zum Hals.

»Bitte?« Vera sah die alten Leute fragend an. »Das ist lieb von Ihnen. Ich bin gerührt. Familie. Ein schönes Wort. Ich danke Ihnen, dass Sie mir so etwas Liebes sagen. Aber das ist nicht nötig. Ich komme schon zurecht.«

»Vera, verstehen Sie meine Frau nicht falsch«, erklärte Rasputin schnell. »Sie sagt das nicht nur so daher. Es ist wirklich so. Sie sind unsere Enkelin. Elises erstes Kind, von Kurt Nickel … ist nicht gestorben. Wir – Adelheid und ich – haben uns das damals ausgedacht. Um Elise ein unbeschwertes Leben zu ermöglichen. Ein uneheliches Kind war damals eine furchtbare Angelegenheit. Elise hätte nie wieder einen Mann gefunden. Sie wäre geächtet worden. Wir haben die Hebamme beschworen, mitzuspielen. Dörte Bludowski, die jahrelang nach Ihnen gesehen hat. Wir wollten, dass es Ihnen gut geht. Wir haben Ihnen Geschenke überbringen lassen. Wir haben große Schuld auf uns geladen. Als Sie uns letztens besuchten – wir ahnten sofort, dass Sie Elises Kind sind. Das Schicksal hat Sie zu uns geführt. Wir hatten Sie Jahre aus den Augen verloren. Wir wussten nicht, wo Sie abgeblieben sind. Wir haben Himmel und Hölle in Bewegung gesetzt und die Behörden belagert. Man wollte es uns nicht sagen, oder eher, man durfte es nicht. Wir haben ja auch nicht gesagt, dass wir unser Enkelkind suchen. Das konnten wir ja nicht. Eigentlich waren wir Fremde, denen man nichts sagen durfte. Irgendwann haben wir uns damit abgefunden, dass wir unser Enkelkind nie finden würden. Sie ... du siehst aus wie Elise. Arthur sieht das genauso. Deshalb muss Ihre... deine ... Anwesenheit ihn wahnsinnig machen. Du bist wie unsere Elise – deine Mutter.«

Rasputin schwieg erschöpft.

Vera und Joachim sahen die alten Leute ungläubig an.

»Das ... das ... habt ihr euch jetzt nicht ausgedacht?«, rief Joachim.

»Was? Nein. Um Gottes Willen. Das ist die Wahrheit«, ereiferte sich Rasputin erneut.

Adelheid Koppenhöh nickte bekümmert und schluchzte.

»Wir können dich nur um Verzeihung bitten, Vera. Seit wir dich letztens gesehen haben, belastet uns das schwer. Deshalb sind wir auch hierhergekommen. Um es dir zu sagen. Wir wollen mit dieser Schuld nicht sterben. Wir haben schon Elise belogen. Wir werden erst da oben wissen, ob sie uns vergeben wird.«

»Vera, Sie ... du ... bist meine Halbschwester!« Joachim fiel aus allen Wolken. »Verdammt, irgendwie freut mich das«, rief Joachim aus. »Das erklärt alles. Deshalb ist Vater so eigenartig drauf. Was würde passieren, wenn wir es ihm sagen? Es wird seinen Geist erhellen.«

»Das dürfen wir nie tun, Joachim«, entsetzte sich Vera. »Er würde mich hassen. Ich bin die Tochter von seinem Erzfeind Kurt Nickel und seiner geliebten Frau. Das würde ihn umbringen.«

»Du könntest Recht haben. Was machen wir jetzt?«

»Komm' mit zu uns nach Mettstadt, Vera. Arthur wird es niemals erfahren«, meinte Adelheid. »Wir würden dich so gerne um uns haben. Das waren keine hohlen Worte gestern.«

Vera nickte. »Ich glaube, das wäre das Beste. Ich möchte alles über meine Mutter wissen. Endlich weiß ich, wo ich herkomme. Kenne meine Wurzeln. Mein Vater, Kurt Nickel, lebt er noch?«

»Nein«, antwortete Joachim. »Er ist 99 umgekommen. Als eine Gasflasche in seinem Haus hier in Köhlerdorf explodierte. Mutter auch. Sie stand auf der Straße unter seinem Torbogen. Ziegelsteine töteten sie. Man könnte sagen, die beiden sind gemeinsam umgekommen.«

»Als eine Gasflasche explodierte?«, rief Vera entsetzt.

Ihre neu gefundene Familie nickte wehleidig.

14

Als Kurt im Januar **1990**
das Haus betrat, in dem er nun seit fünf Jahren ohne seinen Onkel Friedrich lebte, der letztendlich an einem weiteren Schlaganfall gestorben war, freute er sich auf einen gemütlichen Abend vor dem Fernsehapparat mit einem Gläschen Wein und selbstgebackenen Käsecrackern seiner Hauswirtschafterin. Ein fremder Mantel in der Garderobe machte ihn stutzig. Besuch? Frau Lempert trippelte ihm schon entgegen.

»Herr Nickel, ein Herr wartet in der Bibliothek. Er wollte nicht, dass ich Sie in der Firma störe.«

»Gut. Danke, Frau Lempert. Ich will erst einmal sehen, wer es ist, ehe ich ihn zum Mitessen einlade.«

Als Kurt die Tür zur Bibliothek öffnete, sah er in einem Ohrensessel einen Mann sitzen, der ihm irgendwie …

»Kurt. Guten Abend. Lange nicht gesehen«, wurde er begrüßt.

»Hartmut? Hartmut Jakobsen! Das ist allerdings eine Überraschung. Es ist lange her. In der Tat. Fünfzehn, sechzehn Jahre? Du siehst … gut aus«, flunkerte Kurt und starrte auf die Bartstoppeln und die müden, blutunterlaufenen Augen seines Gegenüber.

»Bitte keine Sentimentalitäten. Ich weiß, wie ich

aussehe. Nämlich Scheiße. Ich habe in den letzten Nächten kaum geschlafen. Viel Arbeit. Kannst es dir wohl denken«, hörte er eine heisere Stimme.

Kurt wusste sofort, worauf Hartmut anspielte. »Der Fall der Mauer macht dir ... Arbeit?«, versetzte er ironisch.

Hartmut grinste, jedoch gekünstelt.

»Klar. Aber die Einnahmen aus dem Verkauf der historischen Mauersteine werden mich entschädigen.«

»Du ziehst aus jeder Situation Kapital, nicht wahr?.« Kurts Stimme klang resigniert. Und nach langem Schweigen, während dem Hartmut vor sich hinstarrte: »Ich hoffe, du hast deine Schäfchen rechtzeitig ins Trockene gebracht?«

Hartmut schreckte auf und lachte zynisch.

»Ich habe persönlich mitgeholfen, explosive Handakten zu vernichten. Ich hatte tagelang Schwielen an den Händen.«

Kurt starrte Hartmut an. Diese Äußerung machte ihm vollends klar, dass Hartmut mit denen da drüben unter einer Decke gesteckt hatte. Seit ihrem letzten Treffen hatte er das zwar vermutet, aber nicht wirklich wahrhaben wollen.

»Ihr habt keinen Reißwolf benutzt? War das nicht gefährlich?«, fragte er betont leichthin. Hartmut schien diesen Ton zu bevorzugen. Zwei fremde Freunde versuchten Annäherung.

Hartmut verzog das Gesicht.

»Da triffst du ins Schwarze, mein Lieber. Die Schnüffler haben nach unserer Vernichtungsaktion bedauerlicherweise sechzehntausend prall gefüllte Säcke sichergestellt, die sie nun in mühevoller Handarbeit zusammensetzen wollen. Sie werden Jahre brauchen.«

Die freimütige Aussage seines einstigen Freundes verursachte Kurt Magenkrämpfe. Er begann, sich unwohl zu fühlen, spürte aber auch ein wenig Mitleid. Der Mann sah unbeschreiblich fertig aus.

»Deine Meinung zur Lage der Nation würde mich interessieren. Willst du mit mir zu Abend essen?«, fragte er daher, und als Hartmut nickte: »Musst du dir Sorgen machen?«

Der Blick, den Hartmut ihm sandte, als sie ins Esszimmer hinüber gingen, machte ihn nervös. Kurt beschlich plötzlich das ungute Gefühl, dass Hartmut nicht gekommen war, um alte, freundschaftliche Erinnerungen aufzuwärmen. Der nächste Satz bestätigte bereits seine unguten Ahnungen.

»Die Frage solltest du dir stellen«, brummte Hartmut.

»Mir? Was geht mich das an?«

»D.R.O.P.? Das sagt dir was?«

Kurt schluckte krampfhaft. »D.R.O.P.? Der alte Scheiß? Damit habe ich nie wirklich etwas zu tun gehabt.«

»Ach, nein?« Hartmut betrachtete Kurt neugierig. »Soviel ich weiß, hattest du dir eine große Lieferung kommen lassen.«

Er schlürfte geziert seine Hummercremesuppe.

»Was redest du da für einen Mist?«, empörte sich Kurt. »Willst du mir etwas unterschieben?«

»Ich? Nein, Gott bewahre«. Hartmut beugte sich tief über seinen Teller und fuhr fort, ohne aufzusehen: »Mein Lieber, es gibt Belege darüber, dass ein Container D.R.O.P. hier nach Lübeck ging. 1976. An Friedrich Petersen. Das war doch wohl dein Onkel, oder?«

Kurt sah Hartmut entsetzt an.

»Du warst nicht informiert?«, hakte Hartmut nach.

»Nein.«

Hartmut zuckte mit den Schultern. »Wie sieht es aus, wenn du das beweisen musst? Weißt du überhaupt, was da drüben los ist? Die Meute rast. Stasi-Akten gelten als Zeitbombe. Sie vergiften das Klima der Gesellschaft. Es könnte zu Racheakten und Erpressungsversuchen kommen. Ihr hattet immerhin jahrelang eine MfS- Mitarbeiterin hier im Haus. Frau Beck. Sabine Beck. Wusstest du das auch nicht?«

Kurt zerschnitt mechanisch sein Steak, um Hartmut seine Überraschung nicht zu offenbaren. Er musste jetzt einen kühlen Kopf bewahren. Frau Beck also. Kurt ahnte jetzt, woher Friedrich von D.R.O.P. erfahren hatte. Und entgegen seiner, Kurts Warnung, offensichtlich doch davon Gebrauch gemacht hatte. Eine Lieferung hierher? Das bedeutete, dass Friedrich zu diesem Medikament gegriffen hatte. Er war an diesem Rettungsanker, den seine verdammte Haushälterin ihm hingeworfen hatte, nicht vorbei gekommen. Verflucht, Onkel, was hast du uns damit eingebrockt? dachte Kurt. Er versuchte einen Sprung ins kalte Wasser:

»Ich vermute, du gehörst oder gehörtest selbst zu diesem MfS-Verein? Ihr hattet uns also eine Aufpasserin untergejubelt?«, und als Hartmut grinste: »Du bist noch niederträchtiger, als ich dachte. Was genau willst du von mir, Hartmut?«

»Ich? Oh, nichts. Ich bin nur gekommen, dich vorzuwarnen, mein alter Freund. Ich meine, wenn du wegen dieser Lieferung in Ungelegenheiten kommen solltest.«

»Du hast die beweisträchtigen, operativen Unterlagen darüber bestimmt in sicherer Verwahrung, nicht wahr, Hartmut? Was willst du? Geld?«

Kurt legte Messer und Gabel zur Seite. Ihm war der Appetit gründlich vergangen.

»Geld? Nein. Davon habe ich mehr, als ich jemals ausgeben kann. Vielleicht habe ich … Papiere … sichergestellt. Vielleicht nicht. Vielleicht werden sie eines Tages zusammengesetzt werden, aus den erwähnten Säcken. Oder nie. Die Lage drüben wie hüben ist riskant. Ich verspreche dir, dass ich die Papiere nur im äußersten Notfall benutzen werde. Eine Hand wäscht die andere, wie es so schön heißt. Übrigens, die flambierten Himbeeren sind ein Gedicht. Darf ich noch um eine weitere Portion bitten?«

Kurt bat Frau Lempert darum. Er wurde plötzlich ganz ruhig. Er wusste nun, dass Hartmut ihn erpressen würde, wenn er in die Enge getrieben werden würde. Um seinen Arsch zu retten, würde ihm eine alte Freundschaft nichts bedeuten. Um was würde Hartmut ihn eines Tages bitten, wenn dieser erwähnte äußerste Notfall eintraf? Belastende Papiere im Gegenzug für was?

Kurt versuchte, seine Angst und seine Besorgnis zu unterdrücken und Hartmut ein wenig auf den Zahn zu fühlen, um sich ein klareres Bild machen zu können.

»Hartmut, du bist ein kluger Kopf. Ich denke mal, du hast dich privat hinreichend abgesichert? Der Fall des Regimes da drüben kam für dich doch nicht überraschend?«, lenkte er ab.

»Politik ist teuflisch …«, begann Hartmut.

Das habe ich schon mal von jemandem zu hören bekommen, dachte Kurt und sah seinen Onkel Friedrich vor sich.

»… man vertraut vierzig Jahre alten Machtstrukturen«, meinte Hartmut sinnend. »Man will sich einfach nicht vorstellen, dass ein Zusammenbruch althergebrachter Ideologien Realität wird, auch wenn es im Untergrund seit langem brodelte. Das Wiener KSZE- Abkommen im Januar letzten Jahres, das die Moskauer Führung und ihre Verbündeten unterzeichneten, war der Anstoß allen Übels. Nur die Veröffentlichung löste bei der Stasi schon Magenschmerzen aus. Den Bürgern das Recht zu garantieren, ausreisen und wieder zurückkehren zu dürfen, in ein Land, das sie verabscheuten, konnte nicht gut gehen. Der Folgekommentar von Modrow, dass eine Vereinigung von DDR und BRD-Bürgern, mit dem Hinweis auf neonazistische Aktivitäten, nicht auf der Tagesordnung stünde und deshalb die Notwendigkeit eines Nachrichtendienstes und Verfassungsschutzes begründe, löste die ersten erheblichen Proteste aus.«

»Da bist du aufgewacht, hast das Ende kommen sehen und Vorsorge getroffen?«, fragte Kurt und geleitete Hartmut zurück in die Bibliothek, wo sie sich einen Stumpen anzündeten und eine Flasche alten Portwein köpften.

»Nein. Um Gottes Willen. Wir glaubten an das Regime. Derartige Aufmüpfigkeiten nahm man doch nicht wirklich ernst. Obwohl – die neue Entspannungspolitik zwischen Ost und West stellte schon ein Problem dar. Immerhin sah sich Honecker bereits im Februar veranlasst, den Schießbefehl an den Grenzen faktisch aufzuheben, weil der Mob einen eklatanten Widerspruch darin zu dieser Friedenspolitik sah und der Druck enorm zunahm. Und natürlich besonders, weil am 5.2. noch ein Flüchtling an der Mauer erschossen wurde. Ganz übel wurde es, als es den Bürgerrechtlern im Mai gelang, bei den Kommunalwahlen

Fälschung nachzuweisen. Das war zwar schon immer so gewesen, aber diesmal versagte die Stasi bei der politisch-operativen Sicherung der Vorbereitung und Durchführung der Wahlen. Die Stimmung in breiten Bevölkerungsschichten verschlechterte sich erheblich. Mielke schilderte zwar vorher in einer langen Rede sogar ausführlich seine Befürchtung, dass die ›feindlich negativen Kräfte dieses Wahlereignis für eine Destabilisierung der politischen Machtverhältnisse in der DDR nutzen würden und dass das aus seiner Sicht zu verhindern sei, ohne dass es für Außenstehende sichtbar würde‹ - umsonst. Die bürgerliche Wahlkontrolle zu unterbinden scheiterte. Bürgerrechtler erstatteten Anzeige wegen Wahlbetrug, eine Straftat auch nach DDR-Recht. Vielleicht hätte man etwas retten können, wenn man auf Mielke gehört hätte. Man hätte das freie Spiel der politischen Kräfte zulassen sollen. Obwohl - dann wäre es vielleicht schon im Mai mit der DDR zu Ende gewesen.

Hinterher bekamen die Leiter der Dienststellen zwar Befehl von Mielke für Maßnahmen zur Zurückweisung und Unterbindung von Aktivitäten feindlicher, oppositioneller und anderer negativer Kräfte zur Diskreditierung der Ergebnisse der Kommunalwahlen vom 7. Mai, doch die Aufdeckung des Wahlbetruges gab der Bürgerrechtsbewegung erheblichen Auftrieb. Wie du sicher mitbekommen hast, waren regelmäßige Demonstrationen am 7. Tag jeden Monats die Folge. Bis zum bitteren Ende.«

»Deine Insiderkenntnisse der Historik dieses Jahres sind

äußerst informativ, Hartmut. Damals, als ich dich zuletzt sah, vermutete ich lediglich, die da drüben hätten dich umgekrempelt und nun weiß ich, dass das so ist. Wie war das möglich? Hat dich diese permanente Zersetzungspolitik überhaupt nicht berührt? Was ist mit Lena und deinen Kindern? Konntest du die wenigstens aus allem heraushalten?«, fragte Kurt.

»Lena lebt schon seit drei Jahren in Amerika. In der Nähe der Kinder. Wir … wir haben da ein Haus. Susanna hat sich dort verheiratet, Bartholomäus auch. Ich habe drei Enkelkinder. Waschechte Amis. Ich werde wohl auch bald rübergehen.«

»Ein überlebensnotwendiger Entschluss denke ich mir. Ich mochte Lena sehr. Und deine Kinder auch. Ich wundere mich, dass du nicht schon längst drüben bist. An deinem infiltrierten Wissen erkenne ich, dass du nicht nur ein unterstes Glied der Volksarmee warst. Tauche unter, ehe es fünf nach zwölf ist. Du hast doch nicht die irre Vision, in unserem neuen Land unter neuem Namen mit alten Aufgaben in die Zukunft marschieren zu können? Oder will dich deine sowjetische ›Bruderpartei‹ nicht gehen lassen? Die werden sich schneller von euch distanzieren, als du denkst.«

»Du bist auch nicht schlecht informiert, mein Lieber. Ich dachte immer, Politik interessiert dich nicht. Aber du hast recht. Seit der blutigen Unterdrückung der chinesischen Demokratiebewegung am 4. Juni auf dem ›Platz des himmlischen Friedens‹ in Beijing und den nachfolgenden Aktionen der DDR-Bürgerrechtler vor der Botschaft der Volksrepublik China in Berlin habe ich an Rückzug gedacht. Die SED-Führung drohte danach mit einer ›chinesischen Lösung‹. Das gehörte fortan zum Propaganda - Repertoire. Der einzige Effekt war, dass ihr Ansehen weiter fiel. Es fiel und fiel. Ich denke, sie wollten es einfach nicht wahrhaben. Sie ignorierten den Sturz demonstrativ – und besonders bockig, als Michail Gorbatschow im Juni die BRD besuchte und mit offenen Armen empfangen wurde. Das hätte ihnen eigentlich die Augen öffnen müssen.«

Kurt nickte zustimmend.

»Ich habe den Besuch mit Spannung verfolgt. Als Gorbatschow vor dem Europarat in Straßburg sagte, ›dass die Sowjetunion keinen Anspruch mehr erheben würde, über den Charakter des politischen Systems in kleineren osteuropäischen Staaten zu bestimmen‹, verschlug es mir den Atem. Seine Worte: ›Die soziale und politische Ordnung in diesem oder jenem Land hat sich in der Vergangenheit verändert und kann sich auch in Zukunft ändern. Dies ist ausschließlich Angelegenheit der Völker selbst und deren Wahl. Jede Einmischung in die inneren Angelegenheiten und alle Versuche, die Souveränität der Staaten einzuschränken, seien das Freunde und Verbündete, oder nicht, ist unzulässig‹. Das waren zukunftsweisende Aussagen von diesem entspannungspolitisch gesinnten klugen Mann.«

Hartmut neigte bedächtig seinen Kopf hin und her.

»Das Zentralkomitee der SED hielt an ihrem dogmatischen Kurs fest. Sie ignorierten auch das letzte Gipfeltreffen der Warschauer Pakt Staaten am nächsten Tag in Bukarest, bei dem man sich auf die Kompromissformel einigte: ›Kein Land darf den Verlauf der Ereignisse innerhalb eines anderen Landes diktieren, keiner darf sich die Rolle eines Richters oder Schiedsrichters anmaßen.‹«

»Eine weise Aussage. Bedauerlicherweise wird man sich in kommenden Jahren, bei anderen politischen Auseinandersetzungen mit anderen Ländern, an diesen Satz nicht mehr erinnern«, grinste Kurt.

»Mag sein. Die DDR Führung hätte sich mit ihrem reformfeindlichen Kurs nicht so isolieren dürfen. Die SED Spitze tröstete sich in dem Glauben, die DDR sei eine Insel der Stabilität. Eine illusionäre Auffassung. In Polen siegte die ›Solidarnosc‹ und in Ungarn stürzten sie Kadar. Die Öffnung der ungarischen Westgrenze war die Folge und der Beginn der Initialzündung für die Revolution im ganzen Herbst. Die Fluchtwelle von Bürgern in die bundesdeutschen Botschaften in Budapest und Prag mit der Hoffnung in die BRD abgeschoben zu werden, war der Anfang vom Ende und – die Sicherheitsorgane dieser Länder hörten auf, dem MfS zuzuarbeiten. Das war eine der Voraussetzungen dafür, dass über Ungarn eine Fluchtwelle einsetzen konnte. Die Stasi zögerte zu lange einzugreifen. Die SED Spitze hatte angeordnet, alles zu unterlassen, was dem wachsenden Unmut im Lande noch weiter anheizen könnte. Spätestens da braute sich etwas zusammen. Mielke soll in einer Dienstbesprechung Ende August hilflos ausgerufen haben: ›Bricht morgen etwa der 17. Juni aus?‹ Als Honecker am 3. Oktober die Grenze zur Tschechoslowakei schließen ließ, weil er wegen der Fluchtwelle Repressalien zu seiner angesetzten Vierzig-Jahres-Jubelfeier befürchtete, war das sein Untergang. Danach eskalierte alles. Selbst die Nationale Volksarmee zeigte Unmut. Sogar die Stasi wagte sich gegen siebzigtausend Demonstranten in Leipzig nicht vor. Nun ja, sogar Honeckers alter Kampfgenosse Mielke soll gerufen haben: ›Wir haben vieles mitgemacht. Wir können doch nicht anfangen, mit Panzern zu schießen.‹ Nur noch peinlich war, als er am 13.11. bei der Volkskammersitzung sagte: ›Ich liebe doch alle Menschen‹ Gerade er, der so gehasste und gefürchtete. Meine Güte. Ich denke, die Idioten haben sich mit ihrer Politik selbst ins Abseits geschossen. Wie schon etliche vor ihnen. Im Grunde genommen hat ein Einzelner nie die Macht, wenn das Volk etwas nicht will. Früher oder später kommt es zum Aufstand.«

»Diese weisen Worte aus deinem Munde verwundern mich schon, Hartmut. Was willst du nun anfangen, nach der Stunde null?«

»Wir wollen alles begraben und vergessen und von vorne anfangen. Wofür will man uns verantwortlich machen? Wir haben doch nur getan, was getan werden musste. Wir mussten doch mit der Meute laufen. Sonst hätte man uns gegen die Wand gestellt.«

Hartmut stand nach diesen Worten auf, ging etwas unsicher zum Getränketischchen hinüber und goss sich einen Whiskey ein.

»Auch einen?«, fragte er Kurt.

Der schüttelte den Kopf.

»Gott, Hartmut. So naiv bist du doch nicht. Das Gleiche behaupteten schon Hitlers Handlanger. Die sind auch nicht mit dieser soldatischen Lügenparole durchgekommen. Jeder trägt eine moralische Verantwortung in sich, für das, was er tut.«

»Hitler! Spinnst du? Wir waren keine Judenmörder«, entgegnete Hartmut aggressiv.

»Ihr habt den Menschen auch die Würde und die Freiheit genommen. Und das nicht gerade auf die sanfte Tour. Ihr habt Menschen, die euer Spiel boykottierten, eingelocht, gefoltert, gequält, zermürbt und … erschießen lassen, nur weil sie euren ideologischen Ideen im Wege standen und weg wollten. Das ist auch Mord.«

»Ich gehörte nicht zu denen, die so etwas taten«.

»Du hast es geduldet, mitgespielt, die Augen zugemacht.«

»Man hat mich gezwungen. Das Leben meiner Eltern, meiner Familie und auch meines stand auf dem Spiel.«

»Das war vor mehr als dreißig Jahren, Hartmut! Deine

Eltern sind längst nicht mehr am Leben. Deine Familie lebt in Amerika. Du willst dich damit verteidigen, herausreden. Du hättest jederzeit aufhören können, aufhören müssen. Nicht einmal der beste Anwalt der Welt wird dich mit so dürftigen Argumenten verteidigen.«

Hartmut betrachtete Kurt mit einem Blick, den dieser nicht zu deuten vermochte.

»Es ist spät. Ich möchte deine Gastfreundschaft nicht länger in Anspruch nehmen. Ich habe unsere Unterhaltung … genossen«, erwiderte Hartmut leise lächelnd und erhob sich.

»Wann wirst du mir die D.R.O.P. Akte um die Ohren schlagen, Hartmut? Und - was bezweckst du damit? Die bloße Erwähnung meiner Person wird dich nicht rehabilitieren und dich auch nicht von Gewissensbissen, die jeden Verbrecher plagen, lossprechen. Du weißt doch – der größte Lump im ganzen Land, das ist und bleibt der Denunziant.«

Hartmut sah Kurt lange und eindringlich an.

»Du bist sehr direkt, Kurt … und – entschuldige … naiv. Aber das warst du schon immer. Für dich gibt es immer nur schwarz oder weiß.«

»Alles dazwischen bringt einem nur Unglück. Wenn ich die Grauzonen in meinem Leben betrachte, wäre mir vieles erspart geblieben, wenn ich sie ignoriert hätte.«

Kurt half Hartmut in der Diele in den Mantel. Der hatte

schon die Klinke in der Hand, als er sich noch einmal umdrehte, und fragte: »Hast du jemals wieder etwas von Elise gehört?«

Kurt starrte Hartmut so entgeistert an, dass dieser lachen musste.

»Keine Angst. Das hat nichts mit meiner Täterschaft für das MfS, wie du das wohl siehst, zu tun. Du hast einmal D.R.O.P. ausprobiert, erinnerst du dich? Ohne diesen Test wolltest du damals nicht mitmachen. Ich war dabei, wie du weißt. Du hast nur von Elise gesprochen. Wir sind alt geworden, Kurt. Bereust du dein Leben?«

»Bereuen zieht einen runter. Und - hinterher will man immer alles anders gemacht haben. Wir haben übrigens den gleichen Geschmack bei den Frauen. Deine Lena ähnelte meiner Elise. Sie fiel mir 53 auf dem Alexanderplatz gleich ins Auge. Und das bei den Menschenmassen.«

Hartmut fixierte sein Gegenüber, nickte dann nachdenklich und zog seinen Mantelkragen hoch.

»Mach's gut. Ich denke nicht, dass wir uns noch einmal wiedersehen werden.«

Er umarmte Kurt schnell und wandte sich dann hastig ab.

Kurt sah der einsamen Gestalt nach, die durch das Schneegestöber auf den wartenden Wagen zuging. Ein Chauffeur sprang hinzu und öffnete für Hartmut die Fondtür.

»Hartmut, alter Weggefährte, verdammt, sei vorsichtig«, rief Kurt ihm einer spontanen Eingebung folgend nach und hob die Hand zum Gruß.

Hartmut warf ihm einen letzten, eigenartigen Blick zu, dann entschwand er im Inneren des Wagens.

Kurt, der fröstelnd die Haustür schloss, blieb minutenlang in der Diele stehen. Hartmut, den er einst für einen Freund und dann für einen Feind gehalten hatte, verursachte gemischte Gefühle in ihm. Hartmut war wie er in die Fänge eines Regimes geraten, das ihn – mehr oder weniger – in Ruhe gelassen hatte, während Hartmut immer tiefer hineingezogen worden war. Es hätte auch umgekehrt kommen können, überlegte Kurt, nämlich dann, wenn mein geplanter Rückzug aus der D.R.O.P.-Affäre misslungen wäre. Uns unterschied nur die Gier nach Geld und Macht. Mich interessierte das nicht. Für Hartmut wurde es sein Lebensinhalt. D.R.O.P. hatte ihn reich gemacht. Und die Macht, die dann von ganz alleine kam, hatte ihn süchtig werden lassen. Er war aus dem Sumpf nicht mehr heraus gekommen. Das Wissen, über das er verfügte, hätte einen Rückzieher gar nicht zugelassen. Höchstwahrscheinlich hätte man ihn eher eliminiert, anstatt ihn gehen zu lassen. Wie weit würde Hartmut gehen, wenn er jetzt in die Enge getrieben würde? Nach dem Sturz der alten Machtstrukturen da drüben, würde man ihn mit Sicherheit in die Mangel nehmen.

Würde es ihm gelingen, rechtzeitig unterzutauchen oder würden ihn die Kräfte der alten Diktatur nicht loslassen, die ihn wie eine Krake umschlungen hielten? Wie weit war seine Seele betroffen? Musste ihn der jahrelange Umgang mit gewaltsamem, psychologischem und leisem Terror nicht zerfressen haben? Erkannte Hartmut rechtzeitig, dass er nicht einfach gewendet wie eine schmutzige Bettdecke weitermachen konnte als sei nichts gewesen? Der Hass der Bürger auf das MfS war so groß, dass dessen Zerstörung und Zersetzung oberstes Gebot sein würde. Ich befürchte, dass Hartmut nicht davon kommen wird, dachte Kurt.

Was genau wollte er eigentlich heute hier? Mir Angst einjagen? Mich warnen? Verdammt, warum musste Onkel Friedrich jahrelang diese Pillen fressen? Was, wenn noch welche übrig waren? Wenn man eines Tages sein Haus durchsuchte und welche fand? Kurt erschrak. Sein Ruf, sein Leben, seine ganze Existenz standen auf dem Spiel, wenn er verdächtigt werden würde ...

Systematisch begann Kurt in dieser Nacht, sein Haus auf den Kopf zu stellen. Er durchwühlte jede Rumpelkammer, jede Schublade, jede Ecke. Er vergaß weder den Keller noch den Dachboden. Als Frau Lempert ihn am nächsten Morgen zum Frühstück rief und ihn suchen musste, erschrak sie. Sie fand Kurt im ehemaligen Schlafzimmer seines Onkels im ersten Stock, wie er unter dem Bett herum kroch. Als er sich erhob, stieß er sich den Kopf. Er war schmutzig, staubig und sah schlimm aus.

»Suchen Sie etwas?«, rief Frau Lempert und schlug die Hände zusammen.

»Haben Sie bei ihren Aufräum- und Reinigungsmaßnahmen jemals Onkel Friedrichs alte Medizin gefunden? Pillen? D.R.O.P.?«, fragte Kurt begierig.

Frau Lempert schüttelte den Kopf. »Alle Arzneien sind im Badezimmerschrank in Ihrem Zimmer.«

»Haben Sie so etwas vielleicht weggeworfen?«

»Nein. Niemals. Brauchen Sie sie? Soll ich Ihnen welche aus der Apotheke holen?«

»Nein, danke. Entschuldigen Sie.«

Tag und Nacht grübelte Kurt darüber nach, wo die Pillen sein könnten.

»Ein Container voll«, hatte Hartmut gesagt. Konnte Friedrich die alle verbraucht haben? Kurt ließ sich mit der Transportabteilung von Gustav Hinrichsens ehemaliger Pharmafirma verbinden und erkundigte sich, wie viele Pillenpackungen in einen Container passten. »Zehntausende«, wurde ihm gesagt. Tausende Packungen mit vielleicht je zehn Pillen waren eine riesige Menge. Friedrich konnte die unmöglich verbraucht haben. Es sei denn, er hätte Hunderte am Tag verzehrt. Friedrich hatte zwar noch zehn Jahre nach dem ersten Schlaganfall gelebt, aber dennoch. Wenn Friedrich fünf Pillen am Tag genommen hatte, das wären fünfunddreißig die Woche, Hundertvierzig im Monat, Tausendsechshundertachtzig im Jahr, sechzehntausendachthundert in zehn Jahren, geteilt durch vielleicht zehn Stück in einer Packung, das sind Tausendsechshundertachtzig Pillenpäckchen. Friedrich hätte also niemals einen Container Pillen verbrauchen können. Wo war der Rest?

Seine Sorge nach diesem Container und die Angst, plötzlich mit aufgetauchten Stasi-Akten in Verbindung gebracht zu werden, kostete Kurt Nerven und Substanz. Er alterte merklich.

Krampfhaft verfolgte er die Nachrichten und die politischen Vorgänge und erbebte, als ›Herz und Hirn‹ der Stasi, das Archiv, geöffnet wurde und der Öffentlichkeit zugänglich gemacht wurde. Tausende DDR Bürger besetzten gewaltlos die Machtzentralen des MfS und erzwangen das Ende der Geheimpolizei. Die Bürgerrechtler der ehemaligen DDR erreichten im Einigungsvertrag die Festschreibung, dass der Bundestag unverzüglich ein MfS-Gesetz verabschieden sollte. Am 3. Oktober 1990 erfolgte die Ernennung von Joachim Gauck zum Sonderbeauftragten. Am 14. November 1991 verabschiedete der Bundestag das ›Stasiunterlagengesetz‹ und am 2. Januar 1992 eröffnete offiziell die Behörde des Bundesbeauftragten für die Unterlagen des Staatssicherheitsdienstes der ehemaligen DDR, die ›Gauck-Behörde‹.

Gebeutelte Bürger hatten nun das Recht ›ihre‹ Akten einzusehen. Die Überprüfung, ob jemand mit dem MfS zusammengearbeitet hatte, begann. Der Ruf ›Stasi in die Produktion‹ stand symbolisch für die Forderung, die alten Systemträger von ihren Funktionen abzuberufen. Nicht wenige versuchten erfolgreich eine neue Karriere.

Was machte Hartmut?

Kurt schwitzte Blut und Wasser und ermahnte sich, einen kühlen Kopf zu bewahren. Von Hartmut hörte er nichts. Er kam zu der Annahme, dass Hartmut sich nach Amerika abgesetzt hatte und redete sich ein, in keinen Akten jemals aufzutauchen. Als 1992 publik wurde, dass ein Wahlverteidiger im Mielke-Prozess untergetaucht und sich ins Ausland abgesetzt hatte, weil gegen ihn sechsundzwanzig Ermittlungsverfahren wegen Rechtsbeugung und ein Haftbefehl ›wegen Beihilfe zur Untreue‹ ausgestellt war, gelangte Kurt wiederum zu der Ansicht, dass nichts verborgen bleiben würde. Es kommt, wie es kommen muss. Ich werde es nicht ändern können. Warum habe ich eigentlich Angst. Ich habe nichts verbrochen. Nein, das stimmte nicht. Ich habe bei der Geburt einer Pille geholfen, die sicherlich Unheil angerichtet hatte.

1995 schlug Kurt die Tageszeitung auf – und erstarrte. Das Gesicht von Hartmut Jakobsen grinste ihn an. ›Stasi-Psycho-Arzt entlarvt‹.

›Der Aufsichtsratsvorsitzende der Milena AG, Peter Kaufmann, wurde gestern während einer Sitzung verhaftet. Ihm wird geworfen, als Stasi-Arzt jahrelang bei den Verhören und Folterungen unschuldiger DDR-Bürger mitgewirkt und eine tragende Rolle innegehabt zu haben.‹

So ging es zwei Seiten lang weiter.

Hartmut, du Arschloch, warum bist du nicht zu deiner

Familie gefahren?, dachte Kurt erschüttert. Es war klar, dass sie dich kriegen. Auch mit Toupet siehst du aus wie Hartmut Jakobsen.

Tag für Tag konnte Kurt nun lesen, was Hartmut alias Peter Kaufmann alles vorgeworfen wurde. Er hatte zeitweise das Gefühl, dass man Hartmut gezielt absichtlich als absoluten und einzigen Stasi-Horrorsatan hinstellte, um von all den hochtrabenden Träumen, die die DDR-Bürger seit der Wende gehabt und die sich nicht erfüllt hatten, abzulenken. Der alte Hass gegen die einstige Stasi wurde neu geschürt und so mancher nahm sich aufgrund der erneut aufflammenden alten Erinnerungen nun sicherlich vor, Hoffnungen und Wünsche abzuspecken. Die Illusionen auf ein luxuriöses Westleben waren bombastisch gewesen und jetzt, nach über fünf Jahren versank man in Trostlosigkeit. An hochtrabende Versprechungen glaubte man schon lange nicht mehr. Viele, die sich nach der alten Zeit zurück sehnten, wurden durch Hartmuts Medienspektakel sicher wieder an Angst und totale Überwachung erinnert und empfanden ihre Lage heute sicherlich doch lebenswerter als früher.

Es dauerte noch drei Jahre bis zum Prozessbeginn, während denen Kurt täglich damit rechnete, verhaftet zu werden. Die Zeitungen und Nachrichten überschlugen sich und fast wöchentlich meldeten sich angeblich neue Zeugen, die Hartmut belasteten – weil sie ihn erkannten. Die Aktenordner, die zum Gerichtssaal transportiert wurden, füllten einen ganzen Raum. Kurt war hin und hergerissen, sich in den Gerichtssaal zu schleichen oder darauf zu verzichten. Hieße das nicht schlafende Hunde wecken?

Denn niemand belästigte ihn. Mit keinem Wort wurde D.R.O.P. in den Medien erwähnt und Kurt fragte sich besorgt, wieso nicht? Denn dieses Medikament, das Hartmut mit seiner Hilfe in Umlauf gebracht hatte, war der Anstoß allen Übels gewesen. Hartmuts ganzes Leben basierte darauf. Es musste ans Licht kommen. Die armen Menschen, die da drüben vor ihren Verhören diese Pille zu schlucken bekommen hatten, mussten das doch erwähnen. Und dann musste die Spur zu ihm, Kurt, führen.

So manches Mal war Kurt drauf und dran, sich den Behörden zu stellen, auszusagen, dass gestohlene, nicht wirklich existierende Forschungsunterlagen der Anfang vom Ende gewesen waren. Letztendlich schwieg er. Aus Angst – und er bekam Skrupel, Hartmut noch mehr in den Sumpf hineinzuziehen, wenn er etwas aussagte, was bis jetzt unentdeckt geblieben war. Wenn man Akten über dieses Medikament gefunden hätte, hätte man ihn längst aufgesucht. Dessen war sich Kurt sicher. Hartmut hätte ihn da kaum raushalten können. Wieso hatte man die Akten, von denen Hartmut ihm erzählt hatte, dass er sie hätte, nicht gefunden? Kurt konnte sich keinen Reim darauf machen. Er lebte wie auf einem Pulverfass, das jeden Moment explodieren konnte.

Als er 1998 in den Nachrichten hörte, dass Peter Kaufmann, alias Hartmut Jakobsen, in seinem Haus in Berlin tot aufgefunden worden war – das Urteil über ihn sollte in den nächsten Tagen gesprochen werden - konnte Kurt seine Gefühle kaum unter Kontrolle bringen. Wieso hatte man Hartmut überhaupt aus der Untersuchungshaft entlassen? Und schon war er tot? Kurt verschlang den Artikel, in dem es hieß, Hartmut hätte sich beim Reinigen seines Gewehres aus Unachtsamkeit selbst erschossen. Vielleicht auch Selbstmord, hieß es. Um dem lebenslangen Zuchthaus zu entgehen.

O, Gott, Hartmut, dachte Kurt. Er empfand weder Trauer noch sonst etwas. Leere hüllte ihn ein. Und doch hatte er zum ersten Mal seit Jahren das Gefühl, von einer Last befreit zu sein. Mit Hartmuts Tod, so glaubte er, endete für ihn die D.R.O.P. Enthüllung, dieses kindische Spiel, das er mitgemacht hatte, ohne die Konsequenzen zu bedenken.

Kurt sollte sich diesen Freiheitsvisionen nicht lange hingeben können.

Zwei Monate später empfing er einen Besucher, der ihn erneut in den seelischen Abgrund ziehen sollte. »Ein Robert Schinckel, Journalist, hätte Sie gerne gesprochen«, kündigte seine Sekretärin an.

»Führen Sie ihn herein«, bat Kurt überrascht. Wollte die Kommune über sein neuestes Bauvorhaben, eine Siedlung für kinderreiche Familien, berichten? Einfache Arbeiter, die mit Eigenleistung viel Geld sparen sollten und sich so endlich den Traum von einem Eigenheim erlauben konnten, waren gerade sein Steckenpferd, an dem er arbeitete.

»Guten Tag, Herr Nickel. Ich hoffe, ich störe nicht.«

Kurt betrachtete den Besucher überrascht. »Mir wurde ein Journalist angekündigt. Arbeiten Sie nicht bei mir im Archiv?«

Der Mann setzte sich unaufgefordert und nickte. »Ich wusste nicht, dass ich Ihnen aufgefallen bin. Ich recherchiere für eine Story. Hab' mich bei Ihnen hier eingeklinkt. Sorry. Sagt Ihnen der Name D.R.O.P. etwas?«, wurde Kurt überfahren. Der wunderte sich selbst, dass er die Haltung wahrte, obwohl ihn der Schreck eisig durchfuhr. Er spielte den Ahnungslosen.

»Wie war der Name?«, fragte er nach.

»D.R.O.P. Ein Medikament.«

»Wie kommen Sie darauf, dass ich dieses Medikament kennen sollte?«, fragte Kurt. »Ich bin Bauunternehmer, kein Apotheker. Außerdem bin ich nicht gewillt, einem Scheinangestellten überhaupt irgendwelche Informationen mitzuteilen, die ihn nichts angehen. Ihnen werde ich nur eines sagen: Sie verlassen auf der Stelle diesen Raum, diese Firma und dieses Gelände und lassen sich hier nicht mehr blicken. Sie haben sich widerrechtlich eingeschlichen.«

»Solche Rauswürfe bin ich gewöhnt. Vor allem dann, wenn Leute etwas zu verbergen haben«, grinste Robert sein Gegenüber an. »Hören Sie. Entweder Sie erzählen mir, was ich wissen will oder ich benutze d a s für meine Story, was ich habe. Und das sieht für Sie nicht gut aus. Fakt ist, dass ich eine Akte über dieses Medikament in gerade Ihrer

Baufirma gefunden habe.«

Kurt erstarrte. »Wie bitte? Mit Ihren widerrechtlichen Aktionen kommen Sie damit aber nicht weit. Sie jubeln mir etwas unter, nur um ... «

Robert ging darauf überhaupt nicht ein und unterbrach ihn:

»Herr Nickel, kennen Sie Peter Kaufmann alias Hartmut Jakobsen? Sie haben sicherlich von ihm gehört. Dieser Stasi-Bonze, der sich in seinem Haus in Berlin erschossen hat! Sehen Sie, ich habe mich in den letzten Jahren intensiv mit ihm beschäftigt. Die MfS-Ära interessiert mich brennend. Ich habe heraus gefunden, dass dieser Jakobsen Sie 1963 aus den Klauen der Stasi heraus holte, wo Sie als Jürgen Meier, Ihr Deckname als Fluchthelfer, festsaßen. Bereits kurze Zeit später investierte Jakobsen 800.000 D-Mark in den Aufbau einer pharmazeutischen Fabrik – im Osten! Wo er wohl das Geld her hatte? Mag es Ihren Onkel Friedrich Petersen so viel gekostet haben, Sie da drüben raus zu holen? Ihr Onkel verkaufte zu dieser Zeit nämlich seine Anteile an der Pharmazeutischen Fabrik seines Freundes Gustav Hinrichsen. Ah, ich sehe an Ihrem Gesicht, dass Ihnen diese Summe – annähernd - bekannt vorkommt? Da hat Jakobsen Sie wohl übers Ohr gehauen? Meine Recherchen sind gründlich. Ich weiß weiter aus sicheren Quellen, dass Hartmut Jakobsen danach häufig hier in Lübeck war. Da zählt man eins und eins zusammen. Sehen Sie, ich suchte in Ihren Kellerräumen nicht nach D.R.O.P., ich suchte nach einer Verbindung zwischen Ihnen und Jakobsen –

ehemaliger Aktionär ausgerechnet Ihrer Firma. Nun ja, und da stieß ich mit meiner Nase auf diese Akte – D.R.O.P. Eine Gehirnwäschepille. Irre, nicht wahr? Diese Pille wurde in dem Prozess um Jakobsen nie erwähnt. Obwohl er sie erfunden hat und der Produzent war. So steht es hier jedenfalls. Eigenartig, dass ein so wertvolles Indiz bei seinem Prozess unter den Tisch fiel, finden Sie nicht? Immer noch gibt es Mächtige, die man schonen will – oder muss?«

»Ich habe nie davon gehört«, entgegnete Kurt kalt.

»Ach, nein?« Robert Schinckel fummelte in seiner Hosentasche herum. »Ich habe noch etwas gefunden. Im Haus von Hartmut Jakobsen in Berlin. Wenige Stunden, bevor er sich erschossen hat. Mich wundert es ohnehin, dass man diesen Kerl kurz vor Urteilsverkündung aus der Haft entlassen hat. Beinahe wären wir in seinem Haus aufeinandergeprallt, in das ich – nun ja, ehrlich gesagt – eingebrochen war. Regen Sie sich nicht auf. Ich weiß, dass das illegal war. Aber nur so kommt man an Informationen. Ah, hier ist das Corpus Delicti: eine Quittung für einen Transport Medikamente D.R.O.P. von Lübeck nach Köhlerdorf. Ein Container Ware. Sie stammen doch aus Köhlerdorf? Und hatte Ihr Vater dort nicht ein Fuhrunternehmen?«

Kurt rang nach Atem. Hart hämmerte ihm das Herz gegen die Rippen. »Damit habe ich nichts zu tun.«

»Mag sein, mag nicht sein. Haben Sie denn eine

Erklärung für das Ganze?«

Kurt sah sich mehr als in die Enge getrieben. Was hatte Hartmut hier für Dinger gedreht? Wollte er ihn nach seinem Tod nun fertig machen? Sich für irgendetwas rächen?

»Ehe Sie sich in Spekulationen verrennen und mich in etwas hinein ziehen, das jeder Wahrheit entbehrt, erzähle ich Ihnen jetzt meine Geschichte«, begann Kurt seufzend.

Vier Stunden später erhob sich Robert Schinckel. Er beglückwünschte sich zu seiner Spürnase, wenn auch der Besuch bei diesem alten Mann kaum etwas gebracht hatte. Der besaß genau so wenige Informationen über D.R.O.P. wie er selbst. Was beinhaltete diese Wunderpille und wo konnte man sie finden?

»Was haben Sie jetzt vor?«, fragte Kurt.

»Ich statte Ihrer Heimat einen Besuch ab«, lächelte Robert vergnüglich.

»Wieso?«

»Ja, Mann, ich denke, ich werde dort D.R.O.P. finden. Und dann werde ich die Inhaltsstoffe analysieren lassen. Jedenfalls scheint Köhlerdorf der letzte Aufenthaltsort dieser Wunderpille gewesen zu sein. Übrigens, Ihre Meinung, dass dieser Jakobsen Sie fertig machen wollte, unterstütze ich nicht. Wollen Sie meine Meinung hören? Ich glaube, er hat alles versucht, Sie da raus zu halten.«

»Wie kommen Sie denn auf solchen Schwachsinn? Er

hat in meiner Firma eine Akte deponiert, eine Fährte gelegt, um mich zu belasten. Und diese Scheißpille in mein Heimatdorf verbracht. Niederträchtiger geht es wohl kaum noch.«

»Ich denke, er hat diese Akte bei Ihnen versteckt, damit man sie bei ihm nicht findet. Bei Ihnen vermutet sie doch niemand. Sein Haus hat man auf den Kopf gestellt, das kann ich Ihnen sagen. Alles verwüstet. Die Quittung fand ich im Kamin. Reichlich angekokelt. Sonst fand ich nichts. Und der Container, der offensichtlich hier irgendwo lagerte und von dem Sie nichts wussten – ich denke, Ihr Onkel hatte den hier irgendwo deponiert – den hat Hartmut oder jemand anderer in seinem Auftrag von hier fortgeschafft. Um jeden Verdacht von Ihnen abzuwenden. Ich glaube, Sie waren ihm wirklich ein Freund. Ciao.«

Kurt sah dem Reporter verblüfft nach. Er hatte plötzlich den Gedanken, dass Stasi und Presse etwas gemeinsam hatten: Alte Schnüffler in neuen Uniformen. Auf wackeligen Beinen ging er zu seinem Barschrank und goss sich zwei doppelte Cognacs ein. Nachdenklich starrte er die gegenüberliegende Wand an, die ein Porträt seines Onkels schmückte.

»Warum hast du mir nie etwas von dem Container erzählt?«, fragte er laut.

Hatte Hartmut ihn wirklich nur schützen wollen, als er den Container vielleicht in Eigenregie von seinem Grund und Boden entfernen ließ? Kurt versuchte, sich das letzte

Gespräch mit Hartmut heraufzubeschwören, in dem es nur um Politik gegangen war. Sie hatten kaum über persönliche Dinge gesprochen. Was hatte Hartmut gesagt: ›Vielleicht habe ich eine Akte, vielleicht nicht. Vielleicht verwende ich sie, vielleicht nicht.‹ Kurt raufte sich die Haare.

Mehr als fünfunddreißig Jahre lang verfolgte ihn jetzt Hartmuts wahnwitzige D.R.O.P. – Erfindung, deren unleidige Odyssee er in jugendlicher Spontanität mit angezettelt hatte, um sich freizukaufen. Würde er es noch einmal tun? Nein, hätte er damals um die Konsequenzen gewusst. Und jetzt stand dieses ›Corpus delicti‹ in Köhlerdorf? Ausgerechnet dort! Was war Hartmut da nur eingefallen? Ich muss da hin, dachte Kurt. Bevor dieser dämliche Robert Schinckel Journalist irgendwelchen Mist anstellt.

15

1999

Elise saß vor ihrer Schminkkommode in ihrem Schlafzimmer, das sich seit zwanzig Jahren nicht verändert hatte und cremte sich das Gesicht ein. Falten hatten sich dort eingegraben. Seit dreißig Jahren creme ich mich tot, dachte Elise. Genutzt hat es nichts. Ich bin eine alte Frau mit braunen Haaren und braunen Augen. Fast wunderte sie sich, dass ihre Augen nicht auch ergrauten wie ihre Haare, die sie färbte und färbte. Elise hasste graue Haare.

Gott sei Dank habe ich keine Glatze wie Arthur, dachte sie und fuhr sich mit den Fingern durch ihr noch volles Haar.

Arthur war gleich nach dem Frühstück ins Dorf gegangen, seinen Freund Dieter besuchen. Joachim war in Urlaub in den Bergen. Mit Freunden. Nicht mit einer Frau, was Elise seit Jahren ein Dorn im Auge war. Warum nur hatte der Junge nie geheiratet. Elises Eltern hatten ihr drei – oder viermal erzählt, dass der Junge eine Freundin mitgebracht hatte, als er dort wohnte und später, wenn er in den Semesterferien nach Hause kam, hatte er auch manchmal ein junges Mädchen zu Besuch gehabt. Aber nie war er in den nächsten Ferien mit der gleichen Frau angekommen. Jetzt war Joachim siebenunddreißig, eingefleischter Junggeselle, wie er betonte, und keineswegs gewillt, zu heiraten oder ihr Enkelkinder zu schenken. Das werde ich wohl auch nicht mehr erleben, dachte Elise seufzend.

Joachim hatte nur noch den Hof im Kopf. Als er vor acht Jahren endgültig heimkehrte, hatte er sofort mit dem Bau einer Reithalle begonnen, Pferdeboxen errichten lassen und Inserate geschaltet, um Pensionspferde aufzunehmen. Die Boxen waren innerhalb von vier Wochen besetzt und es gab sogar eine Warteliste. Joachim baute weitere Boxen. Seitdem wimmelte es auf dem Hof von Leuten, die Elises und Arthurs ruhiges Dasein gehörig durcheinander brachten, dem sie frönten, seit Arthur sein Vieh verkauft hatte. Jederzeit hatte irgendjemand etwas zu fragen oder wollte etwas haben. Jeder hatte etliche Sonderwünsche für seinen geliebten Vierbeiner auf dem Herzen und auch Elise und Arthur wurden eingespannt, wenn Joachim nicht zur Hand war. Aber das ewige Herumgelaufe hatte Elise jung erhalten. Jedenfalls bildete sie sich das ein.

Joachim gönnte sich dieses Jahr den ersten Urlaub seit Jahren, weshalb Elise und Arthur zum ersten Mal nicht an die See oder in den Harz gefahren waren. Die Heuernte war vorbei, das Stroh türmte sich in den Scheunen und der Herbst war so schön, dass die Pferde noch immer draußen auf den Wiesen standen und kaum Arbeit machten. Bis vor drei Jahren war Elise noch täglich selbst ausgeritten, dann machten ihre müden Knochen nicht mehr ordentlich mit, und Ferdinand auch nicht, den sie ohnehin schon längst nur als Handpferd mitgenommen hatte, um seinen alten Rücken zu schonen. Ferdinands Tod hatte sie dann schwer getroffen. Seitdem fühlte sie sich noch älter, als sie ohnehin schon war. Immerhin war sie durch diesen Sport schlank und einigermaßen gelenkig geblieben. Erst jetzt wurden Brüste, Bauch und Schenkel schlaff. Da nutzten auch ihre wöchentlichen Turnübungen in der Sporthalle nichts mehr, die sie eisern einhielt, um nicht völlig zu verknöchern.

Elise erhob sich. Sie musste ihrer Putzfrau sagen, dass heute die Fenster der Westseite geputzt werden mussten. Solche Arbeiten erledigte Elise schon seit Jahren nicht mehr selbst. Eine Frau aus dem Dorf verdiente sich damit ein kleines Zubrot. Außerdem hatte Arthur Angst gehabt, sie fiele dabei von der Leiter und würde sich etwas brechen.

Der Unfall von Johanna vor nunmehr elf Jahren war ihm Warnung genug gewesen. Johanna Süttler war gestürzt, als sie die Dachrinnen vom Laub befreien wollte. Arthur hatte geschimpft wie ein Rohrspatz. »Warum sie ihn das nicht machen ließe? Das wäre keine Frauenarbeit.« Johannas Hüfte war gebrochen, ein Fußknöchel gesplittert und eine Schulter ausgekugelt. Johanna hatte wochenlang im Krankenhaus gelegen und als sie wieder auf den Hof zurück kam – an Krücken, aber sie wollte das unbedingt – war sie nur noch ein Schatten ihrer selbst. Sie, die den ganzen Tag in Bewegung gewesen war, vertrug das Liegen nur schwer. Sie kam nicht mehr auf die Beine.

Elise kniff die Augen zusammen, als sie an das letzte Gespräch mit ihrer Schwiegermutter dachte. Sie hatte Johanna wirklich gerne gehabt. Sie war mir mehr eine Mutter als meine eigene, dachte Elise.

Die überraschende Frage von Johanna: »Elise, Joachim, ist Kurt Nickels Sohn nicht wahr?«, hatte Elise damals in Tränen ausbrechen lassen.

O, Gott, war sie entsetzt gewesen. Es war also von jemandem bemerkt worden. Das, was Elise seit Jahren wie ein Stein in der Brust gelegen hatte, war ausgesprochen worden. Elise sah ihr zukünftiges Leben in Trümmern.

»Was sagst du da?«, hatte sie geflüstert.

Doch Johanna hatte begütigend Elises Hand gedrückt.

»Kind, ich habe es schon lange geahnt. Seit ich … seit dieser Kurt einmal hier war. Oh, nein, bitte erschrick nicht«, rief Johanna, als Elise weiß wie die Wand wurde.

»Arthur weiß von nichts und Kurt Nickel hat Joachim nicht gesehen. Das war an dem Tag, als Arthur Joachim nach Mettstadt fuhr – als er dort in die Schule sollte. Niemand weiß es Elise. Es stimmt also?«

Elise schwieg.

»Kind, ich fühle, ich werde diese Welt verlassen und endlich m e i n e n Joachim wieder sehen. Deshalb muss ich dir unbedingt etwas sagen. Kurt Nickel, er hat mir gesagt, er liebte dich. Er sei wohl damals nur fort gegangen – nach der verhängnisvollen Schlittenfahrt, weil Arthur … «, Johanna versagte die Stimme » … weil Arthur … er hat mir vor einiger Zeit gestanden, dass er damals … «

Elise schluchzte. »Pssst. Sag' nichts darüber, Mutter. Ich weiß, was Arthur getan hat.«

Johanna versuchte, sich zu konzentrieren.

»Du weißt es? Du hast ihm das verziehen? Gott sei Dank. Seit ich davon weiß, liegt es mir schwer auf der Seele, dass mein eigener Junge so eine Lüge gesät hat. Kurt ... Kurt Nickel ..., er hat mir etwas zurück gegeben. Geh' mal an meinen Kleiderschrank, Elise. Im obersten Fach. Ganz hinten. Du musst es verstecken. Arthur darf sie nicht finden.«

Elise wankte an den Schrank und wühlte darin herum, bis sie auf etwas Hartes stieß. Sie ging zum Bett zurück und übergab Johanna ein Tuch, in dem etwas eingewickelt zu sein schien.

»Das ist die Uhr von meinem Mann, Kind. Wir haben sie damals verkauft, als du so krank warst und Penicillin brauchtest. Der Vater von Kurt hat sie gekauft. Er wollte dich retten, weil er ahnte, dass Kurt dich liebt. Er hat es Kurt in einem Brief geschrieben, den der erst Jahre später erhielt. Kurt Nickel wollte, dass ich die Uhr zurück bekomme.« Johanna schnaufte. »Du musst sie weg tun. Vergrab' sie. Arthur darf sie niemals finden. Er würde fragen, wo sie plötzlich herkommt.«

»Ich schäme mich so, Mutter, dass Joachim ... Arthur und ich, wir haben es so lange versucht ... ich habe mich damals, 61, endgültig von Kurt getrennt, obwohl er mir das erzählte, das über Arthurs Lüge, und dass er mich noch immer liebe. Ich war so verzweifelt, deshalb ist es passiert. Ich habe ihn nie wieder gesehen. Ich schwöre es dir. Und ich liebe Arthur. Noch in der gleichen Nacht habe ich mit ihm ... ich glaubte lange, es wäre Arthurs Kind. Erst viel später ... sein Aussehen. O, Gott, du hast es bemerkt. Wer noch? Seit Jahren bringt es mich fast um.«

Johanna zitterte und rang nach Atem. Sie spürte, wie das Leben in ihr erlosch. »Niemand. Du darfst es Arthur niemals sagen. Schwöre es mir.«

Elise nickte kummervoll. »Alles, was du willst, Mutter.«

Nach diesen Worten stürzte Arthur herein. »Man hat mir gesagt ... Mutter!«

Johanna drückte Elise das Tuch mit der Taschenuhr in die Hände, als Arthur an ihrem Bett niederkniete.

»Mutter, du darfst nicht fortgehen.«

»Arthur, mein lieber Junge. Einmal muss es doch so kommen. Ich bin nicht traurig. Ich werde deinen Vater sehen.«

Johanna verschied in Ruhe und Frieden. Das, was ihr so auf der Seele gelegen hatte, hatte sich geklärt. Sie hatte sich mit Elise ausgesprochen.

Die Jahre nach Johannas Tod erschienen Elise noch eintöniger als zuvor. Sie merkte zu spät, wie sehr sie Johanna gemocht hatte. Ihr fehlten die besinnlichen Abende, an denen Johanna ihr ganz besondere alte Stickmuster beibrachte, ihr fehlte Johannas Lachen und ihr Unmut, wenn ihr das Quittengelee misslang, ihr fehlte Johannas Trost wegen Joachim, der fast nie zu Hause war –

ihr fehlte ganz einfach Johannas Gegenwart. Elise, die noch nie eine enge Freundin gehabt hatte, musste sich nun mit Arthurs Gesprächen begnügen, die sich meistens um Ernten, Genossenschaftsstreitereien und landwirtschaftliche Probleme drehten. Zwar führte er sie zu Tanzabenden aus, ging mit ihr ins neue Kino und fuhr mit ihr in Urlaub, aber es mangelte ihm an wirklichem Frauenverständnis, welches sie, wie Elise meinte, bei Johanna gefunden und nun schrecklich vermisste.

Als Joachim endgültig als Jungbauer auf den Hof zurückkehrte, bemerkte Elise mehr und mehr seine Ähnlichkeit mit Kurt. Ihm haftete eine Lässigkeit an, die Elise so an Kurt gemocht hatte, eine weltmännische Eleganz. Er war groß und blond und sah gut aus mit seinem von Wind und Wetter gebräuntem Gesicht, in dem ihre warmen, braunen Augen vererbt waren. Elise merkte wohl, wie sich die zahlreichen Pferdebesitzerinnen auf dem Hof nach ihm umwandten und ihm schöne Augen machten. Er schäkerte zwar mit ihnen herum, amüsierte sich, aber mehr nicht. »Arbeit und Privatleben muss man auseinanderhalten«, war seine Meinung, wenn Elise ihn auf die eine oder andere ansprach.

Joachim wirkte überhaupt nicht wie ein Bauer. Ganz im Gegensatz zu Arthur, der behäbig und von Jahr zu Jahr schwerfälliger einher schritt, als würde er auch im Hause auf seinen schwarzen, umgepflügten Erdschollen umherwandern. Aber seine liebe Freundlichkeit und sein bodenstämmiger Humor machten das wett.

Elise lebte in ständiger Panik, dass Arthur, wie ja schon Johanna, das Aussehen seines Sohnes zu denken geben müsste, aber das war nicht der Fall. Auch nicht, als Magda Grün, diese Tratschhexe, einmal zu ihm sagte: »Wenn man euch beide zusammen sieht, kommt man gar nicht auf die Idee, dass ihr Vater und Sohn seid. Ihr beide seid so verschieden wie Bier und Champagner.«

»Joachim kommt nach Elise und den Koppenhöhs«, entgegnete Arthur brüsk, ließ sie stehen und ging seines Weges.

Er verstand sich glänzend mit Joachim und war außerordentlich stolz auf ihn. Aber auch er sorgte sich um den Fortbestand des Hofes. »Warum rackerst du dich so ab, wenn du niemanden hast, dem du das alles hier hinterlassen kannst«, klagte er häufig. »Es gibt einige nette Damen im Dorf, die dich mit Handkuss nehmen würden. Raffaela Matthiesen zum Beispiel ... «

»Raffaela ist neunzehn. Ich könnte ihr Vater sein. Lass mich mit deiner Matthiesen-Kuppelei in Ruhe«, winkte Joachim brüsk ab.

Der Druck, den seine Eltern in dieser Frage auf ihn ausübten, ging ihm auf die Nerven. Sobald er länger als zehn Minuten mit einem weiblichen Wesen plauderte, warf man sich bedeutungsvolle Blicke zu. Von allen im Dorf wurde die ›Sache‹, Joachim Süttler unter die Haube zu bringen, zur Lebensaufgabe erklärt. Auf den Tanzabenden im Dorfkrug registrierte man gespannt, wem er seine Gunst schenkte und erstattete den Eltern umgehend Bericht. Sofort hörten Arthur und Elise die Hochzeitsglocken läuten und einen Erben in der Wiege schreien. Als sich dann nach drei Jahren heraus stellte, dass er keine aus dem Dorf wollte, hielt man ihn für arrogant und überheblich. Er hörte häufig Worte wie: »… wenn dir meine Tochter nicht gut genug ist« und ging beleidigt seines Weges. Erst weitere drei Jahre später akzeptierte man, dass er wohl einfach nicht heiraten wollte. Das war zwar unüblich, aber eben nicht zu ändern. »Der junge Süttler hat zu lange in der Stadt gelebt. Unsere Dorfschönen will er nicht.« »Ja, aber eine aus der Stadt will er auch nicht.«

»Vielleicht wollen die ihn nicht?«, wurde geflachst.

Joachim begegnete dem Dorfklatsch mit Gleichmut und Humor und hielt sich aus allem raus. Er schürte weder die positiven noch die negativen Tratschbrünste. Ihm war die große Liebe eben einfach noch nicht über den Weg gelaufen. Und ein gefühlloser Ersatz, nur um die Eltern und Dorfbewohner zufrieden zu stellen, kam für Joachim nicht in Frage.

Außerdem gestand er sich selbst ein, dass eine eheliche Bindung ihn schreckte. Er brauchte einen gewissen Freiraum, den er von Jahr zu Jahr mehr schätzte und keineswegs aufgeben wollte. Er liebte es, tun und lassen zu können, was er wollte und wie es ihm gefiel.

Elise hatte es als Erste aufgegeben, ihn unter die Haube zu bringen.

»Joachim ist eben wählerisch. Ein Mann wie er braucht etwas ganz Besonderes. Und siehst du so etwas hier herum laufen, Arthur? Nein. Na, also. Wir sollten ihn in Ruhe lassen. Wenn wir ihm permanent auf die Nerven gehen, verlässt er uns eines Tages noch. Er war lange genug weg. Ich möchte auch noch mal etwas von ihm haben.«

»Du machst ihn zum Muttersöhnchen, Elise. Seit Mutter tot ist, beschäftigst du dich nur noch mit Joachim. Der Junge braucht eine Frau«, meinte Arthur.

»Papperlapapp, das sagst du doch nur, weil Matthiesen es sagt. Der soll vor seiner eigenen Tür kehren.«

Elise genoss die Ausritte mit ihrem zurückgekehrten Sohn, bewunderte ihn, verhätschelte ihn, liebte ihn. Ihr wurde es immer gleichgültiger, ob er heiratete oder nicht.

Jetzt ist er gerade mal zehn Tage fort und ich vermisse ihn schon schrecklich, gestand sich Elise seufzend ein und ging endlich nach der Putzfrau sehen, die gerade die Fensterrahmen schrubbte.

»Alles voll Fliegendreck, Frau Süttler. Hoffentlich müssen wir in zwei Wochen nicht wieder von vorne anfangen.«

Elise nickte. »Kann passieren. Für Oktober ist es sehr warm. Ich werde ein wenig spazieren gehen. Zum Mittagessen bin ich zurück. Können Sie um halb eins die Kartoffeln aufsetzen, Evi? Sie können dann mit uns essen.«

Elise grüßte auf dem Hof einige Reiter und sah ihnen

wehmütig hinterher. Ein Ausritt bei diesem Wetter wäre das Schönste überhaupt. Versonnen legte sie die Hände über die Augen und blinzelte in die Sonne. Pferde waren die edelsten Geschöpfe auf Erden. Braunes und schwarzes Fell glänzte, als die vier Pferde graziös und vor Lebenslust tänzelnd über das Kopfsteinpflaster flanierten und in den Feldweg einbogen, der in die Auen führte. Es ist wirklich schrecklich, alt zu werden, dachte Elise. Man kann so vieles nicht mehr machen, was der Kopf noch möchte, was aber die Gelenke bestreiken.

Langsam und bedächtig folgte Elise den Pferden, die in einiger Entfernung antrabten und dann ihrem Blick entschwanden.

Auf der Lichtung vor dem Wäldchen blieb Elise stehen und wandte ihr Gesicht der Sonne zu. Sie schloss die Augen und gab sich den Geräuschen der Natur hin. Sie hatte in letzter Zeit verstärkt das Gefühl, die Bilder, Farben und Klänge der Umgebung in sich aufsaugen zu müssen und sie festzuhalten – der Nebel, der sich frühmorgens über die Wiesen legte, die klare Morgensonne, die sich ihren Weg durch die Bäume suchte und eine strahlende Gasse bildete, das Klopfen eines Spechtes an der Baumrinde, der Ruf des Kuckucks, der Schrei des Eichelhähers.

»Hallo, guten Tag. Sie genießen die restliche Herbstsonne?«, fragte eine Stimme an ihrem Ohr. Elise erschrak und wandte sich um. Ein fremder, junger Mann blickte sie an.

»Ja, es ist herrlich heute«, antwortete sie, leicht benommen.

»Hier ist aber auch ganz besonders idyllisch. Ein nettes Plätzchen, um sich zu sammeln und auszuruhen.«

Elise nickte beifällig. »Sie machen hier wohl Urlaub?«

»Urlaub, nein. Ich bin Journalist. Ich recherchiere für eine Story.«

»Hier draußen? Sind Sie Vogelkundler?«

»Nein«, lachte der Mann. »Ich recherchiere in Köhlerdorf. Ich habe dort schon alle Leute ausgequetscht. Ich suche einen Container, der angeblich in Köhlerdorf gestrandet sein soll. Hat irgendwie mit dem Fuhrunternehmen Nickel zu tun. Sie haben ihn wohl nicht gesehen?«

»Den Kurt?«, rief Elise entgeistert.

»Kurt? Nein, den Container!«

Elise sah den Fremden verwirrt an. »Nein.«

»Dachte ich mir beinahe. Keiner weiß etwas. Aber – Sie kennen anscheinend – Kurt Nickel?«

Elise schwieg mit weit aufgerissenen Augen.

Der Fremde lachte Elise an. »Den habe ich noch vor einer Woche gesprochen. Aber der konnte – oder wollte – mir auch nicht weiterhelfen.«

»Sie … Sie haben mit Kurt gesprochen?«, flüsterte Elise

fassungslos.

Interessiert betrachtete Robert Schinckel die alte Dame. Irgendetwas in ihrer Stimme machte ihn neugierig. Die Frau schien ziemlich geschockt.

»Jaaaaa«, antwortete er gedehnt. »Wieso?«

»Ach, nur so. Ich ... ich kannte ihn.«

»Kannte? Er lebt noch, wenn ich das mal so ausdrücken darf. In Lübeck. Er war recht munter.«

Elise schluckte.

»Ich meinte, ich kannte ihn früher. Vor vielen Jahren. Ist er ... geht es ihm gut? Ist er ... verheiratet? ... glücklich? – ähm – gesund?«, würgte sie schließlich heraus.

Sofort wurde ihr bewusst, wie peinlich es war, eine solche Frage zu stellen. Einem Fremden. Der Mann hat mich mit seiner Äußerung, dass er Kurt getroffen hat, überrumpelt, dachte Elise und versuchte, dem neugierigen Blick ihres Gegenübers standzuhalten.

Robert stutzte. Eine solche Frage stellte man nur, wenn man ...

»Es geht ihm gut. Und verheiratet? Soviel ich weiß, nein.« Auf was bin ich da gestoßen, überlegte Robert. Auf eine alte Liebesgeschichte? Ist der Container deswegen hier irgendwo? Wegen der Verbindung zu dieser alten Frau?

»Sie haben ihn ... wohl länger nicht gesehen, den Kurt?«, fragte er beiläufig.

Elise fasste sich. Ich benehme mich kindisch, dachte sie. »Wir kannten uns kurz nach dem Krieg. Das ist schon sehr lange her, junger Mann. Da waren Sie noch nicht einmal geboren.«

Elise lachte, ein warmes, erinnerungsträchtiges Lachen, das Robert berührte. Irgendetwas an dieser Frau erinnerte ihn an jemanden. Robert mochte die alte Frau, die mit sanftem, wehmütigem Blick an ihm vorbei in die Ferne schaute. Vera! Sie erinnert mich an Vera, meine Lebensgefährtin, dachte er.

»Soll ich Ihnen von ihm erzählen?«, fragte er aufmunternd und nicht ganz uneigennützig.

»Ich bitte darum«, schmunzelte Elise nun, setzte sich ins Gras und sah Robert erwartungsvoll an.

Der versuchte sich das Bild von Kurt Nickel heraufzubeschwören, den er erst vor wenigen Tagen kennengelernt hatte. Er beschränkte sich auf Äußerlichkeiten, schmeichelte dem Mann ein wenig und setzte seinen Charakter in positives Licht. Er erwähnte weder die Stasi, die Pillen, noch die wahren Gründe seines Besuches. Der Frau schien zu gefallen, was sie hörte. Nach seinen Worten breitete sich Schweigen aus. Robert schien es, als wäre die Dame mit ihren Gedanken in die Vergangenheit versunken.

»Ich danke Ihnen, Herr … wie? Schinckel? Sie haben mir auf meine alten Tage ein großes Geschenk gemacht. Wenn Sie mir jetzt hoch helfen möchten? Ich bin nicht mehr so gelenkig wie in jungen Jahren«, bat sie ihn dann.

Robert erfasste die dünnen, faltigen Hände und half der Frau auf die Füße. Die fuhr ihm spontan mit einer Hand lieb über die Wange. »Nochmals danke, junger Mann. Es war anregend, mit Ihnen zu plaudern. Auf Wiedersehen. Und viel Glück mit Ihrer Suche.«

Gerührt sah Robert ihr nach, wie sie vorsichtig über die Lichtung davon schritt, gerade und aufrecht. Ja, sie ähnelte Vera. Die war auch so ... so ... distinguiert, so passiv, so fine Art. Die Dame sah ihr sogar irgendwie ähnlich. Ich werde Vera zu Hause erzählen, dass ich eine alte Frau getroffen habe, die ihr ähnlich ist – nein, das alt muss ich weglassen, dachte Robert vergnügt. Ihr Gemüt, ihre Seele, war jung geblieben.

Dann fiel ihm noch etwas ein. »Sagen Sie, wo genau ist denn hier das Nickel-Gelände?«, rief er der Frau nach.

»Es beginnt mit dem Wäldchen da drüben. Die alte Scheune dort hinter den Bäumen gehört schon dazu,« rief Elise und deutete in eine bestimmte Richtung.

»Danke«, rief Robert und eilte davon.

Robert war nicht unbedingt der Meinung, hier draußen einen Container zu finden. Aber im Dorf war er auf nichts gestoßen und er wollte nicht nach Hause fahren, ohne alles überprüft zu haben. Als er die alte Scheune zwischen den Bäumen entdeckte und um sie herum ging, wunderte er sich über ein ziemlich neues Vorhängeschloss an der Scheunentür, das nicht ins Bild passte. Es müsste eigentlich verrostet sein, überlegte Robert, griff nach seinem Dietrich und öffnete das Schloss. Das war eine Kleinigkeit für ihn. In seinem Job war das eine Basistätigkeit. Robert grinste, als er daran dachte, dass er auch Vera Unterricht darin gegeben hatte. Die hatte die Hände über dem Kopf zusammengeschlagen. »So etwas Gesetzwidriges werde ich niemals gebrauchen können«, hatte sie ausgerufen.

Als er das Tor aufzog und in die trübe Dunkelheit blinzelte, die vereinzelt von Sonnenstrahlen durch Ritze und Löcher im Dachgebälk durchzogen wurde, durchflutete ihn überraschte Erregung. Genau mittig stand ein Container. Robert ahnte sofort, dass das sein gesuchtes Objekt sein musste. Nur – war etwas drin? Robert griff nach den Verriegelungen. Staub und Heuspäne stoben auf und nebelten ihn ein, als die Tür sich öffnete. Und dann sah er die Paletten. Hochgestapelt türmten sie sich im Innenraum. Eine Palette war aufgerissen, die Schweißfolie beschädigt. Robert bückte sich und griff nach einer kleinen Packung. D.R.O.P. In großen, roten Buchstaben prangte ihm dieses Wort entgegen.

Er war am Ziel. Gespannte Erregung durchrann ihn. Begierig betrachtete er die puderfarbene Packung, die einem Kitschfilm entstiegen zu sein schien. Sie erinnerte Robert an die bunten Bonbonpackungen aus seiner Kinderzeit. Robert traute sich kaum, die Packung zu öffnen. Nur kleine rot-weiße Kapseln, einzeln eingeschweißt. Keine Beipackzettel, nichts. Keine Vermerke, Aufschriften oder irgendwelche Hinweisbemerkungen. Wer nicht weiß, was das ist, könnte das Ganze für Bonbons halten, dachte Robert fassungslos. Eine explosive Ladung, eingehüllt in eine Bonbonverpackung.

Fast ehrfurchtsvoll ließ Robert eine Packung in seine Hosentasche gleiten. Wie hatte man den armseligen Kreaturen in den Verhörräumen der Stasi die Einnahme dieser Pille verkauft? Als kleine Näscherei? Bestimmt nicht. Man hatte sie den Menschen sicherlich untergejubelt. Im Essen. Oder ihnen befohlen: »Schluck das.« Hatten nicht viele geglaubt, eine Todespille zu schlucken? Hatten sie sich gewehrt, geschrien, gebettelt? Minutenlang – stundenlang, Todesängste ausgestanden? Waren sie verwundert und erleichtert, wenn sie wieder in ihrer Zelle zu sich kamen oder litten sie unter Panikattacken, wenn sie darüber nachgrübelten, was seit Einnahme der Pille mit ihnen passiert war, was jetzt noch geschehen könnte? Robert hatte mit einigen Menschen gesprochen, die die Einnahme einer Pille vor einem Verhör erwähnt hatten. Die aber jetzt, Jahre später und ohne Schaden genommen zu haben, eher leidenschaftslos darüber berichteten. Nur zwei hatten sich geschüttelt – sie hatten gedacht, Zyankali zu schlucken und waren tausend Tode gestorben. Später hatte sich unter den Häftlingen schnell herum gesprochen, dass die Einnahme dieser Pille harmloser Natur sei.

Gott sei Dank haben nur immer die ersten Versuchskaninchen gelitten, dachte Robert. Ich werde nach Hause fahren, Vera alles erzählen und die Zusammensetzung der Pillen analysieren lassen. Ich muss wissen, was sie enthalten. Und dann schreibe ich die Story aller Storys. Meine Nase hat mich nicht im Stich gelassen. Ich wusste, dass ich die Ware irgendwo hier finden würde. Mit dieser Wahnsinnsgeschichte kriege ich den Pulitzer-Preis. Wenn ich weiß, welches Teufelszeug hier drin ist – Robert tastete nach seinem Fund - berge ich den ganzen Schatz.

Elise schritt leichtfüßig nach Hause. Irgendwie war sie glücklich. Kurt ging es also gut. Er sah gut aus, hatte der junge Mann gesagt. Ihr Herz machte einige verrückte Hüpfer. Sie kicherte albern vor sich hin. Ich könnte Bäume ausreißen, dachte sie.

Daheim wartete Arthur bereits mürrisch am Küchentisch und sah Evi Petersen zu, die die fertig gekochten Kartoffeln abgoss.

»Da bist du ja endlich. Ich habe Hunger«, schmollte Arthur.

»Ich habe die Frikadellen gebraten und den Gurkensalat bereitet, Frau Süttler. Ich hoffe, das war richtig? Das stand hier schon alles«, meinte Evi verlegen.

»Ach, Evi, Sie sind ein Schatz. Dann können wir ja essen. Gibt es etwas Neues im Dorf, Arthur?«, fragte Elise ihren Mann und fuhr ihm tröstend über den kahlen Schädel.

»Nö.«

Arthur blieb einsilbig. Nie kam Elise pünktlich nach

Hause, wenn sie spazieren ging. Außerdem beschäftigte ihn die Mitteilung von Matthiesen, dass ein Reporter seit Tagen im Dorf herumschnüffelte und Leute nach einem Container vom Nickel ausfragte. Fing das mit dem Nickel nun wieder von vorne an? Ich werde den Kerl einfach nicht los, grämte sich Arthur. Besorgt blickte er auf Elise, die mit geröteten Wangen herzhaft in ihre Bulette biss. Elise sah heute sehr jung aus. Fast wie damals, als er mit ihr zum See gegangen war, um zu schwimmen und er sie nicht geküsst hatte.

»Wollen wir heute Nachmittag zum See runtergehen?«, fragte er seine Frau. »Wir könnten bereden, was wir im nächsten Jahr zu unserer goldenen Hochzeit veranstalten. Fünfzig Jahre, Elise. Eine lange Zeit. Obwohl - sie ist so schnell vergangen. Eine schöne Zeit.«

»Gerne, Arthur. Es ist ein wundervoller Tag heute. Gerade richtig für eine Planung.«

Elises euphorische Stimmung hielt die nächsten Tage an, was sie veranlasste, zum Friseur zu gehen.

»Färben, waschen, legen – das volle Programm«, verkündete Elise Rita, Herta Neumanns Tochter, die das Geschäft ihrer Mutter fort führte. »Und Maniküre. Meine Hände sind eine Katastrophe. Nächstes Jahr haben Arthur und ich Goldene. Da brauche ich eine ganz besondere Frisur. Etwas Hochgestecktes vielleicht? Mit Blumen? Oder ist das zu extravagant? Schlicht und unauffällig wäre mir doch wohl am liebsten. Vor fünfzig Jahren hatte ich Perlen im Haar. Eine Leihgabe von Arthurs Mutter. Das wäre in meinem Alter jetzt wohl ziemlich übertrieben.«

Rita Neumann suchte ihrer Kundin umgehend ein Modeheft heraus. »Sehen Sie da mal rein, Frau Süttler. Da gibt es so schöne Sachen. Auch an Kleidern für solche Gelegenheiten. Haben Sie schon gehört, dass der alte Kurt Nickel im Dorf ist? In seinem vermoderten Haus. Bestimmt ist er wegen dieses Reporters da, der hier rumschnüffelt. Der sucht ja irgendeinen dubiosen Container. Was da wohl drin ist? Würde mich nicht wundern, wenn der Nickel mit schrecklichen, gefährlichen Sachen handelt. Und jetzt ist man ihm auf die Schliche gekommen. Was da wohl noch herauskommt«, plauderte Rita Neumann ungezwungen. Von längst vergangenen Dorfgeschichten aus Zeiten, in denen sie noch nicht einmal geboren war, hatte sie keine Ahnung.

Elise widmete sich mit klopfendem Herzen ihrer Zeitschrift – und musste wehmütig lächeln.

Ich bin mittlerweile so alt, dass mir niemand mehr irgendetwas unterstellen kann, dachte Elise. Vor dreißig Jahren hätte man mich schadenfroh beobachtet, jede Regung durchleuchtet und sich das Maul zerrissen. Heute stehe ich über diesen Dingen. Alt sein hat doch Vorteile. Niemand würde mehr über mich tratschen, noch nicht einmal, wenn ich Kurt auf der Straße umarmen würde. Man geht davon aus, dass alte Leute keine Leidenschaft empfinden.

Daraufhin betrachtete sie verstohlen ihr Gesicht im

Spiegel. Sie hatte Kurt vor achtunddreißig Jahren zuletzt gesehen. Er würde mich nicht mehr erkennen, dachte Elise erschrocken. Er wäre entsetzt.

Große Traurigkeit überschattete ihre Freude der letzten Tage. Ich hoffe, ich werde ihm nicht über den Weg laufen, dachte Elise, und dann: Merkwürdig. Zeit meines Lebens hoffe ich, Kurt nicht zu begegnen. Und jedes Mal, wenn es geschieht, passiert etwas Gigantisches. Sie fuhr sich mit den Fingern durch ihr noch volles, nun schön gewelltes Haar, befeuchtete sich mit den Fingerspitzen die Augenbrauen und bat Rita um die Puderquaste.

»Warten Sie, ich habe da eine neue Tönungscreme. Ich sehe da ein etwas gerötetes Äderchen«, rief Rita und deckte flugs hier und da etwas ab. »Ein Hauch von Mascara und etwas Lippenglimmer und Sie sehen aus wie fünfzig«, rief Rita begeistert und war schon bei der Arbeit. »Ihr Mann wird begeistert sein.«

»Ich werde sagen, ich habe für meine Goldene schon mal geprobt«, lächelte Elise versonnen. »Sonst denkt er noch sonstwas.«

Rita begutachtete ihr Werk, klatschte zufrieden in die Hände und tupfte Elise einen neuen Duft hinter die Ohren. »Er wird Sie verführen wollen«, grinste Rita verschwörerisch.

Elise hätte fast gefragt »wer?« und lächelte spitzbübisch.

»Davon werde ich Ihnen aber nichts berichten, Rita.«

»Oh, schade«, kicherte Rita. Sie sah der alten Freundin ihrer Mutter nach, die so gepflegt und vornehm davonging. Eine liebe Frau. Schade, dass meine Mutter nicht auch so alt geworden ist, dachte Rita und wandte sich wieder der Arbeit zu.

Elise fühlte sich jung und schön, als sie beschwingt durch die Sonne des frühen Nachmittags spazierte. »Auch mit ein bisschen Gesichtsmaskerade bin und bleibe ich neunundsechzig Jahre alt«, sprach sie zu sich selbst, um sich auf den Boden der Tatsachen zurückzubringen.

Elise schlug nicht den Weg zurück zum Hof ein. Sie ging ganz bewusst die Dorfstraße entlang und grüßte und plauschte mit den Leuten, die ihr begegneten. Am Ende der Straße machte sie nicht kehrt. Sie ging weiter. Sie spazierte durch den Torbogen des Nickelschen Grundstückes, überquerte den Hof. Verstohlen um sich blickend huschte ihr Blick über das verfallene Gebäude, um das sich seit Jahren niemand scherte. Aufrecht und beinahe herausfordernd stand sie mitten auf dem Hof und eine immense Sicherheit durchflutete sie plötzlich: sie hatte das Recht hier zu stehen. Wer immer sie hier sah – es war ihr egal. Sie fühlte sich plötzlich frei und erleichtert. Sie schien etwas abgeworfen und hinter sich gelassen zu haben, was ihr ungeheure Genugtuung bescherte. Sie wusste nicht, wie lange sie dort gestanden hatte – sie hatte jedes Zeitgefühl verloren – als sie Kurt bemerkte, der in einer der Türen stand und sie beobachtete. Sie erkannte ihn sofort.

»Hallo, Kurt«, rief Elise völlig ungezwungen, als hätte

sie ihn gestern zuletzt gesehen.

»Elise!«

Elise hörte den alten Zauber seiner Stimme und ging lächelnd auf ihn zu.

Kurt machte ihr überrascht Platz und schloss die Tür.

»Ich bin erst kurz hier und ... auf Besuch nicht eingestellt«, stotterte er. »Es sieht hier fürchterlich aus, Elise. Komm hier herein. Hier habe ich wenigstens Staub gewischt und die Spinnen vertrieben.«

Elise betrat den Raum mit den uralten, verschlissenen, braun-grün gemusterten Tapeten, den vergilbten, löchrigen Gardinen und dem schweren Holzmobiliar aus vergangenen Zeiten und hatte das Gefühl, zu Hause angekommen zu sein, hierher zu gehören. Es roch muffig und stickig, obwohl die Fenster geöffnet waren. Elise störte das nicht.

»Tee?«, fragte Kurt grinsend. »Ich habe einen Campingkocher.«

»Gerne.« Elise setzte sich vorsichtig auf ein altes, dunkelgrünes Kanapee.

»Die Bude ist so alt wie wir«, meinte Kurt. »Obwohl, du hast dich kaum verändert.« Er kniete vor Elise nieder. »Du siehst immer noch aus wie das kleine Mädchen von damals.«

Elise wusste, was er meinte. Das war keine hohle Schmeichelei. Auch für sie war Kurt ihr Kurt aus jungen

Jahren. Es war egal, ob er Falten hatte und schüttere, graue Haare. Er war Kurt und alles andere war völlig gleichgültig. Die vergangene Zeit spielte keine Rolle. Kurts Wesen, seine Seele, überdeckte alles.

Kurt goss das kochende Wasser über die Teebeutel in den alten Tassen mit dem ausgelaugten Blumenmuster, setzte sich neben Elise, nahm ihre Hand und schwieg. Die vergangenen Jahre erloschen in der Gegenwart. Sie brauchten nicht erwähnt werden. Sie waren unwichtig. In völliger Harmonie saßen Elise und Kurt nebeneinander, schlürften ihren Tee, betrachteten sich, hielten sich irgendwann an den Händen und schwiegen. Jedes Wort hätte zerstörend gewirkt, denn jeder hätte ohnehin nur von einem Leben berichtet, das nicht wirklich gelebt worden war. Ihre Gedanken verweilten in der Jugend, in der Zeit, als sie glücklich miteinander gewesen waren. Ein kostbares Jahr, ganz nah, das alle anderen ausradierte.

»Ich war so ein Idiot, Elise«, sagte Kurt endlich in die Stille hinein.

»Nicht, Kurt. Das führt zu nichts«, meinte Elise.

Kurt stand auf und zündete eine alte Öllampe an. Sein Schatten glitt über die alten Holzbohlen. »Ich bleibe einige Tage. Ich muss etwas klären. Du wirst mich besuchen kommen?«

Elise nickte versonnen. »Warst du … glücklich, Kurt?«

Kurt zuckte mit den Schultern. »Glücklich? Manchmal. Im Nachhinein über unbedeutende Kleinigkeiten, glaube ich. Mit den fortschreitenden Jahren bekommt Glück eine stille Bedeutung. Früher setzte ich Glück mit Euphorie und emotionalem Überschwang gleich. Jetzt bedeutet Glück die leisen, bewegenden Momente im Leben. Ein gutes Konzert, ein gutes Gespräch. Ich habe festgestellt, dass es heute nicht wirklich einen Menschen gibt, der mir wirklich etwas bedeutet. Außer dir, wie ich gerade wieder merke. Ich war nie wieder jemandem so nahe wie dir. Vor fünfzig Jahren dachte ich, mein kommendes Leben würde einen füllenden Roman ergeben. Heute käme gerade mal eine Kurzgeschichte zustande. Ich nehme an, bei dir ist das anders. Du hattest ... Arthur ... und... deinen Sohn.«

Elise sah Kurt etwas wehmütig an.

»Ich war auch mit Arthur einsam«, entgegnete sie leise. »Aber Joachim ... doch ... ein bedeutsamer, glückvoller Inhalt.« Fast hätte sie gesagt: »Mein Ersatz für dich. Etwas, was du mir gegeben hast, um die einsamen Jahre ohne dich zu überstehen.« Aber sie schwieg.

Elise spürte eine gefährliche, melancholische Stimmung in sich, die sie besonders vorsichtig werden ließ. Ich will nicht über Joachim reden, dachte sie. Ich will nicht, ich kann nicht, ich ...

»Hast du Enkelkinder?«, hörte sie.

»Nein. Auch keine Schwiegertochter. Joachim ist ein Single, wie es heute so schön heißt. Vielleicht hat er recht damit.«

»Ich weiß nicht. Familie ist für mich ein nicht

erreichtes und daher kostbares Gut. Ich wünschte, ich hätte Kinder. Dann würde ich wenigstens etwas hinterlassen.«

Elise schluckte und erhob sich. »Es wird schon dunkel. Ich muss gehen, sonst macht man sich Sorgen.«

»Siehst du, um mich sorgt sich niemand.« Kurts Worte wurden von einer resignierenden Geste begleitet, die Leere andeutete.

Elise überkam würgender Kummer. Das führt zu nichts, das bringt nichts, tu es nicht, sage es nicht, ermahnte sie eine innere Stimme und sie reichte Kurt die Hände. Kurt zog sie an sich und hielt sie fest.

»Elise.« All seine Sehnsüchte, all seine Gefühle legte er in dieses einzige Wort. Elise sah zu ihm auf. Der sanfte Druck seiner Lippen auf den ihren ließ sie erbeben. O, Gott, Gefühle sterben nie, dachte Elise. Sie mumifizieren sich, wenn sie im Innersten unter Verschluss gehalten werden. Zerfallen sie zu Staub, wenn sie mit Licht und Leben wieder in Berührung kommen, oder …?

»Joachim … «, Elise schluckte schwer. Eine innere, warnende Stimme krampfte ihre Eingeweide bei diesem Wort zusammen. Sie spürte Kurts Herzschlag an ihrem Ohr, das auf seiner Brust ruhte.

»Joachim ist dein Sohn, Kurt,« flüsterte Elise kaum hörbar. Sie erschrak über sich selbst, als sie diese Worte aussprach, hoffte, er hätte sie nicht gehört und wusste doch, dass sie nur deswegen hierhergekommen war.

Sie spürte förmlich, wie Kurt erstarrte. Er sagte nichts. Dann schob er sie ein wenig von sich fort und blickte sie an. Ungläubiges Erstaunen, gepaart mit aufkommender Freude spiegelte sich in seinen Zügen wieder.

»Was?«

Elise senkte den Kopf und nickte. »Als du 61 hier warst. Auf der Lichtung. Er ... er sieht aus wie du.«

»O, Gott, Elise!«

»Johanna Süttler hat es bemerkt. Sie hat es mir gesagt, als sie starb. Ich dachte immer, jeder würde es bemerken.«

»Elise! Ich habe ihn einmal gesehen! In Mettstatt. Mit Arthur. Ich habe ihn nach einer Straße gefragt. Ich redete mir danach ein, dich endgültig verloren zu haben.« Kurt war ganz aufgeregt.

»Du hast deinen Sohn gesehen. Aber Kurt, du musst es für dich behalten. Schwöre es mir. Arthur, er liebt ihn so. Es ist sinnlos, nach so vielen Jahren Leben zu zerstören. Arthur weiß es nicht. Aber ich musste es dir einfach sagen, bevor ... ; das Leben rinnt so schnell dahin.«

Angstvoll blickte Elise ihn an.

»Oh, natürlich. Nur, darf ich ihn einmal sehen? Von ferne?«

»Er ist nicht hier. Er ist in Urlaub, in den Bergen. Ich bringe dir morgen Fotos von ihm mit, ja?«, entgegnete Elise wehmütig und bittend zugleich.

»Ich habe einen Sohn. Welch ein Geschenk in meinem Alter. Elise, du glaubst nicht, wie glücklich du mich machst. Bevor du gehst - hast du mir verziehen? Bitte, du musst es mir sagen.«

»Dass ich einen Sohn von dir habe? Was ist da zu verzeihen? Joachim war und ist mein Lebensinhalt.«

»Das meine ich nicht. Ich meinte … «

Elise wusste, was er meinte. »Aber ja, Kurt. Schon lange. Es war nicht unbedingt deine Schuld. Wir alle waren kindisch und naiv. Und - Arthur hätte sich nicht so voreilig und eigennützig einmischen dürfen.«

»Der größte Fehler meines Lebens war, dich damals gehen zu lassen.«

»Ach, Kurt, nicht.«

Elise verließ das Anwesen mit gemischten Gefühlen. Entgegen ihrer inneren Warnungen hatte sie ihm gesagt, dass Joachim sein Sohn war. Bereute sie das? Nein, irgendwie war sie erleichtert. Auf ihrem Rückweg traf sie niemanden. Alle Dorfbewohner saßen jetzt am Abendbrottisch. Die zunehmende Dunkelheit ließ sie einige Male stolpern. Erst jetzt kam ihr in den Sinn, dass sie eine Ausrede brauchte – für Arthur. Der würde wissen wollen, wo sie so lange abgeblieben war. Doch Trotz regte sich in ihr.

Ich habe nichts getan. Ich habe keine Lust mehr, mich in meinem Alter zu verstecken, überlegte Elise. Dieses

Kleinmädchengetue muss aufhören.

Arthur wartete bereits nervös auf dem Hof und schaute sich besorgt nach allen Seiten um. Erleichterung durchflutete ihn, als er die Gestalt seiner Frau endlich auf dem Waldweg erspähte.

»Elise! Um Gottes Willen. Wo kommst du denn her? Rita Neumann sagt, du hättest ihren Salon schon um kurz nach drei verlassen. Ich war bereits im Dorf und habe dich gesucht. Noch wenige Minuten und ich hätte der Polizei Bescheid gesagt.«

Elise trat in die Küche und setzte sich. Und dann sagte sie es: »Ich war bei Kurt Nickel.«

Arthur starrte seine Frau an, als habe ihn der Schlag getroffen. Diese Mitteilung, so unverblümt aus ihrem Munde, erschütterte ihn. »Was? Bist du verrückt geworden? Du treibst einen Schabernack mit mir.«

»Nein. Vernünftig bin ich geworden. Wir haben uns ausgesprochen. Nach über fünfzig Jahren wurde es Zeit.«

»Du gehst zu diesem Kerl, der dich ... ?«

»... vergewaltigt hat? Eine Lüge meines Vaters! Mich mit einem Kind sitzen gelassen hat? Auf deinem Mist gewachsen, Arthur! Leugne es nicht. Ich weiß das schon seit achtunddreißig Jahren. Du hast Kurt von hier vergrault. Als ich krank war. Du hast meine Lage zu deinen Gunsten ausgenutzt. Als Kurt mir das erzählte, als er zur Beerdigung seines Vaters hier war, war ich ziemlich erbost, das kannst du mir glauben.«

Arthur sah seine Elise verblüfft an.

»Er wollte dich nicht. Hat dich vom Schlitten geschubst. Ich habe ihm sein schändliches Benehmen nur unter die Nase gerieben. Kurt war ein mieses Stück Dreck.«

»Du hast ihm erzählt, ich hätte eine Fehlgeburt gehabt und wolle ihn nie wiedersehen. Wie konntest du das tun? Das war eine Lüge und du weißt das.«

»Er hätte dich ohnehin nicht genommen.«

»Woher willst du das wissen?«, erboste sich Elise.

»Solche Drecksäcke wollen nur ihr Vergnügen. Verantwortung ist für die ein Fremdwort«, rief Arthur wütend.

Elise betrachtete ihren Mann resigniert. »Ich bin müde, Arthur. Ich will in meinem Alter nicht über Dinge streiten, die ein halbes Leben lang zurück liegen.« Sie erhob sich.

Arthur fühlte sich gedemütigt, zurückgewiesen, gegängelt.

»Ja, geh' nur«, schnaubte er gekränkt. »Ich gehe in den Dorfkrug. Hier ist es nicht zum Aushalten.«

Elise erwiderte nichts. Wenn er sich betrinken wollte, musste er das eben tun.

Arthur, der wusste, dass Elise Trinkerei verabscheute, hoffte, sie würde ihn zurückhalten, einlenken, ihn besänftigen, ihn trösten, wie sonst auch. Als die Tür hinter ihr ins Schloss fiel, stapfte er erbost von dannen.

Dass Elise bei diesem schrecklichen Kerl gewesen war, traf ihn tief. Er fühlte sich von ihr verraten. Doch schon auf halbem Wege ins Dorf siegte seine Liebe zu Elise. Dieser Kerl hatte sie verhext. Sonst wäre sie ihrem Ehemann niemals so entgegengetreten. Elise, die sanftmütige Elise, die ihm immer Recht gab, nie mit ihm stritt, immer auf seiner Seite war, beschimpfte ihn, war böse mit ihm. Schuld war nur dieser Nickel. Zeit meines Lebens kommt mir dieser Mistkerl in die Quere, wütete Arthur. Wiegelt Elise gegen mich auf. Kaum spricht sie mit diesem elenden Kretin, habe ich Ungelegenheiten zu Hause. Ich hasse diesen verfluchten Schnösel.

Arthur kam zu der Ansicht, dass er erst Ruhe hätte, wenn dieser Bastard endgültig vom Erdboden verschwunden wäre.

Voll Schrecken dachte er plötzlich an Joachim und spuckte aus. Gott sei Dank war der Junge auf Urlaub. Er hatte plötzlich das Gefühl, dass sich diese beiden Männer nie begegnen durften.

Als wäre es gestern gewesen, sah er sich ins Dorf gehen, 61, als der alte Nickel beerdigt wurde. Er wollte nur kurz gucken, ob Elise nicht doch – aus purer Nächstenliebe verstand sich – auf den Friedhof ginge. Als er die Abkürzung über die Lichtung nahm, hatte ihn fast der Schlag getroffen – Elise und Kurt! Arthur hatte sich heran geschlichen. Sich verborgen gehalten. Er hörte, wie der Kerl mit Elise sprach. Über sein Leben als ... Fluchthelfer?! Gott, wie widerlich der Kerl mit seinen Heldentaten prahlte, mit seinem überheblichen Lachen um Elises Anerkennung buhlte. Dieser Angeber versuchte doch tatsächlich, Elise wieder einzuwickeln.

Dem werde ich die Suppe versalzen, hatte Arthur sich damals vorgenommen.

Als die Kirchenglocken ertönten, war der Kerl davon geeilt. Arthur hatte noch gesehen, wie Elise einen Kranz aus der Scheune geholt und Kurt übergeben hatte. Immer opfert sie sich für andere auf, hatte Arthur gedacht und sich auf den Weg ins Dorf gemacht, als er sah, dass Elise den Pfad zum Hof einschlug. Später hatte er einige Telefonate geführt, ein paar richtige Sätze hier, ein paar anonyme Andeutungen dort, und er wusste, dass der lästige Mistkerl für längere Zeit außer Gefecht gesetzt würde. Dorthin, wo angeberische Fluchthelfer hingehörten: ins Zuchthaus.

Um Elise abzulenken, telefonierte er mit Ludwig aus dem Nachbardorf und orderte für den nächsten Tag seine Überraschung: Ferdinand.

Die Überraschung war ihm mehr als geglückt. Ferdinand erwies sich als wunderbares Genesungswunder. Vor lauter Glückseligkeit hatte Elise ihm eine liebevolle Nacht geschenkt. Sie schien den Flegel Kurt Nickel gänzlich aus ihren Gedanken verbannt zu haben. Kurts Gesülze schien dieses Mal an Elise abgeprallt zu sein. Elises

Schwangerschaft überzeugte Arthur endgültig. Elise liebte ihn.

Arthurs Gesicht umwölkte sich. Denn Joachim, diesen Sohn, den er inbrünstig liebte, sah mehr und mehr aus ... wie Kurt Nickel. Anfangs fiel Arthur das nicht auf. Erst einige Bemerkungen von Magda Grün, die nie ein Blatt vor den Mund nahm, ließen ihn stutzig werden. Arthur verfolgte das Aussehen Joachims mit Argusaugen. Gut, der Junge war groß, schlank, blond, nicht gerade Arthurs Attribute, aber seine Augen, die hatte er von Elise. Arthur war weder dumm noch naiv. Da er sich nie hundertprozentig sicher war – er müsste Elise dann ja Untreue unterstellen, was er ihr niemals antun könnte - oder, eine Variante, die Arthurs Gefühlen besser entgegenkam, der Kerl Kurt hatte Elise nochmals ... ?; doch dann durfte er Elise nie merken lassen, welche Ahnungen er da hatte. Elise wäre schockgeplagt durchs Leben gewandert. Nur noch ein Schatten ihrer selbst. Sie, die ohnehin aufgrund ihres zarten Gemütes vor den Härten des Lebens geschützt werden musste, durfte mit lästigen Dingen nicht belastet werden. Elises Fröhlichkeit durfte durch nichts getrübt werden. Er durfte nicht zulassen, dass Elise auch nur eine Sekunde ihres Lebens unglücklich war. Joachim war sein Sohn – und basta.

Gott sei Dank war der Junge gerade nicht hier. Wer wusste schon, was dem Nickel einfiele, wenn er ihn sähe oder die dämliche Grün ihn deswegen anquatschte. Der Schluderschachtel traute Arthur alles zu. Große Qual würde über Elise kommen, wenn auch nur der Hauch eines Verdachtes in dieser Richtung sie behelligen würde. Ich muss das verhindern, dachte Arthur. Ein für alle Male.

Kurt verbrachte nach Elises Geständnis eine schlaflose Nacht. »Ich habe einen Sohn«, rief er wiederholt in die Dunkelheit der Stube hinein und konnte es kaum glauben. Tiefer Friede hüllte ihn ein und ließ ihn in einen nachdenklichen Dämmerzustand versinken, um sofort wieder hochzuschrecken, herumzulaufen und Selbstgespräche zu führen, sein heißes Gesicht in die Nacht hinauszuhalten und dem Sternenhimmel seine Euphorie mitzuteilen. »Morgen zeigt mir Elise Fotos von meinem Sohn, Joachim!«

Kurt war sich nicht sicher, wie er mit dieser Mitteilung umgehen sollte. All sein Sehnen galt, diesen Sohn zu sehen.

»Ich habe schon einmal mit ihm gesprochen. Wenn ich damals geahnt, gewusst hätte … Warum habe ich es nicht sofort gespürt?«, sprach er laut zu sich selbst. Da er nicht schlafen konnte, trat er in aller Herrgottsfrühe vor die Haustür, zog sich eine dicke Jacke an und spazierte durch die Gegend. Lange betrachtete er den stillen Hof der Süttlers und flüsterte dankbare, sehnsüchtige Worte zu Elise hinüber, die hinter einem dieser blanken Fenster schlummerte.

»Heute werde ich Fotos von ihm sehen.« Kurt freute sich wie ein kleiner Junge. Als er gegen neun Uhr über die Dorfstraße zurückschlenderte, war ihm so wohlgemut, wie schon lange nicht mehr.

Ein älterer Mann fing ihn vor einem Haus ab.

»Herr Nickel? Kurt Nickel? Heinrich Semmelmann, Notar. Darf ich Sie kurz sprechen?«

»Sicher«, antwortete Kurt gutgelaunt und folgte dem Mann in das heimelige Häuschen.

»Haben Sie schon gefrühstückt, Herr Nickel?« fragte Heinrich Semmelmann höflich und verneigte sich demütig in Richtung eines gedeckten Tisches.

Kurt verneinte.

»Darf ich Sie bitten, mein Gast zu sein? Es redet sich dann entspannter.«

Kurt bedankte sich. Er merkte erst jetzt angesichts der Rühreier, des gebratenen Specks und der knusprigen Brötchen, welchen Hunger er hatte.

»Herr Nickel, Sie kennen mich nicht, aber ich kenne Sie«, begann Heinrich Semmelmann.

Kurt betrachtete sein Gegenüber fragend.

»Wir haben – ähm – wir hatten einen gemeinsamen Bekannten. Hartmut Jakobsen.«

Kurt verschluckte sich. Das Blut stieg ihm in den Kopf. Er war sofort auf der Hut.

»Ich muss mit meiner Geschichte ein wenig ausholen. Genau genommen bis ins Jahr '61 zurück. Zum Bau der

Mauer«, fuhr der Notar fort.

Heinrich Semmelmann erzählte seine Lebensgeschichte. Ehrlich und unumwunden. Kurt hatte schon längst zu Ende gefrühstückt und lauschte der Stimme des Mannes nachdenklich.

»Sie sehen, D.R.O.P. ist mir geläufig. Wie ich auch weiß, dass Sie nichts damit zu tun haben, außer diesem klitzekleinen Phantomdiebstahl aus den Hinrichsen-Werken, zu dem Hartmut sie ›überredete?‹ nicht wahr. Hartmut hat Verfehlungen begangen und ... bereut. Sein ehrgeiziger Charakter ließ ihn – nun – auf die schiefe Bahn geraten. Einmal in den Sumpf hinein geraten, kam er nicht mehr heraus. Es sei denn, er hätte ein Mittelchen erfunden, sich unsichtbar zu machen. Wär' ihm zuzutrauen gewesen. Ich habe ihn vor seinem Niedergang gesprochen. Er wollte Sie schützen. Hat alles über D.R.O.P. verbrannt. Und den Container aus Ihrem Werk entfernen lassen. ›Der Mann hat Prinzipien, die ich bewundere. Er ist so gradlinig, redlich‹, hat er mir über Sie gesagt. Sein letztes Gespräch mit Ihnen hat ihn dazu gebracht. Dieser Container – war - das letzte Beweisstück über D.R.O.P. Hartmut wusste nicht, wohin damit. Ihm fehlte die Zeit. Es ging alles drunter und drüber nach dem Mauerfall. Ich ... ich habe das Ding für ihn in Empfang, in Gewahrsam genommen. Hartmut einen letzten ... Gefallen ... getan. Und allen Menschen dieser Welt, denn ich hatte die Befürchtung, dass so manch einer Missbrauch damit treiben würde, wenn er könnte. Da stimmen Sie mir doch zu, nicht wahr?«

Kurt nickte vorsichtig.

»Jetzt kommen wir zu dem eigentlichen Problem. Das Ding steht – seit einigen Jahren - in Ihrer alten Scheune im Wald.«

Kurt setzte zu einer entsetzten Äußerung an. Heinrich Semmelmann hob begütigend die Hände: »Niemand vermutet ihn hier am Ende der Welt.«

»Doch«, rief Kurt. »Ein Journalist. Robert Schinckel. Er hat eine angekokelte Transportquittung bei Hartmut im Haus gefunden, die besagt, dass die Ware hier in Köhlerdorf sein muss. Deshalb bin ich übrigens hier. Ich vermutete den Container auf unserem Dorfgrundstück. Der Reporter suchte mich vor einigen Tagen in Lübeck auf. Es gab eine Akte – im Keller meiner Fertighausfirma. Über D.R.O.P. Ich weiß nicht, wie die da hingekommen ist. Der Reporter hat sich bei mir eingeschleust und sie gefunden.«

Heinrich Semmelmann nickte.

»Das mit der Akte - das war Hartmut. Er dachte, das wäre ein sicheres Versteck. Sie lag übrigens schon seit dreißig Jahren dort. Seit dem Diebstahl aus den Hinrichsen-Werken. Hartmut plante, sich mit dieser Akte, wenn nötig, freizukaufen – wenn ich mich mal so ausdrücken darf. Dann hat er sich das anders überlegt. Aus genannten Gründen. Wir konnten sie nicht entfernen, weil wir nicht wussten, wo sie ist. Ihr Betrieb hat sich baulich in den letzten Jahren ziemlich verändert.«

»Wie konnte Hartmut das Ding nur bei mir ... «

»... Sie waren der einzig Unschuldige in diesem Komplott der Stasibonzen und ihrer Gier«, meinte Heinrich Semmelmann.

»Danke. Das ist mir kein wirklicher Trost. Was wird jetzt aus dem Container?«

Heinrich zuckte mit den Schultern. »Ihn da vergammeln lassen?«

»Das ist mir zu riskant. Kinder oder sonst wer könnten ihn beim Herumstromern entdecken. Und die Pillen essen oder was weiß ich mit ihnen anstellen. Ich werde den ganzen Mist da draußen anzünden und abfackeln. Ich will endlich meine Ruhe.«

»Ziemlich auffällig«, erwiderte Heinrich Semmelmann gedehnt.

»Haben Sie eine bessere Idee?«

»Lassen Sie uns in Ruhe darüber nachdenken. Sie sind noch ein paar Tage hier?«

Kurt nickte.

»Gut. Dann reden wir noch mal.« Heinrich erhob sich.

»Warten Sie«, rief Kurt. »Ich habe noch ein Anliegen. Ich möchte, dass Sie einen Brief für mich verwahren. Mein Testament. Sie sind doch Notar. Haben Sie Papier und Stift?«

Heinrich nickte und bat Frau Beck, Kurt das Gewünschte zu bringen. Dann verabschiedete er sich und ließ seinen Gast alleine.

Kurt verließ das Haus des Notars gegen vierzehn Uhr und eilte heimwärts. Er wollte Elise auf keinen Fall verpassen und hoffte, dass sie noch nicht da wäre.

Schnell riss er alle Fenster auf und lüftete die muffige Bude. Er zog sich um, und war gerade rechtzeitig fertig, als es klopfte.

Frohgemut öffnete er die Tür.

»Elise. Komm herein.«

»Ich habe Kaffee und Kuchen mitgebracht. Und die Fotos«, begrüßte ihn Elise.

»Oh, das ist lieb. Setz' dich. Zeige sie mir. Und erzähle mir alles, was dir dazu einfällt«, bat Kurt glücklich und setzte sich dicht neben Elise, die das Fotoalbum aufschlug.

Kurt sah seinen kleinen Jungen mit verschmierter Marmeladen-Schnute, er sah ihn schwimmen, Sandburgen bauen an der See, Fahrrad fahren, einen Schneemann bauen und auf einem Pony reiten. Elise begleitete die Bilder mit lustigen Anekdoten, erinnerte sich an alte Zeiten und freute sich, über Joachim berichten zu können. Wehmut überlief Kurt in Wellen, wenn er daran dachte, ein so wichtiges Leben beinahe vierzig Jahre lang verpasst zu haben. War das die Quittung dafür, weil er ein anderes vorher nicht gewollt hatte?

»Du liebst ihn sehr, nicht wahr, Elise?«, fragte Kurt leise.

»Ja. Er ist mein Leben.«

Kurt blätterte in den bebilderten Stationen des Lebens seines Sohnes und prägte sich seine Züge ein. »Ein hübscher Kerl, Elise«, lachte er sie an.

Elise nickte sanft. Wie du, dachte sie.

»Unser Sohn, Elise.«

Merkwürdigerweise schob sich Arthurs Antlitz vor Elises Augen, der mit seinem kleinen Sohn Traktor fuhr und Ernten einbrachte.

Sie fuhr sich kurz über die Augen, stand auf und nahm zwei Tassen und zwei Teller von einem Bord. Sie schenkte Kaffee aus der mitgebrachten Thermoskanne ein und wickelte den Kuchen aus.

»Rhabarberkuchen. Selbstgebacken. Ohne Sahne. Das macht dick.«

»Da musst du dir ja wohl keine Sorgen machen. Du siehst aus wie zwanzig«, grinste Kurt.

»Schön wär's«, lächelte Elise.

»Für mich siehst du so aus.«

»Das sagt Arthur auch immer.«

Elise erschrak. Sofort schämte sie sich für diese Äußerung.

»Er liebt dich wohl sehr«, meinte Kurt auch prompt wehmütig.

Elise nickte gequält. »Ja, das tut er.«

»Ich wünschte, ich wäre an seiner Stelle«, entgegnete Kurt mit leiser Stimme.

»Du warst es immer, Kurt.«

Sanft nahm Kurt Elise in die Arme und hielt sie umfangen.

»Wenn ich dich heute fragte, würdest du mit mir kommen?«, fragte Kurt.

Elise schwieg verlegen. Sie fühlte sich plötzlich so alt, wie sie war. Welch ein Skandal, wenn bekannt würde, dass eine Greisin nach fast fünfzig Jahren Ehe ihren Mann verließ, um mit ihrem Lover aus Jugendtagen durchzubrennen. Völlig absurd.

»Und mein Sohn?«, flüsterte sie gequält. Joachim würde sie hassen, wenn er erführe ... ?

»Würde unser Sohn sein.«

Das ist er ja schon, dachte Elise und sagte ausweichend:

»Möchtest du noch Kaffee?«

»Nein, lieber Tee. Ich koche eben welchen.«

»Warte, Kurt. Ich muss gehen. Arthur ... ich habe ihm gesagt, ich bringe nur den Kuchen zu Frau Petersen.«

»Oh, wie schade. Sehen wir uns morgen? Du schuldest mir übrigens noch eine Antwort. Könntest du nicht wenigstens verreisen? Für einige Tage? Nur du und ich.

Woanders sein, als hier in Köhlerdorf?«

»Oh, ich weiß nicht.«

»Überleg' es dir, bitte. Ich wäre so glücklich. Ein paar Tage, als Ausgleich für viele verlorene Jahre. Ist das zu viel verlangt? Bitte. Und … darf ich das Album behalten? Bis morgen?«

Elise nickte sanft. Dankbar drückte Kurt sie an sich, als wollte er sie nie mehr loslassen.

»Ich koche mir jetzt Tee, sehe mir tapfer alleine bis morgen die Bilder an und präge mir alles genau ein. Bitte, versuch' es, dich loszueisen. Nur wenige Tage. Es würde mich so glücklich machen.«

Elise strich ihm über das Gesicht, liebkoste jeden Zentimeter … fühlte plötzlich eine unüberbrückbare Entfernung, die sich schmerzhaft verstärkte und … lief davon.

Unter dem Torbogen zur Straße blieb sie stehen, nach Atem ringend und schaute zurück, in der Hoffnung, Kurt in der Tür stehen zu sehen, um ihm zuzuwinken, wie eine Ehefrau den Geliebten zum Abschied. Nur wenige Tage, dachte sie. Es wäre so schön. Ja, ich werde …

Eine furchtbare Detonation, die die Grundmauern des Hauses erschütterte und den Boden, auf dem Elise stand, erbeben ließ, erschreckte sie zu Tode. Flammen und Qualm drang aus den Fenstern des Wohnhauses. »Kurt?«, wollte Elise rufen, doch kein Ton entrann ihrer Kehle. Die herunterfallenden Backsteine des alten Torbogens begruben sie unter sich.

16
2009

Mit kummervoller Miene legte Vera einen Strauß Chrysanthemen auf das Grab ihrer Mutter, die sie nie kennengelernt und die selbst nie gewusst hatte, dass sie eine Tochter gehabt hatte, die lebte.

»Man hat dich so belogen. Aus falscher Rücksicht«, flüsterte Vera. Es war kaum zu ertragen.

Vera war in den letzten Tagen ganz traurig durch ihr Dasein gewandelt. Dass ausgerechnet ihr eigener Vater Roberts Fuhrmann aus seiner D.R.O.P. Story war, machte ihr zu schaffen. Und ihre Mutter war auch zu Tode gekommen. Und Robert ebenfalls. Vera gab mittlerweile diesen verdammten Pillen die Schuld an allem und verfluchte ihren Vater, der mit diesen Pillen zu tun gehabt hatte.

Obwohl – hatte er nicht mit seinem schrecklichen Tod dafür gebüßt? Was nur war in ihn gefahren, sich mit dieser Pillenpest abzugeben. Ich rühre sie nicht mehr an, dachte Vera und ging zum Grab ihres Vaters. Nachdenklich betrachtete sie den verwitterten Grabstein und das von Unkraut übersäte Grab, um das sich niemand kümmerte.

»Elises Eltern und Arthur Süttler haben dir Unrecht getan. Wer weiß, ob nicht sonst alles anders gekommen wäre. Vielleicht wäre ich an deiner Seite aufgewachsen.«

Vera ging langsam über den Friedhof zurück auf den

Süttler Hof. Koppenhöhs waren abgereist. Vera wollte ihnen Bescheid geben, ob sie bei ihnen leben wollte oder nicht. Sie konnte sich nicht recht entschließen. Den alten Leuten tat zwar unendlich leid, was sie getan hatten, aber Vera konnte ihnen noch nicht vergeben. Ein Leben lang lügen, das war irgendwie zu viel.

Außerdem ging es Arthur Süttler nicht gut. Er stand unter starken Medikamenten und ließ Vera daher Gott sei Dank in Ruhe. Vera bedauerte den alten Mann, jetzt, wo sie darum wusste, Elise so ähnlich zu sein. Obwohl – auch Arthur Süttler hatte ihren Vater belogen. Was hatte Joachim gesagt: ›Vielleicht hätte er Mutter sonst nie rumgekriegt.‹

Welche menschlichen Leiden mussten sich damals abgespielt haben. An jedem hatte jahrelang der Kummer gefressen.

Mein Leben wäre auch völlig anders verlaufen, wenn ich als Baby nicht offiziell gestorben wäre, dachte Vera. Aber ich habe nie wirklich gelitten. Das war ihr ein Trost.

Unentwegt grübelte sie darüber nach, was sie mit den Pillen im Container anstellen sollte. Ein Erbe, das ihr Vater ihr im Grunde hinterlassen hatte.

Komische Fügung, dachte Vera. Ausgerechnet ich bediene mich an dieser Tod und Unglück bringenden Ware. Ich bin selbst nicht viel besser als er.

Sie versuchte sich krampfhaft zu erinnern, was Robert ihr damals alles erzählt hatte und ärgerte sich, dass sie alle

Dokumente vernichtet hatte. Ich hätte vielleicht etwas über meinen Vater erfahren können, dachte sie. Ihre Großeltern wussten fast nichts über ihn.

Vielleicht sollte ich nach Lübeck fahren, dort, wo er gelebt hat? Es gibt vielleicht noch Leute, die ihn kannten? Der Gedanke erschien Vera gar nicht so abwegig und machte ihr irgendwie Mut.

Als sie auf den Hof zurückkam, sah sie als erstes nach Arthur Süttler. Der alte Mann wirkte klein und zerbrechlich in den aufgetürmten Daunendecken. Vera tastete nach seinem Puls und befühlte seine Stirn. Die Medikamente, die der Arzt verordnet hatte, hielten ihn in einem Dämmerzustand.

»Elise?«, krächzte er dennoch und griff nach Veras Händen. Vera zog sich zurück. Sie ließ das Rollo herunter, um dem Mann das grelle Sonnenlicht zu ersparen.

»Schwesterchen, komm' tanz mit mir«, hörte sie plötzlich Joachims Stimme, als dieser eintrat. »Beide Hände reich' ich dir. Einmal hin, einmal her, ringsherum, das ist nicht schwer.«

Er packte Vera um die Hüfte und schwang sie herum. Die musste lachen. Joachim war ein lustiger Mensch, ganz im Gegensatz zu ihr, sie war eher ein etwas schwermütiger Typ.

Vera ergriff Joachims Hände, kreuzte die ihren und drehte sich mit Joachim im Armabstand im Kreis.

»Brüderchen, komm' tanz mit mir, beide Hände reich' ich dir. Einmal hin, einmal her, ringsherum, das ist nicht schwer.«

Joachim schwenkte sie herum, immer schneller, immer schneller, bis Vera pustete.

»Kurt, Elise, was macht ihr da?«, rief die Stimme des alten Süttler vom Bett her.

Er hatte sich aufgerichtet und versuchte, dem Bett zu entsteigen. Sofort ließ Vera Joachim los und eilte zu Arthur, der aufgeregt gestikulierte.

»Elise, du … du tanzt mit diesem Kerl? Wo kommt er her? Ich habe ihn doch für Jahre hinter schwedische Gardinen verfrachtet.«

Vera warf Joachim einen seufzenden Blick zu. »Er hat Bewusstseinsstörungen.«

Joachim nickte erschreckt. »Wir haben ihn aufgeregt. Komm, gehen wir.«

»Ich muss ihn erst wieder ins Bett kriegen und beruhigen«, meinte Vera atemlos, denn sie hatte Mühe, sich den packenden Händen von Arthur, die ihre Arme wie Schraubstöcke umklammerten, zu entwinden.

Joachim eilte herzu, lockerte jeden Finger von Arthur einzeln und drückte ihn in die Kissen zurück.

»Vater, komm' zu dir. Beruhige dich«, rief er fortwährend.

»Kurt, du elender Bastard. Lass' mich los. Rühr' Elise nicht an. Wieso bist du wieder da? Ich werde dich einfach nicht los, du Kretin. Muss ich dich erst eigenhändig umbringen? Aber ... aber ... das habe ich ja schon getan! Wie kannst du zurückkommen?«

Ungläubiges Entsetzen stand in Arthurs Augen, schaumiger Speichel tropfte aus seinem Mund.

»O, Gott, Elise!«

Arthur fiel erschöpft zurück. Sein Atem ging rasselnd.

»Hat er einen Anfall, Vera?«, fragte Joachim verstört und leicht panisch. »Wir schaffen das nicht mehr. Er muss ins Krankenhaus.«

Vera zwängte dem alten Mann umsichtig eine Beruhigungspille zwischen die Zähne und setzte sofort ein Glas Wasser an die Lippen. »Eigentlich dürfte er die erst in zwei Stunden bekommen. Ich fürchte, wir müssen die Dosis erhöhen.«

Joachim betrachtete seinen Vater angstvoll. Als Arthur sich entspannte, die Augen schloss und friedlich atmete, seufzte er erleichtert auf.

»Vera, ich bewundere deine Gelassenheit. Ich gerate bei so etwas in Panik.«

Vera lächelte sanft. »Hastige Aktionen bringen jetzt gar nichts.«

Sie ordnete Arthurs Decken, überprüfte den korrekten

Sitz seines Bauchgurtes, der ihn vor dem Herausfallen aus dem Bett bewahren sollte und ging leise hinaus. Die Tür ließ sie offen.

»Ich koche uns einen starken Kaffee«, meinte Joachim. »Warum hält er mich jetzt für Kurt? Erst bist du für ihn Elise – das verstehe ich ja mittlerweile – aber wieso bin ich jetzt Kurt? Wieso hat er den in den Knast gebracht? Und – umgebracht? Spinnt er jetzt total? Was für ein Szenario.«

»Das sind die Medikamente. Er bringt Realität und Phantasie durcheinander«, meinte Vera. Sie versuchte ihrer Stimme Festigkeit zu verleihen.

»Das mit dir hat er auch nicht durcheinander gebracht, obwohl wir das immer glaubten.«

»Da bekam er auch noch nicht diese starken Beruhigungsmittel«, tröstete ihn Vera, obwohl ihr die Aussagen des alten Süttler auch zu schaffen machten. Sie wollte nicht recht glauben, dass er sich das alles nur ausdachte. Zweifel plagten sie, dennoch wollte sie Joachim damit nicht belasten.

»Ich muss übrigens noch etwas Wichtiges mit dir besprechen«, meinte Joachim. »Es geht um den Hof. Bisher war ich der Alleinerbe. Aber nun hat sich herausgestellt, dass du meine Halbschwester bist. Dir steht also ein Anteil an dem Hof zu. An Elises Erbe sozusagen. Wir sollten das in den nächsten Tagen regeln und zum Notar gehen.«

»Ich will nichts von dem Hof, Joachim. Den hast du dir aufgebaut. Ich will dir nichts wegnehmen. Auf keinen Fall.«

»Unsinn. Du bist jetzt eine ... ja, was denn eigentlich, Vera? Eine Süttler, eine Koppenhöh, eine Nickel?«

Vera sah Joachim konsterniert an. »Das weiß ich auch gar nicht.«

»Wieso heißt du eigentlich Diedrichs? Woher hast du den Namen? Und - eigentlich müsstest du auch Koppenhöhs und den Nickel beerben. Kurt Nickel war ein erfolgreicher Bauunternehmer in Lübeck. Und ... Mensch ... der hat hier noch Grundbesitz. Auf den bin ich für meine Pferde scharf. Notar Heinrich Semmelmann wollte das dem Fiskus überschreiben, weil keine Erben da sind. Ich muss ihn unbedingt anrufen, dass Kurt Nickel nun ja eine Tochter hat. Du erbst auf jeden Fall die Auenwiesen am Fluss.«

»Aber dann muss ich ja offiziell sagen, dass ich die totgesagte Tochter von Elise und Kurt bin«, rief Vera erschrocken. »Das ist ein Skandal.«

»Das war vor neunundfünfzig Jahren. Da kräht doch kein Hahn mehr nach.«

»Ich weiß nicht, das wird mir jetzt alles zu viel«, klagte Vera betrübt.

»Diedrichs war übrigens der Name meiner Pflegeeltern«, fügte sie noch hinzu.

»Da musst du jetzt durch. Ich telefoniere sofort mit Notar Semmelmann. Der muss seine weiteren Schritte anders organisieren. Und - der hat Schweigepflicht, ich meine, wegen deiner Sorge, dass noch niemand das wissen soll. Ach, Quatsch, telefonieren! Ich gehe persönlich zu ihm rüber.« Joachim erhob sich bereits und schlüpfte in seine Schuhe. »Du achtest auf Vater, Vera? Ich beeile mich.«

Vera blieb betroffen sitzen und nippte an ihrem Kaffee. Ach, herrje, was zieht das alles für einen Rattenschwanz nach sich, dachte sie. Jetzt erbe ich auch noch. Das Pillenerbe reicht mir völlig.

Die Pillen! Da waren sie wieder. Ich muss sie endgültig los werden, überlegte Vera. Niemand darf je erfahren, dass ich mich damit bedient habe. Offenbar richten sie über einen längeren Zeitraum erheblichen Schaden an. Hurtig sprang sie auf, stellte sich einen Stuhl vor die hohen Küchenschränke und wühlte im obersten Regal eine alte Keksdose hervor. Ihr Restbestand an Pillen im Haus. Vera lief nach draußen zu dem großen Misthaufen, sah sich um, griff nach der Mistgabel und buddelte ein Loch. Sie schüttelte die Pillen hinein, holte sich einen Spaten, zerhackte die Dinger und häufte den Mist haushoch darüber.

Erleichtert ging sie wieder hinein. Die erste Hürde war genommen. Unschlüssig stand sie in der Küche herum und vergrub die Hände in ihrer Rocktasche. Ihre Finger fummelten nervös darin herum, spielten ... mit was? Erschrocken blickte Vera auf zwei übriggebliebene Pillen. In den Herd damit! Da hörte sie durch die geöffnete Tür Arthur schnaufen. Vera drehte sich um und lugte in den Raum. Arthur regte sich unruhig.

Seine vorhin geäußerten Worte bohrten sich ihr in den Kopf: ›Muss ich ihn erst eigenhändig umbringen? Aber das habe ich ja schon getan.‹ Was war damals wirklich passiert?

Erregt blickte Vera auf die zwei Pillen in ihrer Hand. Sie war ganz alleine mit dem alten Mann. Joachim war im Dorf und würde so schnell nicht wieder kommen. Konnte sie von Arthur Süttler erfahren, was mit ihrem Vater passiert war? Wenn sie ihm gezielte Fragen stellte? Vera hörte Roberts Worte:

›Gehirnwäschepillen. Wahrheitspillen.‹ Vera fürchtete sich plötzlich, dem Alten die Pillen zu verpassen, was sie bisher so lange Zeit ohne jeden Skrupel getan hatte. Warum also jetzt diese Angst? Ich kann nur mit diesen Pillen herauskriegen, was ich wissen will, dachte Vera und redete sich Entschlossenheit und Mut zu.

Leise und zögernd schlich sie sich an Arthur heran. Der sah sie an. Mit schneller Bewegung steckte sie ihm die Pillen in den Mund, flößte ihm Wasser ein – und wartete.

Bereits nach wenigen Minuten bemerkte sie eine Veränderung. Sein Blick wurde klarer. Er erkannte die Frau seiner Vergangenheit.

»Elise.«

Behutsam und zitternd griff Vera nach Arthurs Händen und spielte zum ersten Mal in ihrem Leben ein falsches Spiel.

»Ja, Arthur?«

»Du bist gekommen, mich zu holen?«

Vera schwieg verstört.

»Hast du mir denn vergeben, Elise?«

»Was denn, Arthur?«, frage Vera sanft.

»Dass ich den Kurt in die Luft gejagt habe.«

Vera schluckte verkrampft. Eine seltsame Leere breitete sich in ihr aus. Jetzt bloß keine Fehler machen. »Ja, Arthur«, flüsterte sie bebend.

»Ich wusste es. Du wolltest ihn auch los sein, nicht wahr? Immer musste er dich belästigen. Damals, '61, habe ich ihn verraten. An die Behörden. Ich hatte gehört, wie er auf der Lichtung mit seinen Fluchthelferabenteuern vor dir prahlte. Dir ging das auch auf die Nerven nicht wahr? Da hattest du dann erst mal einige Jahre Ruhe vor ihm.«

Arthur schloss die Augen. Vera hatte Angst, er könnte wieder einschlafen.

»Arthur? Wie ... wie hast du ihn ... in die Luft gejagt ... den Kurt?«

Vera wartete gespannt.

Arthur fing an, heftig zu atmen. »Wie? Das weißt du doch. Die Gasflaschenexplosion. Ich habe sie manipuliert, die Flasche. Aber ... oh ... Elise ... dir wollte ich nichts tun! Das weißt du doch, nicht wahr? Warum warst du wieder bei ihm? Du wolltest doch nur einen Kuchen zu Frau Petersen auf die Schafswiese bringen. Hat er dich wieder beschwatzt? Hat er dich wieder in sein Revier gelockt? Dieses Schwein.«

Arthurs Atem rasselte. Besorgt sah Vera, wie er rot anlief, seine Adern wie Stricke hervor traten und seine Glieder anfingen zu krampfen. Vera strich ihm beinahe angeekelt über die Stirn, über die Haare.

»Elise? Du hast ihm gesagt, dass Joachim sein Sohn ist, nicht wahr? Ich habe ihn nachts gehört. Ich lauschte unter seinem Fenster. Er … er schrie es in die Nacht hinaus. Ich musste ihn zum Schweigen bringen. Warum hast du das getan, Elise?«

Arthur griff nach Vera, umfasste schmerzhaft ihren Nacken, zog sie zu sich herab. Vera sah deutlich seine umherirrenden, keinen Halt findenden riesigen Pupillen.

»Ich weiß schon, er hat dich gezwungen. Wie immer. Niemand wird es je erfahren. Ich verspreche es dir. Ich töte ihn. Hörst du, Elise? Jaaaaaa, es ist vorbei. Endlich Frieden.« Arthur stöhnte auf, seine Stimme war immer krächzender geworden. Plötzlich bäumte er sich auf. Seine Finger schlossen sich wie Klauen um Veras Hals.

»Elise? N e i n , n i c h t d u !«

Ein schrecklicher Schrei entrang seiner Kehle. Mit furchtbaren Kräften würgte er an Veras Hals herum. Er wusste in seiner Panik nicht mehr, was er tat. Verzweifelt versuchte Vera, seine Finger zu lösen. Ihr Atem rasselte. Sie spürte einen entsetzlichen Druck in ihrem Kopf. Urplötzlich ließ der Alte sie los.

Vera hustete, keuchte und sah ... Joachim, der den alten Mann umschlungen hielt und ihn niederdrückte.

»Vera, schnell, eine Pille«, schrie er. Vera rührte sich nicht. Sie starrte wie gelähmt auf die Szene, spürte nur ihren schmerzenden Hals.

Als Arthur Joachim gewahr wurde, rastete er vollends aus.

»Kurt, du mieses Schwein! Du kriegst sie nicht. Sie hat mir vergeben, dass ich dich getötet habe. Sie war froh darüber. Joachim kriegst du nicht, du Sau. Er ist mein Sohn. Ich habe ihn aufgezogen. Du hast ihn nur gezeugt, du Ratte. Was anderes kannst du nicht! Nur zeugen!«

Der Kampf, der sich zwischen Joachim und Arthur entspann, war entsetzlich. In dem alten Mann steckten ungeahnte Kräfte. Um sich selbst zu retten, hob Joachim gerade seine Faust, als Arthur plötzlich wie vom Schlag getroffen in die Kissen zurück fiel. Joachim rappelte sich fort und setzte sich schnaufend auf den Boden. Wie lange er dort hockte, wusste er nicht. Als er endlich aufsah, sah er Vera, die zitternd und leichenblass mit den Zähnen klapperte und sich nicht rührte.

»Ist ... ist ... ist ... er ... ?« Vera versagte die Stimme.

Mit Grauen in den Augen sah Joachim auf seinen Vater, der mit starrem, glasigen Blick an die Decke schaute.

»Ich ... ich glaube ja«, hauchte er furchtsam.

Er erhob sich zögernd, legte seine Wange an Arthurs

Mund, versuchte einen Puls zu finden - und zog die Decke über ihn. Dann fasste er Vera unter und zog sie in die Stube. Dort füllte er mit zitternden Fingern zwei Gläser mit Korn, reichte Vera eines und füllte sich gleich ein zweites.

Beide setzten sich auf das Sofa und schwiegen.

»Ich weiß nicht, ob ich das hier jemals vergessen werde«, meinte Joachim endlich. »Fast hätte ich ihn geschlagen. Irgendeine Macht hat mich davor bewahrt und ihn vorher sterben lassen.«

»Er war nicht mehr er selbst«, flüsterte Vera. »Wir müssen den Arzt anrufen.«

Joachim erhob sich wie ein alter Mann. »So etwas Grässliches. Was hat ihn nur so außer Rand und Band geraten lassen? Er stand unter so starken Beruhigungsmitteln.«

Vera senkte den Kopf. D.R.O.P., die Pillen, dachte sie, die Pillen sind schuld. Ich habe ihn getötet. Ich bin eine Mörderin. Quälendes Schluchzen schüttelte sie.

Dass der junge Dr. Peter Heidenreich eintraf, der die Praxis seines Vaters Franz fortführte, den Totenschein ausstellte und der Leichenwagen auf den Hof fuhr, nahm Vera nur wie durch eine Nebelwand wahr.

»Herr Süttler, noch auf ein paar Worte«, meinte der junge Arzt zu Joachim.

»Ihr Vater ist offenbar an einem Gehirnschlag gestorben. Hundertprozentig könnte ich Ihnen das erst sagen, wenn eine Autopsie vorgenommen wird.«

»Eine Autopsie? Um Gottes Willen. Wieso?«, rief Joachim. »Er war schwer krank. Das wissen Sie doch. Das war doch abzusehen, dass so etwas irgendwann passiert.«

»Schon. Was mir allerdings Sorge macht, sind seine Blutwerte. Bei den Analysen seiner Blutproben haben wir letztes Mal Drogenrückstände gefunden. Kokain, um es genau zu sagen. Und eine Substanz, die noch nicht analysiert werden konnte. In den von mir verordneten Medikamenten sind diese Bestandteile nicht vorhanden. Ich wollte ohnehin mit Ihnen in diesen Tagen darüber sprechen.«

Joachim sah den Arzt fassungslos an. »Drogen? Das ist unmöglich. Eine Verwechslung.«

Der Arzt schüttelte den Kopf und sah Joachim lange an.

»Mein Vater hat nichts Anderes zu sich genommen, als Ihre Medikamente, nicht wahr, Vera?«, wandte Joachim sich an seine Halbschwester.

»O, Gott, natürlich nicht«, entgegnete Vera verzagt. Sie riss sich zusammen, um ihrer Stimme einen harmlosen Klang zu geben. Angst schnürte ihr die Kehle zusammen.

»Ihr Vater muss über einen langen Zeitraum Kokain geschluckt haben.«

»Das kann nicht sein. Das hätten wir doch bemerkt«, rief Joachim außer sich.

»Nicht unbedingt. Er kann es heimlich zu sich genommen haben. Was mir Sorge bereitet, ist, wo er es her hatte. Ist Ihr Großvater nicht Apotheker? Kann Ihr Vater sich das dort besorgt haben?«

Joachim war entrüstet. »Niemals. Die alten Herrschaften sind über jeden Verdacht erhaben. Was unterstellen Sie uns da? Wollen Sie andeuten, wir hätten meinen Vater auf dem Gewissen? Ihn mit Drogen vollgepumpt? Ihn umgebracht? Das ist unerhört.«

»Das hat niemand behauptet. Aber es wäre schon interessant zu wissen, wie Ihr Vater an Kokain und andere drogenähnliche Substanzen gekommen ist, nicht wahr? Aber ich will mich hier nicht zum Richter aufspielen. An dem Kokain ist Ihr Vater jedenfalls nicht gestorben. Das war ein Gehirnschlag. Hier, Ihr Totenschein. Sie sollten trotzdem darüber nachdenken. Wenn Ihnen noch etwas einfällt? Ich bin ja nicht aus der Welt.«

Der junge Arzt reichte Vera und Joachim höflich die Hand, der ihn hinaus begleitete und kurz aufhielt.

»Dr. Heidenreich? Mein Wort drauf! Vera Diedrichs und ich – wir hatten keine Ahnung. Es ist mir unmöglich, das zu glauben. Mein Vater und Drogen! Ich … ich bin einfach fassungslos.«

»Ich glaube Ihnen ja, Herr Süttler. Er muss sich das Zeug trotzdem heimlich besorgt haben. Die Rückstände, die wir gefunden haben, sind nicht lebensgefährlich. Es kann auch sein, dass er unbewusst etwas gegessen oder getrunken hat, was diese Substanz enthielt. Ich kann mir nur nicht erklären, was das gewesen sein könnte. Oder, warten Sie. Vielleicht irgendetwas aus dem Garten? Es wurden noch geringe Dosen eines Pflanzengiftes gefunden. Obwohl – eines seltenen, kaum in unserer Region existent.«

»Pflanzengift? Das verstehe ich einfach nicht. Bei uns liegt hier so etwas nicht rum. Schon wegen der Pferde nicht. Muss ich jetzt mit einer Anzeige rechnen? Drogenmissbrauch, mangelnde Aufsichtspflicht oder so etwas?«

Der junge Arzt zögerte kurz. »Nein, okay?«

»Das hört sich an, als würden Sie mir gerade einen Gefallen tun und ich wäre Ihnen etwas schuldig. Und das gefällt mir gar nicht«, meinte Joachim direkt. »Mein Gewissen ist rein. Um die Sache aufzuklären, sollten Sie also Anzeige erstatten oder eine Autopsie durchführen. Ich fürchte mich nicht davor. Auch ich bin für Klarheit.«

»Herr Süttler, ich glaube Ihnen, ehrlich. Halten Sie einfach die Augen offen. Vielleicht finden Sie in den Sachen Ihres Vaters etwas, was Ihnen komisch vorkommt. Dann benachrichtigen Sie mich einfach.«

»Gut. Das verspreche ich.«

Besorgt ging Joachim ins Haus zurück. »Vera, wie findest du das? Vater und Kokain? Wo kann er das her haben? Und Pflanzengift? Ich fasse es nicht. Ich muss Dieter Matthiesen fragen. Vielleicht hat der eine Ahnung? Vielleicht hat Vater mit ihm darüber gesprochen?«

»Um Gottes Willen, Joachim! Tu das nicht. Matthiesen wird das ebenso wenig wissen, wie du. Der wird sich nur fürchterlich sorgen. Er ist ein alter Mann. Behellige ihn nicht damit. Du – du solltest mit niemandem darüber sprechen.«

Vera, die sich in den folgenden Tagen Joachims Tiraden über Arthurs Drogensucht anhören musste, war nahe dran, ihm zu gestehen, dass höchstwahrscheinlich ihre Gehirnpillen aus dem Container der Nickel-Scheune daran schuld waren. Die enthielten also Kokain. Unglaublich! Und Pflanzengift? O, Gott! Ihr schlechtes Gewissen plagte sie. Wenn sie das geahnt hätte! Sie lebte in banger Angst, dass man diese Pillen im Container nun entdecken könnte und zermarterte sich den Kopf, wie sie sie vernichten könnte, ohne damit in Verbindung gebracht zu werden. Sie war kaum in der Lage, ihrem geregelten Arbeitstag nachzugehen. Aber sie wagte auch nicht, die Scheune aufzusuchen und etwas zu unternehmen.

Ihre panische Angst vor Entdeckung hielt sie davor zurück. Sie wusste, dass Joachim ihr niemals vergeben würde, wenn er erführe, dass sie seinem Vater kokainhaltige Gehirnpillen verpasst hatte. Nichtwissen war da keine Entschuldigung. Immerhin hätten die Pillen noch Schlimmeres enthalten können. Grässliche Substanzen, die ... o, Gott! Wie hatte sie sich nur jahrelang an die irre Festnahme klammern können, für die alten Menschen Gutes zu tun, ihnen neue Lebensfreude vermitteln zu wollen, wenn sie sie stattdessen mit Drogen und Giften vollpumpte? Vera schämte sich entsetzlich. Sie wünschte, Robert niemals kennengelernt, sich nicht an den Pillen vergriffen zu haben. Wie war es nur möglich, dass das Erbe ihres unbekannten Vaters so von ihr Besitz ergriffen hatte? Ich muss das irgendwie als schicksalhaft anerkennen, sonst werde ich wahnsinnig, dachte Vera. In ganz schlimmen Nächten dachte sie an Selbstmord.

Eine Woche später, als das gesamte Dorf den alten Süttler beerdigt hatte und im Dorfkrug den Leichenschmaus einnahm, meinte Dieter Matthiesen: »Jetzt ist er bei Elise. Er ist jetzt wieder glücklich.«

»Aber er wird auch Kurt Nickel dort treffen«, ertönte die schrille Stimme von Magda Grün dazwischen. »Das wird ihm gar nicht gefallen. Immerhin hatte der Kerl sie ... «

Jeder starrte Magda entsetzt an. Hatte die Frau denn überhaupt keine Kinderstube genossen?

»... Ich verbiete Ihnen, irgendetwas Negatives über meinen Vater zu sagen«, fuhr Vera sie gereizt an. »Mein Vater hat Elise genau so geliebt wie Arthur.«

Alle sahen verblüfft auf Vera, die sich am liebsten verkrochen hätte. Sie sah den umstehenden Gesichtern an, dass jeder auf eine Erklärung wartete. Warum hatte sie ihren Mund nicht halten können? Aber irgendwie konnte sie es nicht ertragen, dass ihr schon längst verstorbener Vater von allen hier für ein Schwein gehalten wurde.

Wider Erwarten erhob sich Adelheid Koppenhöh. »Ja, stellt euch vor. Vera ist meine Enkelin. Elises erstes Kind von Kurt Nickel. Ich habe gelogen, als ich damals behauptete, es wäre bei der Geburt gestorben.«

Ihre Stimme klang fest und bestimmt. Das war sie Vera schuldig. Rasputin nickte ihr bewundernd zu, was sie dankbar zur Kenntnis nahm.

Die Nachricht schlug ein wie eine Bombe. Der Beerdigungsschmaus wollte gar kein Ende nehmen. Arthurs Tod trat nach dieser sensationellen Mitteilung fast ins Hintertreffen. Jeder belagerte Koppenhöhs, Vera und Joachim und stellte tausend Fragen. Vera wünschte sich ans Ende der Welt.

»Darf ich Sie morgen zu mir in die Kanzlei bitten?«, fragte Notar Semmelmann, als er sich von Joachim und Vera verabschiedete. »Ich habe einen Brief für Sie, Joachim. Von Kurt Nickel. Ich durfte Ihnen den Brief erst nach Arthur Süttlers Tod übergeben. Und – Frau Diedrichs, ich brauche Ihre Geburtsurkunde.«

Vera und Joachim nickten überrascht. Was hatte das nun wieder zu bedeuten?

»Joachim? Darf ich dich etwas fragen?«, meinte Vera am Abend, als sie einträchtig und erschöpft beisammen saßen.

»Natürlich.«

»Du hast gehört, dass Arthur behauptete - annahm - dachte, du wärest auch Kurt Nickels Sohn. Mir hat er das vorher auch schon erzählt. Wenn das stimmt, was willst du da tun? Willst du es allen sagen?«

»Nein, Vera. Für mich war Arthur mein Vater. Außerdem weiß ich nicht, ob es wirklich stimmt. Ich kenne deinen Vater überhaupt nicht. Er ist für mich ein Fremder. Entschuldige, aber so ist das.«

»Für mich ist er auch ein Fremder.«

»Tut mir leid. Aber ehrlich gesagt kenne ich niemanden, der dir etwas über ihn erzählen könnte. Mutter, die ihn wohl geliebt hat, ist tot und Arthur, der ihn wohl gehasst hat, ist auch tot.«

Vera nickte bekümmert.

•

Notar Heinrich Semmelmann hatte sich am nächsten Morgen in seinen besten Anzug gezwängt.

»Diese Vera wird sich wundern, wenn sie erfährt, dass sie jetzt eine steinreiche Frau ist«, bemerkte Heinrich zu Sabine Beck, seiner Haushälterin, seiner Sekretärin, seiner Freundin. »Der Nickel hat ordentlich was hinterlassen. Koppenhöhs und die alte Hebamme Bludowski haben eidesstattliche Versicherungen abgegeben, die Vera Diedrichs Identität bestätigen. Also wird sie alles erben. Sie wird sich das allerdings mit Joachim Süttler teilen müssen. Bin gespannt, was der sagt, wenn er den Brief von Kurt Nickel liest und erfährt, dass er auch sein Sohn ist.«

»Geld macht auch nicht glücklich, Heinrich. Alles, was Kurt Nickel hinterlässt, ist Geld und Drama. Vera Diedrichs erfährt erst als Erwachsene, dass sie seine Tochter ist und auch der Joachim erfährt nun gleich, dass er sein Sohn ist. Kurt Nickel hinterlässt außer Geld nicht gerade ein glückliches Lebenswerk. Was wird jetzt eigentlich aus dem Container mit den Pillen? Das Grundstück ist nun nicht mehr Niemandsland. Jetzt sind Erben da. Meinen Glückwunsch übrigens, dass du das jahrelang in die Länge gezogen und den Fiskus umgangen hast.«

»Nur weil ich damals den Inhalt des Briefes von dem Kurt Nickel beschnüffelt habe. Ich gebe zu, dass das nicht die feine englische Art war. Aber ich hatte so einen Riecher, als ich den Mann sah. Das mit der Beseitigung des Containers habe ich übrigens in die Wege geleitet, meine Liebe. Weißt du, was merkwürdig war? Leere Kartons aus dem Container lagen in der Scheune herum. Schätze, das war der Reporter damals. Ich war ewige Zeiten nicht dort, um mit dem Ding nicht in Verbindung gebracht zu werden. Wenn du nachher die Feuerwehr hörst, brauchst du dir übrigens keine Sorgen zu machen. Ich erfülle sozusagen Kurt Nickels letzten Wunsch, der damals durch seinen plötzlichen Tod nicht mehr dazu kam. Er hatte die Idee.«

»Du wirst alles verbrennen?«

»Die Pillen auf jeden Fall. Die liegen nach meinem gestrigen Aufräumanfall nun lose in der Scheune. Der Container wird verkokeln oder schmelzen oder was weiß ich. Die Ära D.R.O.P. hat ein Ende.«

»Wirst du ... nun, du weißt schon wem, davon berichten?«

»Das mit dem Brand? Nein. Warum sollte ich? Das habe ich eigenmächtig entschieden. Unser alter Feind weiß doch überhaupt nichts von dem Container. Aber unsere lukrative Geldquelle wird nun versiegen. Obwohl - wir haben ihn lange genug gemolken, findest du nicht auch? Unsere Rache an unserem Stasi-Obersten hat nun ein Ende. Er wird nie wieder von uns hören. Er weiß ja aber auch nicht, wer wir sind«, lachte Heinrich vergnüglich. »Wir lassen ihn einfach weiterhin im Ungewissen zappeln. Das hat er verdient, nicht wahr? Ah, da kommen meine Klienten. Ich bin wirklich gespannt, was sie zu dem Briefumschlag von Kurt Nickel sagen, den ich Joachim Süttler nun aushändigen darf, nachdem der alte Arthur unter der Erde liegt. Hab' mich schon damals ziemlich über diese Bestimmung gewundert. Nickel wollte den Alten wohl schonen. Nobel, oder?«

Sabine Beck eilte Vera und Joachim entgegen.

•

»Du hast schrecklich viel geerbt, Vera«, meinte Joachim, als sie das Notarhaus wieder verließen.

»Was soll ich mit einer Fertighausfirma in Lübeck? Und ein riesiges altes Stadthaus? Ich werde alles verkaufen. Wie Semmelmann mir geraten hat. Der Geschäftsführer dieser Firma hat doch ein sehr gutes Angebot unterbreitet. Und ein Haus in Lübeck will ich auch nicht. Am liebsten würde ich bei dir auf dem Hof bleiben, Joachim.«

»Wenn du mir jeden Tag Schokoladenpudding kochst, können wir darüber reden«, griente Joachim.

»Was stand in dem Brief von Kurt Nickel, Joachim?«

Joachim schluckte. Durfte er … ? Doch, ja, er vertraute Vera.

»Dass ich sein Sohn bin. Mutter hat es ihm gesagt. Offensichtlich einen Tag vor seinem Tod. Jedenfalls datiert der Brief von diesem Tag und der Inhalt bestätigt das.«

»Oh! Bist du sehr enttäuscht, Joachim?«

»Ich finde dieses Geheimnis meiner Mutter schon eigenartig. Ich habe das niemals gemerkt, gefühlt. Ich schätze allerdings, dass Vater es wusste. Er hat Mutter trotzdem geliebt, glaube ich. Oder sagen wir, ich möchte das glauben.«

Vera schluckte schwer. Die Pillen haben alles in Arthur hochkommen lassen, dachte sie. Er wäre glücklicher dran gewesen, wenn er das verdrängt – vergessen – hätte. Oder hatten sie sein schlechtes Gewissen an die Oberfläche katapultiert, bis sein Geist das nicht mehr ertragen konnte, wollte? Sie wusste es nicht. Krampfhaft würgte sie ihre peinigenden Schuldgefühle herunter.

»Dann teilen wir jetzt ja alles, Joachim. Und – ich tue es gerne«, fiel es Vera ein. Es tröstete sie irgendwie, nicht alleine Kurt Nickels Tochter zu sein.

»Nein. Das geht nicht.«

»Wieso nicht?«

»Ich will den Hof nicht verlieren, Vera. Das ist meine

Heimat. Aber ... ich bin nicht Arthurs Sohn. Ich weiß nicht, wie das erblich geregelt wird. Niemand weiß, dass ich Kurts Sohn bin. Der Notar unterliegt der Schweigepflicht. Obwohl – was sollte er ausplappern? Er kennt den Inhalt des Briefes nicht. Ich bin ein Leben lang Arthur Süttlers Sohn gewesen und das werde ich auch bleiben. Ich kann mich doch darauf verlassen, dass du das für dich behältst, Vera?«

Und als Vera unbedingt nickte:

»Vorschlag: Du bist Nickels Tochter und beerbst ihn. Ich bin Arthurs Sohn und nehme den Hof. Aber du gibst mir die Auenwiesen für unsere Pferde– als Geschenk? Dafür ist der Hof in Zukunft auch deine Heimat.«

»Liebend gerne, Joachim. Ein wundervoller Vorschlag. Aber auf eins bestehe ich noch. Ich schenke dir den Betrag für deinen ausstehenden Kredit für die Reithalle aus den Lübecker Verkäufen. Keine Widerrede. Sonst sage ich allen, dass du Kurt Nickels Sohn bist«, lachte Vera.

»Habe ich eine Wahl, Schwesterchen? Ich sehe schon, ich werde Druck kriegen in den nächsten Jahren.«

Vergnügt hakten sich Vera und Joachim unter und betraten gerade ihren heimatlichen Hof, als sie die Sirene auf dem Dach der Grundschule hörten.

»Es brennt irgendwo«, meinte Joachim.

»Da, Joachim! Drüben über dem Wald qualmt es fürchterlich«, rief Vera.

»Das ist unser Wald. Komm mit.«

Joachim lief schon los. Sie orientierten sich an der aufsteigenden Rauchwolke und schon bald rief Joachim: »Es ist die alte Nickel - Scheune.«

Vera erstarrte. Sie kamen nicht näher als fünfzig Meter an die Scheune heran. Die Hitze war enorm.

»Wieso brennt es?«, schrie Joachim. »Ob da noch jemand drin ist? Kinder? Landstreicher? Ich muss nachsehen.«

»Wir müssen auf die Feuerwehr warten. Du kannst da nicht rein und nachsehen«, schrie Vera zurück.

Fast gewaltsam hielt sie ihn zurück. Er dufte da nicht rein. Auf keinen Fall. Vera drängte ihn mit aller Kraft an die Seite.

Joachim sah ein, dass sie Recht hatte. Schon sah er die ersten Dorfbewohner, die sich schaulustig einfanden. Die Feuerwehr bahnte sich vorsichtig den Weg über den Gott sei Dank trockenen Wirtschaftsweg. Sonst wäre ihr Fahrzeug hier stecken geblieben.

In Sekundenschnelle fuhren sie die Schläuche aus und duschten die Scheune und die umstehenden Bäume. Eine hohe Baumkrone hatte bereits Feuer gefangen. »Zurück, Leute«, schrie Kaspar Fülster. »Sonst fällt euch das Ding auf den Kopf.«

Vera starrte entgeistert - und erleichtert auf die Flammen.

»D.R.O.P.!«, seufzte sie. »Das war es jetzt endgültig, Robert.«

»Bitte?«, hörte sie dicht neben sich eine Stimme. »Was haben Sie da eben gesagt?«

Vera sah auf Heinrich Semmelmann, den Notar. »Ich? Oh, nichts.«

Ungläubig betrachtete Heinrich die Frau. Er hatte sich nicht verhört. Er hatte ihre Worte genau verstanden: »D.R.O.P.« Woher kannte diese Frau diesen Namen? Und - Robert? Robert ... Schinckel, der Reporter!?

Lauernd sah Heinrich Semmelmann die Tochter von Kurt Nickel an. Wenn der seiner Tochter alles erzählt hatte, gab es eine Mitwisserin. War sie doch zu Lebzeiten mit ihm in Verbindung gewesen? Nein! Dann hätte dieser naive Lebenstrottel ihr alles schon vor Jahren vererbt. Woher kannte diese Frau D.R.O.P.? Das war äußerst gefährlich. Er hörte Adelheid Koppenhöhs Stimme auf der Beerdigung: ›Sie ist meine Enkelin. Ich habe gelogen, als ich behauptete, sie wäre bei der Geburt gestorben.‹

Ausgerechnet die Frau von Rasputin Koppenhöh, der Aktionär der weltweit tätigen Milena AG war – Brutstätte von D.R.O.P. - die mit hochgiftigen Pflanzen und ansteckenden Bakterien und Viren experimentierte und für die auch Hartmut Jacobsen alias Peter Kaufmann gezeichnet hatte, gab diese Äußerung von sich!

Und – Heinrichs jahrelangem Erpressungsopfer, ein ehemaliger Stasi-Oberst, gehörte dieser Verein. Was lief da?

War man ihm, Heinrich, auf die Schliche gekommen? Er, der jahrelang für sein Wissen um D.R.O.P. dank der seinerzeit ausgearbeiteten Verträge Geld kassiert hatte. Schickte man ihm jetzt diese Frau auf den Hals, die ihn zur Strecke bringen sollte? Hatte sie gerade ihre erste Warnung gegen ihn losgelassen?

Heinrich beäugte sie von der Seite. Was verbarg sich hinter dieser sanftmütigen Fassade, die so absichtlich gespannt in die Flammen sah? Hatte man ihm ein Trojanisches Pferd untergejubelt? Sie wusste, dass dort in der Scheune die D.R.O.P. Pillen verbrannten. Sie hatte Kenntnis von ihnen gehabt. Sie hatte diesen herumschnüffelnden Reporter Robert Schinckel gekannt. Was würde sie ihren Auftraggebern jetzt mitteilen? Den Brand! Die Vernichtung der Pillen! Nun, ich wollte ohnehin nicht mehr, überlegte Heinrich. Doch wird man mich so einfach in Ruhe lassen? Jetzt, wo die letzten Beweise vernichtet sind? Wie war man auf ihn gekommen? Er, der sich hundertfünfzigprozentig abgesichert hatte. Von dieser Frau ging eine Gefahr aus, das spürte Heinrich ganz deutlich. Ich werde sie unter die Lupe nehmen. Ich werde herauskriegen, wer sie ist, dachte Heinrich. Die Idioten dieser Welt haben mich schon immer unterschätzt.

»Sie sind jetzt eine wohlhabende Person, Frau Diedrichs«, wandte er sich an Vera. »Da wird so eine alte Scheune nicht ins Gewicht fallen. Oder ist etwas Wertvolles verbrannt?«

Vera zuckte zusammen. »Nein, nur Nutzloses.«

Sie ging zu Joachim hinüber und hakte sich bei ihm unter. Für mich beginnt ein neues Leben, dachte Vera. Nie wird jemand erfahren, dass ich von diesen Pillen wusste und sie benutzte.

Heinrich Semmelmann sah ihr argwöhnisch nach. Er würde auf der Hut sein.

Er würde heraus kriegen, wer sie wirklich war. An Unschuldslämmer und Zufälle hatte er noch nie geglaubt.

Als er mit Sabine Beck beim Abendbrot saß, grübelte Heinrich laut vor sich hin:

»Sabine, haben wir irgendetwas übersehen? Woher weiß diese Altenpflegerin, nun überraschenderweise Tochter von Kurt Nickel und Elise Süttler, von D.R.O.P.? Sie hat vorhin beim Brand der Scheune ganz sicher diese Buchstabenfolge erwähnt. Und auch den Namen Robert. Laut Geburtsurkunde ist sie übrigens Vera Diedrichs. Als Vater und Mutter sind ihre Pflegeeltern angegeben. Das ist Urkundenfälschung. Und weißt du, wer die Urkunde rechtskräftig erstellte? Mein Vater. Ich dachte, mich trifft der Schlag, als ich das las. Möchte nicht wissen, was ihn damals ritt, so etwas auszustellen. Entweder er hat sich eines schweren Vergehens strafbar gemacht oder Koppenhöhs und diese Hebamme haben letzte Woche gelogen. Ich muss wohl glauben ersteres, denn Koppenhöhs haben gestanden, ihn überredet zu haben. Das Wort Bestechung haben sie runtergeschluckt. Wer lügt oder nicht, ist nicht nachvollziehbar. Dieses Geheimnis hat er mit ins Grab genommen.«

Sabine sah besorgt drein. »Aber Heinrich. Du glaubst doch nicht ernsthaft, dass unser Feind aus alten Tagen uns urplötzlich auf die Schliche gekommen ist und uns diese Frau Diedrichs als Maulwurf gesandt hat? Bis vor wenigen Tagen hat sie uns nie belästigt. Wieso hätte e r sie denn bei Süttlers einschleusen sollen? Was haben die mit D.R.O.P. zu schaffen? Das erscheint mir jetzt sehr weit hergeholt, Heinrich. Wenn, dann wäre man uns direkt angegangen.«

»Joachim Süttler ist immerhin auch Kurt Nickels Sohn. Bruder und Schwester unter einem Dach. Nachkommen von Nickel, der D.R.O.P. mit ins Rollen brachte.«

»Das mit Joachim weiß doch keiner. Und du weißt das nur, weil du damals den Brief von dem Kurt heimlich geöffnet und gelesen hast. Hüte bloß deine Zunge. Joachim Süttler hat dir den Inhalt des Briefes nicht verraten.«

»Das wird er auch niemandem sagen. Er will offiziell Arthurs Sohn bleiben, denke ich. Wegen dem Erbhof.«

»Das geht uns nichts an, Heinrich.«

»Mich geht es aber was an, dass diese Vera, wer immer sie nun ist, von D.R.O.P. weiß. Hartmut Jakobsen und Kurt Nickel wussten davon – sie sind tot. Sogar in dem Riesen-Medien-Spektakel-Prozess um Hartmut Jakobsen ist nichts an die Oberfläche gedrungen. Das große Schweigen. Die Kuh, die wir gemolken haben, unser ehemaliger Stasi-Oberst, der hoch und trocken und immer noch unerkannt an höchster Stelle der Milena AG sitzt, zahlt jetzt seit sechzehn Jahren dafür, dass wir wissen, wer er ist und dass er Robert Schinckel ermorden ließ, weil dieser ausgerechnet bei den Milena-Werken die Pillenanalyse machen lassen wollte. Dieser schnüffelnde Reporter-Naivling! Stolziert mit seinem Fund ausgerechnet mitten ins Wespennest. Dass da jemand ganz fürchterlich in Panik geriet, lag ja wohl auf der Hand. Unser Stasi-Feind weiß aber seit sechzehn Jahren nicht, wer wir sind. Und ich sage dir, das ist wasserdicht. Unsere Konten auf den Cayman-Inseln sind jetzt aufgelöst. Einzahlungen gehen an den Absender mit dem Vermerk ›Empfänger verstorben‹ zurück. Das habe ich bereits alles eingeleitet. Unser Feind wird sich Gedanken machen, was nun los ist. Aber in diesen ganzen mehrfach hintereinander geschalteten finanziellen Transferbits, gesichert durch elektronische Signaturen, ist der Weg zu uns abgeschnürt.«

»Dann machst du dir unnötige Sorgen, Heinrich. Vielleicht ist alles nur ein dummer Zufall. Oder – kann dieser Reporter noch seine Hände im Spiel haben?«

»Robert Schinckel? Der Mann lebt seit fast zehn Jahren in Kanada, nachdem wir damals seine fiktive Beerdigung in die Wege geleitet haben. Als ich ihn damals halbtot aus dem Autowrack zog und ihm klarmachte, weshalb er verschwinden sollte und müsste, hat er gemacht, dass er davonkommt. Die Nummer war zu groß für ihn. Der hat dankbar die falschen Papiere genommen und ist auf und davon. Seine Junggesellenbude haben wir ausgeräuchert. Da blieb nichts übrig. Den Landstreicher, den wir statt seiner beerdigt haben, kannte doch keiner. Nein, der Kerl macht sich keine Gedanken mehr über irgendwelche Pillen, die längst der Vergangenheit angehören. Der wird sich hüten, deswegen hier noch mal rumzustochern. Er wäre fast draufgegangen. Es gibt doch nun auch keine Beweise mehr. Alles ist vernichtet. Nein, außer unserem Stasi-Oberst und uns weiß niemand etwas. Und - der Kerl ist mittlerweile weit über neunzig. Der gibt bald den Löffel ab. Der wird sich doch jetzt nicht mehr outen und freiwillig zugeben, dass er Gehirnwäschepillen - eine mehr als zweifelhafte Erfindung seines Kumpans Kaufmann alias Jakobsen - in seinem Milena-Westkonzern produzierte. Gott sei Dank hat er das eingestellt, als wir anfingen, ihn zu erpressen. Der wird nie freiwillig seine Identität als ehemaliger Stasi-Oberst …«

»… nie seinen Namen, Heinrich. Das haben wir geschworen«, unterbrach ihn Sabine Beck besorgt.

»Du hast Recht, meine Liebe. Nie seinen Namen. Entschuldige. Immerhin hat er deinen Bruder auf dem Gewissen. Vielleicht hätten wir ihn damals doch anklagen sollen.«

»Er hatte – ähm, h a t so mächtige Freunde. Wir hätten nichts ausrichten können. Wir wären die Verlierer gewesen. Das haben wir doch immer wieder durchgekaut, Heinrich. Wir haben ihn finanziell bluten lassen. Und mit dem Geld bedürftige Menschen drüben wie hüben anonym unterstützt. Das gerechte Urteil spricht letztendlich ER da oben. Unser Freund musste sechzehn Jahre lang mit der

Angst leben, dass wir ihn vielleicht doch auffliegen lassen. Wir waren ihm sicher ein unangenehmes Haar in seiner Suppe, das er partout nicht finden konnte. Aber, um auf deine Frage zurück zu kommen – woher weiß denn nun diese Vera von D.R.O.P. und Robert Schinckel?«, fragte Sabine.

»Da sind wir wieder da, wo wir vor einer halben Stunde waren«, murrte Heinrich Semmelmann. »So kommen wir nicht weiter. Ich werde eine Detektei auf sie ansetzen. Mal sehen, was da zutage kommt.«

»Sie macht so einen freundlichen Eindruck«, meine Sabine nachdenklich.

»Die freundlichen sind die schlimmsten«, grunzte Hinrich.

»Ich finde, jetzt, wo sie hier im Dorf bleiben will – also unter unserer Kontrolle sozusagen - und D.R.O.P. restlos verbrannt ist, solltest du nicht mehr rumrühren«, sinnierte Sabine vor sich hin. »Ich habe so eine komische Intuition, dass das besser wäre. Misstrauen führt häufig zu Missverständnissen. Wenn du anfängst, zu graben, wird sie anfangen, sich zu wundern. Denk dran, auch wir könnten auffliegen. Ich glaube, die Frau gehört zu den harmloseren unserer Spezies. Du weißt doch - Schlafwandler soll man nicht wecken. Erst dann passieren schreckliche Unglücke.«

Heinrich sah Sabine nachdenklich an. Vielleicht hatte sie Recht und er sollte D.R.O.P. im wahrsten Sinne des Wortes endgültig beerdigen, auch wenn es ihm in den Kopf schoss, dass Robert Schinckel nur eine einzige Pillenpackung bei seinem Autounfall bei sich gehabt hatte, als Heinrich ihn fand. Wieso aber befanden sich gestern so viele leere Kartons in dem Container? Da musste sich doch jemand bedient haben? Heinrich nahm sich vor, unbedingt auf der Hut zu bleiben. Auch fast zwanzig Jahre nach dem Mauerfall konnte er sein Misstrauen gegen jedes und jedermann nicht in den Griff kriegen. Ein Kopf vergisst nie etwas, dachte Heinrich.

Sabine Beck beobachtete ihn streng. »Weißt du, Heinrich, dass ich wirklich froh bin, dass mit dieser Pille nun kein Schindluder mehr getrieben werden kann? Die Pillen waren doch außerordentlich verführerisch, nicht wahr?«

»Ich glaube, du hattest noch niemals so Recht wie heute, Sabine«, grunzte Heinrich verzagt.

»Du hast doch keine behalten?«

Heinrich starrte Sabine an und schüttelte bedauernd den Kopf. Warum hatte er nicht eine einzige Pille aus der Scheune behalten und sie dieser Vera Diedrichs bei Gelegenheit zum Schlucken gegeben. Dann wüsste er, wer sie war und ob ihm von ihr Gefahr drohte.

*****

Weitere Romane der Autorin:

ISBN-13: 978-3739243962

ASIN: B016TJTSJO

ASIN: B00AYJBDYO

E-book Amazon, Thalia, Weltbild, Hugendubel

ASIN: B00FYRKWDE

ISBN-10: 3741273155
ISBN-13: 978-3741273155